W0380204

Jeaniene Frost vit en Floride. Elle n'est pas une vampire, même si elle admet qu'elle a la peau pâle, une prédilection pour les vêtements noirs et qu'elle aime faire la grasse matinée dès qu'elle en a l'occasion. Elle adore aussi visiter les vieux cimetières.

Du même auteur, chez Milady :

Chasseuse de la nuit :
1. *Au bord de la tombe*
2. *Un pied dans la tombe*
3. *Froid comme une tombe*
4. *Creuser sa tombe*

Le Monde de la chasseuse de la nuit :
1. *La Première Goutte de sang*

www.milady.fr

Jeaniene Frost

La Première Goutte de sang

Le Monde de la chasseuse de la nuit – 1

Traduit de l'anglais (États-Unis) par Frédéric Grut

Milady

Milady est un label des éditions Bragelonne

ISBN : 978-2-8112-0641-3

Bragelonne – Milady
60-62, rue d'Hauteville – 75010 Paris

E-mail : info@milady.fr
Site Internet : www.milady.fr

À Jinger.
Ma sœur, mon amie,
la personne avec laquelle je peux m'épancher ou rire.
Je suis heureuse que tu fasses partie de ma vie.

Remerciements

Il y a tellement de personnes derrière mes livres que je ne pourrais toutes les citer, mais celles qui suivent méritent amplement une mention spéciale.

Tout d'abord, je tiens à remercier Dieu, à la fois pour l'inspiration qui me fait rêver ces histoires… et pour la détermination de les transformer en livres.
Un énorme merci aux lecteurs de la série *Chasseuse de la nuit*. Vos encouragements et votre enthousiasme dépassent tout ce que j'avais pu espérer. Grâce à vous, je prends beaucoup de plaisir à partager mes histoires, ce qui est un merveilleux cadeau.
Mon agent, Nancy Yost, manie en virtuose toutes les ficelles du milieu de l'édition, ce qui me permet de me concentrer sur ce que j'aime le plus : l'écriture. Merci également à mon éditrice, Erika Tsang, pour le talent avec lequel elle m'aide à ne pas dévier de mes intrigues… et pour les corrections qu'elle apporte à mes errements occasionnels. Si je demandais à Erika de relire cette page de remerciements, elle serait à la fois beaucoup plus éloquente et franchement plus courte ! Un énorme merci à Thomas Egner, pour cette nouvelle couverture époustouflante.

Sans oublier Pamela Spengler-Jaffee, Carrie Feron, Liate Stehlik, Wendy Ho et Amanda Bergeron d'Avon Books/ HarperCollins, pour tous les efforts qu'elles ont déployés pour que ce livre, en format papier ou électronique, soit aussi largement distribué que possible.
Mon mari, Matthew, mérite à lui seul tout un chapitre de remerciements, mais je me contenterai de dire que sans lui, je n'aurais pas grand-chose à écrire sur le pouvoir de l'amour. Mes parents, mes sœurs et les autres membres de ma famille m'apportent toujours le même soutien indéfectible. J'ai une chance incroyable de tous vous avoir. Melissa, les critiques que tu m'apportes sont incroyablement motivantes… et ton amitié est encore plus formidable. Vicki, Ilona et Yasmine, que ce soient vos paroles de réconfort lorsque je doute ou votre patience lorsque j'ai besoin de vider mon sac, votre aide m'est inestimable. Pour moi, vous êtes toutes les trois des héroïnes de première classe !

Tage et Erin, merci pour tout ce que vous faites pour mon site Internet. Grâce à vous, c'est l'un des sites les plus agréables du web. Et enfin, merci à tous les libraires qui ont commandé mes livres ou qui les ont recommandés à leurs clients. Vous êtes formidables. Que ces remerciements fassent office de bisous !

Prologue

31 décembre, un an auparavant

Ils se trouvaient au sous-sol, mais Denise entendait tout de même les bruits de la bataille qui faisait rage dehors. Elle ignorait ce qui les attaquait, mais vu l'air effrayé de Cat lorsqu'elle leur avait ordonné de descendre se mettre à l'abri, cela n'avait certainement rien d'humain. Si Cat elle-même avait peur, alors la situation devait être véritablement terrifiante.

Des bruits violents retentirent au rez-de-chaussée, et Denise retint son souffle. Randy resserra son étreinte sur ses épaules.

— Tout va bien se passer.

Son visage montrait qu'il était loin d'en être persuadé, tout comme Denise. Mais la jeune femme sourit dans l'espoir de convaincre son mari qu'elle croyait son mensonge, ne serait-ce que pour le rassurer.

Randy ôta alors son bras.

— Je monte les aider à le chercher.

Il voulait parler de l'objet qui avait attiré les créatures inconnues jusqu'à cette maison isolée du Grand Nord canadien. S'ils parvenaient à le trouver et le détruire, l'attaque cesserait.

Cinq ans plus tôt, Denise n'aurait cru ni aux vampires, ni aux goules, ni aux objets dotés de propriétés surnaturelles. Mais elle avait choisi de passer le Nouvel An avec sa meilleure amie à demi vampire, dans une maison remplie de choses défiant l'imagination, et par sa faute Randy et elle allaient sans doute mourir.

— Tu ne peux pas, c'est trop dangereux, protesta Denise.

— Je ne sortirai pas, mais je peux les aider à fouiller la maison.

Denise savait que la découverte de l'objet mystérieux était leur seule chance de s'en tirer.

— Je t'accompagne.

— Non, reste ici. Les gamins ont peur.

Denise regarda les adolescents blottis dans le coin le plus reculé du sous-sol, les yeux écarquillés par la peur. Il s'agissait de jeunes fugueurs ou de sans-abri qui vivaient avec les vampires et réglaient leur loyer en offrant leur sang. La seule autre adulte présente était Justina. D'ordinaire si autoritaire, la mère de Cat tremblait d'effroi.

— Je reste, céda Denise. Mais sois prudent. Et reviens tout de suite si ces choses se rapprochent.

Randy l'embrassa furtivement.

— Promis.

— Je t'aime, lui lança-t-elle alors qu'il ouvrait la porte à toute volée.

Il sourit.

— Moi aussi.

Il sortit et Denise referma derrière lui. Elle ne revit plus jamais son mari en vie.

Chapitre premier

— Je crois qu'Amber a été assassinée.

Denise regarda son cousin d'un air éberlué. Elle avait largement entamé sa troisième *margarita*, mais était certaine d'avoir bien entendu. *On n'aurait peut-être pas dû aller dans un bar après l'enterrement.* Paul avait dit qu'il ne se sentait pas la force de respecter de nouveau la semaine de deuil rituelle que lui imposait sa religion. Il venait de perdre sa mère, puis sa sœur, à un mois d'intervalle. Si prendre un verre pouvait alléger sa peine, après tout, les préceptes religieux pouvaient passer au second plan.

— Mais les médecins ont dit que c'était son cœur.

— Je sais bien, grogna Paul. La police ne m'a pas cru non plus. Mais la veille de sa mort, Amber m'a avoué qu'elle avait l'impression d'être suivie. Elle avait vingt-trois ans, Denise. Est-ce que c'est un âge pour mourir d'une crise cardiaque ?

— C'est ce qui est arrivé à ta mère, lui rappela doucement Denise. Ce type de pathologie est souvent héréditaire. Il est rare qu'une personne aussi jeune souffre de problèmes cardiaques, c'est vrai, mais ta sœur subissait une grande pression…

— Pas plus que moi ces derniers temps, l'interrompit Paul d'un ton amer. Est-ce que tu es en train de suggérer que je suis le prochain sur la liste ?

Cette idée était si atroce que Denise refusa de l'envisager.

— Je suis sûre que tu es en parfaite santé, mais ça ne coûte rien de vérifier.

Paul se pencha en avant et jeta un coup d'œil autour de lui.

— Je crois que je suis suivi moi aussi, lâcha-t-il dans un murmure presque inaudible.

Denise se figea. Pendant les mois qui avaient suivi la mort de Randy, elle avait cru que chaque ombre cachait une menace sinistre prête à lui sauter à la gorge. Même plus d'un an après, elle n'avait toujours pas réussi à se défaire entièrement de ce sentiment. Sa tante et sa cousine venaient de mourir toutes les deux en quelques semaines, et Paul semblait croire que la mort le guettait. Était-ce une phase classique du travail de deuil ? Était-il normal de penser que lorsque la mort frappait dans votre entourage, c'était vous qu'elle viserait ensuite ?

— Tu veux t'installer chez moi pendant quelques jours ? proposa-t-elle. Un peu de compagnie ne me ferait pas de mal.

En fait, Denise préférait être seule, mais Paul l'ignorait. Les investissements prudents de Randy s'étaient évaporés lors de la crise financière, ne lui laissant que de quoi l'enterrer décemment et verser un acompte pour sa nouvelle maison, loin de sa famille. Ses parents débordaient de bonnes intentions mais, dans leur empressement à la consoler, ils avaient tenté de prendre sa vie en main. Au travail, Denise était restée à l'écart de ses collègues, et cet isolement l'avait aidée à accepter la mort de Randy au cours de cette longue et difficile année.

Mais si cela pouvait permettre à Paul de surmonter le choc initial de la double perte qu'il venait de subir, elle était prête à abandonner sa solitude.

Son cousin parut soulagé.

— Ouais. Si ça ne te dérange pas.

Denise fit signe au barman.

— Bien sûr que non. Allons chez moi avant que je commande un autre verre. Tu as déjà trop bu, on va prendre ma voiture et on reviendra chercher la tienne demain matin.

— Je suis tout à fait en état de conduire, protesta Paul.

Denise lui lança un regard noir.

— Pas ce soir.

Paul haussa les épaules et Denise fut heureuse qu'il n'insiste pas. Si son cousin avait un accident après être sorti boire un verre avec elle, elle ne se le pardonnerait jamais. À part ses parents, c'était le membre de sa famille dont elle était le plus proche.

Elle régla l'addition sans prêter attention aux protestations de Paul, puis ils sortirent sur le parking. Après la tentative de viol dont elle avait été victime trois mois auparavant, elle prenait toujours soin de se garer le plus près possible de l'entrée des bars. Et malgré la présence de son cousin, elle garda la main sur la bombe anti-agression pendue à son porte-clés. Elle en possédait deux : l'une au poivre et l'autre au nitrate d'argent. Les humains n'étaient pas les seuls dangers la nuit.

— La chambre d'amis n'est pas grande, mais il y a une télé, dit Denise alors qu'ils arrivaient à sa voiture. Tu pourras…

Elle interrompit sa phrase par un hurlement en voyant Paul se faire tirer violemment en arrière par un homme qui semblait sorti de nulle part. Son cousin essaya lui aussi de crier, mais le bras serré autour de sa gorge l'en empêcha. Les yeux de l'inconnu passaient de l'un à l'autre, et Denise crut voir des flammes danser dans son regard.

— Encore un, siffla-t-il en plaçant son poing sur la poitrine de Paul.

Denise hurla de toutes ses forces et envoya une giclée de poivre au visage de l'homme. Ce dernier ne cilla pas, mais les yeux de Paul, eux, se mirent aussitôt à enfler.

— À l'aide ! cria à nouveau Denise en pulvérisant le produit jusqu'à ce que la bombe soit vide.

L'homme ne broncha toujours pas, alors que le visage de Paul bleuissait. Elle se saisit ensuite du nitrate d'argent et déchargea la capsule en quatre pulvérisations affolées. L'homme réagit enfin, mais témoigna de la surprise, non de la douleur, avant d'éclater de rire.

— De l'argent ? Tiens, tiens, intéressant…

Denise avait épuisé son arsenal, mais leur agresseur n'avait même pas fait mine de lâcher prise. Paniquée, elle serra les poings et se jeta sur lui… pour se retrouver par terre l'instant suivant, au-dessus de son cousin.

— Qu'est-ce qui se passe là dehors ? demanda quelqu'un dans le bar.

Denise leva les yeux. L'inconnu avait disparu. Un grand berger allemand se tenait à un mètre d'eux, un sourire canin sur les babines. Il s'enfuit en galopant lorsque les premiers clients approchèrent.

— Appelez les secours ! cria Denise en remarquant, avec horreur, que Paul ne respirait plus.

Elle posa la bouche sur la sienne, souffla fort… et se mit à tousser à cause du poivre dont elle l'avait aspergé.

Pantelante et haletante, Denise vit un jeune homme tenter de réanimer son cousin avant de reculer lui aussi, la respiration coupée par le produit. Elle tâta le pouls de Paul. Rien. Une dizaine de personnes s'étaient assemblées là, mais personne ne fit mine de saisir son téléphone.

— Appelez une ambulance, bon Dieu, hurla-t-elle en tambourinant sur la poitrine de Paul tout en lui faisant du bouche-à-bouche malgré ses propres difficultés à respirer. Allez, Paul ! Ne me fais pas ça !

À travers le voile qui lui couvrait les yeux, elle vit le visage de son cousin s'assombrir davantage. Sa bouche était flasque et sa poitrine inerte. Denise continua néanmoins ses gestes de premier secours et enroula la main autour de sa bouche pour lui insuffler de l'air sans que ses lèvres viennent au contact du poivre.

Elle ne s'arrêta qu'à l'arrivée des secours, au bout de ce qui lui parut une éternité. Lorsqu'ils la relevèrent de force, Paul ne respirait toujours pas.

— Vous dites que l'homme s'est… volatilisé ?

L'agent de police ne parvenait pas à masquer son incrédulité. Denise se retint à grand-peine de le gifler. Elle se sentait à bout. Elle avait dû appeler tous ses proches pour leur apprendre l'horrible nouvelle, puis était allée partager leur peine à l'hôpital avant de se rendre au commissariat faire sa déposition. Celle qui semblait si difficile à croire.

— Comme je l'ai dit, quand j'ai levé les yeux, le type n'était plus là.

— Aucun client du bar n'a rien vu dehors, madame, répéta l'agent pour la troisième fois.

Denise laissa alors libre cours à son énervement.

— C'est parce qu'ils étaient tous à l'intérieur lors de l'agression. Écoutez, il a étranglé mon cousin. Son cou ne portait pas de marques ?

Le policier détourna les yeux.

— Non. Le médecin légiste ne l'a pas encore examiné, mais les ambulanciers n'ont remarqué aucune trace de strangulation. Par contre, tout indique qu'il a subi un arrêt cardiaque...

— Il n'a que vingt-cinq ans ! éclata Denise avant de s'interrompre.

Un gros frisson lui parcourut la colonne vertébrale. *« Est-ce que c'est un âge pour mourir d'une crise cardiaque ? »* avait demandé Paul quelques heures auparavant en parlant de sa sœur de vingt-trois ans, avant de déclarer une chose à laquelle Denise n'avait pas réellement prêté attention : *« Je crois que je suis suivi moi aussi. »*

À présent, Paul était mort, apparemment victime d'un infarctus. Comme Amber et tante Rose. Denise savait que l'homme immunisé contre le poivre et le nitrate d'argent n'était pas un produit de son imagination. Celui qui s'était évaporé en un clin d'œil... ni le gros chien qui était apparu de nulle part.

Mais elle ne pouvait pas expliquer tout ça au policier. Il la regardait déjà comme si son chagrin lui avait presque fait perdre la tête. Denise avait remarqué que lorsqu'on l'avait soignée pour l'ingestion de gaz lacrymogène, on lui avait également prélevé du sang, probablement pour vérifier son taux d'alcoolémie. On lui avait déjà demandé à plusieurs reprises ce qu'elle avait bu avant de sortir du bar. De toute évidence, rien de ce qu'elle pourrait dire, même sans mentionner les événements surnaturels de la soirée, ne serait pris au sérieux si le légiste concluait à une crise cardiaque.

Mais ce n'était pas grave, car elle connaissait des gens qui, eux, la croiraient suffisamment pour creuser la question.

— Je peux rentrer chez moi ? demanda-t-elle.

Un éclair de soulagement traversa le visage du policier, ce qui renouvela l'envie qu'avait Denise de le gifler.

— Bien sûr. Je peux vous faire raccompagner par une patrouille.

— Je vais appeler un taxi.

Il se leva et hocha plusieurs fois la tête.

— Voici ma carte, si jamais vous vous rappelez quoi que ce soit d'autre.

Denise dut prendre sur elle pour ne pas l'arracher des mains de son interlocuteur avant de la lui lancer au visage.

— Merci.

Elle attendit d'être chez elle pour passer son coup de téléphone, afin que le chauffeur ne raconte pas partout que l'une de ses clientes avait déliré sur un meurtre commis par un homme qui s'était peut-être transformé en chien. Si la police en avait vent, elle n'aurait plus aucun espoir qu'ils suivent les pistes qu'elle leur indiquerait, même s'ils finissaient par croire à la théorie du meurtre.

À la troisième sonnerie, malheureusement, un répondeur automatique lui déclara que le numéro qu'elle venait de composer n'était plus attribué. Denise raccrocha. En effet, Cat, poursuivie par un vampire maniaque, multipliait les déménagements. Visiblement, elle avait également changé de numéro de téléphone. Était-elle toujours en Europe ? Depuis quand ne lui avait-elle pas parlé ? Des semaines, peut-être.

Denise essaya ensuite le numéro de Bones, le mari de Cat, mais il était aussi hors service. Elle fouilla alors dans ses tiroirs pour trouver son carnet d'adresses, qui comportait le numéro de la mère de Cat. Il datait de l'année précédente, et comme elle s'y attendait, il n'était plus attribué non plus.

De dépit, elle jeta le carnet sur le canapé. Elle avait tout fait pour éviter le monde de la nuit, et à présent qu'elle avait besoin d'y renouer des liens, pas moyen de joindre qui que ce soit.

Il devait forcément y avoir quelqu'un qu'elle réussirait à contacter. Denise passa en revue le répertoire de son portable, à la recherche de personnes connaissant Cat. Ce n'est qu'au bout de la liste qu'un nom lui sauta aux yeux.

Spade. Elle avait conservé son numéro quelques mois auparavant, car c'était lui qui était venu la chercher la dernière fois qu'elle avait vu Cat.

Denise hésita. Elle se remémora les traits finement sculptés de Spade, sa peau pâle et son regard pénétrant. Si une marque de sous-vêtements l'embauchait comme mannequin pour une campagne publicitaire, les lectrices seraient tentées de lécher les pages de leurs magazines, mais les souvenirs que Denise avait de lui étaient irrévocablement liés à des images de sang. D'autant que cette nuit-là, il en avait été couvert.

Elle se ressaisit. Paul avait été assassiné, et Spade était peut-être la seule personne la reliant à Cat. Denise appuya sur le bouton d'appel en priant pour ne pas entendre la voix monotone lui annoncer que le numéro n'était plus attribué. Trois sonneries, quatre…

—Allô ?

Denise se sentit défaillir de soulagement en entendant l'accent britannique de Spade.

— Spade, c'est Denise. L'amie de Cat, ajouta-t-elle en pensant au nombre de Denise qu'un vampire vieux de plusieurs siècles pouvait connaître. Je n'ai pas le numéro actuel de Cat et… je suis à peu près sûre qu'une *chose* a assassiné mon cousin. Et peut-être aussi ma cousine et ma tante.

Elle avait parlé d'une traite et son explication lui parut cinglée, même à elle. Elle attendit, n'entendant que sa propre respiration au bout du fil.

— C'est bien Spade, n'est-ce pas ? demanda-t-elle avec méfiance.

Et si jamais elle avait composé un mauvais numéro ?

La voix du vampire résonna aussitôt.

— Oui, pardon. Et si tu me racontais ce que tu penses avoir vu ?

Denise remarqua le choix de ses mots, mais elle était trop à cran pour le relever.

— Mon cousin s'est fait tuer sous mes yeux par un homme qui n'a même pas réagi lorsque je l'ai aspergé avec une bombe lacrymogène au poivre, puis une autre au nitrate d'argent. Une seconde plus tard, un chien énorme est apparu à sa place avant de s'enfuir, et la police pense que mon cousin, qui n'avait que vingt-cinq ans, n'a pas été étranglé, mais qu'il est mort d'une crise cardiaque.

Nouveau silence. Denise imaginait Spade en train de froncer les sourcils en écoutant son histoire. Elle avait peur de lui mais, à l'heure actuelle, elle était encore plus effrayée par la créature qui avait tué Paul.

— Tu es toujours à Fort Worth ? demanda-t-il enfin.

— Oui. Dans la même maison que… qu'avant.

Là où il l'avait déposée après avoir tué un homme de sang-froid.

— D'accord. Je suis désolé, mais Cat est en Nouvelle-Zélande. Je peux l'appeler ou te donner son numéro, mais il lui faudra au moins une journée pour revenir, si ce n'est plus.

Son amie, experte en choses surnaturelles, se trouvait de l'autre côté du globe. Génial.

— … mais il se trouve que je suis aux États-Unis, poursuivit Spade. À Saint Louis, pour être précis. Je peux être chez toi dans la journée et aller examiner le corps de ton cousin.

Denise retint son souffle, déchirée entre le désir de savoir aussi vite que possible ce qui avait tué Paul et l'énervement causé par le fait que ce soit Spade qui s'occupe de cette affaire. Elle réprima aussitôt cette pensée. Les décès de Paul, d'Amber et de sa tante comptaient plus que la gêne qu'elle ressentirait en présence du vampire.

— Ce serait très gentil. J'habite au…

— Je me rappelle ton adresse, l'interrompit Spade. Attends-moi vers midi.

Elle regarda sa montre. Il serait là dans six heures. Même si sa vie en dépendait, elle ne pourrait pas parcourir aussi rapidement la distance séparant les deux villes, mais puisque Spade le disait, elle le croyait.

— Merci. Est-ce que tu peux dire à Cat, euh, que…

— Il vaudrait peut-être mieux laisser Cat et Crispin en dehors de tout ça pour l'instant, dit Spade en appelant Bones par son prénom humain, comme à son habitude. Ils ont vécu des moments très difficiles ces derniers temps. Inutile de les inquiéter si c'est un problème que je peux régler moi-même.

Denise ravala sa colère. Elle savait ce qu'il sous-entendait. Qu'elle avait peut-être tout imaginé.

— Je te vois à midi, répondit-elle avant de raccrocher.

La maison paraissait étrangement calme. Denise regarda par la fenêtre en frissonnant. L'appréhension qu'elle ressentait était une réaction tout à fait normale après la nuit qu'elle avait vécue. Mais, pour se rassurer, elle se rendit dans chacune des pièces pour vérifier les portes et les fenêtres. Tout était verrouillé. Elle se força ensuite à prendre une douche en essayant de chasser de son esprit l'image du visage bleuâtre de Paul. Sans résultat. Denise enfila un peignoir et se remit à arpenter sa maison avec nervosité.

Si elle avait refusé de prendre un verre avec lui la veille, Paul serait peut-être encore en vie. Et si elle avait immédiatement couru jusqu'au bar pour demander de l'aide au lieu de rester dans le parking ? Aurait-elle pu le sauver en ressortant avec plusieurs personnes qui auraient fait fuir l'agresseur ? Celui-ci était parti dès que ses cris avaient attiré du monde ; peut-être que si elle n'était pas restée là à l'asperger inutilement de gaz lacrymogène…

Denise était si absorbée dans ses pensées que ce ne fut qu'à la troisième reprise qu'elle entendit les petits bruits. Elle s'immobilisa aussitôt. Quelqu'un frappait à la porte.

Elle sortit de la cuisine et courut en silence jusqu'à sa chambre à l'étage pour prendre son pistolet Glock dans la table de nuit. Il était chargé de balles en argent qui ne feraient que ralentir un vampire, mais tueraient à coup sûr un humain. Denise redescendit l'escalier en tendant l'oreille. *Oui, il est toujours là. Quel son étrange, on dirait un gémissement accompagné de grattements.*

Et si quelqu'un essayait de forcer la serrure ? Devait-elle appeler la police ou attendre de voir de quoi il s'agissait ? Si elle les dérangeait à cause d'un raton-laveur trop curieux, elle perdrait définitivement toute crédibilité aux yeux des inspecteurs.

Denise garda le canon de son arme pointé en direction de l'entrée et avança à pas de loup jusqu'à la fenêtre. En se penchant suffisamment, elle pourrait apercevoir sa porte…

— Hein ? s'exclama-t-elle, le souffle coupé.

Une petite fille vêtue de rouge se tenait sous son porche. Elle frappait à la porte comme si elle était blessée, ou épuisée, ou les deux à la fois. Denise l'entendait désormais appeler à l'aide.

La jeune femme posa son arme et ouvrit vivement la porte. Le visage de la fillette était baigné de larmes et elle tremblait de la tête aux pieds.

— Est-ce que je peux entrer ? Papa s'est fait mal, zozota l'enfant.

Denise la releva en cherchant du regard une voiture, ou quoi que ce soit indiquant de quelle manière la petite fille avait pu arriver jusque-là.

— Entre, ma puce. Que s'est-il passé ? Où est ton papa ? demanda Denise d'une voix rassurante tout en l'aidant à franchir le seuil.

La fillette sourit.

— Papa est mort, dit-elle, sa voix se muant en un grondement sourd.

Denise lâcha prise sous l'effet du poids soudain et vit avec horreur la petite fille se transformer en l'homme qui avait tué Paul. Elle voulut s'enfuir, mais celui-ci l'attrapa et referma la porte derrière lui.

— Merci de m'avoir invité à entrer, dit-il en posant la main sur la bouche de Denise au moment où cette dernière allait hurler.

Chapitre 2

Spade raccrocha et réfléchit à la conversation qu'il venait d'avoir. Denise MacGregor. Il n'aurait jamais cru entendre de nouveau parler d'elle. Elle semblait croire que son cousin avait été assassiné par une sorte de chien-garou… sauf que ceux-ci, ou les quoi-que-ce-soit-garou, d'ailleurs, n'existaient pas.

Il y avait peut-être une autre explication. Denise avait dit avoir aspergé l'agresseur de poivre et de nitrate d'argent. Il était tout à fait possible qu'elle l'ait manqué. Ou alors, si un vampire avait tué son cousin, il avait pu hypnotiser la jeune femme pour lui faire croire qu'elle l'avait vu se transformer en chien, et qu'il n'avait pas été affecté par la pulvérisation d'argent. Modifier la mémoire des humains était un jeu d'enfant. D'un autre côté, si Denise avait vraiment assisté à une attaque de vampire, l'assassin se demanderait sûrement comment elle avait eu l'idée d'utiliser de l'argent. Dans ce cas, il ne se contenterait peut-être pas de l'hypnose pour s'assurer son silence. C'était un risque que Spade n'avait pas l'intention de courir.

Il jeta un coup d'œil plein de regrets à son lit. Cela faisait très longtemps qu'il maîtrisait la léthargie handicapante qui accompagnait le lever du soleil, mais cela ne signifiait pas pour autant qu'il sautait de joie à l'idée de faire la route jusqu'au Texas. Enfin… c'était le moins qu'il puisse faire pour éviter à Crispin et Cat de rentrer en catastrophe de Nouvelle-Zélande pour ce qui n'était probablement rien d'autre que l'effondrement émotionnel d'une humaine terrassée par le chagrin et le stress.

Il se rappelait la manière dont Denise l'avait regardé lors de leur dernière rencontre. Les vêtements de la jeune femme étaient parsemés de gouttes de sang, son visage aussi pâle que sa propre peau d'ivoire, et ses yeux noisette traduisaient un sentiment entre le dégoût et la peur.

« *Pourquoi est-ce que tu l'as tué ?* » avait-elle murmuré.

« *À cause de ce qu'il s'apprêtait à faire,* avait répondu Spade. *Personne ne mérite de vivre après ça.* »

Elle n'avait pas compris. Mais Spade, si. Trop bien, malheureusement. Les humains étaient peut-être plus cléments, mais l'expérience lui avait appris que les violeurs, même potentiels, ne méritaient aucune pitié.

Il se souvenait aussi de la dernière phrase que Denise avait prononcée lorsqu'il l'avait déposée chez elle ce soir-là. « *Je ne supporte plus la violence de votre monde.* » Il avait vu la même expression sur beaucoup de visages humains et entendu ce ton désabusé dans leurs voix. Si Crispin n'avait pas été si occupé par les événements récents, il aurait expliqué à Cat combien il serait plus charitable d'effacer tous souvenirs de vampires et de goules de la mémoire de Denise. Peut-être le ferait-il lui-même, s'il s'apercevait que la jeune femme était en proie à des hallucinations. Ce ne serait d'ailleurs pas un simple geste de gentillesse. Si elle n'avait vraiment plus prise sur la réalité, ce lavage de cerveau éliminerait un risque pour Denise elle-même.

Spade empaqueta des vêtements pour quelques jours et descendit au garage. Une fois derrière le volant de sa Porsche, il enfila une paire de lunettes noires et enclencha l'ouverture de la porte. Cette saleté de soleil était déjà levé. Spade lui lança un regard menaçant et sortit dans l'aube naissante.

Les humains. À part leur sang délicieux, ils étaient surtout synonymes d'ennuis.

Denise parvenait à peine à respirer. La douleur qui lui enflammait la poitrine et le bras droit semblait s'étendre à tout son corps. De petites lumières scintillaient devant ses yeux. *Je vais mourir...*

— Pourquoi m'as-tu aspergé avec de l'argent ? demanda une voix aimable.

La main lui libéra le visage et elle prit plusieurs inspirations douloureuses. La sensation de brûlure diminua dans sa poitrine et sa vision s'éclaircit suffisamment pour qu'elle voie qu'elle se trouvait toujours dans son hall d'entrée. Denise tenta de repousser l'homme qui la tenait d'une poigne de fer, mais elle était si faible qu'elle ne pouvait même pas lever les mains. Si l'inconnu la lâchait, elle s'écroulerait.

— Réponds.

Un nouvel éclair de douleur accompagna cet ordre.

Denise s'exécuta malgré la difficulté qu'elle éprouvait à respirer.

— Pensais que t'étais... un vampire.

Son agresseur éclata de rire.

— Faux. Et insultant, soit dit en passant, mais intéressant. Que sais-tu à leur sujet ?

Son arme se trouvait sur la table, à moins de deux mètres d'elle. Denise s'affaissa dans les bras de l'inconnu dans l'espoir qu'il la lâche. Ainsi, elle arriverait peut-être à se saisir du pistolet.

— Réponds, répéta l'homme en la retournant violemment pour qu'elle se retrouve face à lui.

Des flammes rouges dansaient dans ses yeux, mais à part ça – et la vague odeur de soufre qui émanait de lui – il ressemblait à un étudiant. Ses cheveux étaient châtains, un peu plus clairs que les siens, et rassemblés en une queue-de-cheval. Avec son jean pattes d'ef et son tee-shirt délavé, on aurait pu le prendre pour un jeune hippie.

Mais il n'était pas humain. *Les yeux rouges.* Elle n'avait jamais rien vu de tel. Ce n'était ni une goule ni un vampire… alors quoi ?

— Je sais que les vampires existent, parvint à articuler Denise.

La douleur écrasante qu'elle ressentait dans la poitrine s'atténuait en élancement lancinant, et elle respirait un peu mieux.

— N'importe quel gothique peut porter une bombe lacrymogène au nitrate d'argent au bout d'un porte-clés et croire aux vampires, répondit l'homme d'un ton dédaigneux. Tu vas devoir trouver mieux que ça.

Une nouvelle flambée de douleur força presque Denise à se plier en deux. Lorsque la vue lui revint enfin, l'inconnu souriait. La jeune femme pensa que le visage de ce monstre était la dernière chose que sa tante et ses cousins avaient vue avant de mourir, et la colère lui donna du courage.

— Les vampires descendent de Caïn, que Dieu a condamné à boire du sang pour l'éternité afin de le punir d'avoir versé celui d'Abel, son frère. Ils n'ont rien à craindre des croix, des pieux en bois ou de la lumière du jour. Ils ne peuvent être tués que si on leur enfonce de l'argent dans le cœur ou si on les décapite, ce qui est d'ailleurs le seul moyen de tuer une goule. Ça te suffit ? grogna-t-elle.

Il rit, comme si la tirade de la jeune femme le mettait en joie, et la lâcha. Elle s'effondra, comme prévu, mais prit bien soin de se pencher vers l'avant pour se rapprocher de la table et de son arme.

—Très bien. Es-tu la propriété de quelqu'un ?

—Non, rétorqua Denise, qui savait que ce terme se référait aux humains entretenus par les vampires en échange de leur sang.

Des sortes de casse-croûte impromptus, le pouls en plus.

—Ah, dit l'inconnu, les yeux brillants. Il s'agit d'une situation plus romantique ?

—Par l'enfer, non, répondit Denise, qui se rapprocha encore de la table en faisant semblant de réajuster son peignoir.

Elle ne portait rien en dessous, mais ce n'était pas la pudeur qui l'animait. Elle voulait attraper son pistolet. Quelle que soit la nature de cette créature, elle était peut-être sensible aux balles, peut-être suffisamment pour lui laisser une chance de s'enfuir.

—Ne parle pas de l'enfer, fit remarquer l'homme avec une grimace. Ça me rappelle de mauvais souvenirs.

Denise se figea. Elle l'observa plus attentivement. Les yeux rouges. L'odeur de soufre. Ni humain, ni vampire, ni goule.

—Démon, déclara-t-elle.

Il s'inclina.

—Appelle-moi Raum.

Denise fouilla dans sa mémoire pour se souvenir de ce qu'elle savait sur les démons, mais l'étendue de ses connaissances se limitait à *L'Exorciste*. Même si elle avait eu de l'eau bénite, en asperger le démon en psalmodiant : « Le pouvoir du Christ t'oblige à céder», comme dans le film, s'avérerait-il vraiment efficace ?

— Ce Spade à qui tu téléphonais tout à l'heure, poursuivit Raum. C'est un vampire ou une goule ?

Cette question emplit Denise d'effroi. Spade n'était pas à proprement parler un ami, mais elle ne voulait tout de même pas le mettre en danger.

— C'est un humain, répondit-elle.

Le démon haussa un sourcil.

— Mais tu lui as raconté ce que tu as vu, donc il doit connaître leur existence. Si tu n'es ni une propriété ni une petite amie, qu'est-ce qui te rattache à ces cadavres ambulants ?

Denise fit attention de ne rien révéler qui pourrait causer du tort à Cat.

— J'ai, euh, survécu à une attaque de vampires il y a quelques années, et j'ai essayé de me documenter à leur sujet. Ça m'a permis de croiser des gens comme moi. On partage nos informations. On prend soin les uns des autres.

Raum sembla réfléchir.

— Tu prétends que tu n'as aucun véritable lien avec le monde des morts-vivants ou l'un de ses membres ?

Elle hocha la tête.

— Pas le moindre.

Il soupira.

— Dans ce cas, tu ne peux m'être d'aucune utilité.

Une souffrance atroce lui vrilla la poitrine, comme si elle avait reçu une balle en plein cœur. Denise surmonta la douleur paralysante pour articuler une phrase.

— Attends ! J'ai… des liens…

La douleur cessa tout aussi brutalement et un rictus satisfait se dessina sur les lèvres de Raum.

— Je me disais bien. Tu en sais trop pour ne connaître personne.

— Qu'est-ce que tu veux de moi ?

Une peur inouïe serpenta le long de sa colonne vertébrale. Elle était à la merci d'un démon. C'était la pire situation imaginable.

Raum s'agenouilla à côté de la jeune femme, qui recula précipitamment.

— Je vais te montrer.

Il posa la main sur le front de Denise. Une lumière éclata dans l'esprit de cette dernière, suivie par un flot d'images. *Raum se trouvait à l'intérieur d'un pentagramme, en face d'un homme aux cheveux roux.*

— Accorde-moi un pouvoir comme le tien, dit cet homme, et je te donnerai tout ce que tu voudras.

Raum saisit les avant-bras de l'inconnu, qui s'effondra en arrière en hurlant.

Un nouvel éclair, et les images changèrent. *Raum se tenait devant l'homme et lui tendait la main. L'inconnu secouait la tête et reculait. Raum avança, puis poussa un hurlement de rage lorsqu'un pentagramme l'emprisonna. Des flammes se mirent à en jaillir, le centre de l'étoile s'ouvrit et Raum disparut. Il n'y eut rien d'autre que du feu pendant un long moment, puis une suite d'images horribles et sanglantes. Enfin, un sentiment de liberté. Puis des dizaines d'autres images de personnes en train de mourir, et enfin sa tante Rose, Amber, Paul… et elle-même.*

— Ton ancêtre Nathanial a signé un pacte avec moi, puis s'est rétracté. (La voix de Raum parvenait étouffée aux oreilles de Denise.) Il a réussi à m'enfermer pendant un bon bout de temps, mais je suis de retour et je veux être payé.

Denise secoua la tête pour en effacer les visions d'horreur.

— En quoi cela me concerne-t-il ?

— Il se cache certainement au milieu de vampires ou de goules, ronronna Raum. Leur monde m'est interdit, mais pas à toi. Trouve-le. Ramène-le-moi, et je vous laisserai en paix, toi et le reste de sa progéniture.

Le reste de sa progéniture. Le visage de ses parents apparut furtivement à Denise. L'un d'entre eux devait être un descendant de Nathanial. Raum avait l'intention de tuer tout ce qui restait de la famille de Nathanial dans l'espoir de le retrouver.

Elle ne pouvait pas le laisser faire.

— Je le trouverai, promit Denise.

Je ne sais pas comment, mais je le trouverai.

Raum fit glisser ses doigts le long du bras de la jeune femme, qui en eut la chair de poule.

— Je te crois. Mais pour te motiver encore plus…

Il serra le bras de Denise, qui sentit une nouvelle explosion de douleur. Elle entendait ses propres hurlements, mais ils étaient dominés par le rire insouciant du démon.

— Essaie de ne pas mourir, veux-tu ? Ce n'est que le début.

Spade grimaça en arrivant dans la rue de Denise. Une odeur fétide le percuta de plein fouet malgré la climatisation de sa voiture. Il balaya la rue des yeux, s'attendant à y voir un moteur crachant de la fumée, ou des ouvriers en train d'enduire un toit de goudron, mais rien. L'odeur se renforça lorsqu'il se gara dans l'allée qui menait à la maison de Denise.

Il fouilla dans son sac et en tira deux longues lames en argent qu'il cacha dans ses manches. Il sortit ensuite de la Porsche et s'avança jusqu'à la maison. Une fois devant la porte, il s'arrêta et en renifla le cadre avec soin.

Une odeur de soufre lui emplit les poumons, si forte qu'elle aurait eu de quoi l'étouffer s'il avait été humain. Spade expulsa cet air vicié avec un grognement. Une seule créature pouvait laisser une telle puanteur dans son sillage.

Denise MacGregor n'était donc pas le jouet d'hallucinations, mais elle risquait de ne plus être en état de se confier à Spade.

Il cassa la porte d'un coup de pied et s'engouffra dans la maison à la vitesse de l'éclair, avec une roulade pour éviter une attaque potentielle. Denise gisait recroquevillée près d'un canapé, mais le vampire ne se précipita pas vers elle. Il jeta un coup d'œil à travers la pièce pour s'assurer qu'ils étaient bien seuls. Il ne percevait pas d'autre bruit que la respiration et les battements du cœur de la jeune femme.

Il inspecta chaque pièce et placard des deux étages, mais sans rien trouver. Une fois écartée l'éventualité d'un piège, il s'intéressa enfin à Denise.

Elle était évanouie, vêtue d'un simple peignoir dont la ceinture était détachée… et elle empestait le soufre.

Spade serra les lèvres et ouvrit le peignoir. Il s'attendait au pire, mais fut étonné de ne découvrir aucune marque d'agression. Le démon semblait avoir pénétré chez elle et l'avoir assommée avant de repartir.

Le vampire referma le peignoir, écarta les cheveux brun-roux humides qui couvraient le visage de la jeune femme et la secoua légèrement.

— Denise, réveille-toi.

Au bout de plusieurs tentatives, celle-ci ouvrit les yeux… et les écarquilla, paniquée.

— Où est-il ? Il est encore là ?

Sans la lâcher, Spade prit une voix apaisante.

— Il n'y a que moi. Tu n'as rien.

Denise laissa échapper un sanglot strident.

— Si seulement.

Elle souleva les manches de son peignoir pour lui montrer ses avant-bras. Spade ne put retenir un juron lorsqu'il vit les ombres en forme d'étoiles incrustées dans sa peau.

Denise avait raison. Elle n'était pas indemne. Le démon l'avait marquée.

Spade s'assit sur le couvercle des W.-C. de la salle de bains. Denise n'avait pas la force de marcher, mais elle avait insisté pour se laver, et il avait dû la porter dans l'escalier. Il avait proposé de l'aider à se nettoyer, mais elle avait refusé catégoriquement. Ces humains et leur fichue pudeur. Comme si c'était le moment de jouer les voyeurs.

Il insista néanmoins pour rester auprès d'elle, déclarant qu'il ne voulait pas avoir sa mort sur la conscience si elle glissait et se brisait la nuque en sortant de la douche. Denise lui avait répondu d'un ton amer que, selon les dires du démon, la marque qu'il lui avait imprimée l'immunisait contre ce genre d'éventualité. Spade en doutait et ne lui avait donc laissé d'autre choix que de s'asseoir sur le carrelage de la cabine.

Il apercevait sa silhouette floue à travers le verre fumé de la porte close et l'entendait fouiller dans ses flacons de gel douche et de shampoing. L'air était rempli de différents parfums qui écrasaient l'odeur tenace du soufre. Spade ferma les yeux. Il allait devoir rapidement l'emmener en lieu sûr. Le démon n'allait probablement pas revenir tout de suite, mais elle ne pouvait pas rester là.

— J'ai besoin d'une serviette.

Spade en sortit deux et lui tendit la plus grande à travers la porte entrebâillée. Une fois Denise enveloppée dedans, il ouvrit la porte en grand et, sans se soucier de ses protestations, la souleva d'une main tout en se servant de l'autre pour essuyer ses cheveux humides à l'aide de la petite serviette.

— Je peux me débrouiller, dit-elle en le repoussant faiblement.

— En temps normal, j'en suis sûr, répondit-il en la portant jusqu'à son lit. Mais un démon vient de te faire frôler l'infarctus avant de forcer son essence à entrer en toi. Personne ne résisterait à un choc pareil, alors arrête de discuter et laisse-moi t'aider.

Elle s'affaissa contre lui, comme si elle avait épuisé ses dernières forces dans cette dérisoire tentative de résistance. Tout en la soutenant et en maintenant la serviette fermée, Spade l'attira contre lui pour continuer à lui sécher les cheveux. Les yeux de Denise papillotèrent et sa tête retomba sur le bras du vampire, exposant son cou qui se trouvait ainsi à quelques centimètres de ses lèvres.

Spade repoussa le désir soudain de sentir son pouls avec la bouche. Il n'avait rien mangé depuis la veille, certes, mais la faim n'était pas sa seule motivation. Un muscle tressaillit dans sa mâchoire. Il avait espéré que le temps aurait effacé l'étrange attirance que Denise exerçait sur lui, mais visiblement, il n'en était rien.

Il l'avait vue pour la première fois lors de la fête de Noël que Crispin avait organisée plus d'un an auparavant.

En entrant, Spade avait aussitôt remarqué cette femme aux cheveux noirs, en train de rire à gorge déployée à une parole de Cat. L'inconnue avait tourné la tête dans sa direction un instant plus tard, comme si elle avait senti qu'il l'observait. Sa bouche pulpeuse était encore entrouverte par son éclat de rire, mais ç'avait été son regard direct qui avait capté l'attention du vampire. Ainsi que l'inhabituelle décharge électrique qui l'avait traversé alors.

— Qui est-ce ? avait-il demandé à Crispin.

Ce dernier avait suivi le regard de son ami et poussé un petit grognement.

— Désolé, mon pote. C'est la meilleure amie de ma femme.

Ces mots avaient rendu Denise inaccessible. Elle était humaine, et Spade ne connaissait que deux usages à son espèce : la nourriture ou les aventures sans lendemain. Comme Denise était l'amie de Cat, il ne pouvait envisager ni l'une ni l'autre de ces possibilités sans insulter Crispin. Spade avait donc réprimé cet étrange tiraillement lorsqu'il avait reporté les yeux sur elle, mais la jeune femme l'avait déjà oublié pour sourire à un homme aux cheveux fauve. Il avait presque été soulagé d'apprendre par Crispin qu'elle était mariée. Il n'avait plus eu aucune raison de penser davantage à elle.

Mais Denise était désormais veuve. Et elle se trouvait à moitié nue dans ses bras. L'attrait qu'il éprouvait pour elle était difficile à ignorer dans ces circonstances.

Elle n'est pas pour toi, se réprimanda-t-il d'un ton sévère.

Mais il n'y avait aucun mal à remarquer combien elle était adorable. Ses cheveux mouillés semblaient plus foncés, et sa peau était d'un très joli rose pâle. L'odeur âcre du soufre avait disparu, et la fragrance de la jeune femme, un mélange de miel et de jasmin, perçait au travers des autres parfums. Dans cette position, enroulée dans sa serviette, les yeux fermés et les lèvres légèrement entrouvertes, elle lui faisait beaucoup plus d'effet que lorsqu'il l'avait dénudée à son arrivée pour vérifier qu'elle n'était pas blessée.

Spade se ressaisit.

— Il faut qu'on t'habille, dit-il. Une fois que nous serons en sécurité, je contacterai Crispin pour lui dire où Cat et lui pourront venir te chercher.

Denise ouvrit brusquement les yeux.

— Non.

— Non ? répéta Spade, surpris.

Elle lui serra la main avec une poigne dont il ne l'aurait jamais crue capable.

— Tu ne peux pas. Cat laisserait tout tomber pour s'attaquer à Raum, mais il est trop fort. Je… j'ai vu de quoi il est capable. Je ne peux pas la laisser l'affronter, et si elle est au courant de cette histoire, c'est ce qu'elle essaiera de faire.

— Denise, répondit Spade d'une voix aussi raisonnable que possible. Tu ne peux pas agir comme si tu ne portais pas les marques d'un démon. Tu dois trouver le moyen de t'en débarrasser, et…

— Je sais comment faire.

Spade, qui ne s'était pas attendu à cette réponse, haussa un sourcil interrogateur.

— Il veut que je retrouve l'un de mes ancêtres, un homme prénommé Nathanial, poursuivit Denise. Il lui aurait vendu son âme, mais se serait enfui avant que le démon puisse s'en emparer. Raum pense qu'il se cache parmi des vampires ou des goules. Si je le retrouve et le lui ramène, les marques s'effaceront et Raum laissera ma famille en paix.

Spade retrouva sa voix malgré son étonnement.

— Et si tu ne lui livres pas ce Nathanial ?

Denise frissonna.

— Alors l'essence de Raum continuera de se développer en moi… jusqu'à ce que je devienne une métamorphe, comme lui.

Chapitre 3

Denise détourna les yeux de la route. Si les circonstances n'avaient pas été aussi dramatiques, elle était sûre qu'elle aurait vu sa vie défiler. Spade conduisait comme une chauve-souris échappée de l'enfer, zigzaguant dans la circulation avec une efficacité vertigineuse et un mépris souverain des limitations de vitesse. Lorsqu'elle lui avait fait remarquer que s'il continuait à cette allure, il ne tarderait pas à se faire intercepter par la police, Spade s'était contenté de sourire et avait répondu qu'il avait faim de toute façon.

Quelque chose lui disait qu'il ne plaisantait pas.

Pour ne pas avoir à regarder les voitures et le paysage qui se mêlaient dans un grand flou, elle étudia Spade. Ses cheveux de jais se dressaient en une crête naturelle, puis retombaient en boucles brillantes jusqu'à ses épaules. Des sourcils de la même couleur couronnaient des yeux d'ambre sombre. Le tout formait un contraste frappant avec sa peau, qui avait la belle pâleur cristalline commune à tous les vampires. Même assis, on voyait qu'il était très grand, mais sa taille ne le rendait pas gauche, comme c'était parfois le cas. Non, Spade dominait la foule avec une confiance en lui inaltérable, et évoluait avec grâce et précision. Une précision mortelle.

Des souvenirs lui remontèrent subitement à l'esprit. *« Maintenant, tu restes sagement avec mes potes pendant que ta copine et moi montons sur la banquette* », *avait dit l'inconnu avec un sourire mauvais en attrapant Denise par le bras. La seconde suivante, il était à terre, un trou sanguinolent à la place de la tête. Spade se tenait au-dessus de lui, les yeux étincelants de vert. Il lui avait donné un coup de pied d'une telle violence que le cadavre avait cabossé la voiture contre laquelle il avait atterri.*

Arriva ensuite le pire souvenir de tous. *Spade, couvert de sang, qui l'éloignait de ce qui restait de Randy. « Il est mort, Denise, je suis désolé… »*

Elle reporta les yeux sur la route. Elle préférait encore regarder le paysage, même si la vitesse lui donnait la nausée. Au moins, le vrombissement des véhicules de l'autre côté de la vitre n'éveillait aucun souvenir. Lorsque aucun vampire n'était dans les parages, elle pouvait faire semblant de croire que Randy était vraiment mort dans un accident de voiture, comme le pensait sa famille. Mais chaque fois qu'elle en croisait un, les images de sang et de mort qu'elle avait tenté de refouler remontaient tôt ou tard à la surface.

Et à présent, elle était forcée de se plonger dans le dernier endroit au monde où elle aurait souhaité se trouver : en plein cœur du monde de la nuit.

— Je vais devoir demander à quelqu'un de me faire visiter les, euh, endroits où traîne ton espèce, dit-elle en calculant quelle somme d'argent elle réussirait à mobiliser rapidement. Si tu pouvais m'indiquer un détective privé vampire, ou n'importe qui d'équivalent, ce serait très gentil de ta part.

Spade lui jeta un regard dont elle commençait à être très lasse… un de ceux qui disait clairement qu'il la croyait folle.

— Un détective privé vampire ? répéta-t-il. Tu me fais marcher, n'est-ce pas ?

— Je sais qu'il existe des vampires tueurs à gages, alors pourquoi n'y aurait-il pas de détectives privés ? rétorqua-t-elle avec colère. Je ne peux quand même pas passer une petite annonce avec la description de Nathanial et un titre du genre : « Avez-vous vu ce voleur d'âme ? »

Spade crispa les mains sur le volant.

— Non, en effet, répondit-il d'une voix calme. Mais les vampires n'utilisent pas de détectives privés. Si nous voulons trouver quelqu'un, nous demandons à notre Maître de prendre contact avec d'autres Maîtres pour découvrir à qui appartient la personne recherchée. Ensuite, l'affaire se règle entre les deux Maîtres concernés. Les tueurs à gages morts-vivants entrent en jeu lorsque les vampires décident de contourner cette règle au mépris des conséquences. Jamais je n'ai entendu parler d'un humain qui aurait contacté des Maîtres vampires pour retrouver une propriété, ce qui doit être le statut de Nathanial. Et aucun Maître digne de ce nom ne t'abandonnerait sa propriété pour que tu puisses la conduire au sacrifice.

Denise n'aimait pas du tout la nonchalance avec laquelle Spade traitait les humains de « propriétés ». Il ne semblait même pas se rendre compte à quel point c'était insultant.

— Dans ce cas, j'engagerai un tueur à gages et lui demanderai de ne pas tuer Nathanial. Quelle importance, pour lui, de livrer sa victime vivante plutôt que morte ?

Spade marmonna une réponse, mais trop vite pour qu'elle la comprenne.

— Quoi ? demanda-t-elle, énervée.

Il la regarda si longuement qu'elle faillit lui crier de garder les yeux sur la route.

— Aucun vampire ne volerait la propriété d'un des siens pour le compte d'un humain, même pour une fortune. Cela pourrait entraîner une guerre, alors que tuer quelqu'un sans laisser de preuves est beaucoup plus simple. Tu trouveras peut-être un vampire qui acceptera de faire sauter la tête de Nathanial contre rétribution, mais aucun volontaire pour le kidnapper.

Denise avait envie de bourrer le tableau de bord de coups de poing. Il devait forcément exister quelqu'un capable de l'aider. Quel autre mort-vivant connaissait-elle ?

— Je demanderai à Rodney, dit-elle, soudain inspirée. Ce n'est pas un vampire, mais une goule. Il me connaît et acceptera de chercher Nathanial sans éveiller les soupçons ni empiéter sur le territoire de vampires.

Spade tressaillit.

— Rodney est mort.

Denise se tut pendant un long moment. Son cerveau était trop occupé à rejeter l'idée que le gentil et amusant Rodney était mort. « *La décapitation est le seul moyen de tuer une goule* », avait-elle confié à Raum ce matin même. Cette notion la rendait malade à présent. Pourquoi diable avait-on tué Rodney ?

— C'était quelqu'un de bien. Ce n'est pas juste, parvint-elle à dire après un long silence.

Spade grogna.

— En effet.

Denise aurait voulu fermer les yeux et ne plus avoir à penser à la mort pendant une semaine. Ou un jour, voire rien qu'une heure. Mais, à moins qu'elle trouve Nathanial, l'extinction de sa famille se profilait à l'horizon.

Elle allait devoir faire appel à Cat. Bones était un Maître vampire, mais aussi un ancien tueur à gages. Il savait donc comment retrouver les gens et avait le bras long dans la communauté vampire. C'était la seule solution… sauf que l'honneur de Bones lui imposerait de la sauver si les choses tournaient mal. *J'ai déjà entraîné la mort de mon mari,* pensa Denise avec découragement. *Comment pourrais-je encore me regarder en face si je causais aussi celle du mari de ma meilleure amie ?*

— Nous arriverons à Springfield dans quelques heures, déclara Spade. Ensuite, on s'arrêtera dans un hôtel et…

Denise se redressa d'un bond.

— Toi !

Spade haussa les sourcils.

— Je te demande pardon ?

— Toi, répéta-t-elle. Tu es un Maître vampire. Tu as déjà traqué des fugitifs, Cat me l'a dit, et rien ne te rattache à moi, donc en cas de danger, tu battras en retraite avant de te faire tuer. Tu es la personne idéale pour m'aider à localiser Nathanial.

Spade ne prit même pas la peine de la gratifier de l'un de ces regards qui exaspéraient tant Denise ; il fit une embardée et s'arrêta sur l'accotement sans laisser le temps à la jeune femme de s'inquiéter des voitures qui venaient en face.

— Je ne peux pas abandonner toutes mes responsabilités pour traquer un humain qui n'aurait jamais dû se frotter aux puissances occultes, dit-il, les dents serrées. Désolé, Denise.

Le désespoir fit perdre la tête à la jeune femme.

— Tu es désolé ? Je n'en crois pas un mot. Oui, je sais, c'est une énorme faveur que je te demande, mais je ne m'attends pas à ce que tu le fasses pour mes beaux yeux. J'espérais que tu accepterais pour ton ami, parce que tu sais pertinemment qu'il n'y aura qu'une personne à laquelle je pourrai m'adresser si tu refuses. Mais tu pourras toujours dire à Cat que tu es désolé que Bones se soit fait tuer en réglant une affaire dont tu n'avais pas le temps de t'occuper. Après tout, l'amitié, c'est toujours plus facile à clamer qu'à prouver.

Il se retrouva à côté d'elle en une fraction de seconde, son visage si proche du sien qu'elle ne pouvait même plus en distinguer les traits. Mais inutile de discerner son expression pour savoir la colère qui l'animait. Son grognement était éloquent.

— Personne ne sait où tu es, ni que tu m'as appelé. Je pourrais enterrer ton cadavre avant le coucher du soleil, et je n'aurais plus à m'inquiéter que Crispin risque sa peau pour toi. Je te conseille donc de ne plus me provoquer.

Les yeux de Spade, qui avaient perdu leur teinte cognac habituelle, étaient d'un vert étincelant et brûlaient d'intensité. Denise n'avait pas besoin de dons surhumains pour sentir la puissance qui émanait de lui. Malgré tout, son instinct lui disait que, même fou de rage, le vampire ne lui ferait aucun mal. Si les menaces de Raum n'avaient porté que sur elle seule, elle aurait tenté sa chance, mais la survie de sa famille dépendait de sa capacité à convaincre Spade de lui prêter main-forte.

— Dans ce cas, une fois que tu m'auras enterrée, tu ferais aussi bien d'aller trouver tous les membres de ma famille et de les tuer à leur tour, répondit-elle. Parce que c'est ce que fera Raum si je ne lui livre pas Nathanial. Combien de meurtres es-tu prêt à commettre au lieu de m'aider ?

Il recula, une moue incrédule sur le visage.

— Tu essaies de me faire chanter ?

Denise répondit par un rire amer.

— Ça impliquerait que je détiens quelque chose qui t'intéresse, mais je n'ai rien… à part l'espoir que je ne causerai pas de nouveau la mort d'une personne à laquelle je tiens. Tu m'as clairement signifié que les humains ne représentaient rien pour toi, mais tu peux tout de même comprendre ça, non ?

Spade détourna les yeux et regarda les voitures qui passaient en trombe à quelques mètres d'eux. Enfin, il desserra le frein à main.

— Heureusement pour toi, j'en suis capable.

Denise s'était précipitée dans la salle de bains dès leur arrivée à l'hôtel, ce qui rappela à Spade qu'il avait oublié de s'arrêter en route pour qu'elle soulage sa vessie. Elle n'en avait pas soufflé mot, la pauvre. Elle devait aussi avoir faim. Il entendit l'eau couler et décida de commander un repas sans la consulter. Après la journée qu'elle venait de vivre, il ne pensait pas qu'elle serait encore éveillée lorsque son dîner arriverait.

Spade ne l'avait pas emmenée directement chez lui, car il voulait éclaircir quelques détails avant de rencontrer d'autres Maîtres vampires. Il avait pris une chambre à l'hôtel afin d'être présent au cas où Raum les aurait suivis, aussi improbable que ça puisse paraître. Mais il ne fallait jamais baisser la garde avec les démons. Raum pouvait essayer de lui tendre un piège et de le prendre comme otage pour s'assurer la coopération du monde de la nuit. Spade savait que ces créatures ne reculaient devant aucune bassesse. Heureusement, elles étaient très rares. Sinon, les quelques vampires ou goules renégats ne seraient qu'une goutte d'eau dans l'océan de soucis dans lequel se débattrait l'humanité.

Il ôta ses chaussures et s'étira en se calant dans un fauteuil au rembourrage confortable. Il s'était fourré dans un beau pétrin. Comment trouver Nathanial sans que personne ne s'aperçoive qu'il le cherchait ? S'il menait son enquête en plein jour, il deviendrait le suspect numéro un lorsque l'on découvrirait la disparition de l'homme… et il n'avait aucune envie de se retrouver mêlé à une nouvelle guerre entre clans morts-vivants. Sans compter qu'il devait cacher que Denise l'accompagnait. Si Crispin en avait vent, il soupçonnerait forcément un problème.

Mais à part lui et Cat, personne ne connaissait vraiment Denise. Peu de gens l'avaient vue en chair et en os, et parmi ces derniers, beaucoup étaient à présent morts et enterrés. Denise pouvait très bien passer pour un joli petit casse-croûte. Tant qu'il évitait Crispin, Cat et leurs amis les plus proches, il pourrait peut-être arriver à localiser Nathanial sans que personne ne se doute de l'implication de Denise.

Spade n'avait pas envie de calculer ses chances. La prudence avait beau lui crier d'éviter la jeune femme comme la peste, et ce pour plusieurs raisons, il sentait qu'il n'avait pas vraiment le choix.

La porte de la salle de bains s'ouvrit et Denise sortit, vêtue d'un peignoir brodé au nom de l'hôtel. Spade lui désigna le placard du menton pour lui indiquer où il avait rangé son sac. Elle en tira quelques vêtements et se mordilla la lèvre, comme si elle hésitait à parler.

Spade haussa un sourcil.

— Contrairement à certains vampires, je ne lis pas dans les pensées, alors si tu as un truc à me dire, fais-le à voix haute.

— Je veux que tu saches que je compte te dédommager pour le temps que tu me consacreras, lâcha-t-elle précipitamment. Et que je te rembourserai toutes les dépenses, comme cette chambre d'hôtel.

Elle avait commencé par le manipuler, et à présent elle l'insultait.

— Non.

Denise cligna des yeux.

— Non ?

— Je comprends ta confusion, reprit Spade d'un ton suave, vu que ce n'est pas un mot que tu as l'habitude d'entendre, mais laisse-moi t'expliquer. Il signifie que je ne suis pas ton employé, que tu devras m'obéir si tu veux que je retrouve ton arnaqueur d'ancêtre, et également que tes préférences en matière de méthodes me sont totalement égales. La définition te paraît plus claire ?

Denise le gratifia d'un regard incendiaire. Il remarqua avec un certain amusement que ses yeux noisette semblaient verdir sous l'effet de la colère, comme le faisaient ceux d'un vampire avant de changer complètement de couleur.

— Puisque c'est ça, je meurs de faim, et j'espère que cet hôtel a un service d'étage et un cuisinier dignes de ce nom, répliqua-t-elle avec une brusquerie à peine contenue.

Spade éclata de rire.

— Je t'ai déjà commandé à manger.

Comme si cette phrase avait été un signal, on frappa à la porte. Spade se leva, s'assura qu'il s'agissait bien d'un humain, puis ouvrit. Un jeune homme en tenue de groom lui adressa un sourire mécanique et entra dans la chambre en poussant un chariot.

— Où dois-je le mettre, monsieur ?

— Près d'elle, répondit le vampire en claquant la porte.

Il laissa le garçon découvrir les plats et en faire une rapide présentation à Denise, qui sembla surprise du large choix qui lui était offert. Le jeune homme se tourna ensuite vers Spade avec un regard à la fois poli et plein d'espoir, et le vampire l'hypnotisa.

— Qu'est-ce que tu fais ? demanda Denise, le souffle coupé.

Il ne prêta pas attention à la jeune femme et se concentra sur la veine palpitante qui l'attirait. Il enfonça rapidement les canines dans le cou du garçon, faisant jaillir un flot de sang riche et nourrissant. Spade attendit avant d'avaler que la pulsation sanguine lui remplisse la bouche, ses lèvres formant un joint étanche pour empêcher les gouttes écarlates de couler.

Denise le regarda, stupéfaite et visiblement indécise. Spade la fusilla des yeux en espérant qu'elle ne ferait rien de stupide, comme crier. Elle se retint, mais porta une main à la bouche, comme pour étouffer un hurlement.

La faim qui le tenaillait se calma dès la quatrième gorgée. Il recula, rattrapa les dernières gouttes avec la langue et referma les trous en s'entaillant le pouce avec une canine et en le tenant au-dessus des blessures. En quelques secondes, celles-ci avaient guéri et disparu.

— Tu as apporté la commande et tu es reparti. Il ne s'est rien passé d'autre, dit Spade en fourrant un billet de vingt dollars dans la main du jeune homme.

Ce dernier hocha la tête, et son sourire artificiel réapparut sur son visage alors que le souvenir de la morsure s'évaporait sous l'effet de la puissance du regard de Spade.

— Bonne soirée, monsieur, dit-il.

— Merci beaucoup. Je vous appelle lorsqu'elle aura fini.

Spade ferma la porte. Denise ne le quittait pas des yeux.

— Tu l'as mordu. Tu n'as même pas… tu t'es jeté sur lui !

Il haussa les épaules.

— Tu n'étais pas la seule à avoir faim.

— Mais…

Elle ne semblait toujours pas trouver ses mots.

— Tu as vécu chez Cat et Crispin pendant plus d'un mois ; tu ne l'as jamais vu se nourrir ?

— Il ne l'a jamais fait devant moi ! s'exclama Denise, comme si la question était saugrenue.

Spade leva les yeux au ciel.

— Il faudra t'y faire, parce que je n'ai pas l'intention de m'affamer.

Denise regarda les plats en train de refroidir sur le chariot.

— Je crois que je n'ai plus faim, marmonna-t-elle.

Spade réprima une réponse qui promettait d'être cinglante. Ce n'était pas la peine de l'accabler davantage après la journée qu'elle avait vécue.

— Prends tes aises dans le lit. Je dormirai dans le fauteuil, dit-il en retirant sa chemise.

Il commençait à enlever son pantalon lorsque l'expression de Denise l'arrêta net. Ah oui, les humains et leur fichue pudeur. Cela faisait longtemps qu'il n'avait pas fréquenté de mortels lambda. Ceux qu'il côtoyait étaient tous habitués au style de vie et aux mœurs vampires. Il allait devoir se rappeler les limites de la décence.

— C'est moi qui t'ai entraîné là-dedans, répondit-elle avec entêtement. Je prends le fauteuil.

Il faillit lever de nouveau les yeux au ciel. Comme s'il pouvait laisser une femme passer la nuit dans un fauteuil alors qu'il se prélassait dans un lit douillet.

— Non.

— Je me sentirais mieux si…

— Pas moi, l'interrompit-il. Et je te signale une nouvelle fois que, puisque je t'aide, tu pourrais au moins te retenir de discuter les moindres détails.

Les traits de Denise étaient partagés entre la frustration et la méfiance, mais elle se tut. *Très bon choix, mon ange. La corvée ne sera peut-être pas si terrible que ça, après tout.*

— Bonne nuit, Denise.

Chapitre 4

Denise fut tirée du sommeil par une voix à l'accent anglais. Il lui fallut quelques secondes pour reprendre ses esprits. Avait-elle laissé la télévision allumée ? Puis les événements cauchemardesques de la veille lui revinrent. *Paul, assassiné. Elle-même, marquée par un démon. Le propriétaire de l'accent, un vampire qui n'avait aucune envie de l'aider, mais sur qui reposaient tous les espoirs de sa famille.*

— Ah, tu es réveillée, dit Spade en raccrochant. Je viens de commander ton petit déjeuner, vu que tu n'as rien avalé hier soir. (Un sourire se dessina sur ses lèvres.) Tu seras ravie d'apprendre que tu dormais encore quand j'ai pris le mien. Ça te permettra peut-être de garder ton appétit.

— Tu te sers chaque fois sur les garçons d'étage ? demanda-t-elle, choquée.

— Bien sûr. Mais ne t'en fais pas pour eux. Je leur laisse toujours un bon pourboire.

Une crampe d'estomac la fit se tourner vers le chariot couvert de plats au fumet entêtant. Prise d'une faim aussi soudaine qu'impérieuse, Denise rejeta les couvertures, se dirigea vers la desserte et souleva le premier couvercle. *Des crêpes.* Elle en prit une et mordit dedans, en fermant les yeux d'extase. *Qu'est-ce que c'est bon.*

Le pancake disparut aussitôt. Elle en attrapa un deuxième avec les mains, trop affamée pour prendre le temps de le napper de sirop d'érable, et l'enfourna dans sa bouche. *Mmm. Délicieux. Encore.*

Elle venait de finir le troisième lorsqu'elle remarqua que Spade la regardait. Il jeta un coup d'œil à l'assiette vide, aux couverts intacts, puis releva la tête.

Denise se sentit rougir. Que lui arrivait-il ? Cela ne faisait tout de même pas si longtemps qu'elle avait mangé.

— Je, euh, j'avais très faim, balbutia-t-elle.

Spade esquissa un sourire.

— Apparemment.

Comme pour le confirmer, une nouvelle crampe lui tordit l'estomac, suivie par un gargouillis tout à fait audible. Denise se força à installer délicatement la serviette sur ses genoux, à prendre les couverts et à découper le plat suivant – des œufs au bacon, un régal ! – en petits morceaux avant de poursuivre son festin. Pendant ce temps, le gargouillis s'était transformé en rugissement. Spade ne la quitta pas des yeux, son demi-sourire toujours sur les lèvres.

— J'aime les femmes qui ont de l'appétit, déclara-t-il d'une voix indubitablement amusée.

Denise abandonna ses bonnes manières, piqua deux morceaux de viande au bout de sa fourchette et les mâcha en lançant à Spade un regard qui le dissuada de faire le moindre commentaire. Bon, elle avait un peu trop faim pour picorer, et après ? Peut-être s'était-il écoulé plus de temps qu'elle le pensait depuis son dernier repas.

— Tu as un plan pour trouver Nathanial ? demanda-t-elle après avoir terminé son assiette.

Aurait-elle l'air d'un glouton si elle passait directement au plat suivant ? Elle s'en fichait. Qui pouvait dire quand ils auraient de nouveau l'occasion de manger ?

— Oui, répondit Spade. Nous commencerons par ma lignée. Elle n'abrite personne qui s'appelle Nathanial, mais il est tout à fait possible que ton ancêtre ait changé de prénom. Raum t'a montré à quoi il ressemblait, tu pourrais le reconnaître ?

Denise frissonna.

— Oui.

Comme si elle pouvait oublier les images atroces que Raum avait fait entrer de force dans sa tête !

— Tant mieux. Je vais organiser une assemblée, et tu pourras passer en revue les propriétés de mes féaux pour voir si Nathanial en fait partie.

— Tu sais, cette manie que tu as de traiter les humains de « propriété » est très malpolie. J'en suis une moi aussi, si tu te rappelles bien.

Un éclair brilla dans les yeux de Spade.

— Tout à fait bien. C'est d'ailleurs pour ça que je te présenterai à eux comme ma nouvelle propriété.

Denise en resta bouche bée.

— Certainement pas.

Il répondit par un élégant geste de la main.

— Si tu ne veux pas que Crispin ou Cat découvre ce que tu trafiques, c'est la meilleure couverture. Je ne fréquente pas d'humaines ; tout le monde le sait. Mais je leur réserve un autre usage, et personne ne discutera le fait qu'un vampire voyage avec sa propriété. D'ailleurs, nous nous déplaçons rarement sans en emmener une ou deux.

L'expression de son visage la mettait presque au défi de le contredire. Denise réfléchit. Et si c'était une ruse pour se débarrasser d'elle ? Si elle refusait de jouer le jeu, il pourrait lui tourner le dos sans arrière-pensée. Peut-être n'avait-il pas vraiment envie de laisser Bones en dehors de cette histoire.

— Très bien, se força-t-elle à répondre, en pensant à ses parents.

Elle pouvait bien supporter une petite humiliation si cela permettait de les sauver.

Spade semblait attendre qu'elle ajoute autre chose. Mais Denise reprit sa fourchette et attaqua la salade de fruits.

— Parfait, finit-il par dire. Nous serons à Saint Louis dans l'après-midi.

Spade raccrocha. C'était le dernier appel qu'il devait passer. Il n'avait pas pour habitude de rassembler sa lignée pour présenter une nouvelle propriété humaine, mais il avait passé la plus grande partie de l'année à l'étranger, et plusieurs questions s'étaient accumulées qui nécessitaient son attention.

Denise était restée très silencieuse ces trois derniers jours. Il soupçonnait que c'était en rapport avec le coup de téléphone qu'elle avait passé à sa famille pour les prévenir qu'elle partait quelque temps pleurer son cousin dans l'intimité. De ce que Spade en avait entendu, la conversation avait été houleuse. Bien entendu, elle ne pouvait pas leur expliquer qu'elle ne les abandonnait pas en cette période de détresse, mais qu'elle s'absentait au contraire pour les aider.

Elle devait néanmoins cesser de ruminer des idées noires. Si elle ne jouait pas bien son rôle de nouvelle propriété devant sa lignée, Spade pourrait toujours contenir les effets négatifs. Mais si cela se produisait en présence d'un autre Maître vampire, un qui ne serait pas l'un de ses alliés ? Les conséquences pourraient être catastrophiques.

Il faut que tu te reprennes, Denise, pensa-t-il. *Et je sais comment…*

Spade descendit au rez-de-chaussée, se doutant qu'il trouverait Denise dans la cuisine. La dépression n'avait en rien altéré son appétit féroce. Toutes ses résidences abritaient un cuisinier qui veillait à ce que les membres humains de sa lignée soient bien nourris. Henry, celui de sa maison de Saint Louis, n'avait pas chômé depuis l'arrivée de la jeune femme.

— Maître, dit Henry en apercevant le vampire.

Spade s'amusa de la réaction de Denise. Elle lui tournait le dos, mais il vit ses épaules se crisper. Le titre que lui donnaient les membres de sa lignée la mettait mal à l'aise. Spade, quant à lui, ne s'en émouvait guère. Après tout, il avait été baron dans sa vie humaine, et l'on s'adressait alors à lui de manière bien plus formelle.

— Henry.

Spade salua le jeune homme d'un signe de tête avant de s'asseoir auprès de Denise à la table de la cuisine. Elle venait de manger des lasagnes fortement assaisonnées d'ail.

Il réprima un sourire. Cat avait expliqué beaucoup de choses à Denise à propos des vampires, mais pas tout. Spade prit une gousse dans son assiette et la mastiqua en prenant soin de pousser de petits soupirs de contentement.

— Ah, Henry, délicieux. Je crois que je vais en prendre une assiette moi aussi.

— Ça ne va pas te rendre malade ? demanda Denise avec étonnement.

Spade garda une expression neutre.

— Je peux manger de la nourriture solide, même si ce n'est pas ce que je préfère en général.

— Pas ça, répondit Denise en secouant la main. L'ail. Les vampires n'y sont pas allergiques ?

— Pas le moins du monde. C'est l'une des raisons pour lesquelles j'aime tant me rendre en Italie. Toutes les filles que j'hypnotise là-bas ont un sang divinement parfumé.

Spade se lécha les lèvres. Denise le vit, pâlit et repoussa son assiette. Le vampire eut un mal fou à se retenir de rire.

— J'ai un cadeau pour toi, dit-il en feignant de ne pas avoir remarqué sa réaction.

Le regard de Denise se chargea de suspicion.

— Pourquoi ?

Elle avait décidément besoin d'améliorer ses talents d'actrice. Jamais un nouveau membre humain de sa lignée n'oserait s'adresser à lui sur ce ton, surtout en présence d'autres personnes.

Il se leva.

— Viens.

Spade tendit la main à Denise, qui se figea.

— Maître, en voulez-vous toujours une assiette ? demanda Henry.

— Garde-la au chaud, répondit-il tout en durcissant le regard destiné à Denise.

Prends-la, lui ordonna-t-il en silence.

Elle s'exécuta et glissa la main dans la sienne. Sa peau était chaude, presque fiévreuse, mais rien dans ses yeux n'indiquait qu'elle était malade. Non, ils brillaient d'irritation face à sa petite démonstration de domination. Spade n'y prêta aucune attention, enserra sa main et l'aida à se lever. Et malgré l'insistance de Denise, il ne la lâcha pas lorsqu'elle fut debout.

— Allons dans ma chambre, ma chérie, dit-il d'une voix volontairement forte et claire.

La jeune femme écarquilla les yeux. Elle avait dormi seule depuis leur arrivée, car, même si Raum avait réussi à les suivre pendant qu'ils traversaient la moitié du pays, les démons ne pouvaient pénétrer dans une maison sans y être invités. Mais les autres occupants des lieux ne devaient avoir aucun doute sur son statut de propriété.

Denise parvint à ravaler les protestations indignées qui lui montaient aux lèvres. Elle serra les dents et se laissa guider jusqu'à l'étage. Spade sentit la température de la jeune femme augmenter lors du trajet jusqu'à la chambre, mais il savait à quoi s'en tenir.

Une fois dans la pièce, elle ferma la porte et retira vivement sa main.

— Il y a des limites que je refuse de franchir.

Il ne lui montra pas combien il était irrité qu'elle sous-entende qu'il profiterait de la situation pour l'entraîner dans son lit.

— Dis-moi lesquelles.

Denise ouvrit puis referma la bouche, car elle ne s'était pas attendue à cette réponse. Elle finit toutefois par se ressaisir.

— Ça me prendrait moins de temps de t'indiquer les choses que je suis prête à faire.

— Fais donc, et je te dirai ensuite ce que tu dois y ajouter.

La lueur de défi se ralluma dans l'œil de la jeune femme. Spade sourit intérieurement. La colère lui faisait du bien. L'idéal aurait été qu'elle réussisse à l'équilibrer avec un peu de bon sens, mais seul le temps lui dirait si Denise était aussi maligne qu'adorable.

— Très bien. (Elle se redressa, ce qui fit onduler ses cheveux noirs.) Je suis d'accord pour dormir dans la même pièce que toi si les circonstances l'exigent. J'accepte de jouer la soumise si nécessaire, mais ne t'attends pas à ce que je continue lorsque nous sommes seuls. Je peux faire semblant d'être affectueuse, et j'irai même jusqu'à t'embrasser pour donner le change. Mais ça s'arrête là, et il est hors de question que tu boives mon sang.

Spade ne put s'empêcher de railler.

— Avec tout l'ail que tu as mangé ? Quel dommage.

Denise fronça les sourcils.

— Tu te moques de moi ?

Le vampire s'autorisa un sourire en coin.

— Un petit peu.

— Tu as fini ? demanda Denise en bombant le torse.

Le sourire de Spade s'élargit. Si elle avait su à quel point cette posture agressive mettait ses seins en valeur, il était sûr qu'elle l'aurait immédiatement abandonnée.

Mais il n'était pas du tout dans ses intentions de lui dire une chose aussi peu galante.

Spade repoussa cette pensée, car elle menait à d'autres réflexions sur lesquelles il préférait ne pas s'attarder.

— Tes limites me semblent raisonnables, même s'il faut que tu surmontes le dégoût que t'inspire ma compagnie. Les vampires sont souvent très démonstratifs en public avec leurs propriétés. Si je me serre contre toi ou que je t'enlace, il vaudrait mieux que tu ne réagisses pas comme si je venais de te planter un couteau dans le dos.

Denise eut l'élégance de paraître contrite.

— Désolée. Je vais faire un effort.

— Je l'espère, répondit-il avec une sécheresse non feinte. Et même si ça m'a amusé de te regarder te bourrer d'ail ces derniers jours, je te rassure, tu n'as pas à craindre que je te morde.

Le soulagement qu'il lut sur le visage de la jeune femme était tel que Spade ne savait pas s'il devait en rire ou se sentir insulté. Qu'allait-elle lui apprendre ensuite, qu'elle avait eu pour projet d'acheter une minerve en argent ?

— Quant au risque que les choses aillent plus loin qu'un simple baiser, tu n'as pas à t'inquiéter non plus, poursuivit-il en lui jetant un coup d'œil furtif. Je ne manque pas de partenaires, et n'ai pas à quémander des faveurs qu'on refuserait de m'accorder.

Denise tressaillit, et ses yeux noisette verdirent de colère. C'était forcément un effet d'optique, mais ils rappelèrent une nouvelle fois à Spade des yeux de vampire. Il la regarda plus attentivement. Quel dommage qu'elle ne soit pas un vampire. Cela lui aurait permis d'oublier que Denise était sous la protection de Crispin. D'oublier qu'il ne fallait pas mêler le plaisir aux affaires, et de pouvoir constater si elle avait surmonté le chagrin que lui avait causé la mort de son mari, réduit en bouillie par des zombies.

Spade s'approcha d'elle, et une flamme s'alluma en lui lorsqu'il remarqua le changement dans la respiration de la jeune femme. Celle-ci s'accéléra, tout comme les battements de son cœur. Il fit un autre pas dans sa direction et son odeur changea elle aussi. La fragrance de miel et de jasmin s'intensifia. Un troisième pas l'amena à une trentaine de centimètres à peine, lui permettant de sentir la chaleur qui émanait de son corps. Les yeux de Denise étaient écarquillés, plus bruns que verts désormais, et sa bouche – charnue, pulpeuse – à peine entrouverte. Ses baisers avaient-ils aussi un goût de miel et de jasmin ? Ou peut-être une saveur plus riche et plus sombre, comme le tréfonds de son âme dont il percevait le reflet dans ses yeux ?

Brusquement, il tourna les talons. Denise était humaine, et ce genre d'interrogations était hors de propos. Ils trouveraient Nathanial et le livreraient à Raum. Ensuite, une fois débarrassée des stigmates du démon, elle partirait loin de lui et ne tarderait pas à mourir, comme tous ceux de son espèce.

Et il n'était pas question pour lui de revivre tout ça.

— Ta tenue pour ce soir se trouve sur la commode, dit-il avant de claquer la porte derrière lui.

Chapitre 5

Denise inspira profondément et tenta de paraître nonchalante. Heureusement que l'hôtel était chauffé, sinon elle aurait gelé sur place dans les vêtements qu'elle portait.

Un préposé l'avait débarrassée de son manteau dès qu'elle était entrée dans la salle de bal au bras de Spade. C'était une pièce immense, capable d'accueillir deux mille personnes, pourtant elle était presque pleine. La taille de la lignée de Spade était effarante. Dès qu'elle se fut dévêtue, malgré le nombre de personnes présentes, toutes les têtes se tournèrent vers elle.

Denise releva le menton, refusant de se laisser intimider. *Allez-y, regardez. Il y a des filles bien plus dénudées sur la plage, ce n'est pas si choquant que ça.*

Mais ce n'était pas une plage, même si sa tenue tenait beaucoup du bikini. Le haut était un boléro transparent, et le bas un caleçon long et ultrafin qui semblait tout droit sorti des *Mille et Une Nuits*.

Les vampires sont des pervers, du premier au dernier, avait coutume de répéter Cat. S'il s'agissait là de la tenue habituelle d'une propriété lors d'une soirée de morts-vivants, alors son amie avait mille fois raison.

Denise s'était attendue à une remarque sarcastique de la part de Spade lorsqu'elle était descendue dans cet accoutrement ridicule. Et pourquoi n'aurait-il pas ri ? Après tout, c'était lui qui lui avait dégotté cette tenue de pensionnaire de harem. Mais c'est à peine s'il lui avait accordé un regard avant de lui tendre un manteau en lui annonçant qu'il faisait froid dehors.

C'était effectivement le cas. Le mois de février à Saint Louis n'était pas réputé pour sa douceur. Si Spade avait eu un cœur, il lui aurait fait enfiler un pantalon et un pull. La tenue du vampire, en revanche, était très recherchée. Il portait un long manteau noir par-dessus un pantalon de la même couleur et une chemise blanche, et ses vêtements lui allaient si bien qu'ils avaient forcément été taillés sur mesure. Avec sa beauté sombre, Spade débordait presque d'élégance décadente, alors qu'elle était déguisée en Schéhérazade de pacotille.

Pour toutes ces raisons, il aurait au moins pu prendre le temps d'apprécier comment lui allait le costume qu'il lui avait imposé. Ou de remarquer qu'elle s'était maquillée et coiffée pour se mettre en valeur. Elle serait présentée comme une propriété, mais voulait que les gens sachent qu'elle en était une de premier choix.

Pourtant, ce fut à peine si Spade la regarda lorsqu'elle sortit de sa chambre, ou pendant le trajet de vingt minutes pour se rendre à l'hôtel *Chase Park Plaza*. Il ne desserra pas les lèvres, à part pour échanger quelques mots avec le chauffeur. S'il ne lui avait pas ouvert la portière au départ et à l'arrivée, elle aurait pu croire qu'elle était devenue invisible. Et pour couronner le tout, il l'avait laissée seule dès leur entrée dans l'immense salle de bal. Denise avait saisi une coupe de champagne au vol sur le plateau d'un serveur pour se donner une contenance.

Quelle importance que Spade te fasse la tête? demanda une petite voix intérieure.

Aucune, lui répondit Denise.

Elle entendit alors la petite voix pousser un soupir de dérision. Elle n'en tint pas compte et se concentra sur les gens qui l'entouraient, plutôt que sur l'imbécile qu'elle abritait en elle. Mais elle comprit très vite qu'elle venait de commettre une erreur.

Toute cette pâleur. Les mouvements rapides et précis. Ces chairs froides qui l'entouraient. Des canines partout. Tous ces yeux luisants...

Denise sentit une panique familière l'envahir. Elle tenta de lutter, mais la sensation augmenta sans pitié et la fit suffoquer dans ses souvenirs.

— Il faut que je sorte, grommela-t-elle.

Spade tourna brusquement la tête. Il était en grande conversation avec quelqu'un à l'autre bout de la pièce et l'avait abandonnée au milieu de ces créatures cauchemardesques. *Des vampires partout. Cela appelle le sang, la mort. C'est inéluctable.*

Les souvenirs s'épaissirent encore et la consumèrent. *Cet horrible hurlement qui se rapproche. Tous ces autres cris. Nous sommes pris au piège, et ils arrivent.* Quelque chose lui agrippa le bras. Denise, horrifiée, essaya de se dégager, mais la poigne glaciale ne bougea pas.

— Lâchez-moi! cria-t-elle.

— Qu'est-ce qu'elle a? marmonna quelqu'un.

Denise ne comprenait pas pourquoi cette voix était aussi étonnée. Pourquoi est-ce que personne ne s'enfuyait? Ils ne se rendaient donc pas compte qu'on ne pouvait pas tuer les choses qui approchaient?

La main serra encore davantage son bras, et une deuxième se plaqua contre sa bouche. Elle se démena pour se dégager, mais en vain. *Il n'y a aucun espoir. Nous sommes coincés au sous-sol, et ils arrivent. La porte va éclater d'une seconde à l'autre et une silhouette grotesque va me sauter dessus. Non. Non. NON!*

Quelqu'un lui aspergea le visage d'eau froide. Elle cligna des yeux, toussa un peu et réussit à lever la main pour se protéger de la deuxième vague d'eau glacée.

— Arrête.

Spade se dressa au-dessus d'elle, une main sous le robinet ouvert. Elle cligna une nouvelle fois des yeux. Elle était trempée et frissonnait, recroquevillée en boule sur le sol d'une salle de bains. Et elle n'avait pas la moindre idée de comment elle était arrivée jusque-là.

— Ça suffit, gémit-elle.

Spade ferma le robinet et s'agenouilla devant elle.

— Maintenant, tu sais où tu es.

C'était une affirmation, pas une question.

Denise appuya la tête contre le meuble qui se trouvait à côté d'elle et lui donna un petit coup pour passer son énervement.

— À environ cinq kilomètres de Zinzinville, avec le pied sur l'accélérateur, je dirais.

Spade poussa une sorte de soupir.

— Ça t'est déjà arrivé?

— Pas depuis des mois. Pas depuis…

Elle lut sur le visage de Spade que ce dernier avait compris.

— Pas depuis que tu m'as vu tuer ce type, finit-il pour elle. Pourquoi ne m'as-tu pas dit que tu souffrais de stress post-traumatique?

À présent que la crise était passée, la jeune femme se sentait gênée.

— Je t'ai dit que ce n'était plus arrivé depuis longtemps, et franchement, est-ce que je n'avais pas d'autres soucis quand je t'ai revu ?

Denise leva les poignets pour souligner ses propos. Les marques du démon étaient camouflées sous de larges bracelets en or et en argent, mais tous deux savaient ce qui se trouvait en dessous.

— J'ai fichu la soirée en l'air, n'est-ce pas ? grogna-t-elle. Je n'arrive pas à croire que j'ai pu me conduire ainsi.

Spade lui essuya le visage avec une serviette en papier.

— Si j'avais été plus attentif, j'aurais prévu cette possibilité. Nous allons rentrer à la maison. Nous réfléchirons plus tard à un moyen de passer les autres en revue.

— Non.

Denise lui prit la serviette des mains et se la passa sous les yeux. Son mascara avait dû couler dans tous les sens.

— Maintenant que nous sommes là, finissons-en. Je sais que c'est ridicule, mais je pense que ça ira si tu restes à mes côtés. Me retrouver seule au milieu de tous ces vampires, ça m'a trop rappelé… cette nuit-là. Je ne sais pas si c'est possible dans une soirée de ce genre.

Un éclair passa furtivement sur le visage de Spade, mais trop vite pour qu'elle ait le temps de l'identifier.

— Je ne te lâcherai pas d'une semelle, répondit-il en lui tendant la main. S'il te plaît.

Elle posa la main dans la sienne, puis aperçut son reflet dans le miroir.

— Mon maquillage est une catastrophe.

— Pas du tout, tu es magnifique. D'ailleurs, on m'a déjà fait deux propositions pour toi.

Il y avait un soupçon de tension dans sa voix, mais impossible de savoir s'il était amusé ou agacé. Elle préféra ne pas le lui demander.

— Je suis sûre que cela ne se reproduira plus après ma petite crise de nerfs. Ça fait généralement mauvaise impression. Cela soulève d'ailleurs un problème : tu n'as pas peur qu'un de ces jours l'un des membres de ta lignée dise à Bones ou à Cat : « Tiens, je la reconnais, cette petite brune, c'est la cinglée qui appartient à la lignée de Spade. » Tu serais complètement démasqué, non ?

Spade la regarda droit dans les yeux, ses pupilles cuivrées lointaines et insondables.

— Non. Parce que nous savons tous les deux que tu n'as aucune intention de revoir qui que ce soit appartenant au monde des vampires après cela.

Denise détourna les yeux. Ses crises de panique n'avaient disparu qu'une fois coupés tous liens avec Cat et ses autres connaissances non humaines. Il n'était pas question qu'elle redevienne la proie de ses souvenirs, sans jamais savoir quand son esprit la prendrait en traître pour lui faire revivre cette horrible attaque du Nouvel An.

— Tu vois ce qui m'arrive lorsque je fréquente ton espèce. Je ne veux pas vivre comme ça, et je connais la solution pour que ça s'arrête.

La main de Spade tenait toujours la sienne, fraîche et solide, avec une force sous-jacente qui était totalement inhumaine.

— Très bien, répondit-il enfin. Dans ce cas, voyons ce que l'on peut faire pour hâter la venue de ce jour.

Denise était assise à la droite de Spade, à la grande table décorée de la salle de bal, sans se douter que cette place d'honneur provoquait des regards aussi discrets qu'étonnés. Elle pensait qu'ils étaient dus à ses cris et à son évanouissement de début de soirée. Elle ne se rendait pas compte qu'un spectacle de ce genre n'éveillait que très peu la curiosité des membres les plus expérimentés de la lignée de Spade. Une humaine hystérique ? Ils en avaient tous croisé des dizaines.

Mais ce qu'aucune des personnes présentes n'avait vu, en revanche, c'était une humaine assise à la droite de leur maître au cours d'une réunion officielle. Une telle place indiquait une position bien plus élevée que celle d'une simple propriété. La place à la gauche de Spade était réservée à Alten, le membre le plus éminent de sa lignée. Spade avait pensé installer Denise derrière lui, c'est-à-dire à une place plus en rapport avec son statut de propriété… même de propriété favorite. Cela aurait été plus sage, et même probablement suffisant pour lui éviter une nouvelle crise, mais il découvrit qu'il n'avait aucune envie de lui lâcher la main… ce qui était synonyme d'ennuis dans toutes les langues qu'il connaissait.

Si Dieu était miséricordieux, Nathanial se trouverait ce soir parmi sa lignée et Spade le livrerait au démon sur-le-champ. Il lui nouerait même un ruban sur la tête et souhaiterait bon appétit à Raum, si cela pouvait signifier que Denise sorte immédiatement de sa vie. Il ne pouvait pas se permettre d'éprouver de l'attachement pour une humaine. Plus jamais.

Pourtant, le cynique qui était en lui ne fut pas surpris que Denise, après avoir été patiemment présentée à plusieurs centaines de personnes de sa lignée, mortes ou vivantes, secoue la tête avec déception.

— Il n'est pas là, murmura-t-elle.

Spade refréna un juron. D'accord. Cela aurait été trop facile.

Alten se pencha et lui tendit un CD-Rom.

—Les comptes, expliqua-t-il. J'ai vérifié les chiffres. Tout semble correct, à part Turner. C'est le deuxième trimestre d'affilée qu'il ne paie pas.

Spade continua de caresser les jointures de Denise d'un air absent. Sa peau était toujours plus chaude que d'ordinaire. Avait-elle pris froid ? Il n'aurait peut-être pas dû chercher à provoquer sa colère pour la sortir de sa dépression en la forçant à revêtir cette tenue minimaliste.

—Mmmph, grogna-t-il.

Alten le regarda fixement.

—C'est le deuxième trimestre d'affilée, répéta-t-il.

Spade reporta brusquement son attention sur lui. Oui, en effet, le refus de Turner de verser un dixième de ses revenus était un problème. Tous les vampires devaient ce pourcentage de ce qu'ils gagnaient au Maître de leur lignée.

—Turner, appela-t-il. As-tu une bonne raison de ne pas payer ta dîme ?

Un vampire blond fendit la foule et s'arrêta devant la table. Il salua selon l'usage, mais lorsque Spade capta son odeur et vit son expression rebelle, il poussa mentalement un soupir. Turner allait le mettre en rogne, il le sentait d'avance.

—Je ne l'ai pas payée parce que je veux ma liberté, Maître, dit Turner en carrant les épaules.

Spade le regarda, sa patience s'amenuisant de seconde en seconde.

—Mort depuis quarante-quatre ans et tu te crois déjà prêt à fonder ta propre lignée ?

— Oui, répondit Turner, avant de poursuivre avec une arrogance encore accrue. Donne-moi ma liberté pour que je puisse devenir mon propre maître. Je n'ai aucun désir de t'affronter, mais si tu refuses, je te défierai.

Stupide. Irréfléchi. Idiot.

— C'est à cause de cette confiance excessive que tu n'es pas encore prêt à diriger une lignée. Ton imprudence causerait ta perte, et tous tes féaux se retrouveraient alors sans protection. Voilà pourquoi je rejette ta demande, Turner, et si tu t'obstines à vouloir me défier, je te promets que tu le regretteras.

Du coin de l'œil, Spade vit le regard de Denise passer successivement de Turner à lui. Il l'observa furtivement et remarqua que son visage était pâle. Elle ne connaissait peut-être pas grand-chose aux coutumes des vampires, mais comprenait visiblement qu'à moins que Turner ait une illumination soudaine, les choses allaient très mal tourner. Cela risquait de s'avérer désastreux pour le calme qu'elle avait eu tant de mal à garder ces dernières heures, au milieu de cette foule composée de beaucoup plus de morts-vivants que d'humains.

Spade reporta les yeux sur Turner. Ce dernier se tourna vers l'assistance, puis porta la main à sa ceinture, à laquelle pendait un couteau en argent.

— Je te défie.

Très lentement, Spade lâcha la main de Denise. Puis il se pencha, et sa bouche vint presque frôler l'oreille de la jeune femme.

— Selon mes lois, je dois répondre à sa provocation. Je vais demander à Alten d'attendre avec toi dans la voiture. Ça ne devrait pas être long.

— Je reste.

Il recula pour voir son visage. Elle était toujours livide, et ses ongles creusaient des sillons dans sa jambe, mais sa voix était dure.

— Ce n'est peut-être pas très prudent…

— Si je sens une crise arriver, je sortirai, mais en attendant, je reste ici.

Quelle tête de mule. Est-ce que tout le monde avait l'intention de se montrer déraisonnable ce soir ?

Spade se leva et lança un regard acéré à Alten.

— Si elle demande à partir, conduis-la à la voiture et reste avec elle jusqu'à ce que j'arrive.

Alten cacha rapidement sa surprise et hocha la tête. Les spectateurs ne sortaient pas à leur guise lors d'un duel. Surtout pas une propriété.

— Très bien.

En toute logique, il aurait dû demander à Alten d'emmener tout de suite Denise. Mais au lieu de ça, il augmentait encore le mystère qui entourait la jeune femme, d'abord en l'installant à sa droite, puis en la laissant discuter un ordre en public. *Tout le monde a perdu la tête ce soir,* pensa Spade avec abattement. *Et moi le premier.*

Il écarta cette pensée et concentra son attention sur Turner. Il allait devoir en faire un exemple s'il ne voulait pas crouler sous les défis d'autres jeunes vampires pensant être prêts pour une liberté qui les dépassait.

Spade retira sa chemise et la posa sur sa chaise sans quitter son adversaire des yeux.

— Retire ton défi, sinon tu pourras t'estimer heureux si je te laisse la vie sauve.

Turner secoua la tête.

— Non.

Qu'il en soit ainsi, dans ce cas.

Chapitre 6

Denise ne pouvait pas détourner les yeux des deux vampires qui se tournaient autour, même si sa raison lui criait de ne pas regarder. Alten et elle étaient toujours assis à la table, mais tous les autres spectateurs s'étaient collés contre les murs pour laisser le champ libre à Spade et Turner. Le début du combat était imminent. Les portes de la salle de bal étaient gardées, et le personnel avait rapidement été hypnotisé afin qu'il ne remarque pas le changement abrupt d'ambiance. Le rassemblement se déroulait dans un hôtel public, mais cela n'empêcherait pas le duel d'avoir lieu. Pour ne rien arranger, Spade n'avait pas d'arme, alors que Turner tenait un grand couteau en argent.

Denise se pencha vers Alten par-dessus la chaise vide.

— Pourquoi Spade n'a-t-il pas le droit d'avoir une arme ? murmura-t-elle.

Le vampire parut surpris qu'elle lui adresse la parole, mais répondit néanmoins à voix basse.

— Il en a le droit, mais a choisi de combattre sans.

— Mais pourquoi ? laissa échapper Denise.

Des dizaines de têtes se tournèrent dans sa direction. Spade lui-même interrompit sa ronde prédatrice pour lui lancer un regard lourd de sens.

Bon. Visiblement, une propriété ne devait pas demander pourquoi Spade affrontait à mains nues un vampire armé d'un énorme coupe-chou !

Denise aperçut un mouvement flou, puis une entaille rouge zébra la poitrine de Spade. Les vampires semblaient s'être déplacés de plusieurs mètres en une fraction de seconde, et le couteau de Turner était taché de sang. Denise retint un cri. Il avait porté son coup trop vite pour qu'elle le voie.

— Abandonne et donne-moi ma liberté, dit Turner en agitant l'arme et en recommençant à tourner autour de son adversaire.

Spade éclata d'un rire froid, plus effrayant qu'amusé.

— Tu viens de manquer la meilleure chance que tu aies eue de me tuer. À ton avis, pendant combien de temps conserveras-tu encore ton couteau ?

Sa blessure se referma avant la fin de sa phrase, mais la tache de sang resta. Elle contrastait vivement avec la pâleur de sa poitrine lisse et musclée, comme une traînée écarlate sur de la neige. Les yeux de Spade brillaient de flammes vertes, et ils étaient rivés sur ceux de Turner, tout aussi luisants.

Denise ne put empêcher les images de la submerger. *Des yeux verts brillants dans la lumière déclinante. Des vampires partout, maculés de sang et de boue. Elle glissa et retomba dans un liquide sombre et gluant. La flaque souillait le plancher et s'étendait à mesure qu'elle se rapprochait de la cuisine.*

— Non, murmura-t-elle en repoussant le flot de souvenirs.

Pas maintenant. Pas ici.

Alten la regarda d'un air sévère, mais, cette fois-ci, Spade ne détourna pas son attention de Turner. Après une nouvelle mêlée floue, Turner se retrouva désarmé et à terre.

— Tu as perdu quelque chose ? demanda Spade au-dessus de lui en agitant le couteau en argent.

Turner portait lui aussi une entaille, une croix rouge sur la poitrine qui resta visible après la guérison de la plaie. Elle se trouvait à l'emplacement exact de son cœur. Denise frissonna. L'avertissement ne pouvait être plus clair.

Les souvenirs continuaient à l'assaillir. *Le sang a l'air différent lorsqu'il fait sombre. Il paraît presque noir. Un vampire passa à côté d'elle et la lueur verte de son regard éclaira les grosses protubérances informes devant elle. De quoi s'agissait-il ?*

Elle appuya les mains contre ses tempes, comme pour repousser physiquement les images. *Pas maintenant.*

Turner plongea en avant, un mouvement brusque que les yeux de Denise ne purent décomposer. Spade virevolta, et le sang de Turner se remit à couler, comme par magie. Les deux hommes s'élancèrent de nouveau, puis un cri jaillit et Turner recula en trébuchant, les mains sur le ventre. Une chose épaisse et humide tomba par terre.

Denise crispa les poings dans la chemise de Spade pour s'empêcher de hurler et de bondir de sa chaise. La main et le poignet de son protecteur étaient écarlates, sans parler du couteau, mais il se tenait là presque avec nonchalance et regardait Turner haleter de douleur, plié en deux.

— Ça fait un mal de chien, hein ? demanda Spade. Se prendre une entaille dans une bagarre, c'est une chose, mais c'en est une autre de voir ses boyaux se répandre sous ses yeux. Il faut être très fort pour réussir à se battre malgré la douleur. Tu es loin d'avoir cette force, mais tu veux tout de même devenir le maître de ta propre lignée.

— Personne… ne l'a, parvint à répondre Turner en se redressant enfin.

La blessure avait guéri, mais cela avait pris plusieurs secondes, pendant lesquelles Spade aurait eu le temps de le tuer cent fois, s'il l'avait voulu.

Spade haussa un sourcil.

— Vraiment ? (Il jeta l'arme aux pieds de Turner.) Blesse-moi de la même manière, et si tu arrives à me planter le couteau dans le cœur avant que je sois remis, tu gagnes ta liberté.

Denise, horrifiée, retint son souffle. Spade était-il fou ? Pourquoi personne ne lui disait à quel point sa proposition était insensée ?

La tête blonde de Turner sembla se fondre dans la chevelure noire de Spade lorsqu'il lui sauta dessus à la vitesse de l'éclair. Pendant quelques instants de frénésie, leurs corps ne furent plus qu'un tourbillon rouge, puis Turner s'effondra, le couteau planté jusqu'à la garde à l'emplacement de la croix. Spade se tenait au-dessus de lui, une main sur le ventre. Une masse rouge et molle dégoulinait jusqu'à ses pieds.

— Rends-toi, ou je tords le couteau, dit Spade d'un air sinistre.

Turner regarda la lame qui sortait de sa poitrine, et sa tête retomba en arrière.

— Je me rétracte, déclara-t-il d'une voix rauque.

Denise se sentit défaillir de soulagement. Puis elle vomit dans la chemise sur mesure de Spade.

Spade se glissa dans la voiture, torse nu sous son manteau. Denise attendait à la place du passager, avec une expression qui disait qu'elle aurait voulu se terrer dans un trou de souris.

— Je suis désolée, je te rembourserai le nettoyage de ta chemise, lâcha-t-elle dès qu'il eut fermé la portière.

Le vampire rit brièvement.

— Ne t'en fais pas pour ça. Je l'ai jetée.

— Je crois que la soirée s'est révélée catastrophique, non ? demanda-t-elle d'un ton sec.

Ma chère Denise, tu n'en as pas idée.

— Ça change tout, finit-il par répondre. Après ce soir, plus personne ne croira que tu n'es qu'une propriété.

L'expression de Denise oscillait entre le chagrin et la résignation. Elle se força à sourire.

— Je comprends. Merci pour tout. Au moins, je sais où ne pas chercher Nathanial, c'est un début. Oh, et ne t'inquiète pas, je ne mêlerai pas Bones à tout ça. Je trouverai un autre moyen.

Spade garda les yeux rivés sur Denise sans ciller. C'était là une occasion en or de se débarrasser d'elle. Il devait la saisir. Cela valait mieux.

Mais la réponse qu'il s'entendit lui donner fut tout autre.

— Je ne te laisserai pas sans aide.

Un éclair de gratitude illumina le visage de la jeune femme.

— Je me tiendrai beaucoup mieux avec la personne que tu me désigneras. Je ferai semblant d'être docile, je ne vomirai pas sur ses vêtements…

Spade réprima un grognement.

— Tant mieux, vu que c'est de moi dont il s'agit.

— Mais tu viens de dire que personne ne croirait plus que je suis ta propriété.

Personne, en effet, mais ce n'était pas la faute de Denise. C'était la sienne. Il avait quitté la pièce avec elle lors de son malaise, alors que n'importe quel maître digne de ce nom se serait contenté d'envoyer quelqu'un pour la calmer. Ensuite, il ne lui avait plus lâché la main, l'avait installée à sa droite, lui avait permis d'assister au duel lorsqu'elle le lui avait demandé, avait failli se faire tuer parce qu'elle l'avait distrait, et s'était précipité à son secours quand elle avait vomi sur sa chemise.

Jamais les membres de sa lignée ne croiraient encore qu'elle était une simple propriété.

— Au lieu d'un maître et sa propriété, nous allons devoir jouer le rôle d'un couple d'amoureux. Cela nous demandera un peu plus d'efforts à l'un et à l'autre, mais rien qui n'ira au-delà de nos limites.

Denise semblait embrouillée.

— Je croyais que ça paraîtrait louche, parce que tu ne sors jamais avec des humaines.

— Ça compliquera les choses, c'est vrai, mais si nous trouvons rapidement Nathanial, cela pourra passer pour un caprice passager.

Ou une idiotie passagère, pour être plus précis.

Elle lui serra la main. Ses doigts étaient très chauds par rapport à la peau froide du vampire, ce qui rappela encore à ce dernier qu'elle était humaine.

— Merci.

— Je t'en prie, répondit Spade d'une voix crispée.

Andouille, se fustigea-t-il. Il n'était pas motivé par la pitié, l'obligation ou l'honneur, comme le croyait peut-être Denise. Non, il venait de s'engager à l'aider de nouveau pour une raison d'une stupidité abyssale… parce qu'il ne voulait pas déjà la quitter.

En ce moment même, le parfum et la chaleur de la jeune femme captivaient ses sens. Comment pouvait-il être idiot au point d'être fasciné par une femme qu'il ne pouvait ni mordre ni inviter dans son lit ? Quelle idée de génie allait-il pondre ensuite ? Se raser avec une tronçonneuse ?

Il écarta toutes ces pensées de son esprit. D'accord, il éprouvait une attirance étrange pour Denise depuis le premier jour, mais seules les circonstances la rendaient si appétissante. Il la désirait parce qu'elle était inaccessible. Sans compter le danger, l'incertitude et la proximité, qui aiguillonnaient ses sens.

Mais rien de bon n'en sortirait. Denise était humaine, et seuls quelques battements de cœur la séparaient de la tombe. *Si fragile*, pensa-t-il en la regardant. *Si facilement détruite…*

Spade détourna les yeux. Il lui fallait désormais faire preuve de détachement. Et, surtout, dénicher un petit grugeur de démon prénommé Nathanial.

— Demain, nous partirons pour New York. Je connais le Maître d'une autre grande lignée qui nous laissera chercher.

Denise lâcha la main de Spade.

— Tu comptes aller de Maître vampire en Maître vampire pour passer en revue leurs lignées ?

Le ton de la jeune femme disait clairement que cette méthode s'apparentait à chercher une aiguille dans une meule de foin.

— Pour commencer, oui. Une fois que je serai au bout des lignées de mes alliés, nous devrons envisager d'autres approches.

Qui seraient certainement plus dangereuses, mais il ne voulait pas déjà exposer Denise au côté sombre du monde des vampires, si c'était possible.

Lorsqu'ils arrivèrent à la maison, Spade avait repris le contrôle de ses émotions. Denise avait essayé à une ou deux reprises d'engager la conversation, mais les réponses du vampire avaient été volontairement laconiques. Une fois à l'intérieur, il l'accompagna jusqu'à sa chambre – le seul endroit où l'on s'attendrait à ce qu'elle dorme après les événements de la soirée –, puis alla se doucher sans un mot. Quand il ressortit de la salle de bains, elle dormait déjà, recroquevillée de son côté du lit.

Il lui lança un dernier regard sévère, puis s'installa dans un fauteuil et ferma les yeux. Le sommeil lui ferait du bien. Il se sentirait mieux au réveil.

Mais il rêva encore de Denise… sauf que ses cheveux étaient blonds, ses yeux marron, et sa gorge tranchée d'une oreille à l'autre.

Chapitre 7

Denise se figea en apercevant l'homme roux qui les attendait au salon.

— Toi !

Malheureusement, ce n'était pas son ancêtre Nathanial qu'elle venait de reconnaître. Ian tressaillit, visiblement surpris lui aussi. Puis ses yeux turquoise se tournèrent vers Spade, et il éclata de rire.

— Lorsque tu m'as annoncé que tu passais me voir, j'ai craint encore une de ces visites de courtoisie rasoir, mais on dirait que j'avais tort. Eh bien, tu fricotes dans le dos de Crispin avec la meilleure amie de sa femme. Je suis impressionné.

Spade croisa les bras.

— Arrête de ricaner, Ian. Nous sommes ici pour affaires, même s'il est vrai que je ne veux pas que Crispin soit au courant.

Ian ne se départit pas de son sourire sournois.

— Ce genre de silence te coûtera cher, mon pote.

— Je n'en doute pas, répondit Spade d'un ton ironique.

Denise n'arrivait pas à croire que Spade ait impliqué Ian dans cette histoire. Le géniteur de Bones n'avait pas très bonne réputation, loin de là, et dans ses pires moments il avait failli coûter la vie à plusieurs soldats de Cat.

— Ne lui fais pas confiance, il ira tout raconter à Bones et Cat, maugréa-t-elle.

Ian, pas le moins du monde vexé, la regarda fixement.

— Pas si Charles se débrouille pour que je n'aie rien à y gagner, ma mignonne.

— Qui est Charles ? répéta Denise en jetant un coup d'œil autour d'elle.

Puis elle se souvint. C'était le nom que Bones utilisait lui aussi pour Spade.

— C'est mon prénom humain, expliqua Spade au même moment.

— Je ne comprends vraiment pas pourquoi tu insistes encore pour te servir de ce surnom, dit Ian en secouant la tête. J'aimerais pouvoir oublier que nous avons été prisonniers, mais tu préfères te le rappeler perpétuellement.

— Cela me permet de ne pas oublier qui je suis, répondit Spade d'un ton léger.

— Prisonniers ?

Denise lança un regard à Spade. C'était un ancien prisonnier ? Et d'ailleurs, comment pouvait-on emprisonner un vampire contre son gré ?

— Tu l'ignorais, ma mignonne ? ronronna Ian. C'est comme ça qu'on s'est rencontrés, sur le bateau qui voguait vers les colonies pénitentiaires de Nouvelle-Galles du Sud. Le baron Charles de Mortimer trouvait très en dessous de son rang de se retrouver enchaîné à des prisonniers aussi communs que moi, Crispin et Timothy. Imagine son horreur à l'arrivée, quand le contremaître ne s'adressait pas à lui par son titre, mais par le nom de l'outil qu'on lui avait collé entre les mains[1]. C'est incompréhensible qu'il ait gardé ce surnom après avoir été transformé en vampire.

La petite grimace de Spade indiqua à Denise qu'il n'appréciait guère cette conversation, mais elle n'en était pas moins intriguée. Elle ne s'était pas doutée que Spade avait été à la fois prisonnier et membre de la noblesse. En un sens, cela expliquait beaucoup de choses. Spade empestait le danger à plein nez, mais, d'un autre côté, il ne la laissait jamais ouvrir une porte ou une portière et se précipitait toujours pour le faire à sa place. Il y avait aussi son insistance à dormir dans un fauteuil pour lui céder son propre lit, et elle ne l'avait jamais entendu hausser la voix. Si l'on y ajoutait son port royal, elle aurait dû deviner qu'il ne sortait pas du même milieu que Bones.

— Tu n'as pas envie de savoir ce que je t'offre en échange de ta discrétion, Ian ? demanda Spade en changeant calmement de sujet.

Ian sourit à pleines dents.

— Si, bien sûr.

— Mon domaine des Keys en Floride, celui que tu convoites depuis si longtemps. Je te le prête pour les dix prochaines années. Cela devrait être plus que suffisant pour m'assurer ta loyauté.

Denise laissa échapper un bruit outragé auquel les deux hommes ne prêtèrent pas la moindre attention.

— Pas vraiment, répondit Ian. Crispin sera très fâché contre moi s'il découvre le rôle que j'ai joué dans cette affaire, alors il va falloir que tu me donnes la maison pour que ça en vaille la peine.

— Sale profiteur ! éclata Denise.

1. En anglais, Spade signifie « pelle ». (*NdT*)

Ian tourna nonchalamment les yeux vers elle.

— Et maintenant, je suis vexé, pour couronner le tout. Ça te coûtera aussi ton bateau.

Spade lui lança un regard éloquent et Denise se tut. *Sale PROFITEUR*, cria-t-elle en pensée.

— Seulement contre ton silence et ta coopération. Je veux que tu laisses Denise passer tes propriétés en revue à la recherche d'un type avec lequel je repartirai. Et pas de question si elle le trouve.

Ian haussa les sourcils.

— Je peux au moins savoir ce que le bougre a fait ?

Spade grimaça plus qu'il sourit.

— Certainement pas.

Il n'acceptera jamais, pensa Denise en voyant l'éclair de roublardise qui passa alors sur le visage d'Ian. Mais ce dernier finit néanmoins par sourire à son tour.

— Ta maison me plaît vraiment beaucoup, Charles. Marché conclu.

Denise relâcha sa respiration, à la fois soulagée et bourrelée de culpabilité. Elle pouvait désormais ajouter une maison et un bateau à ce que Spade sacrifiait pour l'aider, et tout cela parce qu'elle le manipulait. Elle devait trouver le moyen de le rembourser, même s'il lui fallait verser au vampire des mensualités pendant trente ans.

Ian s'étira.

— Tu peux commencer avec tous ceux présents chez moi avant de passer aux autres. Inutile de te rappeler que certains des membres de ma lignée sont à l'étranger, mais je leur ferai savoir qu'ils doivent t'offrir toute leur coopération.

— Et tu ne mentionneras pas que tu as reconnu l'humaine qui voyage avec moi, ajouta Spade d'une voix dure comme l'acier.

Ian déshabilla Denise du regard.

— Non, mais je serais intéressé de voir pendant combien de temps tu réussiras à préserver ce secret. Tu as besoin d'un toit pour ton séjour à New York ?

— C'est gentil, merci, mais j'ai déjà pris mes dispositions, répondit Spade au grand soulagement de Denise.

Plus vite ils quitteraient les lieux, mieux ce serait. Ian était beau, certes, mais il avait un côté froid et sans pitié qu'il ne cherchait pas à cacher. Sans même s'en rendre compte, elle se rapprocha subrepticement de Spade. *Allons voir les gens qui se trouvent ici et fichons le camp.*

Comme s'il avait lu dans ses pensées, Spade lui prit la main.

— Ian, si tu veux bien nous indiquer le chemin ?

Quinze minutes plus tard, Denise jurait en silence. Elle n'avait pas reconnu Nathanial dans la dizaine de personnes, humaines ou autres, qui vivaient chez Ian. De combien de temps disposait-elle encore avant que Raum s'impatiente et se remette à menacer sa famille ? Ou avant que les marques du démon s'intensifient en elle ? Pour l'instant, elle n'avait rien remarqué à part une irritabilité et une faim constantes, mais elle savait que ce n'était que le début. Combien de temps lui restait-il avant que les marques la transforment en un monstre comme Raum ?

— Demande à tous ceux qui se trouvent dans la région de se rendre ce soir à la *Fontaine Écarlate*, dit Spade à Ian alors qu'ils partaient. Cela nous permettra d'en voir un peu plus sans éveiller les soupçons.

Ian lança un regard spéculatif à Denise avant de hocher la tête.

— J'avais d'autres projets, mais cette situation attise ma curiosité. On se retrouve là-bas, mon pote.

Denise attendit qu'ils aient roulé sur plusieurs kilomètres avant de parler.

— Je suis désolée pour ta maison. S'il te plaît, laisse-moi te rembourser. J'ai un plan épargne retraite dans lequel je peux piocher…

— Non, l'interrompit Spade d'une voix tranchante, sans même détourner les yeux de la route.

— Mais ce n'est pas comme ça que je voyais les choses ! s'exclama-t-elle sur un ton rendu plus sec par la tension des derniers jours.

Spade la regarda brièvement mais attentivement.

— Tu n'avais aucune idée des conséquences lorsque tu m'as embrigadé. Moi, si, et j'ai tout de même accepté.

La culpabilité de la jeune femme augmenta encore. Les événements prenaient vraiment une très mauvaise tournure.

— Et s'il nous faut des mois pour le retrouver ?

Cette idée lui faisait horreur, mais Denise, qui avait cru avec naïveté qu'elle localiserait rapidement Nathanial si elle avait une entrée dans le monde des vampires, était cruellement retombée sur terre. La lignée de Spade comportait des milliers de personnes. Combien d'autres Maîtres vampires de cette importance existait-il sur Terre ?

— Eh bien, nous prendrons des mois, répondit Spade d'une voix dénuée de la moindre émotion. Je te suivrai jusqu'au bout, comme je te l'ai promis.

Mais peut-être n'avait-elle pas des mois devant elle avant d'être transformée en monstre. Son sentiment d'impuissance vira à la colère. Lorsqu'elle aurait déniché Nathanial, elle lui ferait payer tout ce qu'elle, sa famille et Spade avaient dû subir par sa faute.

Puis la haine disparut pour laisser place à une peur insondable. *Le processus est en cours. Chaque jour, ma personnalité s'efface un peu plus au profit de quelque chose d'autre.* Cette prise de conscience la terrifiait.

— Ce sera peut-être notre soir de chance, dit-elle en feignant un optimisme qu'elle était loin de ressentir.

— Qui sait, répondit Spade.

Lui non plus n'en semblait pas convaincu.

Les articulations de Denise étaient blanches tant elle serrait les poings. L'odeur de son anxiété flottait dans le taxi et couvrait les relents de sueur, de parfum et de vomi de la banquette arrière. Le véhicule fit une nouvelle embardée dans le trafic et manqua de peu une voiture qui voulait se faufiler sur la même voie. Denise était si blême que sa peau avait presque la même teinte que celle de Spade.

— Pourriez-vous lever un peu le pied ? demanda Spade au chauffeur.

La pauvre, c'était la première fois qu'elle montait dans un taxi new-yorkais. Et l'expression de son visage indiquait clairement qu'elle souhaitait que ce soit la dernière.

— Vous dire quoi ? répondit le chauffeur dans un anglais approximatif.

Vu le volume de la musique, il n'y avait rien d'étonnant à ce qu'il n'ait pas entendu.

Spade reconnut l'accent de son interlocuteur.

— *O senhor pode dirigir mais devagar, por favor ?* dit-il un peu plus fort.

Le chauffeur lui adressa un large sourire qui montrait qu'une visite chez le dentiste était plus que nécessaire.

— *Oh, o senhor fala portugues ? Nenhum problema*, s'exclama-t-il en relâchant l'accélérateur.

— De quelle langue s'agit-il ? demanda Denise, suffisamment distraite pour détendre les poings.

— C'est du portugais.

Elle sembla impressionnée.

— Je me dis toujours que je devrais apprendre d'autres langues, mais je n'ai que de vieux restes d'espagnol du lycée. Quand as-tu appris le portugais ?

— Quand j'étais au Portugal, répondit-il, amusé par sa réaction.

— Oh, dit-elle doucement. Je ne suis jamais allée en Europe. Je n'ai même jamais quitté les États-Unis, à part pour aller au…

Elle s'interrompit et se rembrunit. *Au Canada*, termina mentalement Spade. *Où ton mari s'est fait tuer.*

— N'oublie pas ton rôle ce soir, dit-il, plus pour changer de sujet que par véritable inquiétude. Je devrai peut-être te laisser seule quelques instants, mais, dans ce cas, reste auprès d'Ian.

— Je n'ai pas confiance en lui, rétorqua-t-elle aussitôt.

Spade poussa un petit soupir.

— Et tu as bien raison, mais il ne tentera pas de t'hypnotiser ni de boire ton sang. Comme l'endroit où nous nous rendons sera plein de vampires, cela signifie qu'à part moi, c'est la personne en qui tu pourras le plus te fier.

Il ne pensait pas que Denise courait de véritable danger, mais voulait néanmoins qu'elle reste sur ses gardes. Ni l'un ni l'autre ne mentionna l'autre possibilité… que, dans ces circonstances, elle risquait de succomber à une nouvelle attaque de panique. Leur meilleure chance de retrouver Nathanial était de faire rencontrer un maximum de morts-vivants et de propriétés à Denise. La méthode, si elle était efficace, était également très risquée pour son équilibre émotionnel.

Il existait toutefois une solution pour lui éviter ces tourments. Spade choisit ses mots avec soin.

— Je sais que ce ne sera pas facile pour toi, Denise, mais je pourrais t'aider. Je n'aurais même pas besoin de te mordre. Il suffirait que je te suggère d'être plus calme au milieu de vampires ou de goules et…

— C'est hors de question. (Denise détourna les yeux du trafic et le fusilla du regard.) Ne t'avise jamais de manipuler mon esprit. Je ne plaisante pas, Spade.

Quelle tête de mule. Il haussa les épaules.

— Si c'est ta décision.

— Tout à fait, répondit-elle, toujours fulminante. Promets-moi que tu n'essaieras jamais.

Un effluve âpre de peur, de colère et de méfiance tourbillonnait autour d'elle. Très lentement, Spade tira un couteau en argent de sous son manteau. Elle pâlit encore en le voyant, mais, sans en tenir compte, le vampire s'entailla la peau.

— Tu connais l'importance d'un serment par le sang pour mon espèce, n'est-ce pas ? demanda-t-il en lui rendant son regard. Par mon sang, Denise, je jure de ne jamais manipuler ton esprit.

Un filet écarlate resta collé à la lame alors que la blessure se refermait. Spade garda la main bien en dessous de la vitre qui séparait le chauffeur de la banquette arrière. Seule Denise pouvait voir ce qu'il venait de faire, et son odeur changea en même temps que son visage reprit ses couleurs.

— Je te crois.

Spade rangea le couteau après l'avoir essuyé sur son pantalon. Le tissu était assez sombre pour que la tache passe inaperçue. Pour un humain, tout du moins ; un vampire ou une goule sentiraient le sang, mais ne s'en inquiéteraient pas.

Le taxi s'arrêta brutalement. Spade tendit un billet de vingt dollars au chauffeur, puis se précipita pour ouvrir la portière de Denise avant qu'elle ait eu le temps d'en actionner la poignée.

— Ce n'est pas la peine de faire ça tout le temps, je peux me débrouiller, murmura-t-elle, embarrassée.

Elle repoussa une mèche de cheveux en rougissant.

C'était un geste si adorable, si féminin, dénué de la méfiance dont elle faisait habituellement preuve à son égard. Il aurait agi de même avec toutes les femmes – les siècles qui passaient n'effaceraient jamais l'éducation stricte qu'il avait reçue –, mais il n'en apprécia pas moins la réaction de Denise.

— Ce n'est pas parce qu'une dame peut qu'elle doit, la taquina-t-il, amusé de la voir s'empourprer davantage et détourner les yeux.

Bon Dieu, ce qu'elle était irrésistible.

Il la détailla des pieds à la tête, incapable de s'en empêcher. Sous son manteau, Denise portait un pull à col boule et une longue jupe noire dont l'ourlet laissait paraître ses bottes. Ses mains étaient gantées. Seuls son visage et son cou étaient découverts. Spade se rendit compte qu'il avait le regard rivé sur son pouls, et qu'il était pris d'une faim qui n'avait rien de sanguine. Quel goût aurait-elle s'il y plaçait la bouche ?

Et d'ailleurs, quel goût pouvait bien avoir le reste de son corps ?

Denise frissonna, et Spade reprit ses esprits et se rappela qu'ils étaient sur un trottoir alors qu'ils auraient dû être à l'intérieur en train de chercher Nathanial.

— Par ici, dit-il en lui offrant le bras.

Denise y plaça la main avec un autre frisson et évita de croiser son regard. Ce qui n'était pas plus mal, d'ailleurs, car ses yeux devaient être verts de désir.

— Qu'est-ce qui nous attend là-dedans ? demanda-t-elle en regardant ses pieds.

Spade se força à reprendre le contrôle de lui-même.

— Exactement ce que tu t'attendrais à trouver dans un bar de vampire si tu ne croyais pas en eux.

Sa réponse lui fit relever la tête.

— Hein ?

Il grogna.

— Tu verras.

Chapitre 8

Je suis franchement trop habillée pour l'occasion, pensa Denise en regardant la foule qui se pressait à l'intérieur de la *Fontaine Écarlate*. Les clients semblaient tous fans du style gothique, et les vêtements noirs étaient apparemment de rigueur. Elle ne se sentait pas à sa place avec son pull bleu. Au moins, sa jupe et ses bottes étaient noires. Il y avait du cuir et du vinyle partout, ainsi que divers accessoires gothiques comme des colliers, des boucles d'oreilles, des piercings et des tatouages.

Spade lui fit traverser la masse grouillante des danseurs. Elle prit bien soin d'observer tous ceux qu'elle croisait, dans l'espoir de reconnaître Nathanial. Mais rien ne l'avait préparée au sourire débordant de canines qu'elle reçut en frôlant un homme à la peau aussi chaude que la sienne.

Surprise, Denise lui toucha de nouveau le bras. Sa chair était décidément bien vivante. Le sourire du type s'élargit pour dévoiler encore plus ses dents.

— Une petite danse avec un mort-vivant, poupée ? fredonna-t-il en balançant les hanches.

— Mais tu n'es pas un vampire.

Son interlocuteur se renfrogna.

— Bien sûr que si.

Denise regarda le type, ses canines factices et les gens qui l'entouraient. *Exactement ce que tu t'attendrais à trouver dans un bar de vampires si tu ne croyais pas en eux.* Spade avait raison. Cet endroit semblait accueillir les pires stéréotypes sur les morts-vivants, y compris des cercueils installés sur la scène, derrière les musiciens.

— Excuse-moi, dit-elle en dépassant le vampire de pacotille.

Spade l'attendait quelques mètres plus loin, un petit sourire sur les lèvres.

— Alors, qu'est-ce que tu en penses ?

— Que tu as fait preuve d'un sens de l'humour douteux en demandant à Ian de rassembler ses subordonnés ici, répondit-elle. Et que tu es trop habillé, toi aussi.

Tout comme elle, Spade n'arborait ni cuir ni vinyle. Il portait une chemise à manches longues couleur crème et un pantalon dont l'étoffe laineuse semblait hors de prix. Son long manteau soulignait encore son élégance. Denise riait intérieurement à l'idée que tous ces imposteurs bardés de cuir ne se doutent même pas que l'homme chic à ses côtés était en fait la créature qu'ils tentaient si pitoyablement d'imiter.

Spade se pencha vers elle, et sa bouche toucha presque son oreille.

— C'est le lieu de rendez-vous idéal. Qui penserait que de vrais vampires fréquentent ce genre d'endroit ?

Spade ne recula pas après ces mots. Denise se demanda s'il attendait une réponse, mais son esprit se figea tout à coup. Les cheveux du vampire lui caressaient la joue, noirs et soyeux, et ses lèvres étaient si proches que le moindre mouvement initierait un contact. Il la dominait de la tête, et avec les pans de son manteau qui l'effleuraient, elle sentait qu'elle était à un doigt de se faire avaler.

Cette notion était curieusement tentante.

Denise battit en retraite, pleine de confusion, de remords et de peur. Ces pensées téméraires venaient-elles de l'essence du démon qui intensifiait son emprise ? De son côté inhumain, attiré par l'inhumanité de Spade ? C'était la seule explication. Spade était un vampire, une créature qui déclenchait en elle des crises de panique, et en outre, Randy n'était mort que depuis un an…

Spade la dévisagea jusqu'à ce que Denise se sente obligée de tourner la tête. Son regard était trop pénétrant, trop intense. Du coin de l'œil, elle eut l'impression de le voir prendre une profonde inspiration, mais elle devait se tromper. Les vampires n'avaient pas besoin de respirer.

— Ian est par là, dit-il en se retournant.

Sa voix semblait plus grave. Plus rauque.

Elle le suivit en gardant les yeux rivés sur ses épaules pendant qu'il se frayait un chemin à travers la foule.

Ian était installé dans un box en compagnie de deux femmes. Denise sentit son angoisse laisser la place à de l'incrédulité. Même dans une pièce remplie de gens faisant semblant d'être des vampires, impossible de ne pas remarquer Ian.

Il était chaussé de grandes bottes décorées de chaînes en zigzag, assorties à son pantalon en cuir taille basse. Et à part son collier hérissé de pointes et les clous qui lui traversaient les tétons, il était torse nu.

Ian lui sourit de toutes ses dents en laissant sa main traîner le long de sa poitrine.

— Alors, est-ce que je ne suis pas appétissant, mon cœur ? Vas-y, rince-toi l'œil. Ça ne me dérange pas.

Denise se força à détourner le regard, mais pas parce qu'elle avait été en admiration. D'accord, l'abdomen d'Ian était sculptural, et son visage d'une beauté inquiétante, mais c'était un monstre, et rien ne pouvait le cacher. Ces femmes ne percevaient-elles donc pas la menace qui émanait de lui ? Si elle l'avait croisé dans une ruelle, elle se serait enfuie en courant, malgré la beauté de sa peau.

— On dirait que tu as été recalé aux auditions d'un Dracula porno, parvint-elle à dire.

Spade éclata de rire, mais Ian grimaça.

— Ne parlons pas de lui. Vlad est comme le diable, il risque d'apparaître si on prononce son nom.

L'allusion au démon la calma aussitôt. Elle se rappela qu'elle n'était pas venue pour admirer Spade ou Ian, mais uniquement pour chercher Nathanial. La vie de ses proches en dépendait, tout comme son humanité.

Comme s'il lui répondait, son estomac gargouilla, même si ça faisait seulement trois heures qu'elle avait mangé. Ian haussa un sourcil, car il avait entendu malgré le martèlement de la musique. Spade la regarda pour la même raison, puis désigna la banquette.

— Attends ici pendant que je vais te chercher un truc à manger.

Un sourire illumina peu à peu le visage d'Ian. Denise n'avait aucune envie de rester seule avec lui, mais elle ne voulait pas non plus donner l'impression de coller aux basques de Spade. La fille brune à la gauche d'Ian se poussa pour lui laisser une place. Denise s'assit et se concentra sur les visages des hommes présents dans le club, et pas sur le vampire à sa droite. Ni sur celui qui se dirigeait vers le bar.

— Comme c'est drôle, dit Ian d'une voix traînante.

Denise lui répondit sans le regarder.

— Quoi donc ?

— Charles qui va te chercher à manger comme un domestique, poursuivit Ian. Les Maîtres vampires ne font pas ce genre de chose, mon cœur. C'est vraiment à se demander ce qu'il y a entre vous.

Denise jeta un coup d'œil vers lui et remarqua que les amies d'Ian ne semblaient nullement étonnées par le mot « vampire » qu'il venait de prononcer. Peut-être lui appartenaient-elles. Ou peut-être les avait-il hypnotisées pour qu'elles ne se rendent compte de rien.

— Nous sommes, euh… il… ça ne te concerne pas.

Avait-elle vraiment été sur le point de lui révéler que Spade ne l'accompagnait que parce qu'elle l'y avait forcé ? Ou que c'était la marque du démon qui l'avait transformée en goinfre ? C'était forcément ça. Normalement, en période de stress, elle picorait. Sans compter que si le phénomène avait été naturel, elle aurait déjà pris cinq kilos.

— Il est poli, c'est tout. Cherche le mot dans le dictionnaire, préféra-t-elle répondre.

Ian pouffa.

— Et des anges me sortent des fesses quand je pète. Si l'on occulte ses tendances chevaleresques, je n'ai pas vu Charles aussi prévenant envers un humain depuis près de cent cinquante ans.

Denise était encore en train de secouer la tête en réaction à l'image fleurie d'Ian lorsque le reste de la phrase se mit en place dans son cerveau.

— Envers quel humain ?

Elle regretta aussitôt sa question. Premièrement, cela ne la regardait pas, et deuxièmement, elle commençait à parler comme un vampire, en saupoudrant toutes ses phrases du mot « humain ». Il fallait qu'elle s'éloigne de ce monde. Qu'elle retourne dans le sien, qui ne comptait rien d'autres que des humains.

Les yeux d'Ian se mirent à briller.

— Il ne t'a pas encore parlé d'elle ?

La curiosité de Denise l'emporta.

— Qui ça, elle ?

— Ah ah, la taquina Ian. Ce n'est pas à moi de te mettre au courant, mon cœur.

— Dans ce cas, tu n'aurais jamais dû aborder le sujet, rétorqua-t-elle d'un ton sec en perdant subitement son calme.

Ian fronça les sourcils. Denise se força à reprendre le contrôle d'elle-même. Ça ne lui ressemblait pas de réagir ainsi. C'était à cause de ces satanées marques. Elle devait se concentrer sur ses priorités. Ce qui s'était passé entre Spade et cette femme il y a plus d'un siècle n'avait aucune importance.

Pour ne pas penser à la rage inexplicable qui bouillonnait en elle, elle se tourna vers la jeune femme brune à sa droite.

— Désolée, Ian ne nous a pas présentées. Je m'appelle Denise. Ravie de te rencontrer.

Pas moins de quatre-vingts membres de la lignée d'Ian franchirent la porte de la *Fontaine Écarlate*. C'était un chiffre impressionnant, car Ian ne les avait convoqués que dans l'après-midi. Spade reconnut en outre plusieurs vampires n'appartenant pas à son ami, un bon nombre de goules et des dizaines de propriétés à l'odeur caractéristique.

Mais Denise n'avait pas aperçu son ancêtre parmi eux. À 3 heures du matin, les effluves de fatigue et de découragement qui émanaient d'elle étaient palpables.

— Nous n'allons pas tarder à partir, lui annonça Spade.

Denise acquiesça, la tête appuyée sur la main et les épaules voûtées.

— Tu t'en es très bien sortie ce soir, ajouta-t-il pour tenter d'alléger l'atmosphère.

Il se reprocha immédiatement ces paroles. Il n'était pas là pour lui remonter le moral, après tout. Pourtant, la volonté de fer dont Denise avait fait preuve pour repousser les crises de panique qu'il avait vu poindre à plusieurs reprises l'impressionnait. La jeune femme était plus solide qu'elle le pensait. Avec le temps, elle parviendrait à maîtriser parfaitement l'angoisse qu'elle éprouvait en présence de vampires et de goules.

Mais elle ne le veut pas, se corrigea-t-il. Une fois débarrassée de ses marques démoniaques, elle n'en aurait aucun besoin, parce qu'elle ne côtoierait jamais plus volontairement le monde de la nuit.

Cette pensée assombrit l'humeur de Spade, qui se leva.

— Je dois me nourrir avant que nous partions. Reste avec Ian.

Sans attendre sa réponse, il se dirigea d'un air résolu vers la piste de danse. Même à cette heure tardive, elle était suffisamment fréquentée pour qu'il puisse choisir sa victime. La *Fontaine Écarlate* ne fermait qu'à l'aube, dans plusieurs heures.

Spade se força à effacer Denise de ses pensées et se concentra sur le festin se trémoussant devant lui. Une jeune femme lui épargna la peine de prendre une décision. Elle se faufila vers lui avec un sourire, en balançant les hanches de manière lascive.

— Salut, mon mignon, minauda-t-elle.

Spade l'évalua du regard. Humaine et en bonne santé ; elle ferait l'affaire. Il ne se sentait pas très difficile.

Il la laissa l'entraîner au milieu des autres danseurs et sourit en l'attirant contre lui pour coller son corps contre le sien. Le souffle de la jeune femme se coupa lorsqu'il commença à danser en l'entraînant au rythme de la musique. Elle débordait de désir, et lui lança un regard séducteur tout en entreprenant de déboutonner sa chemise pour caresser son torse.

Spade la laissa faire pendant une minute. Puis il la retourna et colla le dos chaud de la jeune femme contre sa poitrine, son pouls – si près de sa bouche – trépidant d'excitation. Elle se frotta comme une chatte contre lui et poussa un gémissement lorsqu'il écarta ses cheveux pour enfouir le visage dans son cou. Il continua de danser tout en la tenant, laissant ses canines percer sans la moindre inquiétude et penchant la tête jusqu'à sa gorge. En le voyant faire, toutes les personnes présentes penseraient que c'était un jeu, une pantomime reproduite un nombre incalculable de fois depuis le début de la soirée. Sa partenaire ne saurait jamais qu'elle avait vraiment été mordue par un vampire une fois qu'il aurait terminé de l'hypnotiser.

Mais juste avant qu'il plonge les dents dans son cou, un sifflement aigu lui fit lever la tête. Ian se tenait le long de la balustrade qui surplombait la piste de danse. Il désigna la sortie d'un geste presque nonchalant.

— Je me suis dit que ça t'intéresserait de savoir que Denise vient de s'enfuir en courant.

CHAPITRE 9

Son cœur battait à tout rompre, et la panique vibrait juste en dessous de la surface. Denise accéléra l'allure comme si elle voulait distancer ses sentiments. Et le pire de tout était que sa réaction n'avait rien à voir avec le stress post-traumatique.

Elle n'avait pu s'empêcher de regarder Spade se diriger vers la piste de danse en contemplant les clients tel un prédateur observant un troupeau. La femme brune s'était ensuite approchée de lui en se déhanchant, sans même essayer de cacher son désir. Et il était parti avec elle. Il avait alors commencé à danser, mais avec une sensualité qui défiait toute description. La bouche de Denise s'était brutalement asséchée, et ses paumes étaient devenues moites. À mesure que la femme avait déboutonné la chemise de Spade, révélant sa peau pâle et lisse sous la lumière fluorescente, Denise avait senti son pouls s'accélérer. Ses muscles bien dessinés ondulaient à chacun de ses mouvements, et l'aura de danger qui entourait le vampire avait laissé la place à une volupté brute et torride.

Et lorsqu'il avait retourné sa partenaire et que ses cheveux noirs avaient glissé pour dissimuler son visage alors qu'il se penchait vers le cou de la jeune femme, une chaleur intense et parfaitement hors de propos avait envahi Denise. Celle-ci était si violente, si inattendue et si écrasante que la jeune femme en avait tremblé… avant d'être tirée de sa transe par le ricanement d'Ian.

— Tu es pleine de surprises, dis-moi, mon cœur.

L'expression qu'il arborait indiquait clairement qu'il savait exactement ce qu'elle avait ressenti… et qu'il en devinait la cause.

Elle s'était donc enfuie à toutes jambes. Il valait mieux que Spade la croie folle plutôt qu'il découvre la vérité, comme venait de le faire Ian.

Elle se rendit très vaguement compte que les endroits devant lesquels elle passait semblaient s'agglomérer en une masse confuse. Elle ne savait pas du tout où elle allait. N'importe où mais loin du bar. À cette heure, le trafic était calme et elle n'avait pas besoin de s'arrêter avant de traverser. Ou peut-être ne prêtait-elle pas attention aux voitures qu'elle forçait à piler. Les bâtiments lui paraissaient immenses, les rues étroites, la ville un dédale de béton sans fin. Elle avait l'impression d'évoluer dans un labyrinthe qui se refermait lentement sur elle. Le ciel nocturne n'était visible que par intermittence entre les gratte-ciel.

Une poigne de fer lui saisit le coude. Denise se débattit, mais en vain. Elle se retrouva serrée contre un grand corps rigide. Tout s'était passé si vite que ses pieds ne touchaient plus le sol.

— Lâchez-moi, haleta-t-elle.

Le visage de Spade était très près du sien. Il avait laissé sa veste au club et n'avait visiblement pas pris le temps de reboutonner sa chemise, car sa poitrine musclée et dénudée se pressait contre le pull de la jeune femme.

— Tout va bien, Denise, dit-il fermement. Rien ne te poursuit. Tu n'as rien à craindre.

Bien sûr. Spade la croyait en proie à une nouvelle crise de panique. C'était vrai en partie, mais pour une raison différente.

— Ça va. Je… j'avais besoin de prendre un peu l'air, répondit-elle, pantelante.

Spade fronça les sourcils et desserra sa prise, mais sans lâcher la jeune femme. Denise tenta de ralentir sa respiration en priant pour ne pas être de nouveau submergée par une bouffée de désir.

— Je vois.

Il la tenait toujours contre lui. Denise tenta de se débattre doucement et le vampire relâcha encore son étreinte, mais pas totalement.

Denise chercha alors quelque chose, n'importe quoi, qui lui éviterait de penser à ce qu'elle éprouvait entre les bras de Spade.

— Cette ville est vraiment étouffante. Ce ne sont que des immeubles à perte de vue. Il n'y a donc rien de vivant dans le coin ?

Denise poussa immédiatement un grognement en comprenant sa gaffe, et un petit sourire se forma sur les lèvres de Spade.

— Je veux dire vivant, comme les arbres ou l'herbe…

— J'avais saisi, l'interrompit-il sans cesser de sourire. D'ailleurs, si tu cherches de la verdure, tu as choisi la bonne direction. Viens.

Il la libéra enfin mais posa légèrement sa main sur son dos. Denise marchait à côté de lui, déchirée entre l'envie de lui dire de boutonner sa chemise et le plaisir qu'elle prenait à entrapercevoir sa poitrine.

— Tu n'as pas froid ? finit-elle par demander.

Elle-même était transie. Elle avait laissé son manteau à la *Fontaine Écarlate*. Par chance, son pull était épais et elle n'avait pas ôté ses longs gants. En effet, elle ne pouvait pas prendre le risque que l'on découvre les marques du démon.

— Pas vraiment, répondit Spade. Les vampires ne réagissent pas au froid comme les humains. Je le sens, bien sûr, mais il ne me gêne pas. Je te proposerais bien de retourner chercher ton manteau, mais nous sommes déjà plus près de l'hôtel que du bar.

Denise leva les yeux sur le panneau le plus proche… et tressaillit. Un frisson d'une autre nature lui parcourut la colonne vertébrale.

— J'ai couru loin ?

L'expression de Spade était à la fois dure et compatissante.

— Une dizaine de pâtés de maisons.

Elle n'aurait jamais dû être capable de parcourir une telle distance en aussi peu de temps. Cela aurait été difficile à un athlète de haut niveau, ce qu'elle n'était pas. Les marques de Raum se manifestaient encore plus sérieusement que ce qu'elle avait cru.

— Merde, murmura Denise.

Spade s'abstint de tenter de la réconforter avec de vaines paroles, et elle lui en fut reconnaissante. Elle avait eu son lot de phrases bien intentionnées à la mort de Randy. Pourquoi les gens refusaient-ils d'admettre que la vie pouvait être cruelle ? Ne se rendaient-ils donc pas compte que parfois le silence valait mieux que les manifestations de compassion, même les plus sincères, ou les tentatives pour démontrer qu'avec un peu de recul on pouvait trouver une logique derrière toutes les péripéties de la vie ?

Devant eux, l'horizon des immeubles s'ouvrit et Denise aperçut un grand espace de verdure et d'arbres.

— Central Park, dit Spade en la poussant du coude. (Denise ne s'était même pas aperçue qu'elle s'était arrêtée.) Notre hôtel se trouve une rue plus loin, nous pourrons rentrer rapidement si tu as froid. Avec cette neige, tu ne pourras pas voir toutes les choses vivantes du parc, mais au moins tu y es.

Denise sourit, et une partie de son anxiété s'évanouit.

— C'est parfait.

Elle se laissa guider par Spade, émerveillée de ne pas se sentir le moins du monde effrayée. En temps normal, il aurait été parfaitement idiot de se promener dans le noir à quelques heures de l'aube. Mais il n'y avait rien de normal à fréquenter un vampire et à arborer les marques d'un démon sur sa peau. *Voleurs potentiels, passez votre chemin*, pensa-t-elle avec ironie. Spade n'avait pas eu le temps de se nourrir. Il se servirait sans hésiter sur la première personne qui les aborderait de manière agressive.

— Quel âge avais-tu quand tu es mort ? demanda-t-elle en quittant le chemin pour marcher dans la neige.

Spade la suivit. Son pas semblait beaucoup plus assuré que le sien dans l'obscurité.

— Trente ans.

Denise soupira.

— J'en aurai bientôt vingt-huit.

— J'en aurai bientôt deux cent cinquante-sept, répondit Spade sur un ton indéfinissable.

Après l'avoir de nouveau regardé de la tête aux pieds, Denise ne put s'empêcher de rire.

— Tu n'es pas trop mal pour ton âge.

Son large sourire fit l'effet d'un éclair blanc dans la nuit.

— La flatterie te mènera à tout, ma chérie.

Elle dut se détourner rapidement pour éviter que son regard s'attarde trop sur le physique avantageux du vampire. Spade n'était en effet pas mal du tout. Plus que cela, même, surtout avec sa chemise ouverte laissant apparaître sa poitrine, véritable sculpture sous le clair de lune. Ses longs cheveux noirs bougeaient eux aussi sous la brise, cachant puis découvrant son visage, mais elle n'avait aucun mal à voir ses yeux. Ils étaient parsemés de points verts et attiraient son regard, et elle savait le danger que cela représentait.

Denise s'assit et fit semblant de dessiner quelques traits dans la neige sans prendre garde au froid qui s'infiltrait sous sa longue jupe. Elle portait des collants et des bottes montant jusqu'aux genoux, mais cela ne suffisait pas à la protéger de la terre gelée. Elle préférait néanmoins grelotter au contact de la neige plutôt que révéler le frémissement qui l'avait submergée pendant qu'elle regardait Spade. *Ce n'est pas toi,* se rappela-t-elle. *Ce sont les marques du démon.*

Un bruit de pas l'avertit que le vampire s'approchait. Denise ne leva pas la tête. Elle sentit son cœur accélérer et maudit sa réaction.

— Denise.

La voix de Spade était plus basse, et la manière dont il prononça son nom ne fit que décupler son émoi. Elle garda malgré tout les yeux rivés sur les motifs qu'elle avait tracés au hasard, même lorsqu'elle le sentit s'agenouiller auprès d'elle.

Ce sont les marques du démon, et rien d'autre…

La main de Spade glissa le long de son dos. Denise fut prise de frissons qui n'avaient rien à voir avec le froid. L'épaule du vampire frôla ensuite la sienne, puis sa jambe lui toucha la cuisse alors qu'il s'approchait encore. Denise eut l'impression que sa peau vibrait au contact du vampire. La tête baissée, les cheveux lui tombant sur le visage, elle continua à dessiner des motifs dans la neige, d'une main tremblante.

Ce sont les marques du démon, rien d'autre!

D'une légère caresse, Spade repoussa les cheveux de la jeune femme en arrière. Elle aurait préféré que ses doigts soient froids et sans vie, mais ils étaient forts, souples et experts. Comme s'il savait exactement la réaction que son contact éveillait en elle.

— Denise…

Sa voix était très grave, et le souffle du vampire lui effleura la joue en une nouvelle caresse. Denise ferma les yeux. Tout son être la poussait à se tourner vers Spade et à abandonner le peu de retenue qu'elle conservait encore. Le désir qui bouillonnait en elle était forcément dû aux marques du démon. Jamais elle n'avait ressenti une telle attirance pour quelqu'un, pas même pour Randy…

Randy. Tué parce qu'elle avait pensé qu'il serait amusant de passer le premier de l'an avec des vampires. Et à peine quatorze mois plus tard, elle était sur le point de se jeter dans les bras de l'une de ces créatures.

Non. Elle ne se le permettrait pas.

— Tu dois avoir faim, dit-elle.

Le remords et la douleur venaient de plonger ses émotions dans un bain d'eau glacée plus que bienvenu.

— J'ai interrompu ton repas en me sauvant, alors permets-moi d'arranger ça.

Denise rejeta les cheveux en arrière et réussit enfin à croiser le regard de Spade sans éprouver de frissons de désir. Elle devait arrêter de le voir autrement que comme un vampire… et il était hors de question qu'elle se laisse de nouveau entraîner à imaginer à tort qu'elle était en sécurité dans le monde de la nuit. Laisser Spade la mordre était le moyen le plus sûr pour lui rappeler ce qu'il était : un vampire évoluant dans un monde hanté par le sang et la mort.

Les yeux de Spade étaient entièrement verts et illuminaient son visage d'un éclat émeraude brumeux. Denise ne voulait pas savoir s'ils avaient déjà cette couleur avant sa proposition, car elle savait quelle autre raison pouvait se cacher derrière ce changement.

— Tu veux que je te morde ? demanda-t-il d'une voix sourde et rauque. Il y a seulement quelques jours, tu t'empiffrais d'ail pour empêcher que cela arrive.

— Tu m'as fait clairement comprendre que tu ne me laisseras pas te rembourser les sommes que tu as perdues en m'aidant, alors donner mon sang, c'est le moins que je puisse faire, tu ne crois pas ?

Avec toujours autant de défi dans le regard, Denise pencha le cou. La morsure serait douloureuse. Elle le savait d'expérience. C'était comme cela qu'elle avait rencontré Cat, lorsque cette dernière l'avait sauvée d'un vampire qui voulait la vider de son sang. Mais dans la situation actuelle, cette petite douleur lui ferait le plus grand bien, car elle lui rappellerait de manière radicale pourquoi elle devrait garder ses distances avec Spade – et avec tous les morts-vivants – une fois qu'elle aurait trouvé Nathanial.

La voix du vampire était très douce.

— Lève-toi et va-t'en, Denise, ou je te prends au mot.

Son regard, vert et pénétrant, était rivé sur celui de la jeune femme. Elle savait qu'il n'utilisait pas son pouvoir sur elle, car ses pensées restaient claires, mais elle se sentit tout de même attirée.

Elle devait mettre un terme à l'hallucinant attrait qu'elle éprouvait pour lui. Sur-le-champ, avant qu'il se renforce davantage. Avec un peu de chance, elle succomberait à une crise de panique.

— Sers-toi, vampire, répondit-elle d'une voix tout aussi douce.

La bouche de Spade se colla à sa gorge avant qu'elle ait eu le temps d'articuler le dernier mot.

La peau de Denise était chaude, même dans l'air glacial. Il avait eu pour intention de la mordre rapidement et de lui donner ce qu'elle attendait : du dégoût. Il avait compris que c'était ce qu'elle cherchait lorsque le désespoir et la colère avaient remplacé l'enivrante fragrance de désir qui émanait d'elle.

Ce désir avait d'ailleurs failli causer la perte de Spade. Il l'avait senti pour la première fois au club, au moment où il lui avait parlé à l'oreille, mais la sensation avait disparu si vite qu'il avait douté de son existence. Quelques minutes auparavant, il avait été certain que l'odeur de Denise et sa réaction à son contact l'avaient confirmé. Cela avait eu pour effet d'anéantir sa volonté et de l'attirer vers elle, malgré les avertissements de sa raison.

Puis était venue sa proposition rageuse de le laisser boire son sang, clairement motivée par une envie de ne le voir que comme un monstre. Il avait failli la lui rejeter au visage avant de comprendre qu'elle avait raison. C'était la solution idéale. Il valait mieux qu'il la dégoûte, pour elle comme pour lui.

Mais à présent, en sentant le pouls de la jeune femme vibrer sous sa bouche, il ne pouvait plus se résoudre à la traiter sans ménagement. Il ne pouvait que laisser glisser ses lèvres sur sa peau jusqu'à ce que la tension des membres de Denise change de nature. Il ne pouvait se retenir d'inspirer son parfum de miel et de jasmin, épicé par les restes de sa colère et s'intensifiant sous l'effet de sa main enroulée dans ses cheveux. Il la serra encore plus fort contre lui et ouvrit la bouche pour passer la langue sur sa gorge.

Ah, ma chérie, tu as exactement le goût que j'attendais. Sombre, riche et doux.

Il continua de promener la langue sur son cou, à la recherche de son point le plus sensible. Pas là, même si son exploration la fit délicieusement frissonner. Pas là non plus, même si ses poings, qu'elle gardait crispés le long de son corps, se desserrèrent enfin. La langue de Spade lécha un nouvel endroit… et Denise retint son souffle tandis qu'elle se cambrait contre lui. *Oui. Ici.*

Spade ferma les yeux et absorba l'odeur de la jeune femme en une nouvelle inspiration profonde. Il enfonça ensuite les canines dans son cou en profitant du frisson de plaisir qui la gagna lorsque leur venin pénétra dans sa chair pour effacer la piqûre initiale et générer une sensation de chaleur artificielle et agréable.

Mais à la première gorgée, il comprit que quelque chose ne tournait pas rond. Il était déjà trop tard. Comme un vampire émergeant pour la première fois de la mort, Spade ne put s'empêcher d'avaler encore. Sans s'arrêter.

Chapitre 10

Denise passa les bras autour de Spade, noyée dans des sensations totalement inattendues. Chaque nouvelle succion l'emplissait de plaisir, suivi par des vagues de chaleur en cascade. Le froid dont elle souffrait encore quelques minutes auparavant n'était plus qu'un lointain souvenir. Elle brûlait désormais de l'intérieur, libérée de toutes ses inhibitions, en se tordant contre Spade en un mélange de désir et d'extase.

Il l'attira encore plus près de lui, puis roula au-dessus d'elle, comme si cette proximité ne lui suffisait pas. Les halètements de Denise se transformèrent en gémissements lorsqu'elle le sentit la plaquer au sol avec une urgence affamée et merveilleuse. Les hanches du vampire s'alignèrent sur les siennes quand il aspira de nouveau son sang. Puis il se frotta contre elle, et la bosse rigide dans son pantalon s'écrasa sensuellement entre ses jambes.

La chaleur qui explosa alors en elle dépassait les flammes qui couraient dans ses veines. Elle enfonça les ongles dans son dos lorsqu'il bougea de nouveau le bassin et le balança elle-même pour mieux sentir cette incroyable friction. Un doux étourdissement l'envahit quand il se mit à aspirer encore plus profondément à son cou en la maintenant dans une poigne contre laquelle elle ne pouvait, ni ne voulait, lutter.

— Spade, murmura-t-elle, les yeux papillotant de telle sorte que les cimes des arbres et les étoiles ne lui apparaissaient plus que par intermittence.

Il arracha sa bouche de la gorge de la jeune femme et se retrouva recroquevillé à plusieurs mètres d'elle une fraction de seconde plus tard. La disparition soudaine du poids du vampire et de la sensation succulente de son corps contre le sien laissa la jeune femme abasourdie. Elle tendit la main vers lui, mais s'arrêta net en entendant son grognement.

— N'approche pas.

Les yeux de Spade étincelaient de vert, et le sang coulait de sa bouche. Denise porta la main à son cou. Ses doigts rencontrèrent un mince filet de liquide. Sa gorge vibrait du même désir douloureux que son entrejambe.

— Quelque chose ne va pas… ?

Il fit un pas vers elle, puis se rejeta si violemment en arrière qu'il percuta un arbre. Le tronc s'inclina avec un craquement inquiétant.

— Va-t'en, dit Spade d'une voix crispée. Enfuis-toi immédiatement, ou je te viderai de ton sang.

La faim sauvage qui transparaissait dans les yeux du vampire traversa enfin le voile de vertiges et de désirs qui enveloppait la jeune femme. Elle parvint à se lever, la main toujours sur la gorge et les doigts humides. Les yeux de Spade étaient rivés sur son cou, et sa bouche se retroussa en un grognement qui révéla des canines si longues et si acérées que son visage était plus animal qu'humain.

— Va-t'en !

Elle se retourna et partit en titubant. Elle se retrouva bientôt sur le chemin et se dirigea vers ce qu'elle espérait être la direction par laquelle ils étaient venus. L'hôtel se trouvait dans la rue suivante, avait dit Spade.

Un craquement lui fit lever les yeux. Il faisait sombre, mais elle aperçut une silhouette imposante qui passait d'arbre en arbre par des bonds vertigineux. Spade la suivait-il ? Une peur macabre lui retourna l'estomac et recouvrit la chaleur sensuelle dans laquelle elle baignait encore. Était-il en train de la traquer ?

— Plus vite, grogna sa voix, reconnaissable entre mille.

Sans se soucier de son étourdissement persistant, Denise se mit à courir de toutes ses forces et traversa en trombe la partie du parc par laquelle ils étaient entrés. Elle regarda autour d'elle, affolée, et entendit de nouveau des branches craquer au-dessus d'elle. Elle dirigea ensuite sa course vers la rue que Spade lui avait indiquée un peu auparavant.

Elle traversa la rue sans ralentir et aperçut le panneau qu'elle cherchait. Le *Plaza*. Denise fouilla dans la poche de sa jupe, heureuse d'y avoir rangé la clé de sa chambre plutôt que dans son manteau au début de la soirée, et franchit les portes décorées. Elle garda la tête baissée en cachant son cou ensanglanté derrière ses cheveux et parvint à atteindre l'ascenseur sans qu'un employé n'appelle la police. L'heure avancée jouait probablement en sa faveur ; les rares personnes qu'elle avait croisées semblaient toutes à moitié endormies.

Lorsque la porte de l'ascenseur s'ouvrit sur son étage, le désir brûlant qu'elle avait éprouvé s'était évanoui, et Denise ne ressentait plus que du dégoût. Elle avait quasiment supplié Spade de la prendre sur le sol enneigé. Était-ce cela qui l'avait plongé dans cette irrépressible soif de sang ? Sa propre réaction débridée l'avait-elle poussé au-delà des limites normales d'un vampire ? Et que lui arrivait-il à elle, qui s'était comportée comme une véritable nymphomane à cause d'une petite morsure ? D'accord, cela faisait bien plus d'un an qu'elle n'avait pas fait l'amour, mais le temps n'expliquait pas l'intensité de sa réaction.

Denise était encore en train de se fustiger lorsqu'elle ferma la porte de sa chambre. Elle s'appuya contre le bois, épuisée… et grimaça. D'où venait cette odeur ?

Raum sortit de l'ombre où il était tapi.

— Salut.

Le démon atteignit la porte avant qu'elle ait eu le temps de la rouvrir. L'odeur de soufre qui émanait de lui était presque asphyxiante.

Raum sourit.

— Enfin seuls.

Spade mobilisa les derniers lambeaux de sa volonté pour s'assurer que Denise était bien retournée saine et sauve à l'hôtel. Lorsqu'il la vit passer en titubant les portes en verre, il se laissa submerger par la richesse du sang de la jeune femme. La magie noire qu'il contenait, dont l'effet de dépendance était immédiat, le laissa en proie à des hallucinations dans lesquelles le présent se mêlait au passé.

Spade tomba de l'arbre, mais ce fut à peine s'il remarqua l'impact avec le sol. *Des branches nues s'agitaient dans le vent tandis que Crispin et lui chevauchaient à bride abattue en suivant les ornières que le carrosse avait creusées dans la neige sale. Elles dataient du matin même. Spade se pencha en avant et éperonna son cheval.*

Il se roula par terre, entendant ses propres gémissements gutturaux alors qu'il tentait de repousser les souvenirs. *Non. Je ne veux pas revivre cela. Je ne veux pas.*

Il se releva et se mit à courir. Les arbres changeaient de forme et semblaient vouloir l'attraper. Leurs branches se transformaient en squelettes qui se baissaient sur son passage pour le frapper. Puis la végétation se densifia, et il se retrouva dans la même forêt dc l'Argonne que ce jour fatidique, un siècle et demi auparavant.

— Non, dit Spade en serrant les dents.

Il accéléra et trébucha sur les grosses pierres qui semblaient jaillir du sol. Ce n'était pas réel. Ce n'était pas *réel.*

Mais peut-être que si ? Peut-être était-il vraiment de retour ce jour-là ? Peut-être n'était-il pas trop tard pour la sauver ?

— Giselda, cria Spade. J'arrive !

Crispin aperçut le premier la roue, couchée sur le rebord de la route. L'espace d'un instant, Spade fut soulagé. Le carrosse de Giselda avait eu un accident, ce qui expliquait son retard. Ce fut alors qu'il la sentit. Une odeur de sang et de mort.

Spade bondit de cheval et fonça en direction du carrosse sans toucher le sol. C'était la première fois qu'il volait, mais il ne s'en aperçut même pas.

Crispin accéléra son propre vol, le saisit par-derrière et le renversa.

— Arrête, mon pote. Laisse-moi y aller à ta place.

Spade le repoussa et porta la main à son couteau lorsque son ami fit mine de revenir vers lui.

— Touche-moi encore et je te tue, grogna-t-il avant de se retourner en un éclair et de courir dans la direction où l'odeur de Giselda était la plus forte... et où d'autres relents âpres et nauséabonds se mêlaient à son parfum.

Il ne prit pas le temps de vérifier si le valet de pied affalé en tas à la lisière des arbres était encore vivant. Un morceau de tissu était accroché aux épines du buisson qui se trouvait derrière l'homme. Spade fonça dans le bois en suivant la puanteur, saisi par la terreur lorsqu'il aperçut les multiples traces de pas imprimées dans la boue et la neige. Elle s'était enfuie, mais avait été poursuivie.

Le carré de terre retournée sur lequel il arriva ensuite le fit s'arrêter brutalement. Il puait la sueur, le sang, la peur et le désir sexuel. La rage l'envahit quand il vit des lambeaux de jupon disséminés un peu partout, un cercle d'empreintes de bottes, puis la marque d'un corps dans la terre, avec en son centre du sang et d'autre taches.

Spade se retourna et suivit l'odeur du sang qui le mena à une grande éclaboussure au sommet d'une colline. Tout son être se crispa lorsqu'il regarda au bas de la pente raide.

Une femme rousse était recroquevillée par terre, la robe à moitié déchirée, le corps couvert de bleus, tordu et immobile. Pendant une fraction de seconde, Spade sentit le soulagement l'envahir. Ce n'était pas Giselda ; ses cheveux étaient blonds. Cette malheureuse était peut-être une compagne de voyage…

Mais dès l'instant suivant, la vérité l'écrasa. Il se jeta dans le ravin et poussa un cri lorsqu'il retourna le cadavre. Le visage de Giselda, gelé et ravagé par la douleur, le regardait, les cheveux rougis par le sang dont ils étaient imbibés, la gorge tranchée jusqu'à l'os.

— Tu m'as menti, dit Raum sur un ton de légère désapprobation, comme s'il gourmandait un enfant. Tu m'as dit que Spade était humain, et pourtant c'est avec un vampire que tu appelais par ce nom que tu batifolais dans la neige.

Denise jeta un regard vers la porte, dans l'espoir que Spade apparaisse comme par magie. Mais devant elle ne se tenait que le démon, ses cheveux châtain clair de nouveau rassemblés en une queue-de-cheval, vêtu d'un jean et d'un tee-shirt à l'effigie d'Ozzy Osbourne.

— Comment m'as-tu retrouvée ?

Raum les avait-il suivis depuis le début ? En tout cas, il était clair qu'il les avait espionnés dans le parc.

Le démon haussa un sourcil.

— Tu ne croyais tout de même pas que j'allais te laisser filer sans te tenir à l'œil ? Ces marques, dit-il en attrapant ses bras gantés, servent à beaucoup de choses. Je t'aurais déjà rendu une petite visite si le vampire n'avait pas été là en permanence. Je ne suis pas fâché qu'il soit enfin parti. Ton sang l'a mis dans tous ses états, hein ?

Denise avait trop peur pour se sentir gênée de ce que le démon avait vu.

— Tu n'as rien fait à ma famille, n'est-ce pas ?

Par pitié, non.

— Cela ne va pas tarder, répondit Raum sans ménagement. Cela fait une semaine. Quel progrès as-tu à m'annoncer ?

— C'est plus difficile que ce que je pensais, commença Denise.

Raum la lâcha.

— Je pars tuer ton père, claironna-t-il sur un ton enjoué en tendant la main vers la poignée de la porte.

— Attends ! (Denise lui saisit le bras, gagnée par la panique.) Je retrouverai bientôt Nathanial, je te le promets ! Par pitié, ne fais pas ça !

Le démon la regarda, un petit sourire toujours sur les lèvres.

— J'adore qu'on me supplie. Ce serait encore mieux si tu le faisais en étant couverte de sang… mais je me trompe, il y en a un peu par ici, n'est-ce pas ?

Raum la saisit par les cheveux et tira violemment sa tête sur le côté avant d'humer profondément son cou.

— Tu empestes le vampire. C'est donc ainsi que tu me remercies de ma générosité ? Je vous offre une chance de vous racheter, toi et ta famille, et tu perds ton temps à nourrir des vampires au lieu de chercher Nathanial. Je commence à me poser des questions sur ton utilité.

Denise ravala les larmes causées par la poigne douloureuse de Raum. Elle y laisserait probablement quelques cheveux lorsqu'il la lâcherait.

— À ton avis, qu'a demandé le vampire en échange de son aide ? mentit-elle en réfléchissant à toute allure. Nous sommes près du but. Nous avons une bonne piste et l'étau se resserre sur Nathanial. J'ai besoin d'un peu plus de temps, c'est tout.

Raum la libéra. Comme elle s'y attendait, plusieurs mèches de cheveux lui restèrent dans la main.

— Une prolongation, réfléchit-il. Et tu me demandes de ne tuer aucun de tes proches pendant ce temps, je suppose ?

— Exactement. S'il te plaît, ajouta-t-elle, rongée par la haine en le voyant profiter à ce point de son désarroi.

— Mais je dois tout de même te punir pour ta lenteur, répondit-il comme si c'était la seule conclusion logique. Néanmoins, comme je suis d'humeur généreuse, je vais te laisser le choix. Nomme-moi le membre de ta famille qui mourra. Ça peut être n'importe qui, même un cousin éloigné. Sinon, j'intensifie l'effet de tes marques.

Denise baissa les yeux sur ses poignets. Elle ne pouvait pas voir les ignobles stigmates, mais ils semblaient palpiter en présence de Raum. Son plus cher désir était de les voir disparaître, pas de les amplifier, mais ce qu'il venait de lui proposer était tout sauf un choix.

La jeune femme ôta ses gants et glissa les mains dans celles de Raum.

— Vas-y.

Le démon sourit avec satisfaction.

— Tu es sûre ? Ce sera douloureux.

Elle prit une profonde inspiration et le regarda droit dans les yeux.

— Je n'en attends pas moins de toi.

Les mains de Raum se refermèrent sur ses poignets. Denise s'était juré de ne pas crier, mais une fois qu'il commença, elle ne put s'en empêcher.

Spade entendit les voix comme si elles provenaient de très loin.

— … corps d'un homme blanc, la petite trentaine, aucun papier sur lui, disait une femme. La mort semble avoir été causée par une arme blanche. Le couteau est toujours enfoncé dans la gorge de la victime…

N'importe quoi, pensa Spade en écoutant les nombreux battements de cœur et le remue-ménage autour de lui. Il avait dû s'évanouir, et on le prenait pour un cadavre. S'il s'en fiait au bruit, les témoins étaient trop nombreux pour qu'il se relève, les remercie de leur sollicitude et s'en aille en sifflotant.

À présent qu'il avait repris conscience, l'argent lui brûlait le cou et une insoutenable clameur résonnait dans sa tête. Il s'était attendu à la douleur de l'argent ; le mal de tête, en revanche, était un mystère. *C'est une gueule de bois*, comprit-il avec étonnement, en remarquant la léthargie dont souffrait le reste de son corps. *Je pensais en avoir fini avec ça depuis que je ne suis plus humain.*

Mais au moins son esprit était clair, malgré la douleur qui lui martelait les tempes. Le sang de Denise l'avait plongé dans une hallucination qui avait duré un temps indéterminé, jusqu'à ce qu'il se rende compte qu'il devait se purger du poison qui coulait dans ses veines. Il s'était alors planté un poignard dans la gorge en enfonçant profondément la lame et en faisant un effort de volonté pour forcer son sang à jaillir. Ce ne fut qu'une fois quasiment exsangue que les hallucinations avaient commencé à décroître, mais apparemment, c'était également à ce moment-là qu'il s'était évanoui.

Et il se retrouvait désormais photographié et examiné sous toutes les coutures comme une victime de meurtre. Pourquoi les New-Yorkais ne revenaient-ils pas au bon vieux temps où ils passaient devant un cadavre sans même ciller ? Les gens d'aujourd'hui semblaient tenir à jouer les bons Samaritains...

Il resta allongé dans la neige pendant une heure, le temps que la police en finisse avec lui. On l'installa ensuite dans un sac et on le transporta jusqu'à une ambulance. Il attendit que le véhicule soit loin du parc pour déchirer le plastique épais d'un coup de canine et ouvrir le sac.

— Mon Dieu !

Un ambulancier livide le regardait, le visage partagé entre le choc et l'horreur. Spade retira le couteau de sa gorge, le rangea dans sa ceinture et sourit tranquillement au jeune homme.

— N'exagérons rien, mon pote.

L'ambulance fit une embardée, car le chauffeur s'était retourné, aussi surpris que son collègue. Spade leva les yeux au ciel. Le pauvre allait avoir un accident s'il n'était pas plus prudent.

— Regarde la route, dit-il en libérant la puissance de son regard. Vous ne m'avez pas vu me lever. Vous ne savez pas ce qui m'est arrivé.

— Savons pas, murmurèrent les deux hommes à l'unisson.

Spade passa à l'avant du véhicule et sortit par la portière sans même leur demander de s'arrêter. Il bondit au milieu de la circulation, se retrouva sur le trottoir et prit la direction du *Plaza*. Il était inquiet pour Denise. Il lui avait tiré beaucoup de sang lors des premiers instants de sa transe. Elle lui avait semblé stable lorsqu'elle était rentrée à l'hôtel, mais si jamais elle s'était évanouie depuis ?

Les mimiques étonnées des passants lui rappelèrent qu'il était torse nu et couvert de sang. Bon, cela attirerait trop l'attention. Spade s'enfonça dans l'entrée la plus proche et attrapa la première personne qui passait.

— Du calme, ordonna-t-il en plongeant ses yeux verts dans ceux de la jeune femme. Donne-moi ton manteau.

Elle lui obéit sans un mot. Spade l'enfila. Il était bien trop petit, mais couvrait tout ce qui avait besoin d'être caché, et de toute façon il ne le porterait pas longtemps.

— File, dit Spade.

Il marcha jusqu'au *Plaza* aussi vite qu'il le pouvait sans trahir sa vitesse surnaturelle. Cependant, une fois à l'intérieur, il dédaigna l'ascenseur et entra dans la cage d'escalier. Il se propulsa en l'air et franchit les étages d'un seul bond pour arriver en quelques secondes au dix-neuvième.

Les relents de soufre le frappèrent dès qu'il ouvrit la porte palière. Un démon était venu à cet étage.

Spade vola jusqu'à la chambre sans se soucier d'être vu. Il brisa la porte et roula sur la moquette en serrant dans la main le couteau en argent qu'il s'était planté dans le cou plus tôt dans la nuit.

— Denise ? appela-t-il. Denise !

Elle apparut dans l'encadrement de la porte, le cou toujours ensanglanté, le visage encore plus pâle que d'habitude.

— Te voilà, dit-elle en chancelant.

Spade la rattrapa avant qu'elle touche le sol.

Chapitre 11

Denise ouvrit les yeux et battit des paupières. Spade se pencha sur elle, le visage marqué par l'inquiétude. Son torse et ses cheveux étaient maculés de sang. Vu ce qui s'était passé dans le parc, Denise aurait dû s'inquiéter de voir le vampire si près de son cou. Mais, pour l'instant, elle n'avait pas la force de se soucier d'une éventuelle morsure.

— Tu es dans un état épouvantable, murmura-t-elle.

Spade ne sourit pas.

— Qu'est-ce qu'il t'a fait ?

Elle n'avait pas envie d'en discuter. La première fois que Raum avait imprimé sa marque en elle, la souffrance lui avait paru insoutenable, mais cette fois-ci, elle venait d'apprendre la véritable signification du mot « douleur ». L'hôtel avait envoyé des agents de sécurité dans sa chambre. Elle avait dû mentir et dire qu'elle s'était tordu la cheville… comme si cela pouvait expliquer les minutes de hurlements ininterrompus. Ceux qu'ils avaient entendus, en tout cas, car Raum lui avait couvert la bouche après s'être lassé de les écouter.

— Qu'a-t-il fait ? répéta Spade avec plus d'insistance.

Denise ferma les yeux.

— Il a intensifié les marques, répondit-elle en essayant de masquer l'horreur que ce souvenir provoquait en elle. Il n'était pas content de mes progrès.

Spade marmonna quelque chose à voix basse, des paroles agressives et rapides qu'elle ne parvint pas à comprendre.

— Nous n'aurions pas dû rester à l'hôtel, conclut-il. J'aurais dû nous installer dans une maison privée où les démons ne peuvent pas entrer. Je ne pensais pas qu'il nous aurait suivis jusqu'ici, mais il est visiblement plus malin que ce que je pensais. Nous partons, Denise, dès que nous nous serons un peu nettoyés.

— Peu importe où nous allons.

Parler était si épuisant. Seule l'inquiétude concernant le sort de Spade avait réussi à la tenir éveillée. En ne le voyant pas revenir à l'aube, elle avait eu peur qu'il ne lui soit arrivé quelque chose. À présent, elle n'avait plus la moindre goutte d'énergie. Elle avait l'impression que les tortures de Raum l'avaient poussée aux portes de la mort.

— Qu'est-ce que tu veux dire ? (Il la secoua légèrement pour lui faire rouvrir les yeux.) Allez, ne t'endors pas tout de suite.

Au prix d'un effort surhumain, elle se força à remuer le poignet.

— Il me suit grâce aux marques. Où que nous allions, il me retrouvera.

Spade ne répondit pas. Denise ferma de nouveau les yeux. Mais alors qu'elle avait l'impression qu'elle ne les avait fermés que depuis une seconde, elle sentit une éclaboussure d'eau chaude et les rouvrit en sursaut.

Elle était sous la douche. Blottie dans les bras de Spade, à ce qu'il semblait. De plus, il lui avait ôté ses bottes et s'attaquait à présent à sa jupe.

— Quoi ? parvint-elle à articuler.

— Je dois nous laver tous les deux de ton sang, dit-il fermement. C'est plus prudent.

Si elle s'était trouvée dans un état moins lamentable, elle aurait protesté. Mais pour l'instant, tant qu'elle n'avait pas à bouger, elle se moquait de ce que Spade pouvait faire.

Le vampire lui tint la tête, et elle sentit l'eau lui couler plus fort dans le cou. Denise ferma les yeux.

— Je suis désolée.

Elle prononça ces mots dans un murmure. Ils se retournèrent sous l'impulsion de Spade, et le jet chaud lui mouilla le ventre. Visiblement, il devait aussi lui avoir ôté son pull. Lui avait-il laissé son soutien-gorge ? D'un regard épuisé, elle vit qu'il était encore là, tout comme sa culotte.

— De quoi ?

Le visage de Denise était dans le creux du cou de Spade, et sa voix vibrait en elle. Peut-être à cause de son état de semi-inconscience, elle répondit la vérité.

— De la manière dont j'ai réagi lorsque tu m'as mordue. Ce n'était pas mon intention. Je ne savais pas que tu aurais tant de mal à arrêter…

— Bon Dieu, tu penses vraiment que c'est ce qui s'est passé ? (Denise sentit sa main lui frôler le visage.) Ce n'était pas toi, mais ton sang. Il semblerait que l'essence des marques de Raum l'a transformé en une sorte de drogue. J'en ai senti les effets dès la première gorgée ; mais ce que contient ton sang est si puissant que je ne pouvais plus m'arrêter. Je sais que l'on vend au marché noir du sang altéré pour jeunes vampires décérébrés en quête de sensations fortes, mais je ne me doutais pas...

Spade laissa sa phrase en suspens, puis secoua Denise jusqu'à ce qu'elle ouvre les yeux. L'intensité de son regard suffit à la réveiller entièrement.

— Quoi ?

— C'est ça, Denise. Ton sang a changé lorsque Raum t'a marquée. C'est comme cela que nous retrouverons Nathanial. Grâce à son sang.

Spade pénétra à grandes enjambées dans le salon d'Ian sans attendre que le majordome l'introduise.

— À qui dois-je m'adresser pour trouver du Dragon Rouge ?

Ian éteignit son poste de télévision en pouffant.

— Décidément, Charles, tu as vraiment beaucoup changé depuis que tu sautes cette fille, tu ne trouves pas ?

— Ne parle pas d'elle comme ça, grogna aussitôt Spade.

Denise fut contente que l'impolitesse d'Ian le fasse réagir ainsi, mais le petit sourire du propriétaire des lieux prouvait qu'il avait compris la vraie raison de l'agressivité de son ami. Spade se fustigea de s'être montré aussi possessif. C'était une chose de se comporter en public comme si Denise lui appartenait, c'en était une autre de le sentir au plus profond de lui-même. Pour tout ce qui touchait à ses sentiments pour la jeune femme, Spade avait l'impression d'évoluer dans des sables mouvants. Plus il luttait, plus il s'enfonçait.

— De plus en plus étrange, dit ironiquement Ian.

Spade lui lança un regard noir.

— Tu cherches du Dragon Rouge, c'est bien cela ? reprit Ian.

Ses sourcils arqués indiquaient qu'il abandonnait ce sujet délicat… pour l'instant.

—Je ne me rappelle pas avoir parlé d'un dragon, murmura Denise.

Spade tourna les yeux vers elle.

—« Chasser le dragon » est une expression qui signifie prendre de la drogue. Les vampires appellent leur drogue le Dragon Rouge, car ce n'est qu'en la mélangeant à du sang que nous pouvons ressentir l'effet des stimulants chimiques.

Mais Spade savait désormais que le stimulant contenu dans le Dragon Rouge n'avait rien de chimique. Les vampires qui en étaient accros se moquaient de savoir quel ingrédient leur faisait un tel effet, ou préféraient peut-être ne pas y réfléchir trop ouvertement. La consommation et la vente de Dragon Rouge étaient interdites par les lois vampires. En effet, des vampires sous l'emprise de la drogue étaient une menace pour le secret qui nimbait l'existence de l'espèce, un secret qui comptait plus que tout aux yeux du monde des morts-vivants.

Denise ne se doutait pas du danger que représentait son sang. Si les Gardiens des Lois découvraient qu'elle était une drogue ambulante, ils ne lui laisseraient pas l'occasion de retrouver Nathanial et de se débarrasser de ses marques. Ils la tueraient sans la moindre hésitation. De même, si les fournisseurs de Dragon Rouge se rendaient compte que Denise était une nouvelle source pour leur commerce aussi illicite que lucratif, ils transformeraient sa vie en enfer.

Spade serra les dents. Il n'était pas question qu'il laisse cela se produire.

—Je n'en ai pas, malheureusement, poursuivit Ian en secouant la tête. Il est très difficile de s'en procurer, bien entendu. J'ai essayé une fois. J'ai trouvé ça amusant pendant une heure, mais ensuite, ça m'a valu des cauchemars atroces, sans compter une migraine le lendemain… une migraine, tu te rends compte ! Pourquoi voudrais-tu toucher à ce poison, Charles ?

— J'ai mes raisons, répondit Spade.

Denise regarda ses pieds et se dandina, mal à l'aise, mais sans prononcer un mot. C'était sage de sa part. Spade faisait confiance à Ian pour beaucoup de choses, mais par pour un sujet aussi sensible.

Les yeux turquoise d'Ian étudiaient Spade. Ce dernier garda un visage impassible. Si son ami ne pouvait pas lui indiquer une source, il trouverait quelqu'un d'autre pour le renseigner. Le Dragon Rouge était peut-être rare et illégal, mais il n'était pas impossible de s'en procurer. Comme pour tout, il suffisait de frapper à la bonne porte.

— Je vais te dire où j'avais acheté le mien, finit par dire Ian. Je ne peux pas t'assurer que le type en vend encore ; c'était il y a quelques années. En tout cas, il s'appelle Black Jack, et à l'époque, il fréquentait les tables à grosses mises du *Bellagio.*

— Le casino de Las Vegas ? demanda Spade.

Ian haussa les épaules.

— Ce n'est pas pour rien qu'on surnomme cette ville Sin City[1], après tout.

Spade tressaillit.

— Tout à fait. Est-ce que ton offre d'hébergement tient toujours, mon pote ?

— Pourquoi ? demanda précipitamment Denise.

1. Littéralement : « la ville du péché ». (*NdT*)

Spade lui prit la main et la serra légèrement, mais Ian éclata de rire.

— Ma présence t'indispose, mon chou ? J'imagine que c'est à cause des histoires sordides que Cat a dû te raconter sur moi. Les femmes ont tendance à exagérer.

— Tu n'es quand même pas en train d'insinuer que tu n'as pas essayé de contraindre Cat à coucher avec toi en menaçant de tuer ses hommes ? demanda Denise sans tenir compte de la pression que Spade imprimait sur sa main.

Ian lui adressa un sourire effronté.

— Ah, ça ? Oui, j'avoue.

La main de Denise sembla s'échauffer, et un effluve de colère pimenta son odeur.

— C'est une raison plus que suffisante pour ne pas t'aimer.

— Denise. (Spade la retourna pour qu'elle le regarde en face.) Fais-moi confiance.

La jeune femme jeta un dernier coup d'œil hostile à Ian, mais hocha la tête.

Heureux qu'elle renonce à protester malgré les provocations d'Ian, Spade posa un baiser sur son front. Mais dès que ses lèvres touchèrent sa peau, il se figea. Tout comme elle.

Ce baiser lui avait paru une chose si naturelle qu'il avait agi sans même réfléchir. Mais le souvenir de leur dernière étreinte lui traversa immédiatement l'esprit.

Spade ne put contenir l'explosion de chaleur qui monta en lui. La réponse de Denise pouvait être interprétée comme la réaction normale d'un humain à une morsure de vampire. Mais pas entièrement. Et même loin de là. Malgré son aversion pour le monde de la nuit, ses crises de panique et le chagrin qui la rongeait depuis la mort de son mari, Denise le désirait.

Et en dépit de l'humanité de la jeune femme, du danger croissant qui l'entourait et de son propre bon sens, il la désirait lui aussi. Si fort que la passion le consumait.

Les lèvres de Spade décollèrent lentement de sa peau, emportant avec elles la chaleur de Denise. Lorsqu'il capta la fragrance de plus en plus capiteuse qui émanait d'elle, il dut se retenir pour ne pas les appuyer contre sa bouche.

— Vous avez besoin de la chambre tout de suite ? demanda Ian avec une ironie marquée.

Ce commentaire déplut à Denise. Elle tourna les talons et sortit de la pièce.

— Premier étage, troisième porte sur ta gauche. Le matelas est très moelleux, tu verras, lui lança Ian.

Spade se dirigea vers Ian en un clin d'œil et s'arrêta juste à temps, les poings encore serrés.

— N'étais-tu pas sur le point de me frapper, Charles ? demanda Ian, sa moue amusée remplacée par un rictus incrédule.

Spade se ressaisit. Jamais, depuis des siècles qu'il le connaissait, il n'avait réagi de la sorte avec Ian à propos d'un humain. Ni avec personne, d'ailleurs, vampire ou pas. Il devait reprendre le contrôle de lui-même pour tout ce qui touchait à Denise. La situation dans laquelle ils allaient se trouver pour localiser Nathanial excluait ce genre de réactions irréfléchies et possessives.

— Je sais qu'il est dans ta nature de te comporter ainsi, Ian, mais essaie de te retenir avec Denise, parvint-il à articuler d'une voix calme.

Ian se leva d'un mouvement lent et posé, puis plaça les mains sur les épaules de son ami.

— Je ne sais pas ce qu'il y a entre vous, mais ça commence à m'inquiéter. Tu agis derrière le dos de ton meilleur ami. Tu cherches du Dragon Rouge. Tu exploses chaque fois que tu crois qu'on s'en prend à elle. Détends-toi, mon pote. Cela ne te ressemble pas.

C'était la vérité, et Spade le savait. Mais il ne pouvait pas se permettre de se relâcher. Le temps jouait contre eux, et ce dans plus d'un sens.

— Ne t'en fais pas pour moi, répondit-il en serrant brièvement les mains d'Ian avant de reculer. Je sais ce que je fais.

Il s'élança à la suite de Denise – par la porte d'entrée, pas dans l'escalier menant à la chambre au matelas moelleux – et entendit Ian l'interpeller.

— Je commence à en douter, Charles.

Spade ne répondit pas. Il commençait lui-même à s'interroger.

Denise frotta les marques cachées sous ses longs gants. Outre son embarras, sa confusion et son énervement, elle était également affamée. Elle maudit Raum et Nathanial. Sans eux, ses cousins et sa tante seraient encore en vie. Elle serait chez elle, en train d'essayer de reconstruire sa vie aussi normalement que possible. Pas là, devant cette maison monstrueuse habitée par un mort-vivant à la morale plus que discutable. Elle avait pris bien soin d'éviter le monde de la nuit, mais aucune de ses précautions ne semblait avoir fonctionné. Elle se retrouvait en effet dans une situation inextricable, en train de détester un vampire tout en étant inexorablement attirée par un autre.

Spade savait forcément ce qu'elle ressentait pour lui. Cat lui avait raconté que les vampires devinaient les émotions humaines telles que la colère, la tromperie, la peur… ou le désir. Spade ne devait même pas avoir eu besoin de ses sens surnaturels pendant l'épisode du parc, mais elle espérait qu'il avait alors été trop drogué pour bien se rendre compte de la situation. Elle venait de gâcher toute chance que Spade ait le moindre doute là-dessus. Que lui arrivait-il ? Il lui avait dit de s'attendre à de petites marques d'affection pour donner de la véracité à leurs rôles. Avec un peu de chance, Spade penserait que sa réaction à ce chaste baiser était à mettre au crédit de son talent d'actrice.

Denise frotta de nouveau les marques, regrettant que ce geste ne puisse pas les effacer définitivement. Cela ne servirait d'ailleurs à rien. L'essence de Raum continuerait à se répandre en elle à chaque battement de son cœur. Les marques n'étaient qu'une « laisse », un mouchard démoniaque. Si Nathanial était lui aussi marqué de la sorte – ce qui était le cas, à en croire les images que lui avait montrées Raum – pourquoi le démon avait-il besoin d'elle ? Pourquoi ne pouvait-il pas le retrouver tout seul ?

Elle se retourna pour reprendre ses cent pas… et se heurta à Spade. Il était sorti sans qu'elle l'entende, et elle lui avait foncé dessus, perdue dans ses pensées.

Il la stabilisa en posant ses mains froides sur ses bras. Son regard cuivré était grave. Il ouvrit la bouche puis se ravisa, comme s'il avait quelque chose de désagréable à dire et qu'il cherchait ses mots.

Denise était si anxieuse d'éviter une discussion sur son comportement récent qu'elle prononça la première phrase qui lui passa par la tête.

— Et si Nathanial pouvait bloquer Raum ? Il a les mêmes marques que moi, dit-elle en tendant les poignets, mais Raum a besoin de moi pour le localiser. Cela n'a aucun sens, à moins que Nathanial n'ait trouvé le moyen d'annihiler l'effet des marques, ne serait-ce qu'assez pour semer Raum.

La tactique de diversion de Denise porta ses fruits. Spade oublia ce qu'il avait eu l'intention de dire, fronça les sourcils et observa ses poignets cachés.

— Tu as raison. Ou alors Raum t'a menti sur la fonction des marques, et il nous suit depuis le début. Cette éventualité modifie le plan que j'avais en tête, mais cela vaut le coup de creuser.

Denise se demanda en quoi avait bien pu consister ce plan. Peut-être Spade s'était-il apprêté à dire qu'il ne voulait plus l'aider ? Que ce qu'elle éprouvait visiblement pour lui rendait les choses trop délicates, ou qu'il serait désormais forcé de la repousser plus froidement ? Il devait la croire particulièrement stupide, de revenir toujours à la charge alors qu'il avait clairement annoncé que, de son côté, les choses resteraient strictement professionnelles. Oui, Spade avait réagi positivement dans le parc, mais il était alors sous l'emprise de son sang toxique. Si l'on ajoutait à cela la nature pervertie des vampires, Denise pensait que Spade aurait agi exactement de la même façon si elle avait été un mouton.

Elle devait le laisser partir. Elle l'avait manipulé pour l'impliquer dans une histoire qui lui avait déjà coûté énormément, en temps comme en argent. Comment pouvait-elle continuer à se servir de lui, même pour une cause juste ? Elle ne valait pas mieux que Raum ou que son ancêtre qui avait vendu son âme.

Denise se redressa.

— Cette affaire commence à aller bien plus loin que ce que tu avais accepté au départ, et ce n'est pas juste. Ça ne l'a jamais été, mais j'avais si peur que je… j'ai agi sur un coup de tête. Mais maintenant que j'y ai bien réfléchi, je ne peux pas te laisser continuer à m'aider.

Il la regarda comme si elle avait perdu l'esprit.

— Tu crois que tu peux me planter là et te débrouiller toute seule ?

— J'en sais bien plus qu'au début, et peut-être… peut-être pourrai-je engager Ian pour qu'il m'aide, ajouta-t-elle.

Cette idée lui faisait horreur, mais elle était prête à tout pour libérer Spade de son engagement.

— Il a démontré qu'il pouvait être acheté lorsqu'il a échangé son silence contre ta propriété, et…

— Tu n'aurais pas les moyens de t'offrir la loyauté d'Ian, l'interrompit Spade. Et moi non plus, si notre amitié n'était pas vieille de plusieurs siècles. Nous en avons déjà discuté, Denise. Je ne suis pas ta meilleure chance ; je suis la seule.

La jeune femme bouillait de frustration.

— Je t'ai déjà promis que je n'irai pas demander l'aide de Bones. Tu ne voulais pas m'aider au départ, donc j'ai une bonne nouvelle pour toi, j'ai retrouvé mes esprits, tu es libre.

Spade s'approcha jusqu'à la dominer de toute sa taille, les yeux lançant des éclairs verts.

— Tu n'as pas retrouvé tes esprits ; tu les as complètement perdus, et c'est pourquoi je ne vais pas tenir compte de tes propos.

— Ne prends pas ce ton condescendant avec moi, rétorqua-t-elle vivement.

Le vampire fronça les sourcils.

— C'est du sens pratique, rien de plus. Tu as perdu beaucoup de sang, et ensuite Raum s'est acharné sur toi.

Il n'y a rien d'illogique à ce que ces deux événements aient rendu tes facultés de raisonnement un peu… déficientes.

La colère de Denise se transforma en rage, alimentée par toutes les autres émotions qu'elle ne pouvait se permettre d'exprimer.

— Va te faire foutre, éructa-t-elle. Je ne te le demande pas, je t'informe que je pars, et que tu ne me suis pas. Point final.

Une lueur dangereuse étincela dans le regard de Spade.

— Essaie donc. Vois où ça te mène.

Denise serra les poings… et sentit une douleur lui déchirer les paumes. Étonnée, elle baissa les yeux. Et hurla.

Des ongles jaunis et effilés comme des lames sortaient de doigts incroyablement longs. Leurs pointes acérées et hideuses avaient laissé des croissants de lune sanglants sur sa peau. Ce n'étaient plus ses mains, mais celles d'un monstre.

Chapitre 12

Pendant une seconde, Spade regarda les mains de Denise. Il n'avait jamais rien vu de tel au cours de tous les siècles qu'il avait traversés. Puis l'expression horrifiée et paniquée de Denise le réveilla.

Il ôta son manteau d'un coup sec, enroula les mains de la jeune femme dedans en récupérant les quelques gouttes de sang qui avaient coulé lorsque ses ongles horribles s'étaient enfoncés dans sa chair. Il ne voulait pas prendre le risque que quelqu'un tombe par hasard sur son sang et découvre qu'il s'agissait d'une drogue. Il souleva ensuite Denise dans ses bras. Cette dernière regardait ses mains, pourtant enveloppées dans le manteau de Spade. Elle tremblait de la tête aux pieds et respirait par petits halètements secs. Il comprit qu'elle était en état de choc. Cela n'avait rien d'étonnant, lui-même avec été ébranlé par le spectacle des mains de Denise, et ce n'était pourtant pas lui qui en était affligé.

Spade la porta dans la maison en lui murmurant des paroles de réconfort, plus pour la distraire que par conviction que ce qu'il dirait pourrait la faire se sentir mieux. *« Premier étage, troisième porte sur ta gauche »*, avait dit Ian. Spade monta l'escalier quatre à quatre, pénétra dans la troisième pièce qu'il trouva et referma la porte d'un coup de pied. Il s'assit ensuite sur le lit,

Denise toujours dans ses bras, enchaînant à voix basse des promesses qu'il ignorait pouvoir tenir.

Il fut soulagé de la voir éclater en sanglots, car cela signifiait que l'état de choc était passé. Spade avait craint que cette nouvelle horreur ne soit le coup de grâce. Tout le monde a ses limites, après tout. Il s'était à peine écoulé une semaine depuis qu'elle avait craqué sous l'effet du stress, avant qu'il apprenne la présence des marques du démon et les menaces qui pesaient sur sa famille. Bon Dieu, à la place de la jeune femme, il aurait pleuré, lui aussi. Il se serait peut-être même planté un pieu en argent dans le cœur.

Spade la serra plus fort contre lui, s'allongea sur le lit et tira la couverture sur eux, car elle tremblait toujours. Il bougea pour mieux se coller à elle. La tête de Denise était enfoncée contre sa poitrine. Son visage était caché et ses épaules secouées de sanglots qu'elle essayait désormais de réprimer.

Il aurait aimé pouvoir lui offrir davantage que le pitoyable réconfort qu'il lui fournissait. L'avait-il aidée en quoi que ce soit depuis qu'elle l'avait contacté ? Tout indiquait que non, à commencer par ces mains hideuses. S'il continuait à n'obtenir aucun résultat, qu'allait-il arriver ensuite à Denise ? L'essence du démon, de plus en plus vivace en elle, allait-elle finir par la transformer complètement en monstre ?

Je m'y opposerai, se promit Spade en la serrant encore plus fort. Nathanial, l'ancêtre maudit de la jeune femme, avait trouvé le moyen de damer le pion à Raum depuis plusieurs générations. Spade était lui-même un Maître vampire vieux de plusieurs siècles ; ce serait bien le diable s'il ne trouvait pas de solution alors qu'un humain y était parvenu.

— Ça va aller, dit-il à Denise, plein de conviction cette fois-ci.

Elle émit un son qui ressemblait à un ricanement pantelant.

— Tu as un optimisme à toute épreuve, tu t'en rends compte ?

Courageuse, adorable, entêtée Denise, qui plaisantait alors que l'horreur de la situation aurait dû la terrasser. Spade rit et sentit une chose se produire dans son cœur, un changement qu'il devinait permanent. Il n'éprouvait pas seulement du désir. C'était beaucoup plus profond.

— C'est ma honte secrète, dit-il en lui frôlant les cheveux des lèvres, sans se soucier des convenances.

Elle poussa un soupir rauque et haché. Ses tremblements avaient cédé la place à des frissons récurrents, et les sanglots s'étaient transformés en légers hoquets. Impressionné, Spade remarqua que cela faisait moins de dix minutes qu'elle avait découvert la mutation de ses mains. Elle était sacrément solide.

— Ça fait un manteau, deux chemises, une maison et un bateau que je te coûte, maugréa-t-elle. Bon Dieu, Spade, sauve-toi. Disparais.

Il s'appuya contre la grande tête de lit tout en la serrant dans ses bras.

— Non.

— Ce n'est pas ton…

— Pourrions-nous reporter cette discussion à plus tard, ma chérie ? Je suis plutôt vanné.

Sur ces mots, il ferma les yeux en priant pour qu'elle cesse d'argumenter… mais aussi pour qu'elle ne se lève pas. Il voulait la garder contre lui. Cela faisait plus d'un siècle qu'il n'avait pas connu un tel contentement, même s'il n'avait pas menti en prétendant qu'il était fatigué. Le soleil était haut dans le ciel, et il n'avait pas fermé l'œil depuis son évanouissement causé par l'hémorragie et la drogue. Denise devait être épuisée elle aussi. Spade lui avait bu son sang, puis elle avait subi les tortures de Raum, mais elle n'avait pourtant pas dormi depuis.

Denise ne disait rien. Spade attendit, tendu intérieurement malgré la décontraction de ses membres. Le visage de la jeune femme était toujours collé contre sa poitrine, ses cheveux brun acajou éparpillés sur sa peau, les mains toujours enroulées dans son manteau sous la couverture. Les minutes s'écoulèrent, mais elle garda le silence et ne tenta pas de s'en aller. Petit à petit, ses sanglots diminuèrent et sa respiration redevint lente et régulière.

Il ne se détendit complètement que lorsqu'il fut sûr qu'elle était endormie. Il se laissa alors sombrer à son tour dans le sommeil, un bras toujours autour d'elle, l'autre main enserrant la tête posée sur sa poitrine.

Denise s'étira et bâilla, les yeux toujours clos. Le grand corps rigide qui se trouvait à ses côtés bougea et l'attira plus près de lui tout en murmurant quelques paroles inintelligibles. Elle s'enroula autour de lui avant que son esprit embrumé ne se rende compte de la situation.

Tu es au lit avec Spade.

Denise ouvrit subitement les yeux. Le visage du vampire n'était qu'à quelques centimètres du sien. Il l'enserrait de ses bras et ses jambes étaient entremêlées aux siennes. C'étaient les bonnes nouvelles. Au rayon des mauvaises, en revanche, elle constata que ses seins étaient collés contre sa poitrine, et que la cuisse de Spade se trouvait entre ses jambes, confortablement calée contre son endroit le plus intime. À moins d'être soudés l'un à l'autre, ils n'auraient pu être plus proches, et les draps froissés autour d'eux montraient qu'ils avaient passé un bon bout de temps dans cette position.

Spade dormait toujours. Malgré son cœur qui se mit à battre la chamade à la vue de cette intimité, elle ne put s'empêcher de prendre une minute pour l'observer. Ses cheveux étaient incroyablement noirs par rapport à sa peau, et plusieurs longues boucles tombaient sur sa joue. Ses sourcils épais étaient tout aussi sombres. Ils formaient une courbe au-dessus de ses yeux fermés aux longs cils couleur de suie. Son nez formait un pont parfaitement droit entre deux pommettes saillantes, et sa bouche était assez charnue pour être sexy, mais aussi assez solide pour être typiquement masculine.

Denise se remémora l'effet de ces lèvres fermes et souples sur son front. Puis celui de sa bouche qu'il avait laissé errer de manière si sensuelle le long de son cou avant de la mordre. Une douleur longtemps refoulée s'éveilla en elle. Elle était prise d'une envie irrépressible de l'embrasser, de découvrir le goût de ces lèvres sur les siennes.

Spade ouvrit à son tour les yeux. Elle sursauta, car pas un de ses muscles n'avait tressailli pour l'en avertir. Elle recula vivement, l'air coupable, effrayée qu'il devine, à son odeur ou son expression, les pensées qu'elle avait caressées à son égard, mais les bras du vampire se durcirent pour l'immobiliser. Elle ne savait pas si elle avait envie qu'il la relâche ou pas et continuait de le regarder, enfermée dans le cercle de ses bras. Les yeux de Spade commencèrent à verdir. Ses lèvres s'écartèrent, dévoilant les pointes de ses canines… et l'élancement qu'elle sentait en elle s'intensifia encore.

La désirait-il lui aussi ? Ou bien ces signes indiquaient-ils une faim d'une autre nature ? Après tout, comment pourrait-il éprouver le moindre désir pour une humaine déformée par un démon…

Denise baissa les yeux sur ses mains, qui étaient sorties du manteau de Spade pendant son sommeil, et se figea. Les hideux doigts allongés et griffus avaient disparu. Elle avait retrouvé ses mains. Tout à fait normales.

— Spade, regarde ! s'exclama-t-elle en les agitant devant elle.

Les yeux du vampire reprirent leur teinte cuivrée habituelle, et il la lâcha avant de s'asseoir pour les examiner.

— C'est comme s'il ne leur était rien arrivé, dit-il d'un air pensif en les retournant entre les siennes.

Le soulagement qui envahit alors la jeune femme fut si intense que la tête lui en tourna presque. Un large sourire illumina son visage. Elle n'était pas un monstre. Pas encore. Il lui restait un peu de temps pour sauver sa famille, et elle-même.

Au même instant, son estomac émit un gargouillis prolongé qui sonnait comme un rugissement sinistre. Spade haussa les sourcils et réprima un sourire.

— Il est peut-être temps qu'on te trouve quelque chose à manger.

Une heure plus tard, Denise était en train de terminer sa troisième assiette sans prêter attention à Ian, qui la regardait avec fascination.

— Où mets-tu tout ça ? demanda-t-il enfin en faisant glisser sur elle ses yeux turquoise. J'espère que tu n'es pas une de ces filles qui se font vomir ?

Elle le fusilla du regard mais ne répondit pas. Un jour, elle demanderait peut-être à Spade comment il avait pu se lier d'amitié avec quelqu'un comme Ian. Si sa personnalité avait une autre facette que celle du crétin malpoli qu'il arborait habituellement, elle ne l'avait jamais vue.

Mais même Ian ne pouvait gâcher sa bonne humeur. Elle observa de nouveau ses mains et avala une nouvelle bouchée. Jamais elle n'aurait cru que le fait de voir ses mains, avec son petit doigt droit légèrement tordu depuis une fracture de jeunesse, et ses ongles perpétuellement rongés, la rendrait un jour si heureuse.

Spade revint dans la cuisine. Il était parti réserver leur vol et leur voiture de location, même s'ils devaient rester cette nuit chez Ian. Mais Denise, qui voyait tout en rose depuis une heure, n'en ressentait plus la moindre contrariété.

— Ah, et revoici le baron de Mortimer, dit Ian en faisant tourner son verre à vin.

Il était rempli d'un liquide rouge et épais. Denise, pour éviter les nausées, essayait de se persuader que c'était bien du vin.

Spade grimaça à l'évocation de son ancien titre.

— Nous partons demain matin, annonça-t-il à Denise.

Cette dernière tourna les yeux vers la fenêtre. La pièce ne comportait aucune horloge, mais il faisait très sombre. Il ne devait plus rester que quelques heures avant l'aube.

Ian fit la moue.

— Tu voyages si près du lever du jour ? Tu dois vraiment être très pressé de trouver ta drogue illicite.

Sa voix portait un ton clair de défi. Denise ne mordit pas à l'hameçon. Ian était à la pêche aux informations, mais il n'était pas question qu'elle lui révèle quoi que ce soit.

Spade l'imita. Il s'avança jusqu'à la place voisine de la sienne et s'assit avec une grâce fluide qui donnait l'impression que son corps s'était coulé dans la chaise.

Il commença à pianoter nonchalamment sur la table tout en la regardant.

— Fini ?

Denise baissa les yeux. Tiens, son assiette était de nouveau vide... et en prendre une quatrième aurait été exagéré.

— Oui.

Elle la rinça et la mit dans le lave-vaisselle en grinçant des dents lorsque Ian lui déclara qu'il avait d'autres humains qui pouvaient le faire. Elle se retint néanmoins de lui décocher une réplique cinglante en se rappelant qu'ils partaient bientôt et qu'un accès de mauvaise humeur ne ferait qu'amuser le propriétaire des lieux.

Ce ne fut que lorsque Spade referma la porte de la chambre derrière lui que Denise s'inquiéta de la tournure que prendraient les événements dans les heures qui allaient suivre. Ils étaient seuls tous les deux dans une chambre, et son attirance pour le vampire se faisait plus évidente à chaque minute qui passait.

Randy. Cette pensée la rendit mélancolique et lui donna mauvaise conscience. Elle aimait toujours Randy, il lui manquait, mais Spade lui faisait un effet incompréhensible qu'elle semblait incapable de cacher. D'accord, cela faisait longtemps qu'elle n'avait pas fait l'amour, mais ce n'était pas le premier homme attirant qu'elle avait croisé depuis la mort de son mari. Pourquoi lui faisait-il justement un tel effet ? Pourquoi se sentait-elle à ce point attirée par lui, aussi bien physiquement qu'émotionnellement ?

Le cœur de Denise se mit à s'emballer. Et si jamais lui aussi la désirait ? Et si les flammes qu'elle avait déjà remarquées à plusieurs reprises dans ses yeux n'étaient pas causées uniquement par la soif de sang ? Spade dédaignait les relations avec les humaines, mais il admettait coucher avec elles. En était-elle capable ? Pouvait-elle coucher avec un vampire qui pensait que sa mortalité la rendait tout juste digne d'une partie de jambes en l'air ? L'idée en était insultante.

Et pourtant, pourrait-elle résister si Spade commençait à la toucher comme il l'avait fait dans le parc ? À embrasser plus que sa gorge avec ses lèvres expertes et passionnées ? Ces derniers temps, elle avait eu beaucoup de mal à maîtriser ses fringales. Cette envie d'une autre nature se révélerait-elle plus forte que sa fierté, ses regrets pour Randy et ses intentions d'oublier définitivement tout ce qui touchait au surnaturel une fois qu'elle se serait débarrassée de ces marques ?

Denise n'avait pas envie de le savoir.

— Je crois que j'ai un peu trop mangé, mentit-elle avant de se précipiter dans la salle de bains.

Spade attendit que l'avion soit haut dans le ciel avant d'expliquer à Denise les changements qu'il avait apportés à ses plans. Elle s'était déjà montrée assez agitée en découvrant qu'ils ne prenaient pas un avion de ligne, mais un bimoteur privé. Il était inutile de l'inquiéter avec le reste de l'itinéraire avant le dernier moment.

— On ne va pas à Las Vegas, mais chez tes parents, en Virginie, lui dit-il.

Denise sembla abasourdie.

— Pourquoi ?

— C'est ta famille la plus proche, et je ne fais pas confiance à Raum, lorsqu'il dit qu'il ne tuera personne pour te motiver à accélérer. Les démons ne sont pas honnêtes, loin de là.

— Mais nous ne pouvons pas tout raconter à mes parents. Ils ne sont pas en très bonne santé, sans parler qu'ils ne savent rien sur les vampires, les démons ou tout ce qui touche au paranormal.

Spade fit un geste de la main.

— Ne t'inquiète pas. Tu me présenteras comme ton nouveau fiancé, et tu leur annonceras que tu leur offres une croisière.

Denise le regarda en silence pendant une seconde.

— Mes parents sont juifs. Ma tante et mes cousins sont morts il y a quelques semaines. Ils refuseront de partir en voyage ; c'est à peine s'ils auront terminé leur deuil rituel !

— Ils iront, une fois que je les aurai hypnotisés, et avant que tu protestes ; qu'est-ce qui compte le plus ? Leurs vies, ou l'aversion que tu éprouves à me voir prendre le contrôle de leur esprit ?

Denise ouvrit la bouche puis se ravisa, comme si elle était sur le point d'avancer plusieurs arguments avant de les rejeter les uns après les autres. Spade la regarda faire avec amusement malgré le sérieux du sujet. Ces mimiques lui allaient particulièrement bien.

— D'accord, finit-elle par répondre. Cela ne me plaît pas, mais tu as raison. Leur sécurité avant tout.

À présent que le premier sujet litigieux était réglé, il était temps d'aborder celui qui la ferait réellement bondir.

— Au cas où Raum ne te suivrait pas à l'aide de tes marques, il est capital que nous essayions de le semer s'il nous a pris en filature, expliqua Spade en détachant sa ceinture de sécurité. C'est pour cette raison que nous ne serons pas dans l'avion lorsqu'il atterrira.

— Quoi ? souffla Denise en tournant la tête dans tous les sens. Pas question. J'ai le vertige. Si tu crois que je vais enfiler un parachute et me jeter dans le vide, tu te plantes. Je m'évanouirai en vomissant avant de réussir à l'ouvrir.

Spade ne répondit rien, mais Denise comprit en voyant l'expression de son visage ainsi que l'absence de parachute dans l'avion.

— Jamais de la vie, dit-elle en blêmissant.

— C'est le meilleur moyen de découvrir si Raum ment à propos des marques, répondit le vampire en détachant la ceinture de la jeune femme qui tentait avec maladresse de le repousser. J'ai déjà hypnotisé les pilotes pour qu'ils croient que nous sommes restés à bord jusqu'à la fin du trajet et que nous sommes descendus à Vegas. Et avec moi, tu n'auras aucun parachute à déployer.

Denise ne semblait pas le moins du monde rassurée.

— Tu es cinglé ! Si tu t'écrases au sol, tu n'en mourras pas, mais moi, je ne serai plus qu'une tache dans le paysage !

— Ça n'arrivera pas, dit-il en la soulevant, car elle s'accrochait obstinément à son fauteuil. C'est maintenant ou jamais, nous sommes juste au-dessus de la zone.

— C'est n'importe quoi, rétorqua-t-elle alors qu'il l'entraînait jusqu'à la porte, qu'il ouvrit avant de les stabiliser tous les deux contre la rafale soudaine qui pénétra dans la cabine. Ne fais pas ça, Spade ne fais pas ça…

— Accroche-toi à moi et ferme les yeux, répondit-il en la serrant dans ses bras.

Denise le maudit, mais s'agrippa à lui avec la force d'une damnée. Le copilote se leva, prêt à refermer derrière eux et à oublier leur disparition, comme le lui avait ordonné Spade.

Le vampire observa le sol brumeux sous leurs pieds, à la recherche du point de repère qui lui confirmerait leur position. Le cœur de Denise tambourinait dans sa poitrine.

L'odeur de sa peur enveloppait Spade, et sa respiration était si rapide que le vampire regretta d'avoir juré sur son sang de ne jamais l'hypnotiser.

Une fois qu'il eut trouvé ce qu'il cherchait, Spade serra Denise contre lui et sauta.

Chapitre 13

Denise fendait l'air si vite qu'elle ne pouvait même pas en aspirer quelques bouffées pour crier. Elle avait l'impression que ses organes lui remontaient jusqu'à la gorge et qu'elle était réellement sur le point de vomir, comme elle l'avait prédit. La vitesse étourdissante et le vide qui s'étalait en dessous d'elle la terrifiaient. Si elle avait pu s'immiscer sous la peau de Spade pour s'accrocher encore plus à lui, elle l'aurait fait. Seuls les bras du vampire qui l'entouraient, rigides et stables, l'empêchaient de s'évanouir.

Puis la sensation nauséeuse de flottement de ses entrailles commença à s'amoindrir et le rugissement du vent se calma. Elle pouvait désormais respirer suffisamment pour hurler, ce qu'elle fit, en éclats de plus en plus soutenus.

Elle entendit néanmoins la voix de Spade par-dessus son vacarme.

— Tout va bien, ce n'est pas la peine de crier. Tu peux même ouvrir les yeux si tu veux.

Elle suivit son conseil, baissa les yeux… puis les referma vivement avec un nouveau glapissement. Spade planait parallèlement au sol, mais toujours si haut que les voitures ressemblaient à des jouets. Il était timbré de lui dire de regarder !

— C'est encore long ? parvint-elle à articuler entre ses dents serrées.

— Quelques secondes.

Malgré sa terreur, Denise remarqua le ton amusé de Spade. *C'est ça, moque-toi donc de l'humaine qui ne sait pas voler, monsieur le Maître vampire.* Il ne payait rien pour attendre.

Après un moment qui lui parut une éternité, Denise sentit un petit choc.

— Tu vois ? On est arrivés et tu n'as plus rien à craindre, lui dit Spade.

Elle pencha la tête vers le sol, entrouvrit les yeux et aperçut leurs chaussures, entourées d'herbe. De la magnifique herbe, bien réelle. Spade la laissa glisser hors de ses bras, mais il fallut quelques instants à la jeune femme pour que les tremblements qui agitaient ses jambes s'atténuent suffisamment pour lui permettre de tenir debout toute seule.

Alors, elle le repoussa si fort qu'il fit un pas en arrière.

— Comment as-tu pu te moquer de moi pendant le vol !

Spade lui tendit une main conciliante, mais son visage arborait toujours la même expression amusée.

— Écoute, Denise…

— Rien du tout ! rétorqua-t-elle. Je me fiche de ton âge ou de ta puissance. Si jamais tu recommences un truc pareil, je te plante une lame dans le cœur. Espèce d'enfoiré, je n'arrive pas à croire que tu m'as jetée d'un avion !

Spade semblait toujours avoir du mal à refréner son rire.

— Je ne t'ai pas jetée de l'avion. J'ai sauté avec toi. Ça n'a rien à voir.

Elle avait envie de le gifler, mais la petite partie d'elle-même qui n'était plus recroquevillée de peur après leur chute libre reconnaissait la logique du choix de Spade. Raum ne pourrait jamais les suivre d'une manière normale après ce vol plané de plusieurs milliers de mètres dans les airs. Denise savait que les vampires pouvaient voler, mais elle n'avait jamais réfléchi à l'étendue de cette capacité. Elle pensait jusque-là qu'il s'agissait de sortes de bonds améliorés depuis le sol. Pas qu'ils pouvaient se transformer en hélicoptères dotés de canines.

— Et maintenant, où allons-nous ? demanda-t-elle en essayant de calmer les battements affolés de son cœur.

— Chez tes parents, bien sûr. J'ai demandé qu'on nous laisse une voiture près du monument. Ensuite, on ira chez moi.

— Chez toi à Saint Louis ?

Spade sourit.

— Non, Denise. Chez moi en Angleterre.

Près de vingt-quatre heures plus tard, Spade aperçut les grandes haies qui encerclaient sa propriété de Durham. Il donna un petit coup de coude à Denise. Celle-ci était restée éveillée durant le trajet entre la Virginie et l'Angleterre – à bord d'un vol commercial, à son grand soulagement –, mais avait fini par s'endormir dans la voiture qui les conduisait chez lui. Alten était au volant, et Spade aurait donc pu installer confortablement la tête de la jeune femme sur ses genoux, mais Denise avait affirmé qu'elle n'était pas fatiguée, jusqu'à ce qu'elle pique du nez.

— Nous y sommes, annonça-t-il.

Elle cligna des yeux… puis les écarquilla alors que la voiture s'engageait dans l'allée.

— C'est ça, ta maison ? demanda-t-elle.

Spade entendit la surprise dans sa voix et se retint de sourire. Sa propriété était à l'origine beaucoup plus vaste, mais comme il voyageait constamment, il avait vendu plusieurs hectares au fil des ans et n'avait conservé que le manoir, pour des raisons sentimentales. Le bâtiment principal était de taille moyenne dans sa jeunesse, mais il semblait tentaculaire selon les critères actuels. La première partie datait du début du XVIIe, et les générations suivantes de Mortimer l'avaient agrandie au cours des deux siècles suivants. La bâtisse avait été vendue dans les années 1800, à l'époque où Spade commençait son existence de vampire en Australie. Lorsqu'il l'avait récupérée, aux alentours de 1850, il avait fait ajouter deux nouvelles ailes. Depuis, il faisait rénover l'ensemble tous les vingt ou trente ans. Le résultat était un mélange d'architecture gothique et de confort moderne.

Denise regarda Spade avec attention.

— Tu dois être riche à millions !

Il haussa les épaules.

— Au départ, j'en ai hérité. Bien entendu, j'ai tout perdu lorsqu'on m'a envoyé en Nouvelle-Galles du Sud, mais avec le temps, j'ai réussi à la récupérer.

Denise ne semblait toujours pas réussir à concilier Spade avec le manoir devant lequel ils arrivaient.

— Je pensais que les barons étaient une classe inférieure de l'aristocratie. Je devais me tromper.

— La baronnie était en effet le titre nobiliaire le plus bas à mon époque, mais ce terme était également un titre de courtoisie donné au fils aîné d'une famille. Mon père était comte d'Ashcroft, titre dont j'ai hérité à sa mort. Mais j'étais alors déjà un vampire, et je n'étais pas très à l'aise à l'idée de me l'approprier. Ce titre était destiné à un fils vivant, ce que je n'étais plus.

Les souvenirs durcissaient la voix de Spade malgré lui. La dernière fois qu'il avait vu son père, c'était dans sa cellule, avant son départ pour la colonie. Le comte ne lui avait rien dit. Il était resté immobile, sa silhouette autrefois fière à présent courbée, et avait pleuré. Pas de honte face au sort qui attendait son fils unique, condamné pour des dettes qu'il lui était impossible d'acquitter, mais de remords.

Denise se tut pendant une minute, puis parla de nouveau.

— Je n'ose même pas imaginer à quoi ressemble la maison que tu as cédée à Ian à cause de moi. Je comprends mieux pourquoi tu n'arrêtes pas de me répéter que tu ne veux pas que je te rembourse. J'en serais bien incapable, même si je te donnais jusqu'à mon dernier centime.

Spade se força à quitter le passé pour revenir dans le présent.

— Est-ce que tu veux bien arrêter de t'en faire pour ça ? Ian me la proposera certainement dans le cadre d'un pari d'ici à quelques années, et je la récupérerai. Ou bien il aura besoin d'un service et me la rendra en échange de mon aide. Je ne l'ai pas perdue définitivement.

Elle lui adressa un faible sourire.

— Tu me dirais cela même si c'était faux, n'est-ce pas ?

Elle avait vu juste, mais pas question qu'il l'admette.

— Bien sûr que non. Les vampires sont ainsi, voilà tout. Chaque chose a un prix, mais la roue tourne toujours.

Alten se gara devant la maison et se hâta d'aller chercher leurs bagages dans le coffre. Denise détourna les yeux.

— Tu ne m'as jamais demandé quoi que ce soit, dit-elle, presque dans un murmure.

Spade sentit qu'il se crispait intérieurement alors qu'il observait son profil. *Oh, je veux beaucoup de choses de ta part, Denise. Beaucoup trop pour t'en parler pour l'instant.*

— Tu n'es pas un vampire, se contenta-t-il de répondre.

Alten ouvrit la portière.

— Je vous en prie.

Spade sortit et tendit la main à Denise. Celle-ci la prit et la relâcha timidement dès qu'elle fut hors de la voiture.

Le propriétaire des lieux la guida jusqu'à la porte d'entrée, qui fut ouverte par une gouvernante souriante prénommée Emma. Il expliqua alors à Denise la dernière partie de son plan.

— Je repars tout de suite. Alten restera avec toi pour les quelques jours à venir.

Denise resta bouche bée.

— Tu repars ? répéta-t-elle. Mais où ça ? Pourquoi ?

Spade se pencha vers elle et baissa la voix.

— Ne quitte la maison sous aucun prétexte, et surtout, n'invite personne à entrer.

L'étonnement se lisait toujours sur le visage de Denise, mais il y déchiffra aussi de la douleur.

— Tu vas revenir ?

Spade sentit l'énervement monter en lui, ainsi qu'un autre sentiment plus profond. Pensait-elle réellement qu'il avait fait tout ce chemin pour l'abandonner ? Ne le connaissait-elle désormais pas assez pour savoir qu'il ne ferait jamais une chose pareille ?

— Oui, je reviendrai, répondit-il d'un ton dur.

Puis il fit ce qu'il avait voulu faire depuis plus longtemps qu'il ne se l'avouait. Il l'attira contre lui, pencha sa tête en arrière et l'embrassa. Surprise, Denise écarta les lèvres pour respirer, et Spade en profita pour glisser sa langue entre elles. Elles avaient encore meilleur goût que sa peau, et lorsqu'il plongea encore plus loin pour lui caresser la langue et explorer les courbes de son palais, il trouva une saveur semblable à celle du vin rouge : sombre, charnue et douce à la fois. L'aspect stupéfiant de son sang était absent, mais l'effet lui en semblait tout aussi puissant.

Spade la relâcha et tourna les talons. S'il ne s'arrêtait pas sur-le-champ, il la porterait droit à son lit, ce qui n'était pas du tout ce qu'il avait prévu pour la suite.

Il monta dans la voiture et démarra, laissant Denise le suivre des yeux sur le perron.

Denise adressa un regard appuyé à Alten et ferma la porte de la salle de bains. Si elle n'avait pas insisté pour lui faire admettre qu'il était certains endroits où il ne pouvait pas la suivre, il se serait installé sur le lavabo pendant qu'elle faisait pipi.

Selon Alten, Spade lui avait donné pour instructions de ne jamais la laisser seule pendant son absence. Pas une seconde. Elle était donc en permanence accompagnée soit d'Alten, soit d'Emma, à part aux toilettes… et Denise en était réduite à simuler une envie pressante pour avoir droit à quelques minutes d'intimité.

Ses sentiments variaient constamment. D'un côté, elle était agacée par la protection ininterrompue que Spade avait organisée. S'il était si inquiet pour elle, alors pourquoi n'était-il pas là ? Mais elle était également touchée qu'il prenne sa sécurité si au sérieux… mais était-ce à cause de son amitié pour Bones et Cat, ou pour une autre raison ?

Les interrogations sur les motivations de son hôte faisaient que ses émotions jouaient aux montagnes russes. Quant à son humeur, l'arrivée de ses règles, deux jours auparavant, s'était chargée de la détraquer. Pourquoi Spade l'avait-il embrassée avant de partir ? Pour faire croire à Emma et Alten qu'elle était bien sa petite amie ? Il n'y avait rien d'étonnant à ce qu'un couple s'embrasse pour se dire au revoir, après tout, et c'était le rôle qu'ils endossaient. Rien dans ce baiser n'aurait dû lui paraître inhabituel, mais elle ne pouvait s'empêcher d'y penser en permanence.

Spade avait-il fait semblant ? Le baiser n'avait pas paru feint. Il avait été habile, exigeant, intense et… prometteur. Comme si le vampire avait voulu lui donner un aperçu de ce qu'il valait au lit. Ou bien était-ce juste le baiser d'une personne forte de plusieurs siècles d'expérience, qui, pour Spade, ne signifiait rien d'autre que le numéro qu'il avait joué devant ses subordonnés ?

Et la question la plus effrayante de toutes : laquelle de ces deux hypothèses préférait-elle ?

Denise fit couler l'eau pour qu'Alten ne devine pas qu'elle s'était enfermée uniquement pour lui échapper. Elle n'arrivait pas à décider si elle voulait que Spade ait été sincère ou pas, et son équilibre émotionnel en était tout chamboulé. Elle avait essayé de rester détachée ces derniers jours lorsqu'elle pensait à Spade, mais en vain.

En toute honnêteté, elle devait bien admettre qu'elle avait toujours été très attirée par lui, dès leur première rencontre à la fête de Cat. Denise était en train de discuter avec son amie lorsqu'elle s'était presque sentie forcée de lever les yeux. Un inconnu se tenait dans l'embrasure de la porte, ses cheveux noirs saupoudrés de flocons, les yeux intensément braqués sur elle. Tandis qu'elle le regardait, Denise avait senti un frisson étrange la traverser, comme si une chose importante était sur le point de se produire. Mais Randy l'avait brutalement rappelée à la réalité, dissipant l'incroyable réaction qui avait été la sienne à la vue de ce sombre inconnu.

Et à présent, plus d'un an après, ce mystérieux attrait n'avait pas disparu. Pire encore, il s'était renforcé. Malgré toutes ses réticences à fréquenter le monde de la nuit, une grande partie d'elle-même avait plus qu'envie de côtoyer un vampire en particulier.

Mais un sentiment de culpabilité suivit immédiatement cette pensée. Randy n'était déjà plus la dernière personne à l'avoir embrassée. Oui, Denise savait aussi qu'elle ferait un jour l'amour avec un autre homme que lui. Mais n'était-il pas trop tôt pour penser à quelqu'un d'autre, notamment à un vampire ? C'était à cause d'une guerre de vampires que Randy avait trouvé la mort, et d'une certaine manière, elle pactiserait avec l'ennemi.

Mais au fond, c'est toi qui as tué Randy, persifla sa conscience. *Non seulement tu l'as entraîné dans une maison remplie de vampires, mais tu l'as laissé quitter le sous-sol pendant la bataille, tandis que tu restais bien en sécurité.*

Denise lança le savon à travers la pièce, soulagée qu'il ne percute que la baignoire. Si elle retrouvait Nathanial et parvenait à faire disparaître les marques, elle pourrait sauver ses proches de la mort. Elle pouvait se cacher du monde des vampires et étouffer les émotions que Spade suscitait en elle, mais jamais elle ne pourrait oublier qu'elle était la véritable cause de la mort de Randy.

Une seconde plus tard, Alten défonça la porte, les canines sorties, les yeux d'un vert fluorescent, un grand couteau à la main.

— Que se passe-t-il ? grogna-t-il en inspectant la pièce. J'ai entendu un gros bruit.

Le cœur de Denise, qui avait bondi, reprit un rythme normal.

— Rien du tout. J'ai balancé un savon, c'est tout. Regarde ce que tu as fait à la porte.

Le sol était jonché de morceaux de bois à l'endroit où Alten avait fait sauter le verrou. Le vampire posa les yeux sur le savon cabossé qui gisait par terre à côté de la baignoire grande comme un jacuzzi.

— Oh, dit-il. Désolé. J'ai cru que tu courais un danger.

Denise rougit comme une pivoine. Au moins elle était habillée, et pas assise sur les toilettes avec le pantalon sur les chevilles.

— Est-ce que, euh, tu pourrais sortir, s'il te plaît ?

Alten replaça la porte sur ses gonds et quitta les lieux.

— Je la réparerai quand tu auras terminé, déclara-t-il d'un ton calme comme s'il ne s'était rien passé.

Denise ne répondit pas. Elle regarda avec colère ses poignets, toujours camouflés sous des manches longues. Ni elle ni sa famille ne pouvait se permettre d'attendre le retour de Spade. La croisière de ses parents durait trois semaines, et elle avait déjà gaspillé cinq jours à poireauter.

Si Spade n'était pas là dans vingt-quatre heures, elle allait devoir se lancer à la recherche de Nathanial sans lui.

Denise venait d'entamer son goûter lorsqu'elle vit Alten tendre l'oreille.

— Il y a quelqu'un, dit-il. J'entends une voiture.

Elle laissa tomber sa fourchette dans son assiette et bondit, sans prêter attention à son garde du corps qui lui conseillait d'attendre qu'Emma ait vérifié l'identité de leur visiteur. Elle se précipita à la porte d'entrée. Cela lui prit une bonne minute, car la bâtisse était immense et la cuisine située au premier étage côté jardin. Mais c'était là qu'elle avait choisi de prendre ses repas, pour épargner à Emma la peine de dresser la table de la salle à manger seulement pour elle.

La gouvernante aux cheveux poivre et sel l'avait devancée. Elle sourit à la jeune femme avant d'observer de nouveau la longue allée.

— C'est Spade, annonça-t-elle.

Denise se protégea les yeux des derniers rayons du soleil qui brillait directement derrière la voiture en train de négocier le virage. Elle ne discernait pas le conducteur à cause de l'obscurité naissante et des vitres teintées, mais croyait Emma sur parole. Si cela ne lui avait pas paru aussi ridicule, elle serait même allée l'attendre dans l'allée… mais bon sang, cela faisait cinq jours ! Sans un coup de téléphone ni un mot et sans le moindre progrès pour retrouver Nathanial pendant qu'elle se languissait dans sa prison dorée. Elle avait la ferme intention de faire savoir à Spade ce qu'elle pensait de son attitude.

La voiture s'arrêta et le vampire en sortit, aussi élégant et éblouissant que d'ordinaire. Il lui sourit en s'avançant, le sourcil dressé.

— Eh bien, Denise, tu ne m'invites pas à entrer chez moi ?

La jeune femme ouvrit la bouche… et se retrouva projetée sur le côté. Étourdie, elle leva la tête et vit la minuscule Emma, habituellement si douce et si polie, montrer les canines.

— Va-t'en d'ici, siffla-t-elle.

Denise remarqua alors l'odeur âcre et discrète qui flottait dans l'air. Spade grogna en exposant à son tour ses canines, et la peau de son visage donna l'impression de fondre pour reformer les traits de Raum.

— Laisse-moi entrer, dit le démon en accentuant avec colère chaque mot.

Emma claqua la porte, et le visage plein de fureur de Raum disparut du champ de vision de Denise. Alten l'aida à se relever sans quitter un seul instant Emma des yeux.

— Déclenche les fusées, lui ordonna-t-il.

Emma courut en direction du hall principal. Denise regarda autour d'elle, s'attendant à voir Raum apparaître d'une seconde à l'autre. Mais curieusement, il n'en fut rien. Dehors, un ululement sinistre fit trembler les vitres. Le cœur de Denise se mit à battre la chamade, et les marques sur son poignet lui donnèrent l'impression de s'enflammer.

Alten lui prit le bras. La peau du vampire était fraîche à travers le tissu de son chemisier, et son étreinte à la fois légère et inflexible.

— Ne t'en fais pas. Il s'agit d'un démon incarné, il ne peut pas entrer si on ne l'y invite pas.

— Je croyais que c'était une légende sur les vampires, répondit Denise d'une voix tremblotante en assimilant cette information.

Cela expliquait pourquoi Raum avait pris la forme d'une petite fille pour pénétrer chez elle la première fois. Elle l'avait même porté à l'intérieur, d'ailleurs.

— Et maintenant ? On ne peut quand même pas rester là à se tourner les pouces en espérant qu'il s'en aille.

Alten n'eut pas l'occasion de répondre. Plusieurs explosions retentirent tout autour de la maison. Dehors, Raum se mit à hurler, si fort que Denise dut se boucher les oreilles.

— Des bombes au sel, indiqua Alten d'un ton satisfait. J'ai toujours entendu raconter que les démons y étaient sensibles. On dirait que c'est vrai.

— Je sais que tu m'entends, Denise, rugit Raum une minute plus tard. Laisse-moi entrer tout de suite ou je massacre tous les membres de ta famille jusqu'au dernier ! Je sais où ils sont. Tu ne peux pas me les cacher !

Denise fit mine d'avancer, mais la poigne d'Alten devint dure comme de l'acier.

— Il bluffe, dit-il catégoriquement. Les démons mentent toujours.

Denise se mordilla la lèvre, indécise. Et s'il disait la vérité ? Et si le fait de ne pas ouvrir la porte n'était qu'un autre aspect de la lâcheté dont elle avait fait preuve avec Randy cette nuit fatidique, et que les conséquences en soient aussi terribles ? Et à quoi Spade avait-il pensé en transformant sa maison en piège sur mesure pour démon ? Visiblement, les bombes ne l'avaient pas tué. Elles n'avaient réussi qu'à le mettre dans une rage folle qui entraînerait peut-être la mort de ses parents.

Dehors, Raum multipliait les cris de menaces. Denise était de plus en plus mal à l'aise. Avant, elle était liée au démon par un contrat. Désormais, tous les coups semblaient permis.

— Il faut que je sorte, dit-elle en essayant de se dégager. Je dois lui dire que je lui donnerai quand même ce qu'il veut.

Alten ne broncha pas.

— Tu ne vas nulle part.

— Tu ne connais pas la nature de notre accord, cria-t-elle en tirant encore plus fort. Il n'est pas question que ma famille meure à cause de toi !

Alten ne discuta pas. Il se contenta de poser une main sur la bouche de Denise et de la soulever de l'autre pour la porter à l'étage sans prêter garde à ses coups de pied. Elle entendait toujours les hurlements de Raum, qui lui décrivait toutes les tortures qu'il infligerait à ses parents si elle ne le laissait pas entrer. Mais elle en était incapable. Elle ne pouvait même pas parler.

— Je suis désolé, mais je ne peux pas prendre le risque que tu commettes une imprudence, s'excusa Alten en ne tenant aucun compte des grognements furieux que la jeune femme poussait contre sa main.

Près de trente minutes plus tard, Raum se tut brutalement. Denise entendit des crissements de freins, puis le bruit de la porte d'entrée qui s'ouvrait.

Quelques instants plus tard, Spade apparut dans l'embrasure de la porte. Ses cheveux étaient ébouriffés, comme s'il avait couru, et ses yeux luisaient d'un vert étincelant. Il fit un signe de tête en direction d'Alten, qui ôta enfin la main de la bouche de Denise et ses bras de sa taille.

La jeune femme repoussa le vampire, se dirigea vers Spade et le gifla de toutes ses forces.

— Qu'est-ce qui t'as pris?

Chapitre 14

Ce ne fut pas la gifle qui provoqua la colère de Spade. Dès qu'il avait vu la manière dont Alten retenait Denise, il avait senti qu'il allait y avoir droit. Il ne se souciait même pas qu'elle l'ait frappé en présence d'Alten. Ce dernier pensait que Denise était sa petite amie, et une querelle d'amoureux ne remettait pas en cause ses qualités de chef de lignée. Non, ce qui le mit hors de lui, ce fut la force avec laquelle le coup avait été donné… une force surhumaine. À la sensation de piqûre sur son visage s'ajoutait le goût de son propre sang.

Un coup d'œil lui confirma que les mains de Denise s'étaient transformées. Ses ongles avaient cédé la place à des griffes crochues, et ses doigts ressemblaient à des serres.

Ce maudit démon paiera pour ce qu'il lui a fait.

Rapidement, avant qu'Alten ait le temps de remarquer quoi que ce soit, Spade poussa Denise sur le lit et referma les mains sur les siennes en les cachant sous les oreillers, puis il se coucha sur elle.

— Sors, ordonna-t-il à son second. Va jeter un coup d'œil sur nos invités.

Alten obéit en refermant avec sagesse la porte derrière lui.

Denise avait eu le souffle coupé lorsqu'il l'avait aplatie contre le matelas. Spade avait ensuite senti monter l'odeur de sa colère, et eu l'impression que la peau de la jeune femme le brûlait. Il songea avec mécontentement qu'il ne s'était donc pas trompé. La température de Denise s'élevait lorsqu'elle était fâchée, et pour l'instant, elle était furieuse.

— Pousse-toi, Spade. Je ne plaisante pas.

Il la lâcha et se releva en posant un doigt sur ses lèvres pour lui intimer le silence. Il lui désigna ensuite ses mains déformées d'un coup de menton.

Denise baissa le regard et blêmit.

— Je ne voulais pas qu'il les voie, dit Spade si bas qu'elle eut de la peine à l'entendre.

Elle acquiesça en signe de compréhension. Les yeux brillants, elle détourna la tête, comme si elle ne supportait pas la vue de ses mains.

— Denise.

Spade prit doucement les mains de la jeune femme dans les siennes en faisant mine de ne pas remarquer l'effort qu'elle fit pour se dégager.

— Ce n'est pas forcément permanent. Ça ne l'était pas la dernière fois.

Elle cligna rapidement des yeux, puis ses traits se durcirent.

— Je m'en fiche. Ce qui importe, c'est ce que tu as fait à Raum. Désormais, il ne laissera plus ma famille en paix. Tu l'as trop énervé.

Spade se leva, marcha jusqu'à la télé et l'alluma en réglant le son à fond. Le démon s'était enfui dès qu'il l'avait vu, ce qui n'était pas anodin. Les bombes au sel devaient l'avoir suffisamment affaibli pour qu'il évite l'affrontement avec un Maître vampire, un combat dont Spade se serait délecté. Mais il ne voulait pas prendre le risque que Raum surprenne ce qu'il avait à annoncer à Denise, si jamais le démon rôdait encore dans les parages.

Il se rassit sur le lit et se pencha vers Denise pour qu'elle l'entende malgré le vacarme de la télévision. Il faisait de son mieux pour ne pas tenir compte de son odeur capiteuse, qui lui indiquait qu'elle avait ses règles.

— Nous savons à présent que Raum ne mentait pas lorsqu'il disait qu'il pouvait te localiser grâce à ses marques, commença Spade. Sans cela, il t'aurait suivie si tu étais partie avec moi. Pour vérifier cette éventualité, je t'ai laissée ici, à la fois pour voir si le démon te trouverait et pour l'empêcher de découvrir ce que je faisais.

— Il vaudrait mieux que ton plan soit formidable, sinon, après ces bombes au sel, je peux faire une croix sur mes proches si Raum les retrouve, répondit Denise, toujours sous le coup de la peur et de la colère.

Il croisa son regard, car il voulait qu'elle lise l'intensité de ses yeux.

— Nous savons désormais que Raum est un démon incarné, et pas un simple humain possédé. Ce type de démon ne peut entrer dans une maison sans y être invité ni se déplacer en plein jour, et est sensible au sel. Un humain possédé piloté par un démon peut aller où bon lui semble, quand il le veut, et le sel ne lui fait ni chaud ni froid.

— C'est une bonne ou une mauvaise nouvelle pour nous ? demanda-t-elle.

Strictement parlant, c'en était une mauvaise, car un humain possédé aurait été beaucoup plus facile à éliminer, mais Spade n'avait aucune intention de l'en informer.

— Avant de pouvoir tuer ton ennemi, tu dois connaître sa nature, répondit Spade en choisissant avec soin ses mots. Nous savons maintenant ce qu'est Raum, nous aurons donc moins de mal à le tuer. Quant à tes parents, ils sont en plein milieu de l'océan. Raum éviterait l'eau salée comme la peste même s'il savait où les trouver. Ce n'est d'ailleurs pas le cas, sinon il n'aurait pas manqué de t'indiquer leur localisation exacte pour te provoquer.

Denise se mâchouilla la lèvre, repoussa une mèche de cheveux en arrière, puis s'interrompit, dégoûtée, en apercevant ses mains. Elle les enroula néanmoins sans un mot dans le couvre-lit, et lorsqu'elle plongea à nouveau les yeux dans ceux du vampire, ils avaient perdu leur lueur combative.

— La croisière ne durera pas éternellement, Spade, et Raum peut toujours me retrouver dès qu'il le désire. Je comprends qu'il fallait que tu saches à quel genre de démon nous avions affaire, mais à moins que j'accepte de ne jamais revoir mes parents, ils courront un horrible danger chaque fois que je me trouverai près d'eux. Tu aurais dû me consulter avant de décider de ne plus chercher Nathanial pour nous concentrer sur Raum.

Spade fronça les sourcils.

— Nous retrouverons Nathanial, ne t'en fais pas pour ça, et alors, nous serons en position de force pour traiter avec Raum. Nous ne dépendrons plus de sa bonne volonté pour savoir s'il te tuera ou pas, même si tu as rempli ta part du contrat.

Il ne pouvait pas prendre ce risque. Son absence avait eu plusieurs buts : découvrir la vérité sur les marques, déterminer quel type de démon était Raum, et réfléchir aux sentiments qu'il éprouvait pour Denise sans qu'elle soit là pour troubler son jugement. Ces trois questions avaient désormais reçu des réponses indiscutables. Denise était plus qu'une passion passagère. Elle était spéciale. Sa présence éveillait en lui des choses qu'il n'avait plus ressenties depuis un siècle et demi, et cela dès l'instant où il avait posé les yeux sur elle. Quant au fait qu'elle était humaine, eh bien… elle ne le resterait pas longtemps, s'il avait son mot à dire.

Une fois que Raum aurait effacé ses marques, Spade avait l'intention de le tuer.

Aucune de ses relations n'avait la moindre idée de la méthode à utiliser pour tuer un démon incarné, mais il n'avait pas l'intention de le révéler à Denise. Si Spade ne parvenait pas à trouver d'information concrète sur le moyen de faire passer un démon de vie à trépas, il commencerait par le décapiter, puis descendrait jusqu'aux pieds.

— Dès que nous aurons trouvé Nathanial, je veux que tu t'en ailles, dit doucement Denise. Raum saura que c'est toi qui l'as piégé avec les bombes. Il voudra se venger, et s'il sait comment me localiser, il saura aussitôt où se trouve Nathanial. Ensuite, il essaiera probablement de te tuer, car il n'aura plus besoin de toi.

Raum n'aurait plus besoin de Denise non plus, et elle le savait pertinemment. Même si le démon n'avait aucune raison de lui en vouloir – ce dont Spade doutait après ce qui venait de se passer –, Raum pourrait la tuer juste pour le plaisir.

— J'ai également un plan pour cela, déclara-t-il.

Denise fronça les sourcils.

— Pardon ?

Si Alten ou Emma trouvèrent étrange que Denise redescende avec les mains enveloppées dans des serviettes, ils ne le montrèrent pas. La jeune femme espérait que, comme la première fois, ses mains retrouveraient leur aspect normal. Sinon, elle allait devoir réfléchir à un camouflage plus pratique que les serviettes à monogramme de Spade.

Elle espérait que la transformation n'était pas permanente, et pas seulement parce qu'elle ne voulait pas être vue ainsi. Si c'était définitif, même s'ils battaient Raum, ses espoirs d'être un jour mère s'envolaient. Comment pourrait-elle tenir son bébé dans ses bras sans avoir peur que ses griffes ne lui transpercent la peau ? Comment pourrait-elle seulement prendre le risque de tomber enceinte avec l'essence du démon qui courrait en elle ?

La vue des deux inconnus dans le hall d'entrée la détourna subitement de ses sinistres pensées. Une femme blonde se tenait près de la cheminée, visiblement en admiration devant son gigantisme. Elle était elle-même de grande taille, mais aurait pu facilement entrer dans l'âtre sans avoir à se baisser. Elle était accompagnée d'un jeune homme au crâne rasé et aux bras couverts de tatouages.

Spade les désigna de la tête.

— Denise, voici Francine et Chad.

— Enchantée, répondit-elle en s'approchant d'eux.

Par habitude, elle leur tendit la main, mais rougit et la laissa retomber le long de sa cuisse.

Ils regardèrent fixement les serviettes mais ne firent aucun commentaire. Une nouvelle fois, Denise maudit Raum, ses marques et son lointain ancêtre qui était la cause de tout cela.

— Ravie de te rencontrer, dit Francine.

Chad l'imita en la dévorant d'un regard qui donna l'impression à Denise d'être une femme, et non une monstruosité ambulante. Il tourna ensuite les yeux vers Spade, blêmit légèrement en voyant l'expression du vampire, puis se racla la gorge.

— On attend ou tu préfères qu'on commence tout de suite ?

— Allons-y, répondit Spade. Emma, tire les rideaux, s'il te plaît. Alten, va chercher la valise de M. Higgins, et ensuite allume tous les postes de télé et de radio de la maison. Au maximum.

La gouvernante ne se dirigea pas vers les fenêtres, mais sortit une télécommande et appuya sur quelques boutons. Les tentures commencèrent à se fermer. *Ils sont contrôlés à distance*, pensa Denise en secouant la tête. Sa mère aurait adoré ça, sans parler des autres gadgets hors de prix dont la maison de Spade était truffée.

Alten revint dans la pièce avec une valise qu'il déposa aux pieds de Chad. Spade hocha la tête en direction d'Alten et Emma, leur indiquant par là qu'ils pouvaient disposer.

Alors que tous les appareils de réception de la maison commençaient leur vacarme, Chad ouvrit la valise rigide et en sortit plusieurs objets. Denise ne put s'empêcher de regarder par-dessus son épaule. L'intérieur de la valise était conçu sur mesure, car les pièces les plus grosses étaient logées dans leur propre compartiment capitonné. Chad les aligna sur un plateau en acier brillant. Denise aperçut une perceuse à la forme étrange, un ensemble de longues aiguilles, des fioles remplies d'un liquide sombre, une corde, une espèce de pédale, un rasoir, un vaporisateur, des gants chirurgicaux, un parafoudre carré, et… une palette d'aquarelle ?

— Je crois que le moment est venu de m'exposer les détails de ton plan, dit Denise.

Spade s'assit sur le canapé en lui indiquant de prendre place à côté de lui. Elle s'exécuta, mais avec raideur, en posant ses mains emmitonnées sur ses genoux.

— Chad et Francine sont démonologues, expliqua Spade à voix basse.

Denise ne voyait pourtant pas comment Raum pourrait entendre quoi que ce soit dans le raffut ambiant, même s'il rôdait tout près de la maison.

— Ce sont également des vampires, et ils étudient les démons et leurs victimes depuis assez longtemps. Si longtemps, d'ailleurs, que ce sont eux qui ont un jour aidé un type qui portait des marques sur les avant-bras…

Denise se figea. *Nathanial.*

— … c'est pour cette raison que je t'ai laissée ici. Si le démon pouvait te retrouver grâce à ces marques, alors il existait forcément quelqu'un qui savait comment annuler leur effet. J'avais besoin d'un peu de temps pour trouver les meilleurs experts en démonologie, et ce, sans avoir ton démon aux trousses, poursuivit Spade, le regard fixe.

Denise avait donc vu juste. Nathanial était parvenu à neutraliser les marques, tout du moins suffisamment pour qu'elles ne puissent plus servir à le localiser, voire assez pour interrompre sa transformation. Cela semblait logique. Si Nathanial était devenu un monstre à part entière, il aurait été bien plus facile à retrouver. Les monstres ne passaient pas inaperçus, même parmi des créatures aussi blasées que les vampires ou les goules.

Denise était si contente qu'elle se jeta au cou de Spade malgré ses mains déformées cachées dans les serviettes. Elle avait cru qu'il était parti sans raison, mais il s'était en fait lancé à la recherche des gens qui avaient aidé Nathanial à échapper à Raum. Peut-être y avait-il un espoir pour sa famille et elle, après tout ?

— Spade, dit-elle d'une voix étranglée, incapable de trouver les mots pour lui exprimer sa reconnaissance.

Le vampire caressa le dos de la jeune femme, puis la repoussa doucement.

— Tu ne me dois rien, dit-il, une étrange expression sur le visage. Je n'ai besoin ni de remboursement, ni de gratitude pour aller au bout. Je t'ai fait une promesse. Tu n'as rien à faire pour que je la tienne.

Denise se redressa, piquée au vif. Était-ce pour Spade une manière de lui rappeler que les choses étaient strictement professionnelles entre eux, et qu'elle pouvait lui épargner ce genre de comportement langoureux ?

— D'accord, dit-elle en reculant sur le canapé pour s'asseoir le plus loin possible de lui.

Le sang-froid engourdi qui lui avait permis de survivre à l'enterrement de Randy et aux mois de déprime qui avaient suivi vint alors à sa rescousse pour anesthésier sa peine. C'était une faveur incroyable que Spade faisait à sa famille. Il n'était pas question qu'elle passe le reste du temps à bouder parce qu'il la rejetait. Il ne voulait peut-être pas de sa gratitude, mais il allait y avoir droit quand même, avec sa collaboration en prime.

— Que dois-je faire ? demanda-t-elle, fière que sa voix paraisse si calme.

Spade lui adressa un regard indéchiffrable.

— Chad va te tatouer.

Denise s'attendait à tout sauf à ça.

— Pardon ?

— Pour simplifier, les marques sont essentiellement des symboles permanents représentant la puissance d'un démon, expliqua Francine en s'asseyant à côté de Denise. Nous allons les recouvrir de nos propres symboles, qui annihileront le lien qui t'unit au démon, ou tout du moins le réduiront à un niveau qu'il ne devrait pas être capable d'amplifier… à moins que tu ne te retrouves à nouveau en contact avec lui et qu'il imprime de nouvelles marques. Donc évite ce genre de face-à-face.

Denise ne put retenir un éclat de rire.

— J'en avais bien l'intention !

Chad, qui était toujours en train d'installer son matériel, parla sans lever les yeux.

— Nous pouvons aussi te tatouer des symboles préventifs. Ceux qui recouvrent mes bras sont des sorts de protection. Je les ai faits lorsque j'étais humain. Ils empêchaient les démons désincarnés errants de me posséder. Ça t'intéresse ?

Cela faisait beaucoup à assimiler d'un seul coup.

— J'en ai besoin ?

— Je ne pense pas, répondit Francine. Les possessions démoniaques sont rares, et ce sont le fruit de démons inférieurs qui veulent passer dans le monde réel. La plupart des gens ne croisent jamais la route de démons, mais lorsque nous étions humains, il nous fallait de telles protections. Quand on combat un démon, celui-ci riposte toujours.

Denise déglutit. Vu la colère noire dans laquelle Raum avait été plongé quelques heures auparavant, cela n'avait rien d'encourageant.

— Encore quelques minutes, dit Chad, et on pourra commencer.

Le démonologue mélangea alors divers paquets de poudre au contenu de quelques-unes des fioles et observa la masse humide et noire qui se formait dans le plat.

— Nous allons devoir te tester avant d'entamer le tatouage, déclara-t-il. Enlève ces serviettes et donne-moi ton bras.

— Non.

Spade parla avant que Denise ait eu le temps d'articuler son refus. Le regard noir du vampire était indéchiffrable.

— Les serviettes restent en place. Vous allez devoir faire avec, poursuivit-il.

Chad sembla sur le point de protester, mais Francine haussa les épaules.

— Du moment que les marques n'atteignent pas ses mains, cela ne devrait pas poser de problème, dit-elle.

— Ce n'est pas la procédure habituelle, maugréa Chad.

Francine sourit à Denise.

— Les artistes sont toujours un peu capricieux, et Chad en était un avant de devenir démonologue et vampire.

Denise lui adressa à son tour un sourire timide. Francine était d'un abord très chaleureux, aux antipodes de son métier et de sa nature de vampire.

Mais était-ce si incongru ? Francine était la première démonologue qu'elle rencontrait, et au final, elle connaissait peu de vampires. Il y avait celui qui avait essayé de la tuer lorsqu'elle avait rencontré Cat, bien sûr, et Cat elle-même était à demi vampire. Il y avait également Bones, Spade, Ian, Mencheres, le géniteur d'Ian, Tate, quelques gardes qu'elle ne connaissait que de loin… et désormais Emma, Alten, Francine et Chad.

À peine une petite dizaine, compta-t-elle. Pas vraiment assez pour se forger une opinion générale sur l'espèce, en toute honnêteté. Mais il n'en restait pas moins qu'en ce fatidique 31 décembre, elle avait vu à quel point le monde des morts-vivants pouvait être horrible.

— Denise.

À la manière dont Spade prononça son nom, elle comprit qu'il l'avait déjà répété plusieurs fois.

— Désolée, dit-elle en secouant la tête pour reprendre ses esprits. Qu'est-ce que vous voulez que je fasse, déjà ?

— Assieds-toi par terre et pose ton bras nu sur la table.

Denise s'exécuta et essaya de relever la manche de son bras droit sans que les serviettes ne tombent. Il lui était très difficile, sinon impossible, d'attraper quoi que ce soit en gardant ses mains griffues recroquevillées. Au bout d'une seconde, Spade vint à son secours. Chad et Francine échangèrent un regard, mais ne firent aucun commentaire.

Chad étudia la marque et poussa un petit sifflement.

— C'est profond, finit-il par dire en passant le doigt sur le dessin étoilé. On va devoir t'épiler et stériliser la zone.

Chad lui enduit l'avant-bras de crème et le rasa en quelques mouvements rapides. Il l'aspergea ensuite d'antiseptique puis saisit une aiguille. Il en plongea une extrémité dans ce qui ressemblait à une palette d'aquarelle pour enfant, mais qui était visiblement l'objet dont il se servait pour entreposer son encre. Chad la piqua ensuite au milieu du bras marqué, suffisamment fort pour lui percer la peau.

Elle sentit un petit pincement, moins douloureux qu'elle l'aurait cru. C'était un peu comme lorsqu'on se piquait le doigt pour un test sanguin. Mais Francine et Chad la regardaient intensément. Une goutte de son sang se mélangea à l'encre noire… qui devint aussitôt cramoisie.

— On a un problème, marmonna Chad.

Chapitre 15

— Quel problème ? demandèrent en même temps Denise et Spade.

Chad saisit la goutte de sang au bout de son doigt, la porta à sa bouche… puis Spade lui saisit le bras

— Si tu avales son sang, dit calmement le vampire, je te tue.

Francine se leva aussitôt.

— Tu as peut-être une très bonne réputation, mais je ne tolérerai aucune menace…

— Il n'y en aura aucune s'il ne tente pas à nouveau de goûter son sang, l'interrompit Spade d'un ton aimable qui ne dissimulait en rien son intonation mortelle.

— Exactement comme l'autre vampire, dit Chad en secouant la tête.

Denise se pencha en avant.

— Quel autre vampire ?

Spade nettoya le sang du bout du doigt de Chad puis, le sourcil froncé, l'aspergea d'antiseptique et l'essuya une nouvelle fois.

— Celui qui accompagnait l'homme qui portait les mêmes marques que toi, répondit Chad d'une voix un peu contrariée. Il s'était énervé à l'idée qu'on goûte le sang de l'humain. Ça m'était complètement sorti de la tête.

Spade croisa le regard de Denise, mais cette dernière avait déjà compris qu'elle devait se taire. Elle n'en bouillait pas moins intérieurement. Cela confirmait que le vampire qui avait amené Nathanial à Chad et Francine, tant d'années auparavant, savait visiblement que les marques avaient transformé son sang en drogue. Tout comme le sien. La piste du Dragon Rouge était donc viable. Il le fallait.

— Tu te souviens de son nom ? demanda Spade.

Chad et Francine secouèrent la tête.

— C'était un jeune vampire à l'époque. C'est tout ce que je me rappelle, répondit Chad.

— L'humain devait être sa propriété, dit Spade comme si cette information n'avait aucune importance. Cela ne se fait pas de boire le sang d'une propriété, même une seule goutte.

Spade ne voulait pas les mettre dans la confidence. Denise ressentit un frisson de peur. Elle avait été si obnubilée par la transformation dont elle était victime qu'elle n'avait pas réellement réfléchi aux autres dangers présentés par les marques. Spade voulait à tout prix éviter de subir les effets stupéfiants de son sang, mais ce n'était peut-être pas le cas de tout le monde. Le Dragon Rouge était la drogue des vampires, et cette substance coulait dans les veines de Denise.

— Comme je l'ai dit, nous avons un problème, reprit Chad. Son sang est plus puissant que la mixture de l'encre, ce qui signifie que nos tatouages n'auront aucun effet. Nous devons augmenter le dosage. De beaucoup.

— D'accord, allez-y, répondit Denise. Faites tout ce que vous avez fait avec mon… avec l'autre humain qui portait les mêmes marques.

— Ça va te brûler, dit Francine d'une voix compatissante.

Si cela pouvait empêcher Raum de la localiser, voire stopper sa transformation en monstre, elle était prête à endurer les pires brûlures.

— Ce n'est pas grave. Finissons-en, répondit fermement Denise.

Francine lui tapota le bras.

— Chad, utilise le sel de Jérusalem, dit-elle en prenant un ton sec et professionnel.

Son assistant sortit une nouvelle fiole de sa valise et adressa un regard significatif à Spade.

— Cela modifie le tarif.

Denise rougit de honte.

— Fais en sorte de ne plus parler de prix devant elle, répliqua Spade sèchement.

— Chad, le réprimanda doucement Francine, avant de sourire à Spade. Toutes mes excuses. Nous réglerons cet aspect une fois que tout sera terminé. Pour l'instant, ce qui compte, c'est de s'occuper de notre petit ange.

— En effet, répondit Spade avec un dernier soupçon d'énervement dans la voix.

Denise aurait voulu disparaître dans un trou de souris, mais elle refusa de montrer sa gêne. *Quoi qu'en dise Spade, je trouverai un moyen de le rembourser*, se promit-elle.

— Qu'est-ce que c'est, le sel de Jérusalem ? demanda-t-elle pour changer de sujet.

— Le sel est une arme naturelle contre les démons. Celui de Jérusalem est encore plus puissant, car il vient de la ville où convergent les trois grandes religions du monde. Il est broyé sur place et mélangé à, euh, des ingrédients secrets, conclut Francine avec un sourire. Mais il devrait réussir à couvrir le pouvoir de tes marques.

— Prêt, dit Chad une minute plus tard.

Il trempa une autre aiguille dans le nouveau mélange et en enfonça la pointe dans l'avant-bras de Denise.

Des flammes explosèrent dans sa chair de manière si inattendue et si intense que Denise ne put s'empêcher de crier et de retirer son bras. Francine l'avait prévenue que ce serait douloureux, mais rien ne l'avait préparée à ce genre de torture. C'était aussi atroce que lorsque Raum l'avait marquée.

— Ça devient noir, déclara Chad avec satisfaction en regardant la goutte de sang qui perlait sur le bras de la jeune femme.

Il tourna ensuite la tête vers Spade.

— Il faudra que tu l'immobilises pendant que nous apposerons les tatouages.

Denise tenta de penser à autre chose qu'aux flammes qui lui ravageaient la chair. Elle n'arrivait pas à croire qu'elles émanaient d'une aussi petite blessure, à peine plus grosse qu'une piqûre d'épingle.

— Quel genre de tatouages ? Juste quelques traits ? demanda-t-elle.

La réponse de Chad annihila tous ses espoirs.

— Je vais dessiner un motif qui couvrira tes deux avant-bras. Cela prendra quelques heures.

Denise frémit en voyant Chad sortir l'étrange perceuse qui, elle le savait désormais, était la machine à tatouer. Elle allait passer des heures à subir la douleur qui avait failli la rendre folle pendant les quelques minutes où Raum s'en était pris à elle. Denise était sûre qu'elle allait vomir, mais elle n'avait pas le choix.

— Je crois que je vais tout d'abord avoir besoin d'un petit remontant, dit-elle en inspirant profondément.

Peut-être une bouteille entière. Ou un coup sur la tête. N'importe quoi pour endormir la douleur.

— Denise.

Spade s'agenouilla auprès d'elle, le regard très intense.

— Tu m'as fait jurer sur mon sang, mais tu peux me libérer de mon serment. Laisse-moi te faciliter cette épreuve. Je peux t'éviter de souffrir.

Il fallut une seconde à la jeune femme pour comprendre.

— Non. Je n'ai pas envie que tu manipules mon esprit.

— Et je n'ai pas envie de te maintenir immobile pendant des heures ni te regarder souffrir, répondit Spade d'un ton catégorique. Si tu ne m'avais pas fait promettre de ne jamais t'hypnotiser, ce serait déjà réglé.

Elle se tourna vers Francine.

— Ce type qui portait les mêmes marques que moi, est-ce qu'il a supporté cela tout seul ? Ou bien est-ce que le vampire qui l'accompagnait l'a hypnotisé ?

Francine prit une expression prudente.

— Il n'a pas pu être hypnotisé. Le vampire a essayé, mais ça n'a pas marché.

À cause des effets des marques, pensa Denise avec angoisse. L'inhumanité de Nathanial avait atteint un point qui la rendait inviolable, même par le pouvoir d'un vampire.

— Le vampire était jeune, tu l'as dit toi-même, mais je suis un Maître, répondit Spade. Je peux y arriver.

Sa voix débordait d'assurance. Denise hésita. Ce n'était pas seulement la douleur qu'elle craignait, même si la brûlure sur son bras la lançait encore suffisamment pour que cette peur soit on ne peut plus réelle. Même si la partie logique de son cerveau savait que c'était pour la bonne cause, le fait de se retrouver immobilisée pendant qu'un vampire la torturait entraînerait à coup sûr une crise de panique. Déjà, elle sentait monter en elle la sensation familière. Elle savait qu'elle allait inévitablement perdre le contrôle de son esprit d'une manière ou d'une autre, soit à cause d'un flash-back de cette horrible nuit, soit à cause du pouvoir des yeux de Spade.

— Fais-moi confiance, Denise, dit-il avec une grande douceur.

Elle inspira profondément. L'idée de perdre le contrôle lui répugnait. Ses crises de panique lui avaient déjà coûté assez cher. Pourtant… elle le croyait. Aussi curieux que cela puisse paraître, elle avait actuellement plus confiance en Spade qu'en n'importe qui d'autre. De plus, elle avait cherché comment lui témoigner sa gratitude. Lui épargner la corvée d'avoir à la maintenir des heures durant pendant qu'elle serait en proie à la panique semblait la moindre des choses.

— Très bien.

Spade sourit, et Denise oublia tout le reste pendant un instant. Il était beau même avec sa réserve habituelle, mais là, il était à couper le souffle. Quel dommage que cela ne lui arrive pas plus souvent.

Les yeux du vampire verdirent en une fraction de seconde. Le premier réflexe de Denise fut de détourner le regard, car elle savait que cela n'aurait rien de semblable aux autres fois où elle l'avait vu comme ça, mais elle se retint. Elle plongea les yeux dans les siens, dont la couleur devint encore plus vive.

— Je sens que tu me résistes, dit-il d'une voix plus profonde, presque vibrante. Laisse-moi entrer, Denise. Tout va bien. Tu n'as rien à craindre…

La jeune femme eut subitement les paupières lourdes. Spade parlait toujours, mais les mots étaient désormais indistincts et se mélangeaient les uns aux autres. Son champ de vision se rétrécit jusqu'à ce qu'elle ait l'impression de ne plus rien distinguer à part le magnifique rayon émeraude de ses yeux. Leur puissant flamboiement n'avait plus rien d'effrayant. Ils étaient si adorables…

Elle cligna des yeux. Spade se tenait devant elle et arborait une expression intense. Denise se sentit submergée par la résignation.

— Ça ne marche pas, dit-elle en se préparant à ce qui allait suivre.

Un sourire apparut sur les lèvres de Spade.

— C'est fini.

Denise regarda ses bras. Des motifs complexes recouvraient les marques, des poignets aux coudes, comme si on avait cousu de la dentelle noire sur sa peau. Elle ne ressentait aucune douleur, pas même un soupçon. Francine et Chad étaient partis, mais elle se trouvait toujours devant la cheminée, les bras étendus sur la table et recouverts d'une substance ressemblant à de la vaseline.

— Waouh, tu es balaise, souffla-t-elle.

Le rire de Spade contenait un soupçon de malice.

— Encore plus que tu le penses.

Elle remarqua alors qu'elle n'avait plus ses serviettes, et que ses mains étaient redevenues normales. Elle fondit en larmes. *Était-elle guérie ?*

— Tu penses que c'est parti ? Entièrement ?

Elle espérait de tout cœur avoir été purgée définitivement de l'essence du démon.

Spade retrouva son sérieux.

— J'ai goûté une goutte de ton sang avant de te sortir de ta transe. Il est toujours altéré.

Denise repoussa la déception qui l'envahissait.

— Peut-être que cela n'empirera plus désormais. Et quand je livrerai Nathanial à Raum, tout disparaîtra.

Et tu pourras me quitter, ajouta-t-elle en silence. Ils pourraient alors tous les deux retourner à leur vie d'avant. Bizarrement, cette pensée n'était plus aussi réconfortante.

Chapitre 16

Spade ouvrit la porte de la suite Cerise, heureux de la réaction de Denise, qui écarquilla les yeux lorsqu'elle entra et vit les fenêtres montant du plancher au plafond, le luxueux salon rouge et son cercle de divans, la salle à manger et son extravagant bar orange et les deux grandes chambres. Malgré sa taille, un seul coup d'œil suffisait à embrasser toute la suite. Les quatre pièces étaient séparées non par des portes, mais par des rideaux, qui étaient tous ouverts.

Le majordome déposa leurs bagages et sortit après que Spade l'eut dispensé de ranger leurs vêtements.

— C'est incroyable ! dit Denise au bout de quelques minutes.

La lueur de mauvaise conscience habituelle réapparut alors dans ses yeux.

— Ça doit coûter une fortune.

— Si cela n'avait pas trahi ta confiance, je t'aurais intimé l'ordre de ne plus jamais t'inquiéter pour mes finances pendant que je t'hypnotisais, répondit Spade d'un ton amusé. Je suis censé être ici pour chercher des frissons illicites à n'importe quel prix, tu te rappelles ? Cela ferait mauvais genre de lésiner sur mon logement.

— Personne ne pourra t'accuser de lésiner en voyant cet endroit, murmura Denise en découvrant la chambre d'amis, avec son gigantesque jacuzzi et son énorme lit en cuir rond surmonté d'un baldaquin.

Spade n'avait aucune intention d'inviter qui que ce soit, mais Denise l'ignorait. Elle aurait été horrifiée d'apprendre qu'il avait choisi cette suite parce qu'il voulait qu'elle évolue dans une opulence renversante pour son premier séjour à Las Vegas, même dans des conditions aussi pénibles.

Et doublement horrifiée de savoir que la seule chose qu'il avait été tenté d'implanter dans son esprit était le désir de ne pas retourner à sa vie humaine une fois qu'ils auraient trouvé Nathanial. Il s'en était toutefois abstenu. Ce qu'il attendait d'elle ne pouvait pas être obtenu en trichant, car, dans ce cas, il ne saurait jamais si c'était vrai.

— Qu'est-ce que tu veux que je commande au service d'étage ? s'enquit-il sans même lui demander si elle avait faim.

Cela ne faisait aucun doute.

— Un hamburger, une double portion de frites, une soupe au poulet, des crackers et une part de gâteau au chocolat, répondit aussitôt Denise qui se dirigeait vers la chambre principale.

Et je compte bien boire une bonne rasade au cou de celui qui nous apportera tout cela, ajouta intérieurement Spade. Cela faisait deux jours qu'ils avaient quitté son manoir anglais, après un vol transatlantique, puis des tours et des détours au-dessus des États-Unis pour semer tous les démons qui auraient pu les suivre. Ils avaient passé tout ce temps dans des avions, des taxis ou des aéroports, et il n'avait pas eu l'occasion de faire un repas digne de ce nom. Il n'avait pas voulu laisser Denise seule assez longtemps pour en trouver un… sans compter la lourde vidéosurveillance dont les aéroports modernes étaient équipés.

Denise passa la tête hors de la chambre, une expression timide sur le visage.

— Je voulais prendre une douche, mais, euh, il n'y a pas de salle de bains séparée. La douche est en plein milieu de la pièce, et ses parois sont en verre, donc… n'entre pas tant que je n'ai pas fini, d'accord ?

Spade dissimula son sourire. Il était au courant de la disposition de la suite lorsqu'il l'avait réservée. C'était d'ailleurs pour cette raison qu'il l'avait choisie. Il y avait tout de même certaines tricheries devant lesquelles il ne reculait pas.

— Bien sûr. Tu pourras aussi faire une petite sieste après avoir mangé. Nous ne partirons pour le *Bellagio* qu'un peu avant minuit.

Elle soupira mais acquiesça, puis tira entièrement les rideaux de la chambre. Spade ressentait la fatigue liée au voyage et au décalage horaire, Denise devait donc être épuisée, car elle n'avait pas l'avantage d'être un Maître vampire.

Cela dit, elle n'était plus totalement humaine. Spade se demandait à quel point elle s'en rendait compte, et si elle choisissait d'éviter le sujet. Il avait rapidement compris que son appétit féroce et son absence de prise de poids étaient liés à ses marques. Sa température, toujours un peu supérieure à la norme humaine, montait en flèche lorsqu'elle se mettait en colère. Il y avait également la vitesse dont elle avait fait preuve la nuit où elle s'était enfuie du club new-yorkais. Les marques de morsure sur son cou qui avaient guéri en une journée. Les tatouages. La peau de Denise aurait dû être couverte de croûtes après un tel traitement, mais au bout d'une heure ou deux de rougeurs, elle était redevenue douce comme de la soie et avait cicatrisé encore plus vite que son cou.

Il avait également remarqué que la transformation de ses mains s'était manifestée lors de forts accès de colère. Une fois Denise calmée, celles-ci avaient retrouvé leur aspect normal. Aucun incident ne s'était produit depuis leur départ d'Angleterre. Cela venait peut-être des tatouages qui empêchaient l'essence de Raum de l'infecter davantage… ou bien du fait qu'elle n'avait eu aucune contrariété récemment.

Spade n'avait d'ailleurs pas l'intention de la voir se mettre en colère ces prochains jours. Il voulait montrer à Denise que la vie d'un vampire ne se résumait pas à ce qu'elle avait vu en cet atroce Nouvel An. Elle pourrait ensuite apprivoiser son appréhension du monde de la nuit… et le rejoindre.

Il avait déjà perdu une fois la femme qu'il aimait, il ferait tout pour ne pas perdre Denise. Lorsqu'il aurait retrouvé son satané ancêtre et forcé Raum à ôter les marques qu'il avait apposées sur elle, il la transformerait en vampire. Ainsi, la mort ne la lui enlèverait pas comme elle l'avait fait avec Giselda.

L'un des moyens de lever ses réserves concernant le monde des morts-vivants était de lui en montrer les plaisirs. Denise le désirait déjà, malgré le conflit que cela générait en elle. Spade comptait bien lui prouver qu'ils ne pouvaient plus ignorer leur attirance mutuelle. Il aurait été plus galant de la laisser accepter naturellement ce qu'elle éprouvait pour lui, mais Spade n'en avait pas le temps. Ils se rapprochaient de Nathanial, et une fois qu'ils l'auraient trouvé, ce serait terminé.

Si le moyen le plus rapide de l'aider à surmonter ses préjugés envers les vampires passait par l'attirance qu'elle avait pour lui, il n'aurait aucun remords à exploiter cette faiblesse. Bientôt, elle n'aurait plus ses règles – non pas que cela l'aurait dérangé en temps normal, mais le sang de Denise était pour l'instant trop dangereux – et il pourrait alors mener sa séduction à son terme.

Bientôt, ma chérie, lui promit-il en entendant du bruit dans la douche et en imaginant l'eau couler sur sa peau nue. *Très bientôt.*

Denise avait l'impression que ses sens étaient en surchauffe. Tout d'abord, cette suite au luxe inimaginable. Ensuite, la limousine qui les avait conduits jusqu'au Strip[1], et les lumières qui approchaient comme s'ils entraient dans la gueule d'un monstre scintillant. Spade fit arrêter la voiture à deux pâtés de maisons du *Bellagio* pour faire le reste du chemin à pied. Denise ignorait si c'était une mesure de sécurité, de manière que le chauffeur ne sache pas où ils allaient, ou parce qu'il avait envie de profiter du spectacle.

La vue était en effet à couper le souffle. Les néons, la foule, le bruit et l'ambiance du Strip indiquaient clairement que l'on pouvait ici oublier toutes ses inhibitions. *Un terrain de jeu pour adultes.* C'était ainsi qu'elle avait entendu nommer Las Vegas, et l'incroyable offre de plaisirs, même à minuit, allait tout à fait dans ce sens.

— Qu'en penses-tu ? demanda Spade alors qu'ils entraient dans le *Bellagio*.

Denise secoua la tête.

— Repose-moi cette question plus tard, quand j'aurai retrouvé mes esprits.

1. Avenue centrale de Las Vegas où se trouvent les plus grands hôtels et casinos. (*NdT*)

Il lui adressa alors l'un de ses sourires espiègles qu'elle commençait à aimer un peu trop. Sans l'objectif sérieux qui sous-tendait leur soirée, elle se serait crue à un rendez-vous amoureux. Un rendez-vous très, très extravagant. Outre leur logement, Spade avait insisté pour lui acheter une robe, des chaussures, un sac à main et des bijoux… le tout sans lui laisser voir les prix. C'était son costume pour la soirée, avait-il dit avec l'un de ces fameux sourires. De fait, sa nouvelle tenue était bien plus en accord avec la chemise Armani et le pantalon sur mesure de Spade. Toutefois, la montre du vampire coûtait sans doute plus cher à elle toute seule que le nouvel ensemble qu'il lui avait offert.

Spade portait pourtant ses vêtements et ses accessoires avec discrétion et élégance, sans l'attitude supérieure qu'arboraient souvent les gens aussi aisés que lui. Denise était sortie avec quelques types riches avant Randy, mais la plupart étaient si imbus d'eux-mêmes qu'ils ne s'intéressaient à elle que pour le sexe ou pour son côté décoratif. Spade, même dans ces circonstances spéciales, se montrait charmant et prévenant. Si l'on ajoutait à cela son étrange combinaison de galanterie, de dureté et de loyauté, les sentiments de Denise dépassaient largement la simple attirance physique.

Si seulement il était humain, pensa-t-elle avant de se rappeler immédiatement à l'ordre. Si Spade était humain, il ne serait pas là avec elle, car elle avait besoin de l'aide d'un vampire pour retrouver Nathanial. Elle devait cesser de se bercer d'illusions et se concentrer sur la réalité.

Spade lui fit traverser le hall et son étalage de machines à sous et de tables de jeux de dés ou de cartes pour l'entraîner jusqu'au club privé à l'arrière du casino.

Denise fut surprise du contraste entre l'atmosphère joyeuse et hédoniste qu'ils venaient de quitter et l'ambiance stylée et feutrée du club.

Après avoir échangé quelques politesses avec l'hôtesse, ils pénétrèrent dans une pièce aux teintes dorées et violet foncé. Elle contenait plusieurs tables de jeu autour desquelles fourmillaient des serveurs. Deux parties au moins étaient en cours.

Spade fit un geste en direction du bar.

— Commande-moi un scotch, s'il te plaît. Je ne serai pas long.

Denise jeta un coup d'œil au guichet discrètement installé dans le coin.

— Tu ne veux pas que je voie combien tu vas dépenser en jetons pour m'éviter l'infarctus, n'est-ce pas ?

Il rit.

— Petite futée. Mais ce n'est pas la seule raison. Je me sens en veine ce soir.

Cette dernière phrase pouvait signifier beaucoup de choses, surtout avec le sourire évocateur qu'il lui adressa, mais Denise décida qu'il valait mieux qu'elle ne s'engage pas dans cette voie.

— Je vais chercher ton verre, parvint-elle à répondre.

Et un pour elle aussi. Bien serré.

Quelques minutes plus tard, Spade revint avec un plateau chargé de jetons de différentes couleurs. Denise avait déjà terminé son scotch, mais décida de s'arrêter là. Comme toutes les personnes accompagnant un joueur, elle allait passer une bonne partie de la nuit à poireauter derrière le siège de Spade. Il était inutile de tenter le diable et de risquer de tituber sous l'effet de l'alcool.

Spade lui prit le bras et tendit son verre à une serveuse qui semblait être apparue comme par magie.

— Portez ceci à la table, voulez-vous ? Et ne me laissez pas mourir de soif.

Spade faisait semblant d'étudier sa main, même s'il l'avait mémorisée du premier coup d'œil. Il se concentrait en fait sur Madox, le joueur assis en face de lui. Ce cadre de l'industrie pétrolière bluffait très bien, mais il n'en était pas moins humain. Son pouls restait remarquablement régulier et il réussissait même à ne pas transpirer, mais son odeur le trahissait. Lorsqu'il misa son tapis sur cette main, il exhala une senteur mêlée de musc et d'orange pourrie. Comme toutes les fois où il avait bluffé.

Madox baissa les paupières, comme s'il s'ennuyait à mourir, en attendant de voir si Spade allait se coucher ou pas.

Spade poussa un profond soupir en feignant d'avoir du mal à se décider.

— Que faire ? réfléchit-il à voix haute.

Derrière lui, il sentit la tension de Denise augmenter jusqu'à ce que son aura crépite d'anxiété. Son parfum de jasmin et de miel avait tourné lui aussi ces deux dernières heures, à mesure qu'elle le regardait perdre tour après tour. Elle ne savait pas qu'il agissait ainsi pour attirer les autres joueurs. Il ne l'avait pas mise dans la confidence parce qu'il avait besoin que sa réaction paraisse sincère et qu'elle n'éveille pas les soupçons des joueurs les plus observateurs.

Mais à son grand mérite, Denise se taisait, même si intérieurement elle devait certainement être en train de lui hurler de se coucher. La pauvre. Sa conscience la torturait pour chaque dollar qu'il dépensait, et la somme qu'il avait déjà cédée à ses adversaires devait la rendre malade.

L'odeur d'agrume trop mûr de Madox se renforça encore, mais il restait parfaitement impassible en attendant de découvrir si Spade allait abandonner ou suivre sa mise.

— Et puis merde, autant partir en beauté, déclara Spade en poussant son tas de jetons au centre de la table. Je suis.

Denise inspira fortement. Madox sourit et retourna ses cartes.

— Deux paires à cœur. Et vous, monsieur de Mortimer ?

Spade étala les siennes sur la table avec un sourire carnassier.

— Quinte flush à pique.

Une odeur de déception âcre émana de Madox. Les spectateurs autour de la table applaudirent tandis que Spade s'appropriait la grosse pile de jetons. Du coin de l'œil, il aperçut Denise s'affaisser un peu. Les doigts de la jeune femme se décrispèrent sur le dossier de sa chaise.

Spade se retourna, prit sa main et l'embrassa.

— Tu vois, ma chérie, je t'avais bien dit que je me sentais en veine ce soir.

Elle poussa un petit grognement et serra furtivement la main du vampire. Spade sentit alors un changement dans l'énergie de la pièce, qui se remplit des vibrations caractéristiques d'un mort-vivant. Spade lâcha Denise et se tourna nonchalamment vers la source de cette turbulence.

Un autre vampire croisa son regard. Soit sa puissance était voilée, comme celle de Spade, soit il s'agissait d'un Maître de puissance minimale. À en juger par son apparence, il avait la trentaine lors de sa transformation. Ses cheveux étaient brun foncé, plaqués en arrière selon un style qui n'aurait jamais dû survivre aux années 1970, et sa tenue était une faute de goût hors de prix.

La manière dont les serveuses l'accueillirent indiquait également qu'il était un habitué des lieux. Spade le salua de la tête, puis reporta son attention sur ses jetons, qu'il était en train d'aligner sur son plateau. Le nouveau venu viendrait à lui. Il devait forcément avoir envie de rencontrer l'homme qui venait de plumer l'un de ses pigeons.

— Bonsoir, dit le vampire en s'installant à la place que Madox venait de quitter. On dirait qu'il vous manque un joueur.

Spade évalua mentalement son nouvel adversaire. *Léger accent du sud. Il doit être plus jeune que moi en années vampire, mais pas de beaucoup.*

— C'est vrai. J'espère que vous allez vous joindre à nous. Je me sens en veine.

Derrière lui, l'odeur de Denise se modifia. La jeune femme avait dû elle aussi sentir que le nouvel arrivant n'était pas humain. Spade ne détourna pas le regard des yeux bleu glacier du vampire. Si ce dernier ne voulait pas de lui sur son territoire, c'était le moment de le lui faire savoir.

Mais l'homme se contenta de sourire.

— Donne-moi aussi des cartes, Jackie, et toi, Sam, apporte-moi un plateau. La somme habituelle.

Le croupier et le directeur s'exécutèrent aussitôt. *Deux cent mille,* remarqua Spade. Tout à fait respectable pour une somme « habituelle ».

— Je m'appelle Henry, se présenta Spade en utilisant le nom sous lequel il avait réservé la suite.

— BJ, répondit le vampire en attrapant les cartes que le croupier lui avait distribuées d'une main experte.

Spade l'imita, le visage fermé, alors qu'il observait les doigts pâles de son adversaire. BJ n'avait plus d'auriculaire à la main gauche, mais il portait à la main droite une grosse bague en or ornée d'un 21 en diamants.

Il s'agissait forcément de Black Jack. *Ian, mon pote, à charge de revanche.*

Spade se pencha en arrière et passa le bras autour de la taille de Denise.

— Cela ne t'ennuie pas d'attendre encore un peu, j'espère, ma chérie ?

Le corps de la jeune femme était tendu, et elle devait avoir mal aux pieds, perchée sur ses hauts talons depuis deux heures, mais elle n'hésita pas une seconde.

— Pas du tout. J'adore te regarder jouer.

Spade se retint de rire. Avec sa tendance à compter le moindre centime, Denise devait détester le poker, mais son ton était assuré et confiant. Elle s'avança même pour lui effleurer le cou du bout des lèvres.

— On pourrait peut-être trouver autre chose à faire une fois qu'on en aura fini ici, parce que je ne me sens pas fatiguée du tout.

Sa voix était rauque et séductrice à la fois, un ronronnement sourd qui le retourna. Il n'avait entendu qu'une seule fois ce timbre, lorsqu'elle avait gémi son nom à Central Park pendant qu'il buvait son sang. Mêlés au contact chaud et soyeux de ses lèvres sur sa peau, ces mots suffirent à l'interrompre dans son jeu, alors qu'il était censé miser dans la nouvelle partie. Spade voulait entendre à nouveau cette voix. Lorsqu'ils seraient ensemble au lit.

BJ observa avec intérêt Denise. Spade s'en aperçut et se contrôla avant de montrer les canines, en signe de possessivité. Au lieu de cela, il jeta quelques jetons sur le tapis et caressa encore une fois les hanches de Denise tout en regardant le vampire droit dans les yeux. *Elle est à moi.*

Black Jack retroussa les lèvres et inclina la tête pour signifier qu'il avait compris. Le territorialisme était l'un des instincts les plus forts des vampires. Aucun ne pouvait tolérer que l'on lorgne sur sa propriété… à moins que ladite propriété soit offerte. Ce qui n'était pas le cas de Denise, comme l'avait clairement indiqué Spade.

— Hauteur Roi, première main pour BJ, annonça le croupier.

Spade tenta de se détendre. Le but était de mettre Black Jack à l'aise, pas de le menacer pour un simple regard. Il avait oublié combien il était affecté par le fait d'être amoureux : l'absence de contrôle, les hauts et les bas des émotions… C'était plus épuisant que la plus forte dose de Dragon Rouge, selon lui.

— Allez, mon pote, porte-moi chance, dit Spade au croupier qui avait commencé à distribuer les cartes.

Il aurait pu adresser la même requête au destin à propos de Denise.

Chapitre 17

Lorsque Spade se leva en annonçant de manière désabusée qu'il en avait fini pour cette nuit, Denise se sentit si soulagée qu'elle faillit crier de joie. Si elle avait dû le regarder continuer à parier des sommes astronomiques, elle aurait fini par vomir. BJ, le vampire qui, elle l'espérait de tout cœur, était bien Black Jack, avait battu Spade trois fois d'affilée et l'avait même totalement nettoyé lors de la dernière main. Elle comprenait qu'il devait donner l'impression de disposer d'un crédit illimité, mais avait une envie folle de l'attraper par les épaules et de le secouer un bon coup. N'aurait-il pas pu se montrer un peu plus futé dans ses mises ? Quelle personne sensée aurait fait tapis avec un full aux deux par les trois ?

— Tu vas où maintenant ? demanda BJ en empochant paresseusement ses gains.

Spade se tourna vers Denise et fit glisser ses mains le long de son dos.

— Toujours pas fatiguée ?

Il était 4 heures du matin et elle était près de s'endormir debout, mais elle fit signe que non.

— La nuit n'est pas finie tant que le soleil n'est pas levé.

— Tout à fait d'accord.

Spade l'attira contre lui et se pencha pour lui mordiller légèrement le lobe. Denise sentit la chair de poule apparaître sur ses bras.

— Sauf que je préférerais passer les heures qui restent au lit avec toi, termina Spade.

Le vampire lui caressait toujours le dos, leurs corps collés comme pour un slow, et il lui parlait en lui frôlant l'oreille. Denise se dit que le frisson érotique qui la parcourait était parfaitement compréhensible. Au moins, sa réaction ne manquerait pas de paraître authentique à BJ.

— Tu ne préfères pas, euh, t'amuser un peu avant ?

Le but n'était-il pas de soutirer des informations à BJ, s'il s'agissait bien de Black Jack ?

Le rire de Spade lui fit l'effet d'une caresse séductrice.

— Bien sûr que si. On appelle ça les préliminaires.

Soit Spade pensait qu'elle était la plus grande actrice au monde, soit il avait compris que l'accélération subite de son pouls et la crispation de son bas-ventre n'avaient rien à voir avec le fait que BJ les observait.

— BJ, j'ai été ravi de te rencontrer, déclara ensuite Spade en serrant Denise contre lui. On se verra peut-être demain. Je reviendrai pour me refaire de mes pertes.

— D'accord, à demain, alors, répondit BJ de sa voix traînante.

Denise tournait le dos à leur interlocuteur, qui ne la vit donc pas froncer les sourcils à l'intention de Spade. Pourquoi s'en allaient-ils ? Ce n'était pas leur homme ?

— Viens, ma chérie, dit Spade en déposant un léger baiser sur ses lèvres.

Ils sortirent du club et se dirigèrent vers l'entrée du casino. Malgré l'heure tardive, les joueurs étaient encore très nombreux.

Denise attendit que la limousine les eut déposés à l'hôtel *Red Rock* et que les portes de l'ascenseur privé se furent refermées pour lui poser la question qui lui brûlait les lèvres depuis une demi-heure.

— Ce n'était pas lui ?

Spade lui adressa un regard entendu au moment où l'ascenseur arrivait à leur étage.

— Oh que si, sans aucun doute.

— Ah bon ? poursuivit-elle. Alors pourquoi sommes-nous partis ?

Il lui ouvrit la porte de la suite et vérifia qu'ils étaient bien seuls avant de répondre.

— Parce qu'à l'heure qu'il est, notre ami est curieux, en confiance et heureux à l'idée de gagner encore plus d'argent à mes dépens lors de notre prochaine rencontre, répondit Spade.

— Tu n'aurais jamais dû jouer ton tapis sur cette dernière main, maugréa Denise.

Le vampire ricana.

— Ma pauvre chérie. Tu vas en faire des cauchemars pendant des jours, n'est-ce pas ?

Denise lui lança un regard épuisé tout en posant son nouveau châle sur le canapé rouge. Spade s'approcha d'un pas nonchalant qui indiquait qu'il était loin d'être aussi fatigué qu'elle.

— Les casinos adorent les riches perdants. Je ne voulais pas prendre le risque que la direction me demande de partir après plusieurs mains trop heureuses pour être honnêtes. Black Jack me prend désormais pour un joueur maladroit, ce qui était exactement mon but.

Denise admira la froideur et la logique de sa stratégie, tout en déplorant ce que cela lui avait coûté. Elle espérait que Spade se referait un peu lors de la prochaine partie. Sinon, tout son plan épargne retraite allait y passer.

— Je vais me démaquiller, et ensuite je me couche tout de suite, annonça-t-elle. Tu veux quel lit ?

— Je prends la chambre d'amis. J'ai deux ou trois choses à vérifier sur mon portable avant, donc si tu entends la douche tout à l'heure, ne t'inquiète pas.

Denise pensait que même un vacarme de tous les diables ne la tirerait pas du sommeil une fois qu'elle aurait fermé les yeux, mais environ une demi-heure plus tard, alors qu'elle venait juste de s'assoupir, elle se rendit compte qu'elle n'était plus seule dans la pièce.

Elle se tint parfaitement immobile, écoutant Spade descendre lentement la fermeture Éclair de son pantalon, le frôlement du tissu contre sa peau alors qu'il ôtait sa chemise, puis les bruits des vêtements froissés qu'il ramassait. La profonde léthargie dans laquelle elle s'était laissée couler disparut en un clin d'œil, et elle se sentit tout à fait réveillée. L'idée que Spade soit si proche, totalement nu, lui brûlait quasiment les paupières.

Spade mit en route la douche et les gouttes d'eau en cascade étouffèrent les bruits doux que faisait Spade. Où était-il ? Il se déplaçait si furtivement qu'il aurait pu se tenir devant elle sans qu'elle s'en aperçoive. Et si jamais elle ouvrait les yeux et découvrait qu'il se trouvait assez près pour qu'elle le touche ?

Denise n'y tint plus et entrouvrit les yeux. Rien devant elle. Un petit cliquetis à l'autre bout de la pièce lui suggéra que la porte de la douche était en train de s'ouvrir. Son intuition se confirma lorsqu'elle l'entendit se refermer et que le débit de l'eau changea quand Spade se plaça sous le jet.

L'eau couvrira les vitres de buée, se raisonna Denise. *Tu ne pourras rien voir. D'ailleurs, c'est peut-être déjà tout embué...*

Aussi silencieusement que possible, elle se retourna en dissimulant à moitié son visage derrière l'oreiller.

La lumière de la douche illuminait la peau nue et somptueuse de Spade. La vitre était parfaitement transparente. Elle donnait même l'impression de ne pas exister, et lui offrait une vue imprenable du vampire sous la cascade d'eau. Elle ne put s'empêcher de se lécher les lèvres.

Denise referma alors les yeux. *Félicitations, tu es officiellement une voyeuse.* Elle aurait dû avoir honte d'espionner Spade. Si elle avait une once de dignité, elle se retournerait face au mur. Tout de suite.

Elle rouvrit les yeux. Spade lui montrait son dos. La mousse coulait de ses larges épaules comme de l'écume. Ses cheveux, que l'eau séparait en longues mèches, contrastaient vivement avec la pâleur de sa peau. La mousse glissait le long de son dos, chassée par le jet, s'arrêtait un moment à sa taille, puis reprenait sa route pour atteindre les globes rigides de ses fesses.

Denise referma violemment les yeux. Elle prit une profonde inspiration et se promit de ne pas les rouvrir. Ce n'était pas correct. Elle envahissait l'intimité de Spade, elle trahissait sa confiance, elle...

Elle les rouvrit et étouffa un hoquet. Spade passait les mains sur sa poitrine recouverte de mousse. Il avait la tête rejetée en arrière, les yeux clos, et l'eau lui éclaboussait le visage et ruisselait en emportant le savon qu'il faisait mousser sur sa peau.

Denise avait croisé quelques hommes attirants dans sa vie, mais aucun n'arrivait à la cheville de Spade. Chaque centimètre carré de sa peau était tendu par des muscles parfaitement proportionnés, comme s'il avait été sculpté par un Pygmalion qui lui aurait ensuite insufflé la vie. Sa taille ne faisait que souligner son physique époustouflant. Ses jambes étaient longues et puissantes, son dos sillonné de muscles ondulants, et ses bras et sa poitrine se tendaient puis se détendaient tandis qu'il se lavait les cheveux.

Arrête de regarder. Tout de suite.

Elle l'observa faire, hypnotisée, puis il se tourna pour les rincer, ce qui offrit à Denise un autre point de vue sur son appétissant postérieur. Son cœur se mit à tambouriner, et comme en réponse, une douleur lancinante s'éveilla plus bas dans son corps. Elle savait qu'elle devait se ressaisir, mais elle en semblait incapable. Spade pivota à nouveau et se retrouva cette fois face à elle. Denise tressaillit de culpabilité, mais le vampire avait toujours les yeux fermés à cause de la mousse qui lui coulait sur le visage. Denise laissa son regard descendre le long de son torse, errer sur son ventre et suivre la mince ligne de poils qui s'étoffait au niveau de l'entrejambe…

La bouche de Denise s'assécha tandis qu'une autre partie de son anatomie prenait feu. Elle se rendit vaguement compte que son cœur battait la chamade, mais impossible de résister. Les mains de Spade glissèrent sur son ventre, remplies de mousse, et se refermèrent sur la chair couronnée par cette toison de poils noirs.

Ne regarde plus, ne regarde plus !

Spade se savonna avec une lente minutie, et son membre commença à s'allonger et à s'épaissir sous ses doigts. Denise était fascinée par ce spectacle, malgré sa raison qui lui hurlait de détourner les yeux. Elle déglutit. La douleur obsédante qui vibrait en elle redoubla d'intensité et une étrange chaleur l'envahit. Ce durcissement était-il une réaction naturelle au contact de ses mains pendant qu'il se lavait ? Ou bien pensait-il à quelqu'un ? Peut-être même… à elle ?

Et si jamais Spade la surprenait et, au lieu d'être gêné, lui proposait de le rejoindre sous la douche ?

La frustration força enfin Denise à fermer les yeux. Ses règles n'étaient pas encore terminées, donc, même si son fantasme devenait réalité et que Spade l'invitait à approcher, elle ne pourrait pas. Et même si elle le pouvait, elle ne devait pas.

Ce n'était pas juste. Le premier homme depuis Randy à lui faire un tel effet, tant sur le plan physique qu'émotionnel, était un vampire qui ne prenait les humains que pour des garde-manger sur pattes ou des objets sexuels, et certainement dans cet ordre. Elle avait déjà sacrifié sa fierté en acceptant de n'être rien d'autre qu'une épine dans le pied de Spade tant qu'ils n'auraient pas retrouvé Nathanial. Elle pouvait au moins éviter l'humiliation totale d'un rejet définitif… ou pire encore, d'une partie de jambes en l'air motivée par la pitié.

Denise se retourna face au mur, serra son oreiller et enfouit le visage dedans. Une fois cette histoire terminée, tout irait bien. Elle rentrerait chez elle, passerait du temps avec sa famille, et son engouement pour Spade disparaîtrait. Tout passait avec le temps. Même, à ce qu'il lui semblait, la douleur indomptable qu'avait causée la mort de Randy et les crises de panique qui la gagnaient chaque fois qu'elle croisait un vampire.

La douche s'arrêta au bout de quelques minutes. Le cœur de Denise avait eu le temps de reprendre une cadence régulière, et la faim dévorante qui la tenaillait s'était transformée en douleur sourde.

Tu vois, se dit-elle avec détermination. *Tout passe avec le temps.*

Lorsque Spade entra dans le club privé le lendemain soir au bras de Denise, Black Jack était déjà là. Il était un peu plus de 23 heures. Spade sourit en lui-même. *Tu ne voulais pas prendre le risque de me manquer, hein, mon pote ?*

— Bonsoir tout le monde, déclara Spade d'un ton affable après avoir récupéré son plateau de jetons. J'ai bien l'intention de récupérer tout ce que j'ai perdu hier soir.

Tout le monde pouffa, sauf Madox, le cadre de l'industrie pétrolière que Spade avait plumé. Il lança un regard lugubre à Spade et passa sa main en cours.

— J'ai fini pour ce soir, annonça-t-il.

— Toujours en rogne contre lui parce qu'il ne s'est pas laissé prendre à ton bluff, Madox ? le provoqua Black Jack. Il faut savoir gagner et perdre comme un homme, mon ami.

— Sale bouseux, marmonna Madox dans sa barbe.

Black Jack se contenta de rire et tira la chaise de Madox avec le pied.

— Assieds-toi, Henry. Tu es plus amusant que Monsieur Marée Noire, de toute façon.

Spade s'installa et Denise prit place derrière lui. Le vampire pensait que la règle l'empêchant de s'asseoir à ses côtés était une aberration, mais, avec un peu de chance, ils n'en auraient pas pour longtemps.

BJ jeta un regard appréciateur à Denise, puis reporta son attention sur le jeu. Les deux autres joueurs, qui s'étaient couchés sur cette main, se montrèrent en revanche beaucoup moins respectueux. Si le type aux cheveux gris continuait à dévorer des yeux le décolleté de Denise, Spade trouverait le moyen de le manger avant minuit.

Denise était tout à fait ravissante avec son fourreau rouge et ses longs gants blancs. Elle avait relevé ses cheveux acajou, dégageant son cou de manière appétissante et mettant en valeur les boucles d'oreilles de diamants et de rubis que Spade lui avait suggéré de porter.

Si Spade avait eu le choix, il aurait passé une vraie soirée en tête à tête avec Denise, loin de cet endroit où elle était forcée de rester debout à le regarder jouer contre ce troupeau d'abrutis. Mais cette soirée le rapprocherait un peu plus de ce but, avec un peu de chance.

Black Jack gagna la main en cours, puis Spade entra dans la partie. Il laissa les autres joueurs le battre jusqu'à ce que son tapis ait diminué de plus de moitié. Spade poussa alors un soupir de résignation feinte.

—Je crois que je vais aller chercher mon amusement ailleurs. BJ, mon pote, tu ne saurais pas où je peux trouver du plaisir rouge sang ?

Le soin qu'il avait mis à choisir ses mots s'avéra payant. Black Jack garda un visage impassible, mais il se coucha alors que, selon les calculs de Spade, il avait un brelan de dames.

—Je me lasse un peu du poker, moi aussi, annonça BJ. Attends, Henry. Je connais peut-être un truc qui te plaira.

Spade convertit ses jetons en espèces et attendit que BJ en ait fait de même.

—Alors comme ça, tu cherches du plaisir rouge sang ? demanda Black Jack tandis qu'ils sortaient du *Bellagio*.

—Exactement. De préférence le genre qui rendra le reste de ma nuit avec elle encore plus agréable.

Spade embrassa Denise dans le cou, savourant le frisson qui la parcourut. Il était impatient de pouvoir l'embrasser et qu'elle comprenne enfin que sa passion n'était pas feinte.

— Essayons *Drai's*, proposa Black Jack. J'y suis plus souvent qu'au *Bellagio* ces derniers temps. Les clients me conviennent davantage.

Black Jack regarda Denise en prononçant cette phrase. Spade grogna.

— Inutile de prendre ce genre de précautions oratoires. Elle sait ce que nous sommes.

— Ah.

Le vampire sourit, révélant ses canines.

— Quel est ton nom, ma beauté ? Henry t'appelle toujours « ma chérie ».

Tiens, tiens, tu as remarqué ça, pensa calmement Spade. Mais avant qu'il ait eu le temps d'inventer un faux nom, Denise répondit.

— Cerise.

Spade réprima un sourire. Denise avait choisi le nom de leur suite. Black Jack la gratifia d'un nouveau regard avant de tourner les yeux vers Spade.

— À qui appartiens-tu ?

Spade arbora un air satisfait.

— À moi-même.

BJ éclata de rire.

— Sans blague. Tu ne donnes pas l'impression d'être un Maître, si tu permets.

— Le Maître de ma lignée a été tué voici plusieurs années. Il ne m'a pas vraiment laissé le choix de l'indépendance. Et toi ?

— Le mien préfère garder l'anonymat, répondit Black Jack avec une expression de défi.

Vu les activités de Black Jack, Spade n'en fut pas surpris.

— Aucun souci. Je n'ai pas besoin de connaître tous tes secrets… juste un.

BJ fronça les sourcils.

— Et lequel ?

— Si BJ sont les initiales de Black Jack, la personne dont mon copain Ian m'a parlé, répondit Spade.

Son interlocuteur se figea. Spade attendit, le bras toujours autour de la taille de Denise, sans prêter attention à la foule qui se pressait autour d'eux.

— Et que t'a-t-il dit ? demanda BJ en durcissant la voix.

Spade haussa les épaules.

— De m'adresser à toi si j'avais quelque chose de très rare que je voulais vendre.

Denise jeta un coup d'œil à Spade, mais Black Jack éclata de rire et se remit à marcher.

— Si tu as quelque chose à vendre, je peux t'assurer que j'ai mieux à proposer. Je te le garantis.

— Tu veux parier ? demanda Spade avec douceur.

Une lueur d'intérêt illumina fugitivement le visage de Black Jack.

— Que veux-tu miser ?

— Je te parie tout l'argent que tu as gagné hier au poker contre moi que je dispose d'un Dragon Rouge de meilleure qualité que le tien.

Le regard de Denise était cette fois-ci franchement interrogateur, mais Spade se contenta de la serrer plus fort pour lui indiquer de se taire.

— On en discutera une fois chez *Drai's*, répondit Black Jack. Il y a trop d'oreilles indiscrètes autour de nous.

Spade haussa à nouveau les épaules.

— Montre-nous le chemin, mon pote.

Chapitre 18

Denise pinça les lèvres lorsqu'ils s'engagèrent dans l'escalier de l'hôtel *Barbary Coast*. Leur destination se trouvait sous terre, bien entendu. Quel meilleur endroit qu'un ancien sous-sol transformé en boîte de nuit rouge et noir pour négocier la vente de son sang ? Elle ignorait en quoi consistait le plan de Spade, mais sentait d'emblée qu'il ne lui plairait pas.

Et lorsque Denise vit le genre d'individus qui fréquentaient *Drai's*, ce plan lui déplut franchement. Un tiers d'entre eux étaient des vampires. Leur peau pâle et leurs mouvements trop gracieux les trahissaient par rapport aux autres clients, même dans la lumière tamisée.

Elle frissonna. Sous terre, dans une pièce remplie de morts-vivants, certainement drogués pour ne rien arranger, alors qu'une véritable fontaine narcotique coulait dans ses veines. Si elle ne succombait pas à une crise de panique avec tout ça…

— Prenons un verre, proposa Black Jack.

Denise n'avait aucune intention de boire quoi que ce soit dans cet endroit. Le verre qu'on lui servirait serait probablement agrémenté d'une version surnaturelle de la drogue du violeur. Néanmoins, lorsqu'ils arrivèrent au bar, elle commanda un scotch par politesse. Elle espérait que Black Jack ne s'apercevrait pas que le niveau de son verre ne baissait jamais.

Spade sirotait son propre scotch et passa les dix minutes suivantes à échanger des plaisanteries totalement anodines avec Black Jack. Denise grinça des dents de frustration, ce qui n'apaisa en rien l'accès de panique et de claustrophobie qui montait déjà en elle. *Toute cette pâleur. Toute cette chair froide autour d'elle. Cela appelle le sang, la mort. C'est inéluctable.*

Black Jack lui adressa un regard soupçonneux.

— Ça va, la miss ? Tu sembles bien nerveuse.

Denise se força à repousser ses souvenirs, mais ils affluaient trop vite pour qu'elle parvienne à les arrêter, malgré ses efforts constants pour améliorer son self-control. *Nous sommes acculés… Cet horrible hurlement… Tous ces cris… Une chose humide et épaisse sur le sol de la cuisine…*

— Je ne vais pas y arriver, marmonna-t-elle.

Spade commença à lui masser les épaules avec des mouvements à la fois fermes et apaisants.

— Tout va bien, ma chérie, détends-toi. Tu auras bientôt ta dose.

Denise se concentra sur le contact des mains du vampire : fortes, fraîches et solides. Elles l'aidaient à se maîtriser tandis qu'elle essayait de s'extraire des sables mouvants mortels de sa mémoire. *Tout va bien. Tu n'es pas là-bas. Tu n'es pas prise au piège. Tu es ici, et Spade te protégera.*

— Elle est en manque de quoi ? demanda Black Jack.

— D'oxycodone, répondit sèchement Spade. On l'a oublié à l'hôtel. Ne t'en fais pas pour elle, ça va aller.

— J'en ai peut-être, déclara Black Jack en souriant.

Malgré son état second, Denise remarqua que son sourire lui faisait penser à la gueule d'un requin : plein de dents et glaçant.

— D'accord, pourquoi ne nous montres-tu pas ce que tu as ? dit Spade sur un ton plein de sous-entendus.

— Venez dans mon bureau.

Ils suivirent Black Jack jusqu'à une porte à l'arrière de la salle. Elle menait à un autre escalier et servait peut-être d'entrée de service ou de sortie de secours. En bas des marches, un petit couloir desservait trois portes. Black Jack ouvrit la première sur la gauche et les laissa passer, sans se départir une seule seconde de son sourire de prédateur.

Denise n'avait aucune envie de s'enfoncer plus loin sous terre, dans un espace encore plus restreint disposant de moins de sorties, mais elle n'avait pas le choix. Elle s'assit sur le canapé zébré en respirant très fort, le cœur tambourinant. Spade l'attira sur ses genoux, comme s'ils avaient l'habitude de s'installer ainsi, et continua à lui malaxer la nuque et les épaules de ses doigts puissants.

Denise se concentra sur le contact de ses mains pour repousser la panique. *Tout va bien. Tu n'as rien à craindre… et je n'ai jamais vu un canapé aussi moche.*

— Alors, tu penses avoir du Dragon Rouge à vendre, c'est bien ça ? demanda Black Jack d'une voix traînante. Montre-le, dans ce cas.

Spade se pencha en avant.

— Pas si vite. J'ai dit que ce que j'avais était meilleur que tout ce que tu pouvais proposer, mais tu ne m'en as toujours pas fourni d'échantillon pour le prouver, n'est-ce pas ?

Black Jack grogna.

— Si je n'avais pas déjà empoché la somme que je t'ai gagnée au poker, je jurerais que tu essaies de m'en extorquer pour rien. Tu l'as sur toi ?

Denise se crispa, mais Spade n'hésita pas.

— Oui.

— Très bien.

Black Jack ouvrit le tiroir inférieur de son bureau, fouilla dedans pendant quelques secondes et en ressortit une minuscule fiole sombre qu'il tendit à Spade.

— C'est du Dragon premier choix, dix centilitres. Mille dollars à prix d'ami. Si ce que tu détiens est moitié aussi bon, je te rembourserai tes pertes de ces deux dernières nuits. Sinon, tu me paies le double. D'accord ?

— D'accord.

Spade prit la fiole d'une seule main car, de l'autre, il massait toujours fermement les épaules de Denise. Cette dernière retint son souffle en le voyant ouvrir la bouteille et l'incliner au-dessus de sa bouche. Que faisait-il ? Est-ce que ça ne risquait pas de le plonger dans une frénésie de sang, comme la dernière fois ?

Spade ferma les yeux et avala. Le cœur de Denise se mit à battre la chamade lorsqu'il reposa la fiole et les rouvrit, car ils étaient d'un vert étincelant… et rivés sur son cou.

Il se tourna alors vers Black Jack.

— Tu demandes mille dollars pour cette merde ? C'est du vol de grand chemin.

Les yeux de Black Jack changèrent à leur tour de couleur.

— Tu insultes mon commerce, mon ami, et je n'apprécie pas beaucoup cela.

— Et quadrupler ton chiffre d'affaires, tu apprécierais ? rétorqua Spade en faisant glisser sa main de l'épaule de

Denise à son bras. Passe-moi un couteau et je te montrerai où je veux en venir.

La jeune femme écarquilla les yeux. Il ne comptait tout de même pas lui donner son sang !

Black Jack semblait à la fois intrigué et agacé, mais il sortit de sa poche un couteau en argent à cran d'arrêt. Spade en actionna le mécanisme d'une main et saisit le bras de Denise en durcissant la poigne lorsqu'elle voulut se dégager.

— Ne bouge pas, dit-il sur un ton inflexible.

Denise se figea, mais pas parce qu'elle craignait les représailles de Spade si elle n'obéissait pas. S'il insistait tellement pour suivre cette tactique, c'est qu'il devait avoir une bonne raison. *Je te fais confiance*, pensa Denise en croisant son regard et en décrispant le bras.

Spade tint le couteau incliné contre l'entaille qu'il venait de faire. Une goutte rouge perla sur la lame. Il retira le couteau et le tendit à Black Jack.

— Goûte.

Le vampire éclata de rire.

— C'est une blague ?

Spade ne broncha pas.

— Je te donne l'impression de plaisanter ?

Black Jack poussa un autre gloussement amusé et s'empara du couteau pour en lécher la pointe ensanglantée.

Dès qu'il eut avalé, il ouvrit grands les yeux et bondit de sa chaise.

— Nom de Dieu ! cria-t-il.

Il se retrouva de l'autre côté du bureau en une seconde, mais Spade s'était levé lui aussi pour l'empêcher d'atteindre Denise.

— C'est tout. Si tu en prends trop, tu perdras le contrôle, et je ne veux pas la mettre en danger, pour des raisons évidentes.

Au fond d'elle-même, Denise luttait toujours contre les horribles souvenirs du Nouvel An. Une autre partie de son cerveau lui hurlait de prendre ses jambes à son cou. Elle attendit néanmoins, convaincue que Spade avait autre chose en tête que vendre son sang à cet enfoiré.

— Elle est une source, dit Black Jack presque avec révérence en regardant Denise avec tant d'avidité qu'elle eut envie de se cacher sous le bureau. Et c'est une femme ! Une belle femme. Bon Dieu, mon pote, est-ce que tu imagines la fortune qu'on va pouvoir en tirer ?

Spade sourit froidement.

— Je n'ai pas encore décidé si je voulais m'associer avec toi. Pour l'instant, tout ce que tu m'as montré, c'est que tu fourgues de la camelote. Qu'est-ce qui me dit que tu pourras nous fournir la protection nécessaire pour la cacher des Gardiens des Lois, ou de n'importe quel vampire qui déciderait de mettre un terme à notre commerce ?

La colère se fraya un chemin à travers les autres émotions de Denise et étouffa sa panique. Elle savait que Spade jouait la comédie, mais Black Jack, lui, était sincère lorsqu'il parlait d'elle comme d'un objet.

Celui-ci leva les mains.

— Tu sais à quel point les sources sont rares ? Il n'en existe qu'une, à ma connaissance, et nous devons diluer son sang de toutes les manières possibles pour en avoir assez et le garder en vie. C'est pour ça que le Dragon Rouge que je t'ai fait goûter a un goût atroce par rapport à son sang. Mais une autre source… et une femme…

Le vampire sembla frissonner d'extase.

— En quoi est-ce un avantage ? ne put s'empêcher de demander Denise. Je ne vois pas ce que cela change.

Black Jack ouvrit la bouche, puis se ravisa.

— Nous discuterons des détails plus tard, mais tu n'as aucune raison de t'inquiéter.

— Nous ne discuterons de rien du tout si tu ne commences pas par nommer quelques-unes de tes relations, répondit inexorablement Spade. Jusqu'ici, je n'en connais aucune. Je devrais peut-être m'adresser à l'autre revendeur dont Ian m'a parlé…

Denise comprit alors ce que cherchait à faire Spade. Elle vit la logique de sa stratégie, mais les regards que lui lançait Black Jack lui donnaient toujours envie de s'enfuir en courant.

— Il y a peut-être d'autres revendeurs, mais aucun de ma stature.

Black Jack s'appuya contre son bureau avec un sourire effronté.

— Mon maître s'appelle Web. Tu as certainement entendu parler de lui, et il a un accès direct à ceux qui ont initié le commerce du Dragon Rouge. Tu ne trouveras pas mieux comme relation.

Spade ricana.

— C'est une belle histoire, mais où est la preuve ? N'importe qui peut raconter qu'il appartient à la lignée de Web. Je pourrais le faire croire moi-même au premier naïf venu.

Black Jack commençait à s'énerver.

— Quel genre de preuve te faut-il ? Tu le rencontreras dès que je lui aurai parlé d'elle. Crois-moi, il voudra venir la chercher lui-même.

— Appelle-le. Tout de suite. Je veux entendre sa voix. Sinon, je repars avec elle et je trouve quelqu'un d'autre avec qui m'associer.

Black Jack n'aimait pas les menaces ; l'expression qui traversa son visage le montrait clairement. Mais un nouveau sourire se forma tout aussi rapidement sur ses lèvres.

— Pas de problème.

Il décrocha le téléphone de son bureau et composa le numéro en sifflotant.

— Passe-moi Web, dit-il à son interlocuteur.

Après quelques minutes d'attente, son sourire s'élargit.

— Maître, j'ai d'excellentes nouvelles pour toi…

Spade bondit pour s'emparer du combiné. Black tenta de le lui reprendre, mais le regard noir de Spade l'en dissuada.

— Que se passe-t-il ? aboya une voix agacée à l'autre bout du fil. Black Jack, tu m'entends ?

— Parfaitement, répondit Black Jack, qui criait presque de joie. Tout comme mon nouvel associé, Henry…

Spade raccrocha, puis, à la grande surprise de Denise, débrancha l'appareil d'un coup sec. La jubilation de Black Jack se transforma en juron.

— Pourquoi tu as fait ça, putain ?

Spade tendit son propre portable à Denise.

— Remonte à l'entrée de l'hôtel et appelle notre chauffeur. Je te retrouve là-bas.

Heureuse de quitter le sous-sol peuplé de vampires drogués, Denise s'en saisit rapidement et se dirigea vers la porte.

Black Jack voulut lui en bloquer l'accès, mais Spade réagit plus vite et l'attrapa par le col.

— Non, mon pote, on a encore quelques détails à régler pendant qu'elle appelle la voiture.

L'autre vampire se détendit et poussa un ricanement qui donna la chair de poule à Denise.

— D'accord. À tout à l'heure, mon cœur.

— Ouais, c'est ça, marmonna Denise.

Elle monta les marches métalliques qui menaient à la salle principale du bar, puis le bel escalier qui débouchait sur le rez-de-chaussée de l'hôtel *Barbary Coast*. Le chauffeur décrocha à la première sonnerie, l'un des avantages de louer une suite de luxe hors de prix, pensa-t-elle. Elle venait de lui donner ses instructions et raccrochait lorsqu'une prémonition lui glaça le sang.

Jamais Spade ne l'avait envoyée appeler la voiture. Il était excessivement galant, sans parler de son instinct de protection. Pourtant, il venait de lui faire traverser seule deux étages remplis de vampires, qui plus est avec une petite coupure sur le bras. Quelque chose ne tournait pas rond.

Denise fit demi-tour et entra de nouveau dans l'hôtel en se retenant à grand-peine de courir. Elle passa en trombe devant les clients et se précipita dans l'escalier. Quelques têtes se retournèrent sur son passage lorsqu'elle traversa le bar *Drai's* au pas de course, mais elle n'y prêta pas attention, concentrée sur la dernière volée de marches qui la mènerait jusqu'à Spade. Au moment où elle débouchait dans l'étroit couloir, la porte du bureau de Black Jack s'ouvrit et Spade apparut. Sa veste était déchirée, sa chemise maculée de rouge, et il tenait un couteau ensanglanté à la main.

Denise n'eut pas besoin de voir l'intérieur de la pièce pour comprendre.

— Tu l'as tué, murmura-t-elle.

Spade rangea l'arme dans sa veste et lui lança un regard courroucé.

— Tu n'étais pas censée revenir.

Denise regarda fixement Spade et absorba l'aura mortelle qui l'entourait. Ses émotions grandissantes l'avaient aveuglée, mais rien n'avait changé. Spade était un vampire, qui vivait dans un monde dominé par la violence. *Cela appelle le sang, la mort. C'est inéluctable.*

Elle ouvrit la bouche pour lui faire part du dégoût qu'il lui inspirait, mais Spade l'attrapa et se mit à courir si vite que le paysage devint flou aux yeux de la jeune femme. Des cris résonnèrent derrière eux, des portes claquèrent, elle entendit des bruits secs, puis Spade enfouit la tête de Denise contre sa poitrine, assombrissant ainsi sa vision. Quelques secondes frénétiques plus tard, elle sentit son estomac se soulever désagréablement, et l'énorme bouffée d'air qui l'entoura lui apprit que Spade avait pris son envol.

Chapitre 19

Spade les fit atterrir dans le désert, à plusieurs kilomètres des lumières brillantes du Strip. Denise le repoussa aussitôt que ses pieds touchèrent le sol. Il la laissa s'éloigner sans un geste.

— Est-ce que tu comprends que je n'avais pas le choix ? dit-il en lui emboîtant le pas.

Elle lança un ricanement par-dessus son épaule.

— J'oubliais. Dans ton monde, la mort est le seul choix possible. Il n'existe aucune autre option.

Il serra les dents lorsqu'elle trébucha dans un trou qu'elle n'avait pas vu dans le sable, mais ne fit rien pour la retenir. De toute façon, elle l'aurait repoussé.

— Black Jack n'avait aucune intention de me laisser quitter son bureau en vie. As-tu entendu les coups de feu qui nous étaient destinés, ou vu les autres vampires qui se précipitaient dans la pièce ? Il les avait appelés, et pas pour me présenter comme son nouveau partenaire.

Elle s'immobilisa un instant, puis repartit. Spade s'abstint de lui faire remarquer qu'elle ne savait pas où elle allait. Il était sûr qu'elle s'en rendait compte elle-même.

— Tu m'as éloignée pour que je ne sache pas que tu allais le tuer.

— Oui.

Elle arrêta enfin de marcher. Spade resta plusieurs pas en arrière pour lui laisser l'espace dont elle avait besoin.

— De quoi était-il si pressé de te parler seul à seul ?

L'accès de colère que ressentit Spade à ce souvenir rendit son ton plus sec.

— Il essayait surtout de gagner du temps avant que ses copains arrivent armés jusqu'aux dents, mais il a parlé de tout l'argent que nous empocherions avec les offres groupées dont tu pourrais faire l'objet.

Denise ne distinguait peut-être pas les traits du vampire dans l'obscurité, mais lui voyait ceux de la jeune femme, dont le visage s'était soudain durci.

— Quel genre d'offres groupées ?

— Combiner une partie de jambes en l'air et une morsure, répondit Spade sans détour. C'est pour ça qu'il était si content que tu sois jolie. La chance de pouvoir goûter du Dragon Rouge non coupé associé avec du sexe se serait négociée une petite fortune… et aurait créé une très forte dépendance, selon lui.

Le corps meurtri et exsangue de Giselda lui apparut. L'idée que Denise puisse vivre un tel calvaire, et ce pendant des dizaines d'années, voire plus, mettait Spade hors de lui. Même s'il n'avait pas dû tuer Black Jack pour sauver sa vie, il l'aurait massacré pour avoir eu la simple intention d'infliger une telle torture à la jeune femme.

Elle se frotta les bras, et Spade se rappela que le petit matin était très froid dans le désert. Il ôta sa veste et la glissa sur les épaules de Denise, mais elle se débattit.

— Elle est pleine de sang.

— Mieux vaut le sien que le tien, riposta-t-il.

Il reprit néanmoins sa veste. *Ce qu'elle peut être têtue.* Enfin… Ils ne resteraient pas longtemps dans le désert.

Juste assez pour s'assurer qu'ils n'avaient pas été suivis. Aucun des vampires qui étaient venus au secours de Black Jack ne semblait être un Maître, et ils ne pouvaient donc certainement pas voler, mais Spade ne voulait prendre aucun risque.

— Je comprends maintenant pourquoi tu as dû le tuer, déclara Denise après quelques minutes de silence. Mais je mentirais si je te disais que cela ne me dérange pas que la mort semble la solution la plus commode pour régler les problèmes lorsqu'on est un vampire ou une goule.

— C'est la même chose chez les humains, répondit aussitôt Spade. Il suffit de regarder le journal télévisé pour voir des meurtres. La violence n'est pas le monopole des morts-vivants. Tu auras beau éviter les vampires et les goules jusqu'à la fin de ta vie, tu n'en évolueras pas moins dans un monde gangrené par la violence.

— Il y en a moins dans mon monde que dans le tien, insista-t-elle.

Spade soupira.

— Non, ma chérie. Les raisons en sont différentes, voilà tout.

— Randy est mort parce que je l'ai introduit dans ton univers. Il serait encore vivant aujourd'hui si je ne l'y avais pas exposé !

Son odeur exhalait la douleur, et sa voix vibrait de chagrin, de remords et de colère. Des émotions que Spade ne connaissait que trop bien.

— Si je me souviens bien, Randy et Crispin se connaissaient depuis six mois lorsque tu l'as rencontré. Randy faisait déjà partie du monde des morts-vivants avant votre relation.

Elle détourna la tête, mais Spade eut le temps de voir des larmes briller dans ses yeux.

— C'est ma faute s'il est mort. Je l'ai laissé quitter le sous-sol tout seul, tu comprends ? Je ne l'ai pas accompagné parce que j'avais peur. Si j'étais montée avec lui, j'aurais pu surveiller ses arrières. J'aurais pu l'avertir, lui donner une chance de s'enfuir…

Spade la saisit fermement par les épaules et l'immobilisa.

— Dix-sept vampires et goules sont morts cette nuit-là, dont plusieurs Maîtres. Ces créatures étaient trop fortes et trop nombreuses. Si tu avais suivi Randy, tu ne l'aurais pas sauvé. Tu serais morte à ses côtés, c'est tout.

Denise n'essaya pas de le repousser. Elle resta là, tête baissée, ne respirant que par reniflements hachés.

— Alors c'est ce que j'aurais dû faire. Randy est mort en tentant de me sauver. J'aurais dû faire la même chose pour lui.

— C'est ton intelligence qui t'a poussée à rester au sous-sol. Il est mort parce qu'il a été trop imprudent, répondit Spade.

La froideur de son analyse suffoqua Denise, mais il n'y prêta pas attention et la retourna pour la forcer à le regarder en face.

— Il n'aurait jamais dû te quitter. Sa place était auprès de toi. Pas au milieu d'une attaque de zombies à laquelle aucun humain n'aurait pu survivre. Randy a pris la mauvaise décision, et il en est mort. C'est ainsi. Ce n'est pas juste, mais la vie ne l'est pas, dans ton monde comme dans le mien, n'est-ce pas ?

— Comment pourrais-tu comprendre ? Tu n'as jamais laissé mourir la personne que tu aimais par lâcheté, dit-elle d'une voix brisée.

Spade rit, longuement et avec amertume. Non, il avait perdu Giselda, parce qu'il ne s'était pas montré assez rapide. S'il était parti quelques heures plus tôt ce matin-là, il aurait pu la sauver. Et si elle l'avait écouté, elle ne se serait jamais trouvée sur cette route dangereuse. Si près des combats, toute la région grouillait de déserteurs de l'armée napoléonienne. Il avait envoyé un message à Giselda, lui demandant de l'attendre pour qu'il l'escorte jusqu'au chalet. Elle avait voulu lui faire une surprise. Cette mauvaise décision, fruit d'une bonne intention, avait entraîné son viol et sa mort.

Oui, la vie était injuste dans tous les mondes, humain ou autre.

— Si tu savais à quel point je comprends.

Elle le dévisagea, comme si elle était sur le point de lui demander pourquoi. Spade attendit. Il ne parlait jamais de Giselda, mais était prêt à se confier à Denise, si elle le questionnait.

Elle n'en fit rien finalement. Elle baissa la tête et se raidit face au froid. Elle laissa de nouveau la honte la submerger, comme le faisait Spade depuis un siècle et demi de solitude.

Il n'aurait servi à rien de la réconforter ou de lui offrir sa pitié. Une seule chose avait permis à Spade de repousser la culpabilité et le chagrin.

— Si tu pouvais revivre cette nuit, resterais-tu à nouveau au sous-sol ?

Denise releva vivement la tête.

— Non. Jamais de la vie.

— Alors tu n'es plus la même personne, poursuivit Spade d'une voix dénuée d'émotion. Tu l'as déjà prouvé en acceptant que Raum augmente son emprise sur toi plutôt que de sacrifier un membre de ta famille. La femme qui se trouve devant moi n'est pas la même qu'en ce 31 décembre. Celle-là a peut-être failli, mais toi, tu ne failliras pas, n'est-ce pas ?

Denise le regarda fixement, une lueur dure et résolue s'amplifiant dans ses yeux.

— Tu peux être sûr que non.

L'admiration qu'il éprouvait pour elle augmenta. Il lui avait fallu plus de dix ans pour se forger la même force de caractère après la mort de Giselda. Denise y était parvenue en à peine plus d'un an. Une détermination nouvelle naquit en lui. Il lui fallait la conquérir. La bataille serait longue et difficile, mais elle en valait la peine.

— Est-ce qu'on retourne à l'hôtel ? demanda Denise, dont les larmes avaient séché.

— Non. D'ailleurs, nous quitterons bientôt le Nevada.

Elle fronça les sourcils.

— Mais la fausse carte d'identité que tu m'as fournie et tout le reste de nos affaires sont restés dans la chambre.

— J'ai fait préparer nos bagages après notre départ, et nos papiers à tous les deux sont dans ma poche.

Denise lui lança un regard cynique.

— Tu avais tout prévu dans les moindres détails, n'est-ce pas ?

Pas vraiment, sinon tu ne m'aurais jamais surpris en train de tuer Black Jack.

— Je fais de mon mieux pour anticiper, se contenta-t-il de répondre.

Denise inspira profondément.

— Et maintenant, on part à la recherche de Web ?

— Exactement.

Mes identités d'emprunt sont vraiment des mordues de voyage aérien, pensa Denise tandis qu'ils débarquaient dans un nouvel aéroport. Elle avait plus pris l'avion ces deux dernières semaines qu'en cinq ans. Selon la rumeur, lui avait expliqué Spade, Web vivait à Monaco, et ils avaient donc de nouveau traversé l'Atlantique. Elle ignorait les plans de Spade une fois qu'il l'aurait trouvé. Comptait-il sonner à sa porte et lui demander s'il pouvait emmener la source de son commerce de drogue surnaturelle ? Ou bien massacrer toutes les personnes qu'il croiserait jusqu'à ce qu'il ne reste plus que Nathanial, son insaisissable ancêtre ?

En toute honnêteté, elle n'avait pas voulu poser la question, car elle avait déjà l'impression d'être une hypocrite. Elle avait critiqué Spade parce qu'il avait tué Black Jack, mais il l'avait fait uniquement pour elle. Ce serait également le cas de toutes les autres personnes qu'il tuerait au cours de cette chasse à l'homme. Lorsque tout serait fini, Denise aurait autant de sang sur les mains que Spade, malgré la haine de la violence qu'elle professait. Cela éveillait de la culpabilité, de la frustration et de la peur en Denise. Elle était une tueuse, au même titre que Spade, et si leur quête devait être couronnée de succès, cela ne ferait qu'empirer. Et si jamais ils ne parvenaient pas à trouver Web ?

Ou que se passerait-il si Spade ne sortait pas vainqueur de son prochain combat ?

Cette pensée avait torturé la jeune femme pendant les deux jours qu'ils venaient de passer d'avions en chambres d'hôtel. La réaction de Black Jack lorsqu'il avait goûté son sang ne faisait que souligner l'ampleur du danger de leur entreprise. Au départ, Spade n'avait pas voulu endosser la responsabilité de retrouver Nathanial parce qu'il était peut-être la propriété d'un autre vampire. Ils savaient désormais que la situation était bien plus grave. Nathanial n'était pas une simple propriété ; il était l'unique source d'un trafic narcotique extrêmement lucratif, et celui ou ceux qui le retenaient prisonnier n'hésiteraient pas à tuer pour le garder. Comment pouvait-elle demander à Spade de continuer à chercher son ancêtre dans ces conditions ? Une fois qu'il l'aurait trouvé, les chances de survie du vampire seraient aussi faibles que celles de Randy lorsqu'il avait quitté le sous-sol de la maison en ce Nouvel An cauchemardesque.

Par bien des côtés, elle en était au même point qu'en cette nuit fatale : recroquevillée devant le danger pendant que quelqu'un d'autre affrontait les monstres. Elle en avait assez. Spade avait raison ; elle avait changé en un an. S'il n'y avait eu que sa propre vie en jeu, elle aurait abandonné les recherches et aurait simplement fui Raum, en acceptant de garder ses marques jusqu'à la fin de ses jours. Mais le démon n'arrêterait jamais de chercher Nathanial et massacrerait les membres de sa famille jusqu'au dernier, tant qu'il ne l'aurait pas retrouvé. Si elle s'entêtait, elle causerait peut-être la mort de Spade. Sinon, elle condamnait toute sa famille à mort… juste parce que l'un de leurs ancêtres avait vendu son âme pour obtenir des pouvoirs surnaturels.

Qui que tu sois, Nathanial, pensa Denise pour la centième fois, *je te déteste*.

Spade récupéra leurs bagages et ils se dirigèrent vers la sortie de l'aéroport. Une fois à l'extérieur, Denise eut la surprise de voir Alten et une autre personne, probablement un vampire, adossés à une voiture sur le parking.

— Spade, dit Alten en souriant à l'approche de son ami.

Spade le serra rapidement dans ses bras et tendit les bagages à l'autre homme. Denise sut qu'elle ne s'était pas trompée en le voyant soulever le tout d'une seule main comme s'ils ne pesaient rien.

— Ravi de te revoir, Denise, déclara Alten en se tournant ensuite vers elle.

— Moi aussi, répondit-elle sincèrement.

Elle lui avait pardonné ses actes de séquestration de la semaine précédente, lors de la visite de Raum.

Spade ouvrit la portière et Denise s'installa avec reconnaissance sur la banquette arrière. Du moment que leur destination inconnue disposait d'un lit – ou même seulement d'un plancher –, ce serait le paradis. Il n'était jamais vraiment possible de dormir en avion. Les brefs séjours qu'ils avaient effectués dans des hôtels entre deux vols depuis quarante-huit heures avaient surtout eu pour but de lui permettre de se doucher et d'offrir un endroit tranquille à Spade pour passer ses appels. Elle était si épuisée qu'elle se serait volontiers endormie dans le coffre, si elle avait pu se glisser au milieu des valises.

Spade lui présenta le vampire blond sous le nom de Bootleg[1], et Denise se demanda aussitôt s'il avait été transformé durant la prohibition. Les vampires avaient le chic pour s'affubler de surnoms bizarres. Elle n'en avait encore croisé aucun portant un prénom normal.

— Tout est prêt pour ce soir, dit Alten lorsque la voiture démarra.

— Parfait, répondit Spade.

Denise se retint de grogner, car elle pressentait que la longue nuit de sommeil qu'elle avait prévue venait de tomber à l'eau.

Elle ravala sa déception. Spade devait certainement avoir lui aussi envie de dormir, pas de passer son temps à

1. Alcool de contrebande en anglais. (*NdT*)

courir dans tous les sens à cause d'*elle* au péril de sa vie et en dilapidant sa fortune.

— Que se passe-t-il ce soir ? demanda-t-elle, heureuse d'avoir réussi à poser cette question d'une voix qui n'était pas pleurnicheuse.

Soit ses talents d'actrice étaient vraiment dérisoires, soit Spade avait senti son épuisement, car il lui adressa un regard compatissant.

— Désolé, mais c'est le seul soir où nous sommes sûrs qu'il pourra venir. Tu auras quand même le temps de faire une petite sieste.

— Qui ça ? *Lui ?* demanda-t-elle en évitant à dessein de prononcer le nom de Web au cas où Alten et Bootleg n'auraient pas été au courant.

— Exactement, Web sera présent, répondit Spade en lui serrant la main sans que les deux autres vampires, installés à l'avant, le voient faire. Nous aurons besoin de son accord formel si nous voulons nous installer de manière permanente à Monaco, ma chérie. La principauté est si petite, je n'ai pas envie de me fâcher avec les sommités locales.

C'était donc son angle d'approche ? Une innocente visite de courtoisie ? Bien entendu, ce ne serait peut-être que sourires et cadeaux de bienvenue au début, mais le danger et les morts ne tarderaient pas à suivre si Web détenait bien Nathanial.

Et cette pensée était insupportable à Denise.

Mais ce n'était pas le moment pour en discuter. Pas en présence de deux autres morts-vivants. Elle se cala à nouveau confortablement dans la banquette et ferma les yeux pour se protéger de la lumière vive qui filtrait à travers les vitres teintées. Sa fatigue la transformait en vampire ;

si elle l'avait pu, elle aurait éteint le soleil, comme elle le ferait d'une lampe agaçante.

Spade se rapprocha et serra la jeune femme contre sa poitrine. Denise se crispa un instant, mais se rappela immédiatement la manière dont elle réagirait si elle sortait réellement avec lui, comme le pensaient Alten et Bootleg. Elle se détendit donc, s'installa en repliant un bras sur le ventre plat du vampire et en passant l'autre derrière son dos, la tête posée sur sa poitrine. Spade l'enlaça à son tour et lui caressa légèrement le dos. Denise sentit le menton du vampire se poser sur sa tête.

Elle ressentait une profonde satisfaction. Cela ne venait pas simplement du plaisir de pouvoir adopter une position beaucoup plus confortable pour se laisser aller à sa fatigue ; elle se sentait à sa place dans les bras de Spade. Comme si elle se trouvait là où elle était censée être, tout contre la seule personne dont elle désirait la présence. Elle n'arrivait pas à croire que le vampire l'effrayait encore quelques jours auparavant.

Ou peut-être n'avait-elle jamais vraiment eu peur de lui. Peut-être ses crises de panique face aux morts-vivants avaient-elles été une échappatoire pour éviter de se concentrer sur le lien très concret et très intense qui l'unissait à Spade. Il la comprenait parfois mieux qu'elle-même. Lorsqu'il la regardait, elle n'avait plus l'impression d'être la veuve brisée, éplorée et pitoyable qu'elle était aux yeux du reste du monde. Spade voyait une femme au passé tourmenté qui avait la force d'aller de l'avant malgré son chagrin. Et, de plus en plus, Denise ne considérait plus Spade comme un membre du monde violent des vampires, mais comme un homme qui avait le courage d'affronter et de surmonter toutes les épreuves que la vie lui réservait.

Elle voyait quelqu'un avec qui elle voulait un avenir.

L'intensité de ses émotions était effrayante, mais Denise était trop fatiguée pour s'appesantir sur tous les obstacles qui se dressaient devant ses sentiments. Elle n'avait pas à s'en inquiéter pour l'instant. Elle pouvait profiter de cette merveilleuse sensation de bien-être, d'affection, d'équilibre. Après l'horreur, le chagrin et la douleur de ces derniers mois, elle en avait bien besoin.

Plus tard, elle agirait en conséquence.

Chapitre 20

Spade se tenait au-dessus de Denise. Son beau visage était si paisible dans le sommeil, dénué du souci, de la tension et du remords qui l'assombrissaient en général. Il n'avait pas envie de la réveiller, car il savait que seule la volonté lui avait permis de ne pas s'effondrer ces derniers jours. Elle n'avait même pas bougé lorsqu'il l'avait portée de la voiture à sa chambre et installée dans le lit. Mais il ne pouvait plus attendre.

— Denise.

Il ne put s'empêcher de lui toucher le visage, puis de laisser sa main descendre le long de son cou. Sa peau était douce comme de la soie, et son contact aussi enivrant que son sang.

— Denise, réveille-toi.

La jeune femme ouvrit les yeux et leur fascinant mélange de marron et de vert se posa sur lui. Elle battit des cils et lui adressa un sourire endormi.

— Salut. On est arrivés ?

— Oui, depuis quatre heures, répondit-il en retenant un sourire.

Denise regarda autour d'elle, étonnée de découvrir qu'elle était dans une chambre et non plus dans la voiture où elle s'était endormie.

— Waouh. J'ai dû dormir comme une masse.

Elle secoua la tête, s'assit et passa la main dans ses cheveux noirs et épais pour les écarter de son visage. Son estomac s'éveilla à son tour, et son gargouillement la fit légèrement rougir.

Spade s'écarta pour lui laisser voir une table couverte de plats.

— Un hamburger avec salade, tomates, cornichons et ketchup, une grosse portion de frites, et aussi de la soupe de poulet, des crackers et une part de gâteau au chocolat.

Denise écarquilla les yeux, puis éclata de rire.

— Tu t'es souvenu de ce que j'avais commandé à l'hôtel. Bon Dieu, Spade, je crois que je t'aime.

Elle avait dit ces mots en plaisantant, mais ils heurtèrent Spade de plein fouet. Le vampire sentit son cœur se serrer. Il savait déjà que cela faisait très longtemps qu'il n'avait pas tenu à quelqu'un comme il tenait à Denise, mais à cet instant précis il comprit à quel point ses sentiments étaient devenus sérieux. *Je suis amoureux de toi. Je n'aurais jamais cru que cela m'arriverait de nouveau… en particulier avec une humaine.*

Il fallait qu'elle le laisse la changer en vampire. Il ne supporterait pas de la perdre à cause de la fragilité de sa nature humaine, que la mort pouvait écraser à tout instant. Elle pouvait s'étouffer en avalant ce hamburger, et il la perdrait à jamais. Il était hors de question qu'il tolère ça, et si elle éprouvait la même chose que lui, elle accepterait de se transformer pour qu'ils puissent rester ensemble pour l'éternité. Pas seulement pour quelques dizaines d'années.

Denise s'éclaircit la voix et détourna les yeux. Son odeur de miel et de jasmin s'acidifia à cause de la gêne occasionnée par sa plaisanterie. Une gêne exagérée, à moins qu'elle se rende compte elle aussi qu'il y avait entre eux plus que de l'amitié, des circonstances inéluctables ou du désir charnel.

— Il faut que je te parle, dit-elle en faisant semblant de s'intéresser au tableau accroché en face d'elle. C'est important, et je ne veux pas qu'on nous entende.

Une grande impatience s'empara de Spade. S'apprêtait-elle à lui avouer qu'elle tenait à lui ? Avait-elle admis que leurs mondes étaient aussi dangereux l'un que l'autre et qu'il n'y avait pas plus de cruauté chez les humains que parmi les vampires ?

Bon Dieu, si c'était le cas, il annulerait la fête pour passer le reste de la soirée avec elle, et tant pis si ça vexait Web ou les autres invités morts-vivants. Il pourrait toujours arranger les choses avec eux plus tard, mais il était hors de question qu'il repousse Denise si jamais elle lui déclarait ses sentiments.

Il traversa la pièce, ferma la porte puis alluma la télé à fond pour qu'elle n'ait pas peur qu'une oreille indiscrète surprenne ses confidences. Il s'assit ensuite au bord du lit en se retenant de faire quoi que ce soit qui aurait pu l'effrayer. Comme déchirer ses vêtements pour sentir sa peau brûlante et soyeuse contre lui.

— Qu'y a-t-il ? demanda-t-il sans laisser paraître les flammes qui le dévoraient.

Denise inspira profondément.

— J'annule tout. Ce que tu avais l'intention de faire ce soir avec Web, la recherche de Nathanial, tout.

La frustration recouvrit son désir en un éclair.

— Tu ne vas pas recommencer. Je te l'ai déjà dit, je ne te laisserai pas te lancer seule aux trousses de Nathanial.

— Je n'en ai pas l'intention, répondit-elle, un mélange de résignation et de défi dans la voix. Tu as raison, je n'aurais aucune chance de le retrouver sans l'aide d'un vampire, et à part Bones, aucun ne serait assez fou pour m'épauler, toi excepté. Nous savons tous les deux que je ne peux pas impliquer Bones à cause de Cat, mais si tu continues à chercher Nathanial, tu vas te faire tuer, et je… je ne pourrai jamais vivre avec ta mort sur la conscience.

Il la regarda avec étonnement.

— Et ta famille ?

Denise se mordit la lèvre.

— Il faudra qu'elle se cache avec moi. Il ne reste plus beaucoup de monde ; mes parents, ma cousine Felicity, son fiancé, et quelques cousins éloignés. Je n'ai aucune envie de leur imposer ça, mais la lignée de Bones s'étend aux quatre coins du globe. Il pourrait demander à l'un de ses membres de nous héberger, comme les autres humains, mais sans l'échange de sang. Il pourrait même les hypnotiser pour qu'ils ne sachent pas qu'ils sont en danger de mort ou qu'ils n'aient pas l'impression de vivre emprisonnés à l'autre bout du monde.

Sa voix se brisa à cette dernière phrase mais, après une nouvelle inspiration, Denise se ressaisit.

— Comme ça, personne ne mourra. Tu n'auras pas à risquer ta vie. C'est la seule solution logique.

Spade lui prit les mains, qu'elle avait toujours gantées jusqu'aux coudes pour cacher les tatouages et les marques qui recouvraient ses avant-bras.

— Dans ce cas, tu garderas les marques pour toujours, Denise. Tu ne seras plus jamais humaine, et tu ne sais pas pendant combien de temps tu vivras ainsi, parce qu'il est évident que celles-ci ont donné à Nathanial une longévité anormale.

Elle le regarda droit dans les yeux.

— Je peux l'accepter, mais pas que tu risques ta vie en permanence pour moi. Si je te laisse te faire tuer, j'aurai l'impression d'être un monstre, bien plus qu'avec ces marques.

Un sentiment triomphal éclata en Spade. Si elle était prête à sacrifier son humanité pour assurer sa sécurité, alors elle tenait à lui comme il tenait à elle. Et dans ce cas, elle serait forcément d'accord pour devenir un vampire une fois qu'il aurait livré Nathanial au démon et que ce dernier lui aurait ôté ses marques. Après tout, c'était un sort plus enviable que d'être une métamorphe aux stigmates démoniaques.

Il tendit la main pour lui caresser le visage, savourant la modification de son parfum. Sa détermination anxieuse avait cédé la place à une fragrance beaucoup plus riche. Puis, lentement, sa main se posa sur sa nuque. Le pouls de Denise s'accéléra lorsqu'il se pencha vers elle, la bouche entrouverte anticipant la douceur de ses lèvres.

Un gros coup sur la porte fit alors sursauter Denise, et Spade se retourna en jurant.

— Va. T'en.

C'était un grognement menaçant que toute personne raisonnablement intelligente aurait pris en compte.

— Maître, toutes mes excuses, mais il s'agit un appel urgent, dit Alten.

— Il vaudrait mieux que quelqu'un soit à l'agonie, maugréa Spade en sautant du lit pour aller ouvrir.

Alten lui tendit le portable en silence.

— Quoi ? aboya-t-il dans le combiné.

— Pourquoi ne réponds-tu jamais à mes messages ? demanda Crispin d'un ton calme.

Denise était encore sous le choc du baiser avorté lorsque Spade se tourna vers elle en couvrant le téléphone avec sa main.

— Il faut que je réponde, dit-il avant de sortir.

Stupéfaite, elle regarda pendant une seconde l'embrasure de la porte. L'intensité du moment qu'ils venaient de partager n'était-elle que le fruit de son imagination ? Les émotions qu'elle avait lues sur le visage de Spade alors qu'il se penchait vers elle avaient-elles réellement existé, ou bien son esprit avait-il forgé une illusion de ce qu'elle avait voulu voir ? C'était certainement ça. Spade avait eu l'air franchement distant lorsqu'il avait quitté la pièce comme si rien ne s'était – presque – passé entre eux.

Dégoûtée, Denise se dirigea vers le plateau et commença à manger. Son ventre se moquait bien de sa récente déconvenue ; ses grognements et ses gargouillements étaient toujours aussi intenses. Elle réfléchit au reste de ce qui serait peut-être une très longue vie comme ceci : se cachant de Raum, son corps méconnaissable à ses yeux, coupée de son propre monde et rejetée par tous les autres.

Était-ce ce que ressentait Cat, une hybride qui n'était adaptée ni au monde des hommes, ni à celui des vampires ? Si oui, c'était nul.

D'un autre côté, Cat avait des pouvoirs utiles. Quant à Denise, tout ce que ses anomalies lui apportaient, c'était un appétit insatiable et une difformité occasionnelle des mains. *Méchants du monde entier, prenez garde ! Je peux vous dévorer sous la table ET vous terrifier avec mes paluches de monstre !*

Elle repoussa son assiette après avoir avalé les frites et le gâteau au chocolat. Il ne servait à rien de s'apitoyer sur son sort. Elle devait aller de l'avant et reprendre sa vie en main, du moins ce qu'il en restait. Tout d'abord, elle allait se laver. Une douche réglerait au moins les problèmes d'hygiène. Ensuite, elle remercierait Spade pour son aide et appellerait Cat. Elle lui expliquerait qu'elle avait besoin de mettre sa famille sous la protection de témoin version vampire. Même si Denise avait été une amie déplorable ces derniers temps, Cat accepterait. Bones et elle avaient le cœur sur la main.

Quant à Spade, il pourrait reprendre son existence, sans qu'elle soit là pour la mettre en danger ou la chambouler. C'était la meilleure solution pour tout le monde.

Spade quitta la chambre de Denise, dévala l'escalier et sortit par la porte d'entrée avant de répondre.

— Salut, mon pote. Désolé pour l'absence de réponse. J'ai été pas mal occupé, entre nous soit dit.

— Vraiment.

Bones prononça ce simple mot avec le ton qu'il aurait employé pour dire « foutaises ».

Spade attendit, désireux de ne rien dire qui donnerait l'impression qu'il était sur la défensive ou éveillerait les soupçons de Crispin. Soit ce dernier était au courant, soit il ne l'était pas. Dans ce cas, Spade n'avait pas l'intention de le mettre sur la voie, mais il n'avait pas non plus envie de mentir à son meilleur ami, s'il pouvait l'éviter.

— N'y a-t-il rien dont tu voudrais me parler, Charles ? demanda Crispin alors que le silence s'éternisait.

Spade réprima un sourire.

— Rien du tout.

C'était la stricte vérité.

— Très bien.

Spade visualisa le visage de son ami en train de se crisper comme s'il se trouvait en face de lui.

— Laisse-moi donc t'aider. Tu pourrais commencer par me raconter ce que tu trafiques avec Denise MacGregor.

Ian avait vendu la mèche. À part cet enfoiré, personne n'avait reconnu la jeune femme.

— Rien qui soit un sujet d'inquiétude pour toi, répondit Spade sur le même ton calme que son ami.

Crispin poussa un petit grognement.

— La ligne doit être mauvaise, parce que j'ai cru t'entendre dire que je n'avais pas à m'inquiéter pour la meilleure amie de ma femme, n'est-ce pas ?

Spade ferma les yeux en réaction au défi que Crispin venait ouvertement de lui lancer.

— Je sais que tu te sens obligé de protéger Denise à cause de son amitié avec Cat, mais elle ne fait pas partie de ta lignée, répondit Spade en pesant chaque mot avec soin. Pour ça, il faudrait que tu l'aies mordue ou que tu aies couché avec, et tu n'as rien fait de tel. Donc avec toute l'affection que je te porte, Crispin, je te le répète, cela ne te concerne pas.

Crispin poussa un nouveau grognement, teinté de surprise cette fois.

— Bon Dieu, Charles, qu'est-ce qui te prend ? Je n'ai pas cru Ian lorsqu'il m'a dit que tu te conduisais bizarrement, mais tu viens de me prouver qu'il n'avait pas tort.

Mieux valait que Crispin pense que le désir l'avait rendu fou plutôt qu'il découvre la vérité. Il était à deux doigts de mettre la main sur Nathanial. Il le sentait.

— Tu n'as aucune intention d'être raisonnable, n'est-ce pas ? poursuivit Crispin d'une voix furieuse en constatant que Spade ne répondait pas.

— Si, par ce terme, tu entends que je te demande la permission avant de me lier à une femme consentante, tu as vu juste, je n'ai pas envie d'être raisonnable, répondit Spade.

— Passe-moi Denise. Je veux entendre de sa propre bouche qu'elle est avec toi de son plein gré pour le simple plaisir de ta compagnie, dit sèchement Crispin.

Vu le contenu de leur dernière conversation, Spade n'avait aucune intention de la laisser parler à Crispin tant qu'il ne l'aurait pas raisonnée.

— Elle est souffrante pour l'instant. Elle te rappelle plus tard.

De froid, le ton de son ami devint glacial.

— Tu te rends compte que ton attitude me force à présumer que tu caches quelque chose.

— Je regrette que tu le prennes ainsi. J'aimerais en discuter plus longuement, mais je dois y aller. Oh, une dernière chose, ajouta Spade sans essayer de masquer la colère dans sa voix. Dis à Ian que je garde la maison.

Il raccrocha sans écouter la réponse de Crispin. Tant pis pour la soirée romantique qu'il pensait passer avec Denise après avoir annulé la fête. Il avait encore moins de temps devant lui pour trouver Nathanial à présent que Crispin suspectait un problème. Mais meilleur ami ou pas, il ne le laisserait pas interférer à cause d'un sens des responsabilités déplacé.

Denise était à lui, et Crispin n'allait pas tarder à le découvrir.

Chapitre 21

Après une bonne douche, Denise descendit l'escalier. Plusieurs personnes inconnues s'affairaient au rez-de-chaussée, probablement pour préparer la réception que Spade avait prévue pour la soirée. Spade pourrait considérer cela comme la fête d'adieu de Denise, parce qu'elle comptait bien embarquer sur le premier avion le lendemain, en route vers l'endroit où se trouvaient Cat et Bones. Il ne lui manquait que le numéro pour les joindre, aussi cherchait-elle Spade dans le dédale de cette maison méditerranéenne, aussi immense que belle.

— Est-ce que vous avez vu Spade ? demanda-t-elle à l'une des personnes qui passait près d'elle.

— Qui ça ? répondit le jeune homme.

Celui-ci portait un plateau très chargé, et son regard disait clairement que son fardeau était lourd.

— Ce n'est pas grave, murmura-t-elle.

Connaissant l'ouïe de Spade, après tout, elle n'avait qu'à crier son nom si elle voulait réellement le trouver. Malgré le vacarme ambiant et les multiples conversations, il l'entendrait. Cette approche lui semblait néanmoins extrêmement grossière, et elle décida donc de fouiller le rez-de-chaussée. Il était magnifique, entièrement carrelé de marbre. Ses gigantesques fenêtres dominaient un port au loin et des lustres en cristal jetaient d'élégantes étincelles dans la lumière du jour. Les plafonds étaient très hauts et des arcades menaient à d'autres pièces somptueusement décorées.

La demeure était splendide, mais aucune trace du vampire sombre et élancé qu'elle cherchait parmi le décor pâle et de bon goût. Comme Denise n'avait pas envie de déranger qui que ce soit, elle sortit. Si la voiture qui les avait conduits jusque-là était garée devant la maison, cela signifierait que Spade était toujours quelque part à l'intérieur.

Elle aperçut plusieurs voitures dans la longue allée. Des véhicules de livraison, à première vue. Le côté cynique de Denise ricana en découvrant les mets et les alcools qui avaient été commandés. C'était une fête de vampires, après tout. Ils se nourrissaient à même la veine, pas de plateaux de hors-d'œuvre.

Après une rapide exploration du jardin, qui ne contenait que des fleurs exotiques, des arbustes et quelques très jolies statuettes, Denise rentra. L'activité semblait être passée à la vitesse supérieure en vingt minutes, à en juger par l'augmentation des va-et-vient.

— Denise !

Elle se retourna en entendant la voix de Spade, mais son soulagement fut de courte durée. Il marchait vers elle à grands pas, les sourcils froncés, son beau visage déformé par une expression orageuse.

— Pourquoi t'es-tu éloignée sans m'avertir ? demanda-t-il presque sèchement.

Denise s'en irrita.

— Je ne suis plus une enfant, j'ai le droit d'aller me promener sans avoir besoin de ta permission. Et je te cherchais, soit dit en passant.

Spade se détendit.

— Pardon, je ne voulais pas te crier dessus. C'est juste que personne ne savait où tu étais, et j'ai eu peur. Viens, il faut que tu te prépares. Nous n'avons pas beaucoup de temps.

Il la prit par le bras et la poussa doucement dans l'escalier. Denise se tut jusqu'à leur chambre, même si avec le boucan qui régnait dans la maison, elle doutait que quelqu'un puisse l'entendre à part Spade.

— Je te l'ai déjà dit ; il est inutile d'organiser cette soirée. S'il est trop tard pour l'annuler, je comprendrai, mais ce n'est même pas la peine que j'y participe. Tu pourras manger, boire et t'amuser sans moi. Tu peux arrêter de chercher Nathanial.

Spade leva les yeux au ciel.

— Si tu penses que je vais te laisser te sacrifier pour moi, tu te trompes. Et depuis le temps, tu devrais mieux me connaître.

— Et moi, je suis le genre de personne qui te laisserait te faire tuer, ou, au mieux, massacrer des dizaines de personnes pour moi ? s'échauffa-t-elle. Les choses ont changé. Ni toi ni moi ne savions dans quoi Nathanial était impliqué quand nous nous sommes lancés dans cette entreprise. Et lorsque nous l'avons découvert, je n'ai pas tout de suite saisi les conséquences, mais j'ai enfin compris, et je te le répète, c'est terminé.

Il la regarda fixement, comme s'il voulait évaluer le sérieux de ses paroles. Denise ne broncha pas. Elle ne lui faisait pas cette proposition pour le simple plaisir d'apaiser sa conscience. Il était hors de question qu'elle laisse de nouveau un homme auquel elle tenait mourir pour elle.

— Tu as raison, il est trop tard pour annuler la soirée, finit-il par répondre. Et tout le monde trouverait étrange que je n'accueille pas mes invités au bras de ma fiancée, vu que je les ai rassemblés pour qu'ils fassent notre connaissance à tous les deux. Tu ne connais pas l'étiquette chez les vampires, mais ce serait très malpoli de notre part. Cela pourrait même me causer des problèmes plus tard.

Denise ne doutait pas de ses paroles, mais l'expression de Spade restait neutre et impossible à déchiffrer. En effet, l'absence de la petite amie supposée de Spade ce soir froisserait certainement quelques plumes.

L'idée qu'elle ne reverrait plus Spade après cette nuit lui fit l'effet d'un coup à l'estomac. Malgré toutes ses résolutions, elle s'était beaucoup trop rapprochée de lui. Pourquoi donc Spade était-il le seul homme à éveiller en elle des sentiments qu'elle avait crus morts avec Randy ?

— Très bien, répondit-elle enfin. Une dernière fois, si cela peut t'aider.

Il sourit, une lueur indéfinissable dans les yeux.

— Oh, cela m'aidera énormément.

Spade se tenait dans une alcôve du rez-de-chaussée, tapi dans l'ombre, et regardait Denise descendre l'escalier. *Éblouissante*, pensa-t-il en découvrant sa robe lavande sombre qui lui couvrait le haut des bras tout en lui dénudant les épaules, le profond décolleté, la taille ajustée et l'ample jupe qui se balançait au rythme de ses pas. La robe datait de la fin du XVIIIe siècle. Modernisée à l'aide d'une fermeture Éclair pour remplacer la rangée de minuscules boutons, elle était taillée dans la soie italienne la plus noble. Avec son collier et ses boucles d'oreilles en diamant et améthyste, ses barrettes à cheveux elles aussi décorées de pierres précieuses et les longs gants blancs qui lui remontaient jusqu'aux coudes, Denise ressemblait à une reine.

Il sortit de l'ombre lorsqu'elle arriva en bas de l'escalier et porta sa main gantée à ses lèvres.

— Tu es incroyablement belle.

Elle rougit.

— Merci, répondit-elle avant de rire. Cela me rappelle *Titanic*, la scène où Leonardo DiCaprio attend Kate Winslet en bas du grand escalier, mais vu la fin je ne suis pas sûre que ce soit de très bon augure.

Spade releva la tête, mais ne lui lâcha pas la main.

— Ne t'inquiète pas. Les seuls icebergs que tu trouveras ici seront minuscules et servis dans des verres.

Denise scruta Spade de la tête aux pieds, visiblement heureuse de voir que son costume était accordé au sien, mais détourna vite les yeux lorsqu'il intercepta son regard. Elle semblait prisonnière d'un mur invisible, même s'il lui serrait toujours sa main.

— Alors, quel est le programme de ce soir ? demanda-t-elle sur un ton sérieux en carrant les épaules.

Prendre la mesure de Web. Voir qui sont ses associés. Te tenir nue dans mes bras avant l'aube.

— Fais semblant d'être folle amoureuse de moi, cela devrait suffire.

Elle lui adressa un sourire presque triste et lui donna le bras.

— Compris.

Spade s'interrogea sur son changement d'humeur subit. Lui en voulait-elle toujours de lui avoir parlé un peu sèchement lorsqu'il la cherchait ? Ou bien était-elle abattue parce qu'elle pensait être affligée de ces marques pour toujours ? C'était forcément ça, décida-t-il en lui lançant un regard en coin. Elle découvrirait bientôt qu'il n'avait aucune intention de l'abandonner à un tel sort.

— Nous accueillerons nos invités à leur arrivée, et ensuite ce sera une soirée tout ce qu'il y a de plus normal où les gens boiront, danseront et feront connaissance. Je ne m'attends à aucune mauvaise surprise, mais essaie de ne jamais t'éloigner de moi ou d'Alten.

Comme par magie, Alten apparut, vêtu d'un smoking moderne et paré d'un loup blanc autour des yeux.

Denise laissa échapper un petit rire.

— C'est pour quoi faire, ce masque ?

Spade lui en tendit un couleur lavande orné de cristal et muni de pinces pour le fixer dans ses cheveux.

— C'est un bal masqué, je ne te l'avais pas dit ?

— Pas du tout, répondit-elle en prenant le masque et en le faisant tourner entre ses mains. Ce costume est magnifique. Qui suis-je censée incarner ?

— Marie-Antoinette. Moi, je suis Louis XVI.

Denise le regarda d'un air pensif.

— Ils sont morts tous les deux sous la guillotine.

Spade se pencha et lui frôla l'oreille des lèvres.

— L'histoire ne se répétera pas ce soir, ma chérie.

Il était sérieux. Denise ne connaîtrait pas la même mort prématurée que Giselda. Il la protégerait. Cette fois-ci, il n'échouerait pas.

Denise recula d'un pas pour mettre un peu de distance entre eux. Avec un sourire forcé, elle tourna les yeux vers Alten.

— Et toi, qui incarnes-tu ?

Celui-ci esquissa un large sourire et s'inclina devant elle.

— Casanova, bien sûr.

Denise essayait de se rappeler les noms en les associant à leurs masques, mais elle se rendit vite compte qu'avec autant de monde, c'était mission impossible. Pour une soirée improvisée, Spade avait très bien réussi à remplir son salon. Et même toute la maison, d'ailleurs.

La seule personne que Denise était sûre d'identifier, à part Spade et Alten, était Web. Il était entré dans la maison d'une démarche très fluide. Il était grand, avec un masque de cristal et de jais qui dissimulait des cheveux fauve et un visage qui lui parut beau. Son costume était noir lui aussi, et incrusté de cristaux qui soulignaient avec goût les coutures de sa veste et de son pantalon. Spade fit les présentations et Web complimenta Denise sur sa toilette, celle-ci lui demanda ensuite ce que représentait son costume.

— Un trou noir, expliqua Web, avec sur les lèvres un sourire à la fois poli et plein de défi.

Un objet mortel et d'une puissance irrésistible ; Web avait bien entendu choisi ce thème pour impressionner son nouveau voisin vampire. Denise pensa qu'un déguisement de roi des coqs aurait parfaitement fait l'affaire.

— Très intéressant, répondit-elle en réussissant même à prendre un ton sincère.

La femme qui accompagnait Web, que Denise étiqueta comme vampire car personne n'aurait pu respirer dans une robe aussi moulante, sembla contrariée d'entendre Web annoncer qu'il espérait que Denise lui réserverait une danse. Spade avait éclaté de rire, puis déclaré à son tour qu'il essaierait de se passer d'elle le temps d'une valse, mais l'irritation perçait dans la douceur de sa voix.

Au fil des heures, Denise se força à ne pas se concentrer sur Web et les personnes avec lesquelles il parlait, et à cesser de chercher Nathanial sous les loups de tous les hommes présents. À quoi bon ? Elle avait pris la décision d'abandonner les recherches. Et le lendemain, elle partirait et ne reverrait jamais Spade, à moins qu'ils se rencontrent par hasard chez Cat et Bones. Cette pensée la dérangeait d'ailleurs plus que le fait de devoir rester marquée jusqu'à la fin de ses jours. Elle savait qu'elle n'aurait pas dû, mais elle était tout de même tombée amoureuse de lui. Seule l'imminence de son départ lui avait fait prendre conscience de l'importance qu'il avait prise pour elle. Comment pouvait elle jouer son rôle de fiancée alors que son cœur à peine convalescent lui donnait l'impression de s'être à nouveau brisé ?

Cette soirée ne se terminerait jamais assez vite à son goût.

Au moins, la nourriture était succulente. Et également abondante, au point que Denise n'eut besoin de se resservir qu'une seule fois pour se trouver rassasiée. La fête se déroulait au rez-de-chaussée et au premier étage, où se trouvait la salle de bal. Après avoir vu plusieurs vampires entrer dans l'un des salons du haut, puis en ressortir le teint franchement plus rose, Denise comprit que Spade y avait organisé un buffet d'un autre genre. Elle se demanda s'il était constitué d'humains alignés comme des plats, ou d'une version sanguinolente de la fontaine à champagne du rez-de-chaussée. Elle préférait ne pas savoir.

Alten était assis aux côtés de Denise, car depuis une heure Spade passait de groupe en groupe en échangeant des civilités avec l'élite des morts-vivants de Monaco. Elle savait que ce n'était qu'une torture inutile, mais elle n'arrêtait pas de le chercher des yeux. Sa tête noire était facile à repérer, car il était plus grand que la quasi-totalité des personnes présentes. Spade était époustouflant dans son costume d'époque. Son foulard-cravate tombait comme une cascade de soie sur sa poitrine, et il portait un manteau bleu marine brodé, un pantalon assorti, une épée à la ceinture et des bottes montant jusqu'aux genoux.

Waouh était le premier mot qui lui était venu à l'esprit lorsqu'elle l'avait vu dans cette tenue, suivi immédiatement d'une injonction de se retenir de baver. Même maintenant, Denise ne pouvait s'empêcher de se lécher les babines en l'observant.

— Denise.

Elle cligna des yeux et reporta son attention sur Alten.

— Désolée, qu'est-ce qu'il y a ?

Ce dernier réprima un sourire en découvrant l'objet des regards de la jeune femme.

— Je te demandais si le filet mignon était à ton goût.

— Oh, oui. Délicieux, répondit-elle automatiquement avant de prendre une autre bouchée.

— Tant mieux. Profites-en tant que tu le peux.

Cette remarque éveilla définitivement l'attention de Denise. Spade avait-il révélé à Alten qu'elle partait le lendemain ?

— Pourquoi dis-tu ça ?

Il haussa les épaules.

— La nourriture n'a plus le même goût quand on est un vampire.

Denise faillit s'étouffer. Alten se mit aussitôt à lui taper dans le dos, mais elle lui fit signe d'arrêter, avala sa bouchée et la fit passer avec une longue gorgée de champagne.

— Qu'est-ce qui t'incite à penser que je ferais une chose pareille ? parvint-elle à demander, la voix toujours rauque après sa mésaventure.

Même avec le masque blanc qui lui couvrait la moitié du visage, Denise distinguait clairement l'expression abasourdie d'Alten.

— Parce que tu es avec Spade, répondit-il comme si ça expliquait tout.

— Et alors ? insista Denise.

Puis elle se rappela que non, ils n'étaient pas ensemble, ce qui rendait ce débat stérile.

Avant qu'Alten ait le temps de répondre, Spade arriva à leur table, la bouche crispée.

— La prochaine fois, tiens ta langue, dit-il sèchement à Alten avant de se baisser pour serrer Denise dans ses bras.

— Tout va bien, ma chérie ? murmura-t-il en lui embrassant la nuque.

Il fait semblant, c'est tout, se raisonna Denise.

— Très bien… et ce n'est pas sa faute si j'ai avalé de travers.

Spade échangea avec Alten un regard qu'elle ne parvint pas à déchiffrer. Puis il se releva et lui tendit la main.

— Viens, allons danser.

À cause de la fragilité de son état émotionnel, Denise n'en avait aucune envie, mais vu les circonstances, il aurait semblé étrange qu'elle refuse. Elle hocha donc la tête et le laissa l'aider à se lever.

Chapitre 22

Lorsqu'ils entrèrent dans la salle de bal, Spade prit la main gantée de Denise et plaça son autre main autour de sa taille.

— Sais-tu valser ? demanda-t-il en se baissant, plus pour jouir du contact de la peau de la jeune femme sous ses lèvres que par crainte d'être entendu.

— Oui. Je, *nous* avions pris des cours avant mon mariage, répondit-elle.

Un éclair de chagrin passa sur le visage de Denise et laissa rapidement la place à un frisson d'anticipation qui n'avait rien à voir avec les souvenirs de son époux disparu lorsque Spade l'attira contre lui.

— J'ai appris pendant mon enfance. Tous les fils de la noblesse devaient savoir valser, monter à cheval, se servir d'une arme et gérer leur domaine.

Spade la menait au rythme calme de la musique, lui laissant le temps de se glisser dans la cadence et de se familiariser avec les pas.

— J'ai beaucoup de mal à t'imaginer enfant.

Son masque ne parvenait pas à cacher la franche curiosité de son expression.

— Comment c'était, à l'époque ?

— Le paysage était différent, répondit-il avec un sourire blasé. Mais les gens ne changent pas, même en plusieurs siècles. Quand j'étais petit, on ne parlait que de titres, de domaines et de faveurs royales. Aujourd'hui, ce sont les diplômes, les carrières et les plans épargne retraite. Mais les motivations restent les mêmes ; il s'agit de veiller sur ceux qui sont sous votre coupe. De les protéger du danger. D'essayer de générer un peu de bonheur. C'était déjà ainsi à l'époque.

Denise se tut pendant quelques instants. Spade l'observa sans chercher à dissimuler l'intensité de son regard. Les cheveux de la jeune femme étaient relevés, mais quelques mèches rebelles, qui avaient été savamment oubliées, se balançaient au rythme de la musique. Son masque camouflait son visage des sourcils au sommet du nez. Il épousait la forme de ses pommettes et dévoilait la moitié inférieure de son visage. Elle se lécha machinalement les lèvres, sans se douter combien ce simple geste enflammait les sens de Spade.

— Et tu as rencontré Bones sur le navire qui vous transportait à la colonie pénitentiaire. (Elle baissa la voix.) Est-ce que je peux te demander pourquoi tu étais en prison, si ce n'est pas trop indiscret ?

Ça l'était en fait extrêmement. À tel point que même Crispin ne connaissait pas toute la vérité.

— Mon père était un homme bon. Sévère, peut-être, mais c'était courant à l'époque. Il avait néanmoins une faiblesse : il ne pouvait s'empêcher de jouer. Aujourd'hui, on appellerait ça une addiction, mais en ce temps-là, c'était considéré comme un défaut de jugement. Lorsque j'ai atteint l'âge de vingt-cinq ans, il était criblé de dettes. J'étais son seul fils, son héritier, ce qui m'interdisait de partir m'établir dans les colonies ou de m'engager dans l'armée pour gagner de quoi rembourser ses pertes. J'ai donc choisi la seule solution possible… j'ai épousé une héritière.

Denise se figea.

— Tu es marié ? bafouilla-t-elle.

Plusieurs têtes se retournèrent et la jeune femme rougit. Spade se retint de rire.

— Quand j'étais humain, ma chérie. Elle est morte depuis plusieurs siècles.

Autour d'eux, les vampires se remirent à danser. Chez les morts-vivants, le mariage était une institution bien plus sacrée que chez les humains. Spade aurait mis la vie de Denise en danger s'il avait été marié selon la loi de son espèce. Commettre l'adultère avec le compagnon ou la compagne d'un vampire était passible de mort, si l'époux trompé choisissait de faire valoir son droit. Vu leur durée de vie, il n'y avait rien d'étonnant que les couples mariés soient une exception chez les vampires. Le mariage donnait déjà assez de fil à retordre aux humains qui ne se retrouvaient unis que pour une cinquantaine d'années.

La rougeur des joues de Denise n'était pas seulement due à son fond de teint. Spade ne lui en voulait pas pour son éclat ; cela lui faisait même plutôt plaisir. Si cette révélation n'avait éveillé aucune jalousie en elle, cela aurait signifié qu'elle ne tenait pas à lui autant qu'il le souhaitait.

— Tu as épousé une femme pour sa fortune ? murmura Denise d'un ton clairement désapprobateur.

Spade se pencha vers elle.

— Elle m'a épousé pour mon titre, chuchota-t-il en retour. Les torts étaient partagés, tu peux me croire.

— Est-ce que tu l'aimais ?

Denise retint sa respiration et détourna les yeux dès qu'elle eut posé cette question. De toute évidence, elle la regrettait.

Mais pas Spade, pour la même raison qu'il avait été heureux de son accès de jalousie.

— Non, et elle non plus, répondit-il posément. Madeline voulait s'assurer une meilleure position à la cour, et je n'ai jamais tenu secret mon intérêt pour sa fortune. C'était un échange de bons procédés.

Leur union avait été très malheureuse, comme beaucoup des mariages arrangés de l'époque.

— Pourtant, malgré les coffres bien remplis de Madeline, il ne fallut que très peu de temps à mon père pour se retrouver à nouveau endetté jusqu'au cou.

Le temps écoulé permettait à Spade de lui raconter la suite sans que l'émotion ne vienne faire trembler sa voix.

— Au départ, il me le cacha. Il trouvait des explications pour les lettres de ses créanciers ou les bruits de cour. Mais un jour, il perdit une grosse somme lors d'une partie de whist contre le duc de Warwick. Comme il ne pouvait pas payer, le duc s'en plaignit au roi.

Et comme son père avait également été surpris dans le lit de la charmante jeune duchesse, Warwick avait agi sans la moindre pitié. Il avait réuni tous les créanciers de son père, les avait montés contre lui, puis était allé demander justice au roi en leur nom à tous.

— Ils sont venus chercher mon père pendant la nuit et l'ont enfermé à la prison de Newgate, où il devait croupir jusqu'à ce que j'aie remboursé jusqu'au dernier denier, poursuivit Spade. Warwick savait que mon père ne vivrait jamais assez longtemps pour que je trouve le moyen de combler ses dettes. La mortalité était très élevée à Newgate, même parmi les jeunes prisonniers. Son dessein n'était pas de l'emprisonner, mais de le tuer.

—Je n'arrive pas à croire qu'on l'ait jeté en prison pour une question d'argent, s'étonna Denise.

Spade répondit par un petit gloussement tout en la faisant tourner au rythme de la musique.

—L'une des différences par rapport à aujourd'hui, c'était que l'on ne pouvait pas se déclarer en faillite et repartir de zéro comme si de rien n'était, surtout sous le coup de l'ire royale. Le domaine familial fut saisi par la couronne, Madeline me quitta, comme mon titre ne valait plus rien, et la santé de mon père déclina dans sa cellule. J'allai donc voir le duc pour lui faire une proposition : qu'il transfère la dette de mon père sur moi.

Le souvenir de ce jour le brûlait encore ; Warwick s'était moqué de lui, le provoquant en lui disant qu'il ne tarderait pas à enterrer son père, puis exigeant finalement que Spade l'implore d'accéder à sa demande. Spade s'était exécuté et humilié pour la survie de son père, sans se rendre compte que Warwick n'avait accepté que parce qu'il savait que cela blesserait encore plus le vieil homme. Il avait vu juste puisque son père avait sombré dans l'alcoolisme et était mort deux ans après la déportation de Spade.

—Mais tu savais que tu irais en prison…

—Denise. (Spade la regarda droit dans les yeux.) Je n'avais plus rien à perdre que ma liberté, et je savais que je finirais par la récupérer. Par contre, mon père serait certainement mort en prison. Quel choix cela me laissait-il ?

Il savait que si quelqu'un pouvait comprendre cela, c'était bien elle, vu la manière dont elle risquait sa vie pour sa famille depuis quelques semaines. C'était encore une chose qu'ils avaient en commun.

Elle soupira.

— C'est donc pour cette raison que tu es allé en prison.

— Je pensais recevoir la même sentence que mon père, mais Warwick a jugé que ce serait beaucoup plus amusant de convaincre le roi que je serais plus utile à la couronne dans une colonie pénitentiaire de Nouvelle-Galles du Sud qu'en prison. C'est durant la traversée que j'ai rencontré Crispin, Ian et Timothy.

— Et que vous êtes devenus amis, ajouta-t-elle d'une voix douce.

— Pas au début, répondit Spade en haussant un sourcil. Moi, le futur comte d'Ashcroft, enchaîné à des mécréants de basse extraction qui avaient certainement mérité chaque seconde de leur peine ? Pendant plusieurs jours, je n'ai même pas daigné leur parler.

Son ton délibérément hautain fit sourire Denise.

— Qu'est-ce qui a brisé la glace ?

— Après avoir supporté quelque temps mon dédain silencieux, Ian a commencé à me provoquer. Il me disait que je devais être le fils bâtard d'un pêcheur né sans langue, et autres gracieusetés du même genre. J'ai fini par les informer sur un ton assez snob que j'étais le baron Charles Thomas de Mortimer, un noble injustement condamné. Je pensais que Crispin dormait, mais en m'entendant me présenter, il a ouvert un œil et dit : « Mortimer, c'est bien ça ? Chambre à coucher bleue, tentures violettes, et toutes ces plumes de paon un peu partout, je vous jure ! »

Denise mit une seconde à comprendre, puis écarquilla les yeux.

— Ta femme faisait partie des clientes de Bones lorsqu'il était gigolo ?

Spade éclata de rire.

— Sur le coup, je me suis senti terriblement insulté, mais le voyage était trop atroce pour que je m'attarde là-dessus. Nous avons failli mourir lors de la traversée. Une fois sur place, ce sont les surveillants qui nous ont fait de nouveau frôler la mort. Nous ne pouvions compter que sur nos compagnons d'infortune, et j'ai fini par les considérer comme des frères.

— Qu'est-il arrivé à Timothy ? Je ne crois pas l'avoir jamais vu avec Bones et Cat.

— Il a disparu il y a très longtemps pour chercher des preuves que Caïn, le père de tous les vampires, était encore en vie. À mon avis, il a trouvé la mort dans cette quête. Personne n'a eu de ses nouvelles depuis plus de quatre-vingts ans.

Denise se rembrunit.

— Je suis désolée de l'apprendre, mais au moins Ian, Bones et toi êtes restés amis toutes ces années.

— Parfois, les plus terribles circonstances ont des conséquences inattendues, répondit calmement Spade.

Denise détourna les yeux. Elle pensait qu'il voulait parler de Randy, mais Spade serait bien la dernière personne au monde à proférer de telles inepties et à prétendre que même la mort d'un être cher avait ses bons côtés. Il faisait en fait référence aux marques du démon qui avaient mené Denise jusqu'à lui. Ils avaient tous deux perdu leur amour pour la seule raison que la vie se montrait parfois cruelle, mais malgré cela, ils pourraient peut-être retrouver le bonheur, l'un avec l'autre.

Spade se crispa et sentit la puissance du vampire qui approchait avant que ce dernier ne lui tapote doucement l'épaule.

— Puis-je m'immiscer ? demanda Web d'un ton enjoué.

Denise se força à sourire poliment tandis que Spade la lâchait et qu'elle s'avançait dans les bras de Web. Il n'était pas aussi grand que Spade, et elle n'avait donc pas à lever autant les yeux pour croiser son calme regard cobalt.

— J'espère que cette soirée vous plaît ? demanda Denise pour coller à son rôle d'hôtesse de maison attentionnée.

— Je l'ai trouvée intéressante, répondit son interlocuteur d'un ton badin. Ce n'est pas tous les jours qu'un Maître vampire renommé décide subitement de s'installer à côté de chez vous… avec sa petite amie humaine.

Même si elle avait renoncé à chercher Nathanial, Denise n'avait pas l'intention de laisser Web entretenir le moindre soupçon sur ses relations avec Spade. Après tout, il était très courant qu'un couple se sépare. Son départ ne devait être perçu que comme une relation qui avait mal tourné.

— Comment pourrait-on ne pas apprécier Monaco ? demanda Denise en haussant les épaules du mieux qu'elle le put pendant qu'elle valsait. Et il faut bien être humain avant de passer à autre chose, ajouta-t-elle en levant les yeux vers le haut.

Le petit rire de Web ne fit rien pour la détendre.

— Vous êtes une rapide, on dirait. Maintenant, je suis encore plus intrigué.

L'entretien ne prenait pas la direction qu'elle avait souhaitée. Bon, elle allait devoir jouer les petites dindes pour corriger le tir.

— J'adore le sac à main de votre amie, déclara-t-elle avec juste ce qu'il fallait d'exubérance féminine. C'est un Versace ? C'est ma marque préférée. Bon, d'accord, peut-être aussi Gucci, mais ils n'ont rien sorti de vraiment bien ces derniers temps, vous savez ? Ah oui, et il faut que vous me disiez où elle a trouvé ses chaussures. Moi, ce sont des Escada, mais je pense que j'aurais mieux fait de choisir des Stuart Weitzman. Elles valent beaucoup plus le coup, vu leur prix...

Une expression vitreuse envahit le visage à moitié masqué de Web alors que Denise passait en revue les défauts de différents créateurs, lui détaillant sans rien lui épargner ses goûts en matière de sacs à main, de chaussures et de robes. Lorsque la musique s'arrêta enfin et que Spade les rejoignit, Web la jeta presque dans ses bras.

— Ce fut un plaisir, parvint-il à articuler avant de s'éloigner rapidement.

Spade fit tourner Denise de manière à présenter le dos à Web, un sourire diabolique sur les lèvres tandis qu'il la menait au centre de la foule des danseurs.

— C'était génial, murmura-t-il si près de son oreille que l'on aurait pu croire qu'il l'embrassait.

Elle sourit, ravie du compliment.

— Je n'ai même pas eu le temps de lui parler de mes joailliers préférés, chuchota-t-elle d'un ton taquin.

Spade éclata de rire et fit glisser ses lèvres le long de son cou.

— Dis-moi tout. Je te promets d'être fasciné.

Denise ne put retenir le frisson qui la parcourut à ce contact. *Il fait semblant*, se rappela-t-elle.

Le corps de la jeune femme n'était pas de cet avis. Une chaleur enfla en elle lorsqu'elle sentit Spade s'attarder, sa bouche la frôlant. Sa main droite tenait toujours la sienne comme il sied à un valseur, mais la gauche lui caressait le dos au lieu de lui maintenir la taille et la serrait contre lui beaucoup plus près que ce que stipulaient les règles de cette danse formelle.

Denise s'éclaircit la voix en pensant à tous ceux qui les observaient peut-être.

—Arrête, mon amour. Nous avons des invités, tu ne pourras pas aller plus loin, dit-elle, la voix haletante sous l'effet des lèvres du vampire qui effleuraient à présent sa joue.

—Ah oui ? répondit-il en un grognement sourd. Je le peux parfaitement, si je t'emmène là-haut.

La crispation soudaine de son entrejambe lui coupa le souffle. *Nous faisons semblant, bon Dieu !*

—Nous avons des invités, répéta-t-elle d'une voix plus rauque.

—Ils survivront.

Deux mots, deux gouffres remplis de promesses.

Denise recula, un sourire aux lèvres. Quel qu'était l'effet que Spade avait sur elle, ses actions et sa proposition n'étaient pas réelles. Spade jouait un rôle, tout comme les acteurs le faisaient tous les jours aux quatre coins du monde pour interpréter une scène d'amour.

—Franchement, ne plaisante pas ainsi. Tu sais bien que nous ne pouvons pas déjà nous éclipser, dit-elle en parvenant cette fois à prendre le ton affectueux et grondeur qu'adopterait une petite amie normale dans ces circonstances.

Les yeux de Spade virèrent du marron cuivré au vert en un instant.

—Je ne plaisante jamais, répondit-il en appuyant sur chaque mot.

Puis il la souleva de terre et quitta la piste de bal à grands pas.

Chapitre 23

Spade ne tint pas compte du murmure étonné de Denise qui lui demandait de la reposer.

— Je vous remercie tous d'être venus, mesdames et messieurs, annonça-t-il à la cantonade. Je dois prendre congé, mais je vous en prie, restez aussi longtemps que vous le souhaitez. J'espère vous revoir tous très bientôt.

Denise sentit son visage prendre feu tandis que Spade fendait la foule des invités comme si son comportement n'avait rien de choquant. Le rire entendu de quelques-uns des vampires qu'ils dépassèrent ne fit rien pour atténuer son embarras grandissant. Que Spade joue les amants attentionnés, soit ; mais qu'il l'emporte dans ses bras en public en une explosion de passion feinte !

La seule raison qui l'empêcha de protester fut le regard spéculatif de Web, qu'elle aperçut du coin de l'œil lorsque Spade passa devant lui. Ce vampire était trop dangereux pour qu'on le laisse soupçonner quoi que ce soit. Après tout, Spade avait tué Black Jack, son revendeur, à peine quelques jours auparavant. Web devait se demander qui était le meurtrier, et il avait déjà exprimé ouvertement son scepticisme devant l'emménagement de Spade à côté de chez lui, accompagné de sa petite amie abominablement vivante.

Denise se tut pendant que Spade montait les marches jusqu'au deuxième étage. Elle ne broncha pas non plus lorsqu'il ouvrit la porte de la chambre et la referma d'un coup de pied. Mais quand il la reposa enfin, elle le repoussa immédiatement et le fusilla du regard avant de traverser la pièce pour allumer la télévision. À fond.

— Tu as dépassé les bornes, siffla-t-elle, surprise en se retournant de voir Spade juste derrière elle.

Il avait déjà ôté son masque, son épée et sa veste, et s'attaquait désormais au nœud complexe et élégant qui ornait son cou.

Denise déglutit avec peine. Peut-être était-il mal à l'aise dans son costume ?

— Je ne suis pas de cet avis, répondit-il en détachant le foulard.

Il déboutonna ensuite sa chemise à une vitesse fulgurante. Ses yeux étaient toujours vert émeraude et rivés sur ceux de la jeune femme avec une insistance qui lui coupait le souffle.

Tu l'as déjà vu se déshabiller, il n'y a rien à en conclure, se réprimanda Denise en faisant un pas sur le côté pour s'écarter de lui.

Spade tendit le bras et plaqua la main contre le mur pour lui bloquer le passage. À quel jeu jouait-il donc ?

— Spade…

Elle ne put terminer sa phrase, car le vampire posa alors sa bouche sur son cou. Avec les lèvres et la langue, il taquina son pouls et déclencha un succulent frisson dans le corps de la jeune femme. Spade n'avait pas bougé, et son bras formait toujours une barrière ouverte qu'elle pouvait franchir si elle le désirait.

Denise prit une inspiration haletante et essaya de contenir la chaleur qui enflammait son bas-ventre.

— Arrête. Je ne suis pas comme toi. Ce genre de caresse me fait de l'effet, même si je sais que ce n'est pas pour de bon.

Un rire étouffé résonna dans son oreille.

— C'est tout à fait censé te faire de l'effet, dit Spade en lui mordillant gentiment le lobe. Et je n'ai jamais fait semblant lorsque je te touchais.

Il lui ôta son masque tout en parlant, une main toujours appuyée contre la cloison. Deux petits coups secs la soulagèrent de ses boucles d'oreilles, puis Spade commença à défaire les pinces qui retenaient ses cheveux.

Denise se figea, ses émotions engagées dans une lutte mortelle avec le désir qui la ravageait. Elle ignorait ce qui avait motivé ce changement d'attitude à son égard, mais les intentions de Spade étaient très claires. Elle pouvait le posséder tout de suite, *et Dieu ce que c'était tentant.* Son corps en tremblait presque, surtout avec la bouche de Spade qui continuait son cheminement sensuel le long de son cou.

Mais malgré l'intensité de son désir, elle partait le lendemain. Était-ce le cadeau d'adieu de Spade ?

— Arrête, dit Denise d'une voix calme mais acerbe. Oui, tu me fais de l'effet, mais je n'ai pas envie d'une partie de jambes en l'air par compassion, de sexe sans sentiment ou d'une nuit sans lendemain.

Elle s'attendait à ce qu'il se fâche, rie ou hausse les épaules avant de s'éloigner, mais Spade se contenta de retirer sa chemise.

— Tu as entendu ? demanda Denise en essayant de ne pas regarder sa pâle poitrine musclée ou son ventre plat et dur. Et surtout pas la fine ligne de poils noirs qui disparaissait dans son pantalon.

Il arqua un sourcil avant de se baisser pour ôter ses bottes.

— Parfaitement bien, mais vu que rien de tout ça ne s'applique à la situation, je ne me sens pas concerné.

Bon Dieu, il serait bientôt complètement nu. Elle serra les poings en se souvenant de ce qu'elle avait vu dans la douche. Le désir lancinant qu'elle éprouvait était à présent si fort que Spade ne pouvait pas manquer de le remarquer.

En un clin d'œil, il fut à nouveau à côté d'elle, ses mains lui caressant le visage, les lèvres si proches des siennes qu'elle pouvait presque en sentir le goût.

— Ce que je ressens pour toi est tout à fait sérieux, Denise, murmura-t-il.

Sa voix devint alors plus profonde.

— Et je n'ai aucune intention de te laisser partir, ni demain ni jamais.

Spade embrassa alors la jeune femme, étouffant son halètement tandis qu'il l'attirait contre lui. La langue de Spade s'immisça entre ses lèvres, sensuelle et implacable, et mit le feu à la chair de Denise. Elle ouvrit la bouche et gémit sous l'effet des caresses érotiques de sa langue et de la rigidité du corps du vampire contre le sien.

La jeune femme tressaillit lorsqu'elle sentit ses canines s'allonger et frotter contre sa langue alors qu'elle explorait sa bouche. Et si jamais il la coupait par erreur et qu'il se retrouvait plongé dans une nouvelle crise de folie ? Elle n'avait même pas essayé de l'arrêter lorsqu'il avait bu son sang à New York ; la sensation avait été trop grisante. Si Spade répandait son sang pendant qu'ils faisaient l'amour, il risquait de perdre le contrôle et de la tuer… et elle ne s'en rendrait compte qu'une fois au paradis… ou en enfer.

— Attends, dit-elle en détournant la tête pour échapper à ses baisers profonds et enivrants.

Il obéit, une main toujours dans les cheveux de la jeune femme. Un courant d'air frais lui balaya le dos et Denise comprit que l'autre main de Spade s'était chargée de descendre la fermeture Éclair de sa robe.

— Je vais trop vite ? marmonna-t-il d'une voix épaisse.

La chaleur torride de son regard manqua de faire oublier toute prudence à Denise qui faillit taire ses craintes, mais il s'agissait réellement d'une question de vie ou de mort.

— Tes canines. Tu ne pourrais pas les faire… disparaître pour ne pas me mordre par accident ?

Spade eut un rire doux et plein de malice.

— Oh, j'ai tout à fait l'intention de te mordre, mais ne t'inquiète pas ; je ne percerai pas ta peau.

— Quoi ? haleta-t-elle, provoquant un nouveau rire de la part de Spade.

Le courant d'air s'intensifia lorsqu'il la souleva, et sa robe atterrit par terre, à côté de son pantalon. Denise cligna des yeux. Comment avait-il réussi à les déshabiller si vite ?

La douceur du matelas contre son dos lui coupa le souffle. Spade s'accroupit au-dessus d'elle, complètement nu, si grand et si beau qu'elle en resta bouche bée. Son corps était encore plus musclé de près, et ses épaules si larges qu'elles lui bouchaient la vue. Denise passa les mains sur les bras du vampire, sentant les muscles bien dessinés se raidir alors qu'il se penchait pour l'embrasser de nouveau.

Elle ouvrit la bouche, savourant l'intrusion experte de sa langue qui titillait et caressait la sienne. Spade fit glisser ses doigts le long de son bras, il saisit le bord de son gant et tira doucement dessus pour le retirer. Il répéta ensuite l'opération avec l'autre. Une fois les bras de Denise dénudés, Spade recula. Ses cheveux lui tombaient sur le visage, les yeux brillants à travers les mèches noires alors qu'il lui embrassait lentement les avant-bras en dessinant avec la langue et les lèvres les tatouages complexes qui recouvraient ses marques.

La sensation érotique de la bouche du vampire aurait suffi à lui faire fermer les yeux d'extase, mais cela l'aurait privée de la vue du magnifique mâle qui lui faisait face. Les prunelles étincelantes comme des émeraudes, les canines dépassant de sa lèvre supérieure, son corps pâle et puissant strictement immobile, à l'exception de sa bouche caressante, Spade n'avait jamais paru plus inhumain qu'en cet instant… ou plus sensuel.

Une faim sauvage et primitive s'empara d'elle. Denise n'avait pas envie de lui faire l'amour. Elle voulait le dévorer.

Elle se dégagea et l'attira au-dessus d'elle. Spade équilibra son poids et l'écrasa contre le matelas sans l'étouffer. Puis il l'embrassa, en grognant lorsqu'elle écarta les cuisses et se frotta contre sa longue érection.

— Recommence, implora-t-il d'une voix rauque.

La pression qu'elle ressentait au plus profond d'elle-même lui fit prendre feu et la submergea de désir. Denise s'arc-bouta une nouvelle fois contre lui et poussa un gémissement étouffé lorsque Spade commença à onduler des hanches. Il frotta son bassin contre son clitoris en une intense caresse, et son sexe massif se heurta à la barrière de la culotte de Denise.

La douleur douce qu'elle ressentait dans son entrejambe devint alors insoutenable. Elle passa les mains dans le dos de Spade jusqu'à arriver à ses hanches, enfonça les ongles dans sa chair ferme et le serra encore plus fort contre elle en une soif insatiable.

Denise arracha sa bouche de celle de Spade.

— Maintenant, murmura-t-elle haletante.

Cambrée contre lui, elle criait de plaisir, mais aussi de frustration à cause du tissu qui empêchait son amant de la pénétrer.

Spade descendit si violemment son bustier qu'il lui resta entre les mains. Il le jeta au loin, referma les lèvres sur le téton de Denise et se mit à le sucer avec tant d'ardeur qu'elle eut vraiment peur que ses canines lui percent la peau. Puis elle ne s'en inquiéta plus, car le flot de plaisir qui jaillissait de son sein rendait presque insupportable la douleur de son entrejambe. Elle se tordit sous lui et tendit la main pour arracher sa culotte, mais Spade l'intercepta. Il lui leva les bras au-dessus de la tête en les immobilisant d'une seule main et se servit de l'autre pour faire glisser son sous-vêtement le long de ses jambes, si lentement que Denise se retrouva en sueur le temps qu'il lui arrive aux chevilles.

— Ne joue pas avec moi, gémit-elle.

Spade lui lécha une dernière fois le sein avant de se redresser pour l'embrasser et écarter davantage ses cuisses avec les genoux.

— Je te l'ai dit, ma chérie… je ne plaisante jamais, répondit-il une fois terminé le long baiser passionné qui venait de mettre Denise à bout de souffle.

[illegible] halètements se transformèrent en gémissements [illegible]que Spade fit descendre sa bouche entre ses jambes. Il enfouit la langue dans sa chair pour lécher et explorer l'endroit où la douleur était la plus lancinante. Denise se retrouva dévorée par des flammes mielleuses qui emplissaient ses veines alors que Spade ne cessait de tourmenter son clitoris que pour enfoncer la langue dans ses profondeurs. Elle se cambra et se tortilla pour qu'il ne s'arrête pas. Spade l'attira brutalement contre lui et plaça la jambe de la jeune femme derrière son dos tout en continuant de l'explorer de sa bouche.

L'extase qui montait en elle était sur le point de la submerger. En un dernier effort de pensée cohérente, elle enlaça les épaules de Spade et le tira avec force vers le haut tout en se glissant elle-même vers le bas.

— Tout de suite, hurla-t-elle presque.

Il la chevaucha la seconde suivante, sa bouche lui coupant le souffle par un baiser à l'arôme capiteux. Les premiers instants de la pénétration contractèrent l'entrejambe de Denise en un plaisir presque douloureux. Le deuxième coup de reins, plus profond, la fit gémir contre la bouche de Spade lorsqu'elle sentit son membre massif l'assaillir. Il s'enfonça entièrement au troisième, et quand il commença en même temps à onduler du bassin, cette sensation de plénitude combinée à la pression érotique généra en elle une explosion de plaisir.

Denise cria sous l'effet de l'orgasme qui la secouait et envoyait des contractions d'extase dans ses reins. Un nouveau déhanchement profond de Spade intensifia ces répercussions et les prolongea tandis que le tiraillement affamé de son corps se transformait en une satisfaction comblée.

Ce ne fut que lorsqu'elle rouvrit les yeux sur le regard vert éclatant de Spade qu'elle se rendit compte qu'elle les avait fermés. Les cheveux du vampire lui retombaient sur le visage en vagues noires, et il arborait une expression intense alors qu'il observait les derniers signes de son orgasme.

— Je veux sentir tout ça une nouvelle fois, dit-il d'un ton grave.

Denise lâcha le dos de Spade pour passer les mains dans sa chevelure.

— Toi d'abord.

Un petit sourire se forma sur les lèvres de Spade alors qu'il ressortait lentement d'elle

— J'adore quand tu prends cette voix, murmura-t-il en lui embrassant le menton.

Denise sentit tout son corps trembler d'anticipation lorsqu'il la pénétra à nouveau de son membre rigide.

— On dirait un ronronnement rauque, très excitant… dis-moi autre chose.

Il s'enfonça alors en elle, en un mouvement long et languissant qui la fit gémir. Comme auparavant, il ondula du bassin lorsqu'il fut au plus profond d'elle et se frotta contre son point le plus sensible alors même que la plénitude de son érection lui semblait presque irrésistible.

— Spade… oui…

C'était tout ce qu'elle pouvait dire, tout ce qu'elle pouvait penser. Elle fit descendre ses mains le long du dos de son amant et sentit ses muscles se bander. Un nouvel assaut et un nouveau balancement des hanches déconnectèrent son cerveau et éveillèrent son corps. Elle enroula les jambes autour de lui, le souffle court, alors qu'il s'enfonçait encore plus loin. Elle en voulait plus, mais n'était pas sûre de pouvoir le supporter.

Ah, ma chérie, tu me brûles d'une manière exquise, marmonna-t-il en coinçant le genou de Denise sous son bras pour bloquer la partie inférieure de son corps contre lui.

Un nouveau coup de reins et elle ferma les yeux. La pression montait en elle, effectuant un retour étonnamment rapide après son premier orgasme. La combinaison de ces mouvements profonds et du massage érotique de son clitoris la mettait à l'agonie et la faisait se serrer contre le corps de Spade.

Il l'embrassa avec fougue. Denise glissa la langue entre ses canines pour lécher la sienne, consumée par le goût et les sensations que lui offrait le vampire. Ses bras formaient une cage pâle autour d'elle, son poids la clouait au matelas, et ses hanches généraient un plaisir incroyable à chacun de leurs délicieux mouvements.

Elle commença à gémir, crispant et dépliant les doigts sur son dos. Le rythme dur qui battait en elle était trop et pas assez à la fois, et *si bon*.

— S'il te plaît, geignit-elle contre sa bouche.

Spade se retira, tira le second genou de Denise sous son bras et les tint tous les deux fermement. Il força les hanches de la jeune femme à se soulever, et lorsqu'il la pénétra à nouveau, il s'enfonça encore plus profondément qu'auparavant. Elle cria sous le coup de cette sensation trop intense, mais curieusement enivrante. Le frôlement sensuel des hanches du vampire était permanent dans cette position.

Elle ne pouvait pas atteindre la bouche de Spade, mais son torse se trouvait au niveau de ses lèvres. Denise l'embrassa, savourant sa dureté et sa musculature sculpturale en mouvement sous la peau blanche et lisse.

Elle attrapa son téton entre ses lèvres et le suçota, encore plus excitée par les râles qu'il poussa en réponse.

Spade accéléra le rythme et lui fit prendre feu. Elle suça plus fort et pinça son autre téton. Le vampire se crispa.

— Encore.

C'était un ordre dur ponctué par un intense balancement des hanches qui fit presque défaillir Denise.

La jeune femme partagea son attention entre les deux tétons, les suçant, les léchant et les mordillant tour à tour. Son esprit se mit à tourbillonner lorsque Spade accéléra encore la cadence. Le plaisir lui faisait perdre la raison, au point qu'elle eut l'impression que le monde se réduisait à eux deux, sur ce lit. Sa tension interne augmentait toujours, tordant et serrant son corps toujours plus près du sien, tandis que son pouls semblait sur le point d'exploser.

— Jouis avec moi, jouis avec moi tout de suite, haleta-t-elle lorsqu'elle sentit le plaisir près de la submerger.

Tout bascula la seconde suivante, et elle se retrouva sur Spade. Il était toujours en elle, et lorsqu'elle s'appuya contre lui, il se mit à bouger en mouvements rapides et puissants qui la firent se cambrer d'extase. Spade se redressa, un bras plaquant les hanches de Denise contre les siennes, l'autre la maintenant en équilibre. Il colla la bouche à son sein, l'embrassant avant de prendre le téton entre ses dents et de le mordiller.

Denise aurait pu pousser un cri d'avertissement, mais elle avait perdu jusqu'à la faculté de penser. Elle ne contrôlait même pas leurs ébats. Elle était pourtant au-dessus, mais Spade la coinçait dans une poigne sensuelle tout en bougeant à une vitesse inhumaine. Elle s'accrochait à ses bras, la tête rejetée en arrière, noyée par le flot de sensations

ent dans son entrejambe pour se diffuser ensuite
corps.

plaisir éclata une fraction de seconde avant qu'elle entende Spade pousser un gémissement guttural. Puis elle sentit un autre frisson puissant qui se mélangea aux spasmes qui se répercutaient en elle. Denise se cramponna au vampire, tremblante des répliques de son orgasme et de l'élancement continuel de celui de Spade.

Chapitre 24

Spade était couché sur le dos, et Denise était endormie dans son étreinte. Son parfum de jasmin et de miel se mélangeait au sien, créant une riche fragrance plus musquée qu'il respirait de temps à autre. C'était *leur* odeur, aiguisée par la passion, et il la savourait à chaque bouffée.

Maintenant, elle est vraiment à moi.

La possessivité qu'il ressentait n'avait rien à voir avec sa nature de vampire. Oui, selon la loi de son espèce, Denise lui appartenait depuis qu'il l'avait mordue, s'il choisissait de revendiquer ce droit. Mais c'était différent. C'était une émotion qu'il ressentait au plus profond de son être et qui lui donnait envie de la serrer très fort d'une main… et de brandir une épée au nez du monde entier de l'autre.

Elle lui donnait également envie de la réveiller pour la prendre à nouveau, même s'il savait que les cinq heures de sommeil qui lui avaient permis de se régénérer étaient loin de suffire à Denise. Il observa les mouvements réguliers de sa poitrine, toujours ornée du collier de diamant et d'améthyste. Le drap remontait jusqu'à la taille de la jeune femme, lui, Spade n'en avait pas eu besoin. Pas avec la chaleur de braise du corps de Denise contre le sien.

Le souvenir inoubliable de leurs ébats poussa Spade à rouler sur le flanc pour lui faire face. Il pourrait peut-être la réveiller, lui faire l'amour juste une fois, puis la laisser se rendormir…

Le bruit d'une voiture se garant dans l'allée le sortit de sa torpeur. Comme tous les invités étaient partis, il ne pouvait en aucun cas s'agir d'un chauffeur venant chercher un fêtard attardé. De plus, il n'attendait personne.

Il se glissa hors du lit sans déranger Denise et enfila son costume de la veille. Il fit passer l'épée dans la boucle de sa ceinture, au cas où il s'agirait d'une goule, mais les autres couteaux qu'il emporta étaient en argent.

La voiture s'arrêta et une portière claqua. Spade perçut des vagues de puissance qui émanaient de l'extérieur de la maison et enflaient de plus en plus, indiquant la présence d'un Maître vampire.

Une puissance que Spade ne connaissait que trop bien.

— Bon sang, maugréa-t-il en reposant épée et couteaux.

Il dévalait les dernières marches de l'escalier lorsque Alten ouvrit la porte.

— Bones, annonça ce dernier d'une voix étonnée.

Crispin vit son ami arriver et fronça les sourcils.

— Tu ne m'invites pas à entrer, Charles ? demanda-t-il d'un ton acerbe.

Même si la puissance qui crépitait autour de Crispin et l'odeur étaient familières, tout comme l'expression agacée sur son visage, Spade se figea. Les hôtels et les lieux publics ne posaient peut-être pas de difficulté, mais un démon ne pouvait pénétrer dans une maison privée sans y être invité. Raum avait-il réussi à les retrouver et à améliorer à ce point son art du déguisement ?

— Maître ? demanda Alten, dont le regard passait de l'un à l'autre.

— Tu es venu sans invitation, tu peux donc passer cette porte sans invitation, répondit Spade, crispé.

Crispin dépassa Alten en poussant un grognement incrédule et Spade se détendit un peu en voyant son ami franchir le seuil sans difficulté.

— Si notre amitié n'était pas vieille de plus de deux siècles, je serais très tenté de t'en coller une, dit Crispin. Mais qu'est-ce qui t'arrive, Charles ?

— Tu n'as pas tardé à rappliquer, dis-moi, répliqua Spade en se dirigeant vers le petit salon à l'arrière de la maison.

Il ne vérifia pas si Crispin le suivait ; après tout, il n'avait pas fait tout ce chemin pour rien.

— Si tu essayais de te cacher, tu t'y es pris comme un manche en organisant une grande fête sous ton propre nom, rétorqua Crispin. On en a beaucoup parlé, et surtout du fait que tu t'installais dans la région avec ta nouvelle fiancée humaine.

— Whisky ? demanda Spade sans répondre.

— Bien entendu.

Spade remplit un verre en cristal avec l'alcool contenu dans une carafe et le tendit à Crispin. Son ami le prit, le regardant toujours d'un air mi-agacé, mi-amusé. Au moins, il était venu seul. Cat aurait déjà foncé dans l'escalier et fouillé toutes les pièces de la maison à la recherche de Denise, impatiente comme elle était.

— Assieds-toi, proposa Spade en lui indiquant le divan.

Avec tout autre que lui, il savait que Crispin aurait refusé. Il aurait peut-être même sorti une arme et exigé des explications. Mais celui-ci s'installa dans le canapé avec la même langueur que s'il s'était agi d'une visite de courtoisie.

— Tu embaumes l'odeur de Denise, fit-il remarquer sur le ton de la conversation.

Spade grimaça.

— Cela ne te regarde pas.

— Je commence franchement à me lasser de ce discours, répondit Crispin plus sèchement. Pouvons-nous arrêter ce cinéma et en venir directement à la raison pour laquelle tu t'es lié derrière mon dos avec la meilleure amie de ma femme ? Dans quel pétrin Denise s'est-elle fourrée, et surtout pourquoi ne m'en as-tu pas parlé quand tu l'as appris ?

Crispin futé, mais Spade tenta de prendre une dernière échappatoire.

— Qu'est-ce qui te fait croire que Denise est avec moi pour des raisons suspectes ? C'est une belle femme, je ne suis moi-même pas trop repoussant, nous nous entendons bien…

Spade termina la phrase d'un haussement d'épaules.

— Foutaise, dit Crispin en fronçant les sourcils. Nous savons l'un comme l'autre que tu évites les relations avec les humaines, et également qu'un démon se trouvait chez Denise avant qu'elle se montre subitement à tes côtés dans le rôle de l'amoureuse transie.

Crispin avait dû se rendre chez Denise et y sentir la présence de Raum. Il était décidément beaucoup trop malin.

— Sans compter que Denise avait décidé de couper tous les ponts avec le monde des vampires la dernière fois que je l'ai vue, poursuivit Crispin. Je l'ai lu dans ses pensées. Donc, même si un démon est simplement venu lui dire un petit bonjour innocent, Denise n'est pas avec toi à cause d'une envie soudaine de rejoindre nos rangs. Alors j'aimerais que tu arrêtes tes salades et que tu me racontes tout. Sinon, je le lirai dans son esprit dès que je la verrai.

Crispin et son fichu nouveau don de télépathie. Il pourrait pêcher tous les détails dans la tête de la jeune femme à son réveil.

— Tout d'abord, je dois t'informer que quelles qu'aient été les motivations initiales de Denise, ce qui se passe entre nous est très sérieux, déclara Spade, avant d'ajouter d'une voix plus dure :

— Tu ne partiras pas d'ici avec elle, Crispin, sauf sur mon cadavre momifié.

Crispin haussa les sourcils, puis éclata d'un rire tonitruant et émerveillé.

— Par tous les diables de l'enfer, c'est donc pour ça que tu te conduis comme un dingue ! Tu es tombé amoureux d'elle. Bon sang, si je ne le voyais pas sur ton visage de mes propres yeux, je ne le croirais pas.

Crispin bondit du canapé et vint le féliciter d'une tape dans le dos.

— Il y a de quoi fêter ça ! Et tu ne peux pas savoir à quel point je suis soulagé. J'ai eu un mal fou à convaincre Cat de me laisser te parler seul. Elle avait peur que Denise ait des ennuis et que tu la retiennes contre son gré.

Pendant quelques secondes, Spade resta sans voix. Ses sentiments pour Denise étaient-ils donc si évidents, ou bien était-ce Crispin qui le connaissait trop bien ?

— Je suis également heureux pour Denise, poursuivit ce dernier, dont le sourire s'effaça un peu. La mort de Randy l'a énormément secouée, sans parler de sa fausse couche…

— Hein ? l'interrompit Spade en l'agrippant par les épaules.

Crispin se rembrunit.

— Elle ne t'en a pas parlé ? C'est arrivé quelques semaines après le Nouvel An. Selon les médecins, ce sont le chagrin et le stress qui sont en cause. Ensuite, elle est partie de chez nous et j'ai lu dans ses pensées qu'elle avait l'intention de quitter pour toujours le monde de la nuit. Ces derniers mois, elle ne donnait plus de nouvelles. J'en avais conclu qu'elle avait tourné la page.

Spade ferma les yeux. Le remords de Denise ne se limitait pas à la mort de son mari ; elle culpabilisait également pour l'enfant qu'elle avait porté en elle.

— Non, elle ne me l'avait pas dit.

Denise avait des sentiments pour lui, certes, mais après une telle perte, serait-elle prête à abandonner définitivement tout espoir de maternité à ses côtés ? Les vampires ne pouvaient pas avoir d'enfants. Les hybrides comme Cat étaient extrêmement rares, et encore avait-elle été conçue parce que son père venait d'être transformé. Et non depuis des siècles, comme Spade.

Crispin dut deviner les craintes de son ami, car il demanda :

— Denise éprouve-t-elle la même chose pour toi ?

Spade ouvrit les yeux.

— Je n'en sais rien.

Denise s'étira et se retourna. Le lit était vide, ce dont elle avait l'habitude. Elle ouvrit subitement les yeux en se souvenant que, pour une fois, il aurait dû y avoir quelqu'un.

Elle s'assit et fouilla la pièce du regard. La chambre était peut-être grande, mais un seul coup d'œil suffit à lui confirmer que Spade ne s'y trouvait pas.

Il se lève souvent avant toi, se rappela-t-elle pour calmer la nervosité qui commençait à poindre dans son ventre.

Pendant combien de temps est-il resté ? demanda aussitôt une petite voix insidieuse. *Si ça se trouve, il est parti dès que tu t'es endormie.*

Elle examina le lit. Les draps n'étaient pas froissés du côté de Spade. Son cœur se serra. Spade était peut-être vraiment parti juste après. Peut-être avait-elle imaginé ce qu'il lui avait dit à propos du sérieux de ses sentiments.

Ou peut-être se faisait-elle des idées. Spade avait très bien pu dormir sans déranger les couvertures et s'être levé pour aller prendre son petit déjeuner.

L'espoir le disputait à l'inquiétude. C'était la première fois qu'elle se retrouvait confrontée à cette situation gênante du premier matin. Avec Randy, le seul homme avec qui elle avait couché aussi rapidement, elle savait déjà ce qu'il éprouvait pour elle. Quant aux trois autres types qu'elle avait connus avant lui, ils étaient sortis relativement longtemps ensemble et les paramètres de leur relation étaient déjà fermement établis lorsqu'elle avait accepté d'aller plus loin. Spade avait dit que ce qu'il ressentait pour elle n'avait rien de léger, mais à la lumière crue du jour, cela pouvait signifier beaucoup de choses, et une relation durable n'en faisait pas forcément partie.

En tout cas, elle n'avait pas l'intention de rester au lit à ruminer en attendant le retour de Spade. Elle se leva pour faire sa toilette. Les problèmes étaient plus faciles à aborder avec la vessie vide, le corps propre et l'haleine fraîche.

Lorsqu'elle ressortit de la salle de bains, vingt minutes plus tard, ce qu'elle vit lui fit chavirer le cœur. Spade était là, habillé, assis sur le canapé, mais il n'était pas seul.

Quand Bones posa ses yeux marron foncé sur Denise, celle-ci faillit fondre en larmes. *Spade l'avait appelé pour qu'il vienne la chercher. Il s'était même arrangé pour que*

Bones soit là dès son réveil, pour s'éviter une scène orageuse. Bon Dieu, il avait vraiment couché avec elle par compassion !

— Denise..., commença Spade.

— Non, l'interrompit-elle en levant la main. Tais-toi. Laisse-moi quelques minutes, Bones, et je serai prête à t'accompagner.

Le visage de Bones prit une expression étonnée.

— Tu veux partir avec moi ?

— Je te l'ai dit, elle ne va nulle part, grogna Spade.

Denise, qui jusque-là avait fui le regard de Spade, fut alors forcée de lui faire face, car il vint se placer sous son nez et lui saisit le bras.

— Mais que diable t'arrive-t-il ?

Denise éclata d'un rire haut perché et sans joie.

— Que diable ? Oh, excellent, Spade. Ha ha ha ! Mais ce n'est plus ton problème, n'est-ce pas ? Merci pour tout. Vraiment, même si la nuit d'adieu n'était pas nécessaire. Un vibromasseur aurait aussi bien fait l'affaire.

Bones se racla la gorge avec tact.

— Tu veux un peu d'intimité, mon pote ?

— On dirait, en effet, répondit Spade d'une voix glaciale, les yeux vert émeraude.

— Reste, dit sèchement Denise alors que Bones se levait. Je suis sûre que tu lui raconteras tout de toute façon, Spade. Mais quand Cat l'apprendra, j'espère qu'elle t'enfoncera un truc en argent bien pointu là où je pense !

La poigne de Spade se détendit.

— Tu penses que j'ai appelé Crispin pour qu'il vienne te chercher. C'est pour ça que tu réagis ainsi.

— Pourquoi serait-il là, sinon ? demanda Denise, horrifiée de sentir les larmes lui monter aux yeux.

Spade se pencha tout près d'elle et lui lâcha les bras pour lui caresser le visage.

— Je ne l'ai pas appelé, je te le jure. Il est venu de lui-même, mais cela n'a aucune importance. Je te l'ai déjà dit, tu ne vas nulle part. Tu restes avec moi, là où est ta place.

Il l'embrassa avec ardeur, jusqu'à ce que ses larmes soient sèches et que la chaleur monte à nouveau en elle. Mais celle-ci fut suivie de peur. Ses sentiments pour Spade n'étaient pas qu'un mélange de désir charnel, de gratitude et d'amitié. Elle était folle de lui. À en mourir. La réaction disproportionnée qu'elle venait d'avoir à l'idée qu'il avait appelé Bones pour se débarrasser d'elle en était une preuve flagrante. Elle était complètement dépassée par ses sentiments et n'était pas sûre d'être prête pour cela.

— Bon Dieu, mais qu'est-ce que tu as sur les bras ? demanda une voix pleine de surprise.

Denise se figea. Spade recula, et elle vit que Bones se tenait juste derrière eux. Il regarda ses avant-bras, qui étaient apparus lorsqu'elle s'était jetée au cou de Spade et que les manches de la robe de chambre s'étaient retroussées.

— Mets la télé, dit Spade.

Bones traversa la pièce et alluma le poste, dont le volume était toujours réglé au niveau maximal depuis la veille. Le vampire revint ensuite vers la jeune femme et lui tendit la main.

Denise jeta un coup d'œil à Spade. Ce dernier hocha une fois la tête et elle glissa la main dans celle, froide, de Bones, paume vers le haut. Bones étudia attentivement les tatouages, puis poussa un petit sifflement.

— Des marques.

Deux mots, que le vacarme de la télévision rendait presque inaudibles, alors que Denise ne se trouvait qu'à une trentaine de centimètres de Bones. Le vampire prit son autre main et se renfrogna encore plus.

— Tu n'aurais jamais dû me cacher ça, Charles. Et toi non plus, ajouta-t-il à l'intention de Denise.

— Mon pote, répondit doucement Spade, attends la suite.

Denise se crispa en voyant Spade tendre la main derrière lui et sortir un couteau de la commode. Elle savait ce qu'il comptait faire et lorsqu'il lui piqua la paume de la pointe de la lame, elle ne tressaillit pas à cause de la douleur. Spade étala ensuite la goutte de sang sur son doigt et le tendit à Bones.

— Pas un mot, ordonna-t-il d'un ton grave.

Le sourcil dressé, Bones prit l'index de son ami et l'enfonça dans sa bouche. Ses yeux devinrent immédiatement verts et il recula d'un bond en repoussant la main de Spade.

— Dieu tout-puissant.

— Ne dis rien ! répéta Spade avec plus de véhémence.

Le regard que Bones adressa alors à Denise glaça le sang dans les veines de la jeune femme. Elle y lut de la surprise, du calcul… et de la pitié.

— Par l'enfer, se contenta-t-il de marmonner.

Denise ne put retenir un rire plein d'ironie.

— Voilà. Tu as mis le doigt dessus.

Chapitre 25

Spade plissa les yeux face au soleil de l'après-midi pour observer le bateau qui avançait droit vers eux. De longs cheveux écarlates apparurent à la proue, et il se détendit. Cat et Crispin.

La présence de Crispin, combinée à la puissance que Spade avait perçue chez Web la nuit précédente, sans parler des Maîtres vampires qui l'avaient escorté, tout ça aurait pu pousser Spade à expliquer à son ami ce que contenait le sang de Denise. Mais celui-ci ne voulait pas en discuter dans un endroit où ils risquaient d'être entendus, c'est-à-dire partout à Monaco. Qui pouvait dire combien de sbires de Web rôdaient dans la ville, à la recherche de commérages à lui rapporter ?

Mais au milieu de la Méditerranée, la musique poussée à fond et à près de deux kilomètres du bateau le plus proche, ils n'avaient rien à craindre.

Denise émergea de la cabine et regarda la chemise sans manches qu'il portait.

— Il faut que tu remettes de la crème.

— Tu inventes encore un prétexte pour me tripoter ? la taquina-t-il. C'est inutile, ma chérie. J'aime bien ça.

Elle s'approcha de lui en souriant.

— Il n'y a rien d'anormal à ce que je cherche toutes les excuses possibles pour te toucher. Tu as un corps carrément époustouflant.

Il était heureux que le physique qu'il s'était forgé dans la colonie pénitentiaire et qu'il avait gardé depuis lui plaise tant. À une époque, son corps mince et musclé était vu comme un stigmate des classes populaires, mais les temps avaient changé, et Denise était une femme moderne.

— Tu sais, poursuivit Denise en le badigeonnant d'écran total sur les bras et les épaules, si Web a envoyé des espions à nos trousses, il ne croira jamais que nous sommes venus jusqu'ici pour que tu améliores ton bronzage.

Les mains de la jeune femme étaient très douces, et encore plus chaudes que le soleil sous la brise fraîche.

— Les vampires ne bronzent pas. Sans protection adéquate, nous attrapons des coups de soleil, puis notre peau se régénère, et ceci à l'infini.

Elle le regarda d'un air pensif.

— Alors Web saura que tu mijotes quelque chose.

— Il aura des soupçons, admit-il. Mais il ne saura pas de quoi il s'agit, et une sortie en mer éveillera moins sa méfiance qu'une fuite précipitée.

— J'ignore pourquoi tu en as parlé à Bones alors que nous avions tous les deux décidé de le laisser en dehors de cette affaire, marmonna-t-elle.

Spade posa le flacon de lotion solaire et la prit dans ses bras.

— Crispin savait qu'un démon était venu chez toi. Il savait aussi que tu évitais le monde des vampires et que je ne fraie généralement pas avec les humains. Il m'a retrouvé et n'aurait pas arrêté de fouiller jusqu'à ce que je lui avoue la vérité... et d'ailleurs, nous aurons peut-être besoin de son aide.

Denise inspira profondément, et sa fragrance se pimenta d'anxiété.

— Tu n'as pas l'intention de renoncer à chercher Nathanial, n'est-ce pas ?

— Non, répondit-il doucement. Même si j'arrive à vous cacher de Raum, toi et ta famille, tant que tes marques changent ton sang en ce qu'il est actuellement, tu ne seras pas en sécurité, et c'est une chose que je ne peux tolérer.

Il sentit la mâchoire de Denise remuer contre sa poitrine.

— Je ne veux pas que tu meures à cause de moi.

— Je ne compte pas me faire tuer. Jamais la vie ne m'a été aussi précieuse.

Spade recula pour la regarder dans les yeux, extrêmement tenté de lui révéler ce qu'il ressentait pour elle, mais il se ravisa. Le bateau de Crispin serait là dans quelques minutes. S'il lui déclarait à présent l'ampleur de sa flamme, il devrait rapidement changer de sujet, ce qui serait une torture, surtout si elle partageait ses sentiments.

Non, ce n'était pas le bon moment.

Denise vit l'embarcation approcher et soupira.

— Voilà Cat. Waouh, je ne l'ai pas vue depuis des mois.

Le yacht s'arrêta le long du leur quelques instants plus tard. Cat arborait un immense sourire et sauta directement à bord sans attendre que Crispin fixe le câble d'amarrage.

— Denise ! cria-t-elle en la prenant dans ses bras.

Denise parut surprise de l'accueil de Cat.

— Je pensais que tu serais fâchée contre moi, dit-elle d'une voix étranglée soit par l'émotion, soit par la force surhumaine dont son amie était dotée et qu'elle oubliait parfois.

— Bien sûr que non.

Cat étreignit de nouveau Denise, puis posa ses yeux gris sur Spade.

— Toi, par contre, je t'en veux à mort.

Crispin croisa le regard de son ami et haussa les épaules comme pour lui dire : « À quoi t'attendais-tu ? »

— Ne sois pas en colère contre Spade, c'est moi qui lui ai fait promettre de ne rien vous raconter, déclara aussitôt Denise, dont les yeux noisette s'éclaircirent alors. Tu m'as vraiment manqué, Cat. Je sais que c'est ma faute, mais...

— Arrête, l'interrompit Cat dans une nouvelle étreinte. J'avais compris, crois-moi, murmura-t-elle.

Une ombre floue apparut par-dessus l'épaule de Cat et se solidifia jusqu'à ce que se forme la silhouette translucide d'un homme d'une quarantaine d'années.

— Fabian, salua Spade pour accueillir le fantôme que Cat avait plus ou moins adopté. Comment vas-tu ?

— Beurk, répondit le spectre en frissonnant. J'ai horreur de voyager sur l'eau. Il n'y a rien où je peux me fixer.

Denise tourna la tête dans tous les sens.

— À qui parles-tu, Spade ?

— À mon ami Fabian, mais, euh, tu ne peux pas le voir parce que c'est un fantôme, expliqua Cat d'un ton contrit.

Denise regarda quand même autour d'elle, les yeux écarquillés. Spade s'en amusa jusqu'à ce qu'une autre tignasse rousse capte son attention. Une troisième personne était en train de sortir du yacht de Crispin.

— Salut, mon pote, dit Ian en faisant un signe amical de la main à Spade.

Spade esquissa un sourire.

— Ian ! s'exclama-t-il d'une voix tout aussi enjouée.

Puis il sauta sur l'autre bateau et lui décocha un coup de poing si violent qu'Ian en tomba à l'eau.

Denise retint son souffle, Cat camoufla un sourire et Crispin leva les yeux au ciel.

— Était-ce vraiment nécessaire ? demanda-t-il.

— Aucun doute là-dessus, répondit froidement Spade.

Ian nageait sur place et ne paraissait pas le moins du monde surpris.

— Bon, tu t'es calmé les nerfs. Est-ce que je peux remonter à bord sans que tu me frappes de nouveau ? Ou bien est-ce que je reste ici à profiter de la faune marine ?

— Et si tu barbotais jusqu'à ce que tu croises un requin ? Comme ça, vous pourrez discuter de tous vos points communs, rétorqua Spade.

— Il s'inquiétait pour toi, plaida Crispin.

— Vraiment ? Dans ce cas, sa conscience aurait dû le tirailler avant de trahir ma confiance, rétorqua Spade d'un ton sec.

Ian rejoignit l'autre yacht à la nage en évitant celui où se trouvait Spade, qui ébaucha un rictus lorsqu'il vit Ian remonter derrière Crispin, Cat et Denise. *Tu auras beau te planquer, je finirai bien par t'avoir.*

Le fantôme battit prudemment en retraite. Ian jeta un coup d'œil autour de lui avant de parler.

— Tu te conduisais comme un fou, Charles. Tu soupirais après une humaine, tu montrais les dents à tous ceux qui la regardaient de travers, tu parlais à demi-mot de chantage et de marques, tu cherchais du Dragon Rouge… tu as même tué le revendeur dont je t'avais donné le nom ; oui, on m'a dit que Black Jack avait passé l'arme à gauche. Et tu voulais que je ne m'inquiète pas ?

— Il fallait t'adresser à moi alors, riposta Spade entre ses dents, tout en calculant s'il pouvait bousculer Crispin pour atteindre Ian sans que Denise soit touchée.

Ian l'observa, le visage fermé.

— C'est ce que j'ai fait. Tu as refusé de me faire confiance.

— À raison, apparemment, sinon Crispin ne serait pas là, répondit Spade avec un grognement incrédule.

— Euh, les gars…, commença Cat.

— Je sais que je suis un enfoiré, mais il existe quatre personnes au monde à qui je ne laisserais jamais faire de mal, même au sacrifice de ma vie, dit Ian d'une voix ferme, le regard turquoise assuré. Deux d'entre elles se trouvent ici, mais ni l'une ni l'autre ne me fait confiance. Crois-moi, même pour un salopard sans pitié comme moi, c'est douloureux.

— Pourtant, tu multiplies les mensonges et les manipulations, Ian, même avec nous deux, fit remarquer doucement Crispin.

— À propos de petites choses sans importance. Jamais si cela mettait vos vies en danger. Bon sang, Crispin, tu m'as humilié avec Cat, mais est-ce que j'ai cherché à me venger ? Non. Je me suis même engagé à tes côtés dans une guerre sanglante moins d'un an après. J'assume ce que je suis, mais ne m'impose pas une étiquette que je ne mérite pas lorsqu'il s'agit de Charles ou de toi.

— Vous savez que je ne le porte pas dans mon cœur, mais il n'a pas tort, dit Cat en secouant la tête. Il a répondu présent pour Bones alors que je n'aurais pas parié un centime dessus et a même frôlé la mort à plusieurs reprises.

— Mille mercis pour cette motion de confiance, Faucheuse, répondit Ian sur un ton sarcastique.

Spade réfléchit à sa longue amitié avec Ian. Celle-ci avait été compliquée dès leur première rencontre sur le navire des prisonniers, sans compter le moment où Ian l'avait fait changer en vampire en invoquant une faveur, malgré le refus de Spade. Les siècles suivants avaient été émaillés de petits incidents au cours desquels Ian s'était montré capable soit de mordre la main que Spade lui tendait, soit de la prendre, mais lorsque les choses avaient vraiment mal tourné... Ian ne l'avait jamais trahi. Il avait raison sur ce point.

Denise croisa son regard.

— Si tu t'entêtes à vouloir chercher Nathanial, nous allons avoir besoin de toute l'aide disponible, dit-elle.

Spade sembla toiser Ian.

— Si tu me trahis après ce que je m'apprête à révéler, cela entraînera probablement ma mort. Mais si je m'en tire, je te retrouverai et te tuerai.

Ian haussa les épaules.

— Tes termes sont acceptables, mon pote.

Spade regarda de nouveau Denise. Ses cheveux brun foncé se mélangeaient aux mèches rousses de Cat dans le vent, et l'espace d'une seconde, cet éclat rouge près du visage de la jeune femme lui rappela le souvenir de Giselda, inerte et baignant dans son sang. *Pas Denise*, jura-t-il intérieurement. *Pas cette fois-ci.*

— La source du trafic de Dragon Rouge est probablement un type du nom de Nathanial marqué par un démon. Je compte l'enlever à Web pour le livrer à un démon qui s'appelle Raum, et je dois agir avant qu'on se rende compte que Denise est désormais elle aussi une source.

Denise essayait de ne pas penser à la dernière fois où elle s'était trouvée dans une maison avec Spade et Cat dans des circonstances périlleuses… sans même parler de la présence d'un *fantôme*. Elle était déjà assez secouée comme ça sans que ces horribles souvenirs la plongent dans une attaque de panique. Pour la centième fois, elle jeta un coup d'œil à la pendule. Il était presque 2 heures du matin. *Qu'est-ce qui retarde Ian ? Ou Bones ?*

— Tu ne veux pas manger quelque chose ? demanda Spade en lui serrant la main.

Le ventre de la jeune femme poussa un grognement affirmatif, mais Denise était si tendue qu'elle avait peur de vomir tout ce qu'elle avalerait.

— Non, ça va, merci.

Cat était visiblement sur les nerfs elle aussi. Elle avait voulu accompagner Bones, mais ce dernier avait répondu qu'il valait mieux qu'elle reste là. Pas parce qu'il s'inquiétait pour elle, mais parce que la présence de Cat éveillerait trop les soupçons. Seul, en camouflant sa puissance, il avait une chance de passer inaperçu pendant qu'il rôderait autour de la propriété de Web. Avec Cat à ses côtés, cela aurait été beaucoup plus délicat.

De plus, Cat ne pouvait pas lire dans les esprits. Bones comptait se servir de ce don pour récupérer Ian si ce dernier se trouvait en danger. Le vampire devait se présenter à l'improviste chez Web sous le prétexte qu'il était de passage dans la région. Il était tout à fait plausible en effet que celui-ci soit venu à Monaco pour rendre visite à Spade. Et Ian connaissait Web, car ils avaient fait quelques affaires douteuses ensemble par le passé. Denise avait mis en doute la sagesse de ce plan, mais Ian avait balayé ses appréhensions d'un revers de la main.

— Web sait que je suis une crapule, avait-il expliqué avec un sourire en coin. Il ne se méfiera pas si je lui demande une substance illégale, alors que Charles ou Crispin le mettraient tout de suite sur ses gardes. Personne n'ignore mes vices.

L'argument était irréfutable.

— Entre nous, je commence moi-même à avoir faim, dit Cat en se levant pour faire les cent pas.

— Oh, il y a plein de restes de nourriture de la fête, répondit Denise avant de s'interrompre en voyant le regard que Cat lui lança. Quoi ?

— Zut, j'avais oublié que tu ne savais pas..., marmonna Cat.

— Quoi ? répéta Denise avec insistance.

Les yeux gris de Cat virèrent au vert. Cela n'avait rien d'inhabituel. C'était la marque de sa nature hybride, et Denise l'avait vue faire un nombre incalculable de fois. Mais Cat ouvrit ensuite la bouche dans un sourire penaud pour dévoiler deux canines que Denise ne lui connaissait pas.

— Bordel de merde, souffla-t-elle. Tu l'as fait. Tu l'as vraiment fait.

— Il y a quelques mois, répondit Cat en faisant reprendre une taille normale à ses dents. Au départ, la situation était trop mouvementée pour que je t'en parle, et ensuite...

Denise détourna la tête. Ensuite, elle n'avait plus répondu aux appels de Cat.

— Je suis désolée, maugréa-t-elle.

— Ce n'est rien, je savais qu'il fallait te laisser un peu de temps, répondit doucement Cat.

Puis elle jeta un regard dur à Spade.

— Tu as intérêt à bien la traiter.

— Sinon, tu m'enfonceras un truc en argent bien pointu là où je pense ? demanda Spade en souriant à Denise.

Cette dernière rougit, embarrassée par la menace qu'elle avait proférée le matin même, mais Cat acquiesça.

— Tout juste, mon grand.

— Et cela vaut également pour toi avec Crispin, Faucheuse, répondit Spade d'une voix douce.

Denise retint un petit rire. Comme si Spade était capable de faire du mal à une femme. À part refuser de lui tenir la porte, elle ne voyait pas quelle punition il oserait infliger à Cat.

— Chut, dit tout à coup Spade en plissant les yeux. J'entends quelque chose.

Denise tendit l'oreille, mais en vain. Cat releva la tête, puis adressa un regard incrédule à Spade.

— Il chante, non ?

Spade poussa un grognement de dérision.

— Oui, on dirait.

Denise n'entendait toujours rien, à sa grande frustration. Elle maudit une nouvelle fois ses marques qui ne lui valaient aucune capacité utile. Enfin, après cinq bonnes minutes, elle capta un bruit venant de dehors.

— « … jamais nul ne sait ce que trame, cœur de femme, femme, femme, femme, feeeeeeemmmme… »

Il s'agissait de la voix d'Ian, forte et fausse. Denise cligna des yeux.

— C'est un code ?

Spade secoua la tête avec dégoût.

— Non. C'est la *Veuve Joyeuse*.

Bones ouvrit la porte en silence un instant plus tard, faisant sursauter Denise.

— Il est tellement beurré qu'il peut à peine marcher, annonça-t-il.

Denise connaissait assez d'argot pour comprendre qu'Ian ne s'était pas transformé en tartine géante. Une seule chose pouvait rendre un vampire saoul. Nathanial se trouvait-il chez Web ? Ou bien Ian avait-il consommé le Dragon Rouge dans une fiole, selon le mode de distribution de Black Jack ?

— « … elles changent du soir au matin, hier ne ressemble pas à demain… », continua de chanter Ian.

Son récital fut interrompu par un grand fracas.

— D'où elle sort, cette fichue statue ? Euh, c'est du toc, de toute façon. « Pas moyen de comprendre le cœur féminin… »

Après de nouveaux heurts, l'amateur d'opérette apparut. Les yeux d'Ian étaient injectés de sang, son visage maculé de boue et sa tenue débraillée.

— Salut, la compagnie ! déclara-t-il joyeusement. J'ai passé une soirée géniale.

— Ian, mon pote, tu n'as pas l'air très en forme, dit Spade entre ses dents en le fusillant du regard. On va te mettre au lit avant que tu casses autre chose.

— « … On n'y fera jamais rien de rieeeeen ! », conclut triomphalement Ian.

Cat regarda Bones et grogna.

— Quelle loque, marmonna-t-elle.

Spade attrapa Ian et lui siffla à l'oreille des mots que Denise ne saisit pas, mais qui firent rire le vampire.

— Charles, mon pote, tu t'fais trop de mouron. J'suis un grand garçon, et mes oignons, c'est pas ton sang.

— Ton sang c'est pas mes oignons, peut-être ? répliqua Spade pince-sans-rire.

Ian sourit jusqu'aux oreilles.

— Tout juste.

Denise soupira. De toute évidence, ils ne tireraient aucune information d'Ian ce soir. Bones, Cat et elle suivirent Spade qui soutenait Ian dans l'escalier en le portant presque avant de le laisser tomber sur le lit d'une chambre d'amis.

— Avant de partir, mon pote, allume la télé. Et sur un truc cochon, hein. Je vais me faire une petite gâterie avant de dormir.

— Bon Dieu, ce que tu peux être répugnant, grommela Cat.

Denise était parfaitement de son avis.

À sa grande surprise, Bones traversa la pièce, passa plusieurs chaînes en revue, en trouva une pour adulte et monta le son. Des gémissements, des cris et des râles emplirent la pièce.

Ian se redressa comme une marionnette.

— Il détient un type avec du Dragon Rouge dans le sang, dit-il doucement d'une voix beaucoup moins pâteuse. Je ne peux pas dire s'il correspond à ta description, mon cœur, parce qu'il avait le corps entièrement recouvert, à part les cuisses, les fesses et la queue. Dommage que tu ne m'aies pas décrit l'un de ces attributs, sinon j'aurais pu l'identifier formellement.

Denise resta bouche bée, d'une part devant la rapidité à laquelle Ian semblait s'être remis, mais aussi en apprenant les conditions dans lesquelles Web détenait ce malheureux qui était peut-être Nathanial.

Spade, en revanche, ne parut pas le moins du monde surpris et grimaça.

— Offres groupées, marmonna-t-il avec un regard vers Denise.

Cette dernière eut un haut-le-cœur et se félicita de ne rien avoir mangé. Elle observa Ian, horrifiée. *Il n'a tout de même pas… ?*

— La vache, vous avez vu les nibards de cette fille ? s'exclama Ian, les yeux à présent rivés sur la télévision. Et celui-là, il est monté comme un âne.

— Concentre-toi, s'il te plaît, maugréa Spade.

Ian adressa à Spade un sourire en coin et Denise soupçonna qu'il n'était peut-être pas aussi saoul qu'il voulait le faire croire, mais ce qu'il avait absorbé avait laissé des traces.

— Je n'ai pas déshonoré le type contre sa volonté, bien sûr. Je me suis contenté de prendre une gorgée à sa cuisse, c'est tout. La consommation directe coûte un beau paquet de pognon, d'ailleurs, par rapport à la version coupée que Web vend en bouteille.

Denise frissonna. C'est elle qui se serait retrouvée dans cette position humiliante et sans défense, offerte à la morsure et aux outrages de n'importe quel vampire, si Black Jack l'avait livrée à Web comme prévu.

— Quel est le niveau de sécurité de la pièce dans laquelle il est maintenu ? demanda Bones, qui avait assimilé toutes ces informations sans sourciller.

Le regard d'Ian s'égara un instant sur la télé avant de se poser de nouveau sur Bones.

— Hmm ? Heu, très élevé. C'est une véritable forteresse, mais en plus chic. Web m'avait bandé les yeux pour que je ne voie pas par où nous sommes passés, mais c'était au sous-sol. Cinq vampires dans la pièce, dont un Maître. Au moins sept Maîtres supplémentaires dans la maison, sans compter Web. Et un attirail d'armes en argent.

— Il t'a bandé les yeux ? Il ne devait pas te faire aussi confiance que tu l'espérais, fit remarquer Spade.

— Tout le monde se comportait comme s'il s'agissait de la procédure habituelle. Au début, j'ai été surpris de la facilité avec laquelle Web a admis disposer d'une source à la maison, mais il doit penser que seuls ses hommes savent combien elles sont rares. Sans Denise, aucun d'entre nous ne saurait pourquoi le type a du Dragon Rouge dans les veines, n'est-ce pas ? Les autres vampires doivent croire qu'il s'agit d'un produit chimique que Web concocte et injecte à divers humains. (Ian s'interrompit pour secouer la tête.) Cela dit, Web se demande vraiment pourquoi tu es venu t'installer ici… c'est la pièce qui tourne, ou c'est moi ?

— C'est toi. Poursuis, répondit sèchement Spade.

— Web n'arrêtait pas de demander pourquoi tu avais quitté le manoir de tes ancêtres. Il voulait savoir ce que tu avais en tête, qui était la femme à tes côtés… ça l'obsédait littéralement. Il est inquiet au point d'envisager d'emmener sa source ailleurs.

— Merde, jura Spade avant de chercher le regard de Bones. Il faut agir tout de suite.

— Tout de suite ? bafouilla Denise en oubliant de murmurer.

Spade s'approcha d'elle et lui passa doucement une main sur les épaules.

— Il fera jour dans quelques heures, donc ils vont relâcher leur surveillance. Jamais ils ne seront moins sur leurs gardes qu'à ce moment-là. Attendre nous ferait prendre plus de risques.

C'est trop tôt ! avait envie de crier Denise, mais elle serra les lèvres et hocha la tête. Elle ne serait jamais à l'aise à l'idée que Spade se lance dans cette entreprise, mais si la situation était plus sûre à présent, alors autant en profiter.

— L'extérieur de la maison est truffé de caméras et d'alarmes, et ça doit être pareil à l'intérieur, expliqua Bones. Ce ne sera pas une attaque surprise, mon pote. Est-ce que tu disposes d'autres vampires à la fois assez forts et assez fiables pour nous aider ?

Spade acquiesça.

— Un.

Chapitre 26

Spade s'équipa du reste de ses couteaux en argent. Crispin, Cat, Ian et Alten l'imitèrent. Le métal calé dans les fourreaux attachés à leurs bras et leurs jambes ou garnissant les holsters collés dans leurs dos formait les seuls éclairs de couleur sur leurs tenues noires. Fabian ne portait bien sûr aucune arme, mais il les accompagnait lui aussi. Même s'il ne pouvait pas se battre, le fantôme leur serait très utile.

Spade ressentit une immense gratitude en les regardant. La loyauté de Crispin n'avait pas de borne, comme le prouvait la présence de Cat. Crispin avait horreur de la mettre en danger, même si sa femme était loin d'avoir besoin d'être dorlotée. Ian, après avoir purgé le Dragon Rouge de son organisme et bu une bonne dose de sang humain pour reconstituer ses réserves, faisait preuve de la même concentration mortelle qu'à son habitude. Quant à Alten, Spade n'avait même pas eu à lui expliquer la situation pour qu'il accepte de l'aider. Spade était heureux d'avoir transformé Alten quatre-vingts ans auparavant. Il ferait un très bon Maître de sa propre lignée lorsqu'il déciderait de voler de ses propres ailes.

Le sang impur de Nathanial facilitait et compliquait à la fois leur tâche. D'un côté, Spade n'avait pas à s'inquiéter des répercussions juridiques pour avoir volé la propriété d'un autre vampire. À qui Web irait-il se plaindre ? Pas aux Gardiens des Lois, qui le mettraient à mort dès qu'ils apprendraient ce qu'il avait fait subir à Nathanial. Web ne pouvait pas non plus prendre le risque d'en parler à d'autres vampires de peur que l'un d'entre eux ne dénonce ses activités.

En revanche, Web ne laisserait pas facilement partir la source d'un commerce aussi lucratif. Web était un Maître vampire puissant. Ian avait également déclaré que huit autres Maîtres se trouvaient dans la maison, ainsi que des gardes morts-vivants. Le meilleur moyen de libérer Nathanial vivant était de procéder à une attaque rapide et brutale. Du sang serait versé à l'aube ; Spade n'avait aucun doute là-dessus.

C'était d'ailleurs pour ça qu'il avait envoyé Denise sur les quais une demi-heure auparavant. Elle avait voulu les accompagner en arguant que sa présence était indispensable, car elle était la seule à pouvoir identifier Nathanial. Spade avait rétorqué que s'ils trouvaient plus d'un type aux veines pleines de Dragon Rouge, ils embarqueraient tout le monde, et que Denise n'avait donc aucune raison de participer à cette expédition. Il n'avait pas voulu l'effrayer en lui révélant à quel point il était dangereux pour eux, tous vampires puissants, d'attaquer la demeure bien gardée d'un Maître vampire. Il était tout à fait possible que Web ait fortifié sa maison en la piégeant. Laisser Denise, toujours humaine malgré son sang, les accompagner ? Elle se ferait tuer, ou Spade mourrait en la protégeant. Voire les deux.

Spade avait tenté de la consoler en lui expliquant qu'il avait besoin d'elle pour piloter le bateau qui leur permettrait de s'échapper, mais Denise ne s'était pas laissé prendre à son mensonge et lui avait tourné le dos, frustrée. De manière égoïste, Spade espérait que cette mise à l'écart motiverait Denise à se changer en mort-vivant une fois débarrassée de ses marques. Être un vampire présentait des inconvénients, mais ils étaient largement compensés par les avantages, selon lui.

— La présence de Fabian sera inestimable pour fouiller la maison et nous avertir, mais si les choses tournent mal, Cat, ton nouveau pouvoir de pyrokinésie nous sera également très utile, déclara Spade en s'équipant d'un dernier couteau.

Cat grimaça.

— Ah oui, au fait… je ne l'ai plus.

Ian haussa les sourcils.

— Il y a quelques mois, tu as fait exploser une maison entière, ainsi que la tête d'un Maître vampire sur ses épaules, et tu nous annonces que cette capacité a disparu ?

Cat regarda ses mains et soupira.

— Comme j'étais une hybride avant ma transformation, le sort a trouvé amusant de me faire boire du sang de vampire au lieu de sang humain. J'assimile la puissance du sang que j'avale, et quelquefois, ça me donne les pouvoirs spéciaux du vampire. Un peu comme les vampires normaux absorbent la vie contenue dans le sang humain. Mais de même que les vampires ont besoin de se nourrir régulièrement pour subsister, les pouvoirs que j'absorbe disparaissent avec le temps. La pyrokinésie qui m'est venue lorsque j'ai bu le sang de Vlad n'était que temporaire. Désormais, mes mains ne me servent plus qu'à lancer des couteaux. Ou à servir occasionnellement de bougie.

Spade digéra cette information.

— Si personne ne le sait, nous pourrons peut-être toujours nous en servir à notre avantage. La menace de ta pyrokinésie suffira peut-être à faire basculer les choses de notre côté, même si tu n'en es plus capable.

— Tu veux que je bluffe si les choses tournent mal ? demanda-t-elle, incrédule.

Il haussa les épaules.

— Si on a vraiment des ennuis, qu'est-ce qu'on a à perdre en essayant ?

Crispin poussa un grognement mécontent.

— Espérons qu'on n'aura pas à en arriver là, mon pote.

— Tout à fait, marmonna Ian.

Spade regarda l'horloge. Presque 3 heures du matin. Il était temps d'y aller.

— Rappelez-vous que l'humain doit être pris vivant, dit-il, avant de durcir la voix. Mais tous les autres peuvent mourir.

Denise maugréa dans sa barbe alors qu'avec Bootleg et un autre vampire du nom de Lyceum elle arrivait au port de Fontvieille. Spade la prenait décidément pour une idiote. S'il comptait vraiment sur elle pour amener le bateau aux bonnes coordonnées en plein milieu de la Méditerranée, alors pourquoi lui avait-il adjoint une escorte de deux vampires ?

— Tu émets une odeur de colère, dit Bootleg d'un ton badin.

— Il me croit vraiment si stupide que ça ? lâcha Denise, mais à voix haute cette fois-ci. Je suis vachement utile, c'est sûr. Le seul petit problème, c'est que je ne sais pas piloter un bateau !

Lyceum ne parvint pas à étouffer un petit rire.

— J'ignore ce qu'ils sont en train de faire, *chérie*, mais si Spade ne me l'a pas dit, c'est que c'est dangereux. Tu ne t'attendais tout de même pas à ce qu'il t'emmène avec lui ? Tu es *humaine.*

Le vampire prononça le mot sur le même ton qu'il aurait employé pour la traiter de « débile ». Denise serra les poings. Le snobisme des vampires par rapport aux humains était aussi universel qu'insupportable.

— Humanité ne signifie pas infériorité, déclara-t-elle. Et on ne se passe pas de son unique témoin lorsqu'on cherche le coupable.

— Si, en cas de danger, rétorqua Bootleg avec un haussement d'épaules. Et surtout s'il s'agit de toi.

Denise lui jeta un regard à la fois curieux et agacé. Son statut de femme la rendait-elle encore plus inepte, ou bien Spade avait-il révélé à Bootleg ce qui coulait dans ses veines ?

— Pourquoi donc ?

— À cause de Giselda, répondit Bootleg.

— Exactement, ajouta Lyceum.

Denise avait l'impression qu'ils parlaient chinois.

— Giselda ? C'est qui, ou c'est quoi ?

Denise se figea en voyant le coup d'œil qu'échangeaient ses deux compagnons.

— Ne songez même pas à me le cacher, sinon je… je dirai à Spade que vous m'avez laissée m'éloigner, improvisa-t-elle. Et que je me suis fait agresser, ajouta-t-elle en prime.

— *Mon Dieu* !

— Ce n'est pas juste !

Les deux vampires poussèrent aussitôt des cris de protestation.

— Je suis une humaine cinglée, vous savez que je n'hésiterai pas, les avertit Denise, dont l'intuition lui disait qu'il s'agissait d'une chose importante.

Lyceum lança un regard mauvais à Bootleg.

— C'est toi qui as vendu la mèche, c'est toi qui t'y colles.

Bootleg poussa comme un soupir.

— Giselda était la fiancée de Spade lors de la guerre franco-prussienne de 1870. Il avait l'intention de l'épouser, mais elle était encore humaine. Ceux-ci ne peuvent pas se marier sous la loi vampire, et Giselda rechignait à se transformer.

Lyceum maugréa une phrase en français et Bootleg hocha la tête. Même sans comprendre, Denise devina qu'il s'agissait d'une critique quant au choix de Giselda.

— Et ? insista-t-elle, un frisson prémonitoire lui parcourant la colonne vertébrale.

— Spade a été convoqué par son maître à propos d'un litige. Il n'a pas emmené Giselda, car il craignait qu'une guerre n'éclate entre son maître et l'autre vampire. Elle était censée rester dans son château. Mais plusieurs semaines plus tard, lorsque Spade lui a fait savoir que tout était arrangé et qu'il rentrerait bientôt, Giselda a décidé d'aller à sa rencontre. Elle a envoyé un messager pour lui annoncer son arrivée.

Bootleg adressa un regard en coin à Denise qui accrut l'impatience de celle-ci et lui donna envie de le gifler.

— Continue, dit-elle.

— En chemin, son carrosse a eu un accident, ou il a été attaqué, je ne suis pas sûr. Ce que je sais, par contre, c'est que Giselda s'est fait violer par un groupe de déserteurs français… soit avant, soit après sa mort, résuma sans ménagement Bootleg. Constatant qu'elle était en retard, Spade est parti à sa recherche et a retrouvé son cadavre dans les bois.

Denise sentit la nausée la gagner alors même que plusieurs pièces du puzzle se mettaient en place. « *Pourquoi est-ce que tu l'as tué ?* », avait-elle demandé à Spade plusieurs mois auparavant, à côté du cadavre de son agresseur dans le parking. « *À cause de ce qu'il s'apprêtait à faire. Personne ne mérite de vivre après ça.* » Et la remarque d'Ian dans le bar : « *Je n'ai pas vu Charles aussi prévenant envers un humain depuis près de cent cinquante ans… il ne t'a pas encore parlé d'elle ?* » Et encore la semaine précédente, dans le Nevada : « *Si tu savais à quel point je comprends…* »

Spade avait donc lui aussi connu l'horreur de découvrir le cadavre d'un être cher. C'était la pire chose que l'on puisse vivre, la plus désespérée, la plus déchirante, la plus enrageante.

Était-ce pour ça que Spade ne fréquentait jamais d'humaine ? Ils avaient décidément beaucoup de choses en commun. Spade évitait les humains à cause de Giselda, comme Denise s'était éloignée du monde des morts-vivants après ce qui était arrivé à Randy. Ironie du sort, ces drames les avaient pourtant rapprochés.

— *Chérie*, ne pleure pas, dit doucement Lyceum. C'était il y a longtemps.

Denise se passa la main sur la joue et se rendit compte qu'elle était humide.

— Désolée. C'est juste que… je sais ce que c'est, finit-elle en s'essuyant l'autre joue.

— Nous sommes contents que tu sois là, lui dit Bootleg avec un sourire. Cela fait plaisir de voir Spade de nouveau heureux. Je suis sûr qu'il sautera de joie lorsque tu deviendras un vampire.

Pour la deuxième fois en quelques minutes, Denise se figea.

— Qu'est-ce qui te fait croire que je ferai une chose pareille ?

La maison de Web se trouvait à la limite entre les quartiers de Monte Carlo et de La Rousse. Il avait choisi l'emplacement le plus élevé possible, certainement pour des raisons défensives plutôt qu'esthétiques. L'architecture grecque de la demeure n'en était que plus impressionnante. Elle semblait jaillir de la pente rocheuse, éclairée, tout comme le jardin, par des projecteurs camouflés avec soin. Mais Spade savait qu'il s'agissait avant tout de mesures de sécurité. Tous les accès à la maison étaient éclairés, et Spade en déduisit que la garde de Web se composait aussi d'humains. Un vampire n'aurait pas eu besoin de ces spots pour tout voir.

— D'après ce que j'ai entendu dans l'esprit des humains qui vivent ici, on apporte régulièrement de la nourriture à un homme enfermé dans la cave. L'escalier est accessible par une porte dérobée située dans la chambre froide, murmura Crispin. Fabian, trouve cette chambre froide et commence par regarder là-bas. Ian, tu te rappelles être passé par un endroit froid lorsqu'on t'a mené à l'humain ?

— Non, mais le lieu où on l'enferme durant la journée et où on le nourrit n'est certainement pas le même que celui où on le présente aux clients.

— Très juste, répondit Alten.

— Je vais chercher, promit Fabian.

Le fantôme partit à toute allure vers la maison, traversa directement les arbres et arriva dans le jardin.

Même si les gardes de Web étaient surpris par l'apparition de Fabian, ils le prendraient pour un fantôme égaré cherchant une nouvelle demeure à hanter, pas pour un éclaireur. La plupart des vampires ne fréquentaient pas les fantômes. Mais cela n'avait bien sûr pas empêché Cat de se lier d'amitié avec Fabian et de l'accueillir dans sa famille.

Spade leva les yeux vers le ciel.

— Il reste moins de deux heures avant l'aube. Avec un peu de chance, Fabian le localisera rapidement et nous pourrons ressortir avant qu'ils aient eu le temps d'organiser leur défense.

Cat regarda elle aussi le ciel, mais avec appréhension. Vampire depuis peu, elle était encore sensible aux effets de l'aube. Une fois le soleil levé, elle serait dans un état trop léthargique pour se battre, mais Spade comptait bien avoir quitté les lieux d'ici là. Sinon, cela voudrait dire qu'ils auraient été capturés. Ou tués.

Après plusieurs minutes tendues, la forme floue de Fabian apparut dans l'encadrement de la porte d'entrée. Sans un mot, le fantôme leva le pouce à leur intention.

Ian sourit à Spade.

— Allez, mon pote. Que la fête commence.

Spade lui rendit un sourire d'anticipation sauvage.

— Exactement.

Les cinq vampires se levèrent et foncèrent en direction de la maison, Spade et Crispin en tête.

Des alarmes sonores et visuelles se déclenchèrent lorsqu'ils arrivèrent à cinquante mètres du bâtiment. Spade ne s'en inquiéta pas ; il s'y attendait. Quand la première nuée de gardes, humains ou autres, surgit et commença à les canarder, il lança deux de ses grenades en argent. Crispin l'imita. Puis les cinq assaillants se jetèrent au sol juste avant que les explosions truffent les gardes de Web d'éclats d'argent.

Les cris qui s'ensuivirent sonnèrent très agréablement aux oreilles de Spade. Celui-ci balança deux grenades supplémentaires par la fenêtre pour faire taire les bruits précipités qu'il y entendait, puis la franchit juste après les deux détonations.

— Cuisine, dernière porte sur la gauche, entendit-il Fabian crier.

Une autre série d'explosions se déclencha alors.

Spade ne se retourna même pas. Premièrement, seul un exorcisme pouvait blesser un fantôme, et deuxièmement, ses quatre amis étaient tous des combattants puissants et habiles. L'attention de Spade n'était concentrée que sur un seul but : trouver la source, en espérant qu'il s'agisse bien de Nathanial.

Il traversa en trombe les pièces et les couloirs opulents, ses pieds touchant à peine le sol. Lorsqu'il arriva à proximité de la cuisine, quatre lames en argent s'enfoncèrent dans sa poitrine, juste avant que Spade aperçoive deux vampires accroupis derrière une porte. Ils sortirent de leur cachette en poussant des cris victorieux, mais Spade se contenta d'arracher les couteaux de son thorax pour les renvoyer droit dans le cœur de ses adversaires. Les armes s'y plantèrent en autant de bruits mats accompagnés de cris de douleur.

Je porte un gilet en Kevlar, contrairement à vous, pensa froidement Spade en s'arrêtant pour tordre violemment les lames avant de bondir par-dessus les cadavres.

De nouvelles explosions retentirent à l'avant de la maison. Alten, Ian, Cat et Crispin attiraient le gros de l'attaque pour détourner l'attention des gardes. Fabian servait d'interface pour les avertir des nouveaux dangers. Mais leur diversion ne durerait qu'un temps.

Malgré le vacarme environnant, Spade percevait des bruits furtifs qui lui indiquaient que la cuisine n'était pas vide. Une fois à la porte, il lança son avant-dernière grenade, puis entra avec une roulade après la détonation. Les trois vampires blessés qui gisaient sur le carrelage succombèrent rapidement à la pointe de son couteau.

Spade fouilla en vitesse la cuisine, mais ne trouva aucune chambre froide. Il n'y avait qu'un congélateur classique qui ne cachait aucune porte, comme il le découvrit en l'arrachant du mur.

Plusieurs bruits secs, suivis par des chocs brutaux dans son dos, le forcèrent à se retourner. Il se saisit du garde humain qui essayait de s'enfuir après lui avoir tiré dessus.

— Où est la chambre froide ? grogna-t-il.

L'homme poussa un bêlement de terreur. Spade lui empoigna le bras et le cassa d'un coup sec sans se soucier du cri aigu de son prisonnier.

— La chambre froide, répéta Spade avant d'attraper l'autre bras de l'homme en un geste menaçant.

— P-par là, parvint à articuler le garde entre deux sanglots.

Spade le tira dans la direction qu'il lui avait indiquée, se baissa pour éviter une autre volée d'argent et riposta en lançant ses propres lames. Il arrivait au terme de sa réserve de couteaux, mais ne pouvait pas se permettre d'utiliser sa dernière grenade. Pas encore.

Le garde l'emmena dans le cellier, puis lui désigna une porte intérieure à l'aide de son bras valide. Spade comprit tout à coup. Le cellier était la dernière porte sur la gauche *dans la cuisine*, et c'était là que se trouvait l'entrée de la chambre froide. Spade actionna la poignée, subtilement conçue pour se fondre dans les rayonnages voisins, et la porte s'ouvrit. Il se baissa immédiatement, mais le garde n'eut pas le même réflexe. L'homme se retrouva percé par une rafale de couteaux et succomba avant d'atteindre le sol.

Spade se jeta sur le ventre et enfonça ses lames dans tous les mollets qu'il rencontra alors qu'il progressait dans la chambre froide. Des corps s'empilaient au-dessus de lui. Spade agrippait fermement ses couteaux et, sans tenir compte de la douleur qui émanait des endroits non protégés par son gilet en Kevlar, tailladait impitoyablement tout ce qui se trouvait à sa portée. La chambre froide était minuscule ; ses adversaires n'avaient pas de place pour l'éviter et ne disposaient pas comme lui d'une protection sur le cœur. Après une minute de carnage ininterrompu, Spade se releva, couvert de sang, comme l'étaient les gardes vampires morts à ses pieds.

Il se fraya un passage à travers les corps et étudia la petite pièce. Aucune sortie n'était visible, à part la porte par laquelle il était entré, mais c'était forcément par là. Fabian l'avait affirmé, et ces vampires n'avaient pas été placés là pour garder des morceaux de viande. Spade poussa vigoureusement sur les murs et ressentit un bref sentiment de triomphe en sentant la troisième paroi céder. Il redoubla d'effort et celle-ci s'ouvrit complètement pour révéler un escalier étroit.

Spade récupéra en hâte autant de couteaux que possible sur les cadavres, les rangea dans ses fourreaux et s'engagea dans l'escalier. En bas se trouvait une autre porte. Il se crispa. Si un piège l'attendait, ce serait juste derrière. Mais c'était aussi probablement le cas de la personne qu'il cherchait.

Il enfonça la porte d'un coup de pied et plongea dans la pièce.

Chapitre 27

Denise rongea ce qui lui restait d'ongles et leva les yeux vers le ciel. Faisait-il plus clair ? Ou bien était-elle le jouet de son imagination ?

Spade avait affirmé qu'il serait de retour à l'aube. Si elle avait porté une montre, elle n'aurait pas arrêté de vérifier l'heure. Bootleg prétendait ne pas en avoir lui non plus, tout comme Lyceum, qui pilotait le second bateau. Denise ne les croyait ni l'un ni l'autre. *Comment est-il possible que personne ne sache l'heure ?* enrageait-elle silencieusement en se morfondant et en regardant une nouvelle fois le ciel. La luminosité augmentait, cela ne faisait plus de doute. Elle sentit son ventre se nouer. *Où étaient-ils ?*

— Si tu descendais pour te détendre ? proposa Bootleg. Il y a un beau lit dans la cabine principale…

Il se tut en voyant le regard noir que Denise lui lança. Bien sûr, elle allait faire un petit somme à un moment pareil, alors qu'elle ignorait si l'homme de ses pensées et ses amis étaient toujours en vie. Il ne comprenait donc pas qu'il faudrait qu'il l'assomme pour qu'elle ferme les yeux ? *Tu aurais dû insister pour les accompagner,* se fustigea-t-elle pour la dixième fois. Pourtant, elle était sur ce bateau, bien à l'abri, alors que tous ceux qu'elle aimait étaient en danger. *Encore.*

— *Mon ami*, dit brusquement Lyceum. Ils arrivent.

Les deux vampires observèrent le ciel violacé. Denise les imita, mais ne vit que les étoiles qui scintillaient doucement. Elle agrippa le garde-fou du bateau. Était-ce Spade et les autres ? Ou quelque chose de plus inquiétant ?

Seule une bouffée d'air au-dessus de sa tête l'avertit avant qu'une forme imposante atterrisse lourdement dans son dos. Denise se retourna vivement en poussant un petit cri… puis se retrouva serrée entre des bras virils.

— Je t'ai manqué, ma chérie ? demanda une voix à l'accent anglais.

Sans lui laisser le temps de répondre, Spade l'embrassa avec fougue. Il la souleva pour que leurs têtes soient presque au même niveau. La bouche du vampire s'ouvrit et étouffa le gémissement soulagé de la jeune femme qui ne pouvait pas se retenir de le toucher partout. *Indemne. Solide. Entier.* Que demander de plus ?

— J'ai un cadeau pour toi, susurra-t-il après l'avoir reposée par terre une fois qu'il l'eut embrassée.

Denise regarda derrière Spade et retint son souffle en apercevant Cat et Bones, couverts de sang mais sains et saufs, Alten, Ian et un autre homme aux cheveux auburn…

Elle se figea, car ce visage réveilla des souvenirs. « *Accorde-moi un pouvoir comme le tien, et je te donnerai tout ce que tu voudras.* »

Il se tenait désormais devant elle, en chair et en os.

— Nathanial, murmura-t-elle.

L'homme se tourna brusquement vers elle, ses yeux noisette écarquillés.

— Tu connais mon nom.

— Dieu merci, c'est bien lui. On a eu un mal de chien à le ramener, marmonna Ian en le repoussant loin de lui.

— Je l'emmène en bas, dit Cat en rattrapant Nathanial avant qu'il tombe.

— Attendez, qui êtes-vous ? Pourquoi m'avez-vous enlevé ? Comment connaissez-vous mon nom ? demanda Nathanial d'une voix rauque.

Denise était paralysée. En le voyant, elle s'était d'abord sentie submergée par le soulagement. Contre toute attente, Nathanial était là, ce qui signifiait que le calvaire que lui faisaient endurer les marques démoniaques était presque terminé ! Mais à présent qu'elle se trouvait en face de son ancêtre de sinistre mémoire, elle se sentait tenaillée par le doute. Devait-elle le traiter en prisonnier ? Lui dire le fond de sa pensée à propos de tout ce que Raum leur avait infligé, à elle et sa famille ? Lui faire comprendre qu'elle allait le livrer au démon qui les avait marqués tous les deux ? Si seulement il n'avait pas eu l'air si effrayé… et plein d'espoir. Si Nathanial s'était comporté comme le personnage avide et sans cœur qu'elle avait imaginé, cela aurait été beaucoup plus simple.

— Emmène-le, maintenant, ordonna Spade.

Il détourna ensuite l'attention de Denise afin qu'elle cesse de regarder Cat qui escortait son ancêtre dans la cabine.

— Je sens des effluves de remords qui commencent à émaner de toi, mais tu n'as rien fait de mal, lui dit Spade à voix basse. Il a creusé sa propre tombe. Il n'a plus qu'à se coucher dedans, et à ta place, il n'hésiterait pas une seule seconde à offrir tes jolies petites fesses à Raum.

La logique froide du vampire la réconforta et effaça le pincement de culpabilité. Spade avait raison. Nathanial avait signé ce pacte avec Raum de son plein gré. Il n'y avait pas été forcé, contrairement à elle. Il semblait peut-être inoffensif pour l'instant, mais elle ne devait pas s'y laisser prendre : s'il était désolé, ce n'était pas pour l'acte qu'il avait commis, mais à cause des conséquences que cela entraînait. Spade venait de risquer sa vie pour sauver Nathanial. Tout comme Cat et les autres. Il n'était pas question qu'elle leur exprime sa gratitude en broyant du noir.

— Mettons-nous en route, dit Bones. Ian, toi, Alten, Bootleg et Fabian, allez sur le bateau de Lyceum. Dirigez-vous vers l'est. Nous, nous irons vers l'ouest. Si Web veut nous donner la chasse, ça lui fera deux pistes à suivre au lieu d'une. On se retrouve à Vienne.

Ian sauta dans l'autre bateau et leur adressa un salut enjoué de la main.

— Mes compliments à tous pour cette nuit trépidante !

— Les gars, dit Spade d'une voix enrouée par l'émotion. Merci.

— Oui, merci à vous tous, renchérit Denise avec une sincérité non feinte.

Les autres firent leurs adieux, puis Lyceum démarra en trombe dans la direction opposée à celle que prenait Bones. Denise les regarda s'éloigner jusqu'à ce que leur bateau ne soit plus qu'un point à l'horizon, puis elle se tourna vers Spade.

— Je suis vraiment soulagée que tu n'aies rien. J'étais si inquiète.

Denise recula d'un pas pour l'examiner de la tête aux pieds, réprimant un mouvement de honte en voyant ses habits déchirés et tachés de sang. Il n'avait pas seulement risqué sa vie ; il avait également tué pour elle.

— Est-ce que Web... ?

— Il est toujours vivant, malheureusement, répondit Spade en haussant les épaules. Mais ce n'est pas grave. Il ne se risquera pas à nous déclarer la guerre, car il ne pourrait arguer d'aucune raison valable.

— Tu as l'air vannée, Denise, dit Bones depuis le pont supérieur où se trouvait la barre. Tu devrais l'emmener en bas pour qu'elle se repose, Charles.

Un lent sourire illumina le visage de Spade.

— Quelle idée géniale, murmura-t-il en se penchant pour faire glisser sa bouche sur le cou de la jeune femme.

Le frisson qui la parcourut alors était plus qu'une simple réaction physique. Denise aurait aimé que Spade lui fasse l'amour, mais ce n'était pas le plus important. Elle aurait aussi souhaité se réveiller à ses côtés, lui parler, rire avec lui et s'endormir dans ses bras. L'intensité de ses sentiments l'ébranla. Spade avait pris une telle place dans sa vie, et si vite. Et si jamais il n'éprouvait pas la même chose pour elle ?

Sans parler de l'autre sujet d'inquiétude…

— Tu veux peut-être te laver d'abord, dit Denise en tremblant sous l'effet des chatouillis de la langue du vampire sous son oreille. Je proposerais bien de t'accompagner, mais la douche est si petite que tu ne tiendras peut-être même pas dedans.

Spade éclata d'un rire sourd qui aggrava encore son émoi.

— Tu peux toujours admirer… comme la dernière fois.

Denise mit un moment à comprendre qu'il parlait de cette nuit à Las Vegas.

— Tu le savais ?

Autre éclat de rire, infiniment plus espiègle.

— Je voulais que tu me regardes. C'est pour te réveiller que j'ai fait du boucan dans la chambre avant d'entrer dans la douche. Tu ne t'es pas demandé pourquoi la lumière était allumée ? Ce n'était pas pour moi, qui suis nyctalope.

Et j'ai pris soin de ne faire couler que de l'eau froide afin que les parois ne s'embuent pas.

—Avec un corps comme le tien, c'est une véritable incitation au crime, maugréa Denise en se sentant rougir.

—Non, ma chérie, répondit-il d'une voix rauque. C'est de la séduction, et je n'ai aucun scrupule dans ce domaine. Je compte bien profiter de toutes les occasions qui se présentent pour te séduire.

Il recula et dégagea ses mains de celles de la jeune femme.

—Je vais me doucher, annonça-t-il en haussant les sourcils de manière suggestive. Et je laisserai la porte ouverte.

Le désir monta en Denise, étouffant sa timidité malgré la présence de Bones et Cat dans les parages.

—Accorde-moi quelques minutes, dit-elle en planifiant un rapide rafraîchissement. *Pastilles de menthe, poudre et rouge à lèvres dans mon sac à main, caraco dans ma valise.*

Les pupilles cognac de Spade se teintèrent de vert.

—Je t'attends.

Spade descendit et retira sa chemise et son gilet en Kevlar avant de pénétrer dans la minuscule salle de bains. Denise leva la tête vers la barre. Bones n'avait pas détourné le regard du ciel gris qu'il fixait devant lui, même s'il n'avait pas manqué un seul mot de leur échange. *Je m'en fiche*, décida Denise en traversant le pont jusqu'à l'espace de rangement où elle avait entreposé son sac à main. Bones n'allait rien entendre d'inédit pour lui, de toute façon.

Elle avait retiré le coussin du siège et était en train de fouiller entre les gilets de sauvetage à la recherche de son sac lorsqu'un violent remue-ménage se produisit en bas. En une fraction de seconde, Denise se retrouva à terre, les yeux rivés sur un vampire aux cheveux fauve qu'elle reconnut même sans le masque qui camouflait son visage lors de la soirée que Spade avait donnée.

Un instant plus tard, un manche de couteau apparut comme par magie dans la poitrine de Web. Denise soupira de soulagement en le voyant s'effondrer, puis une poigne de fer se referma sur elle pour la remettre violemment debout.

— Lâchez vos armes, ordonna Web, un bras autour du cou de Denise lui coupant le souffle, tandis qu'un objet pointu s'enfonçait dans son ventre.

Bones et Spade se tenaient devant eux, armés de couteaux en argent. Après s'être consultés du regard, ils les laissèrent tomber sur le pont.

Un autre vampire atterrit devant Denise. Avec un rictus, il ramassa les armes et se plaça à côté de Web.

— Très bonne idée, le Kevlar, commenta Web. C'est pour ça que j'arrive si tard. J'ai mis le port sous vidéosurveillance et savais donc où vous chercher, mais j'ai d'abord dû enfiler mon propre gilet… et tu as poussé la délicatesse jusqu'à ôter le tien.

— Lâche-la, ordonna Spade d'une voix frémissante de colère.

Web grogna dans le dos de Denise.

— Je ne crois pas, non.

— Tu sais que si tu lui fais du mal, plus rien ne nous empêchera de te réduire en bouillie, dit calmement Bones. Libère-la, et je te promets que tu pourras repartir indemne.

Web éclata d'un rire hideux.

— Pas sans ce que vous m'avez volé. Rendez-moi Nathanial, et quand je repartirai, Canine jettera cette garce à l'eau à deux ou trois kilomètres d'ici. Vous pourrez la repêcher, si elle compte tant pour vous.

— Tu ne vas nulle part avec elle, cracha Spade d'une voix haineuse.

— Je détiens l'otage, donc je fixe les règles, siffla Web.

Dans l'instant qui suivit, Denise sentit une douleur au ventre, si intense et si écrasante qu'elle ne put même pas inspirer pour crier. Le seul son qu'elle parvint à émettre fut un halètement d'agonie.

Spade rugit et bondit, mais à travers le voile qui couvrait ses yeux, Denise vit Bones le retenir.

— Encore un geste et je lui ouvre le bide, dit Web près de l'oreille de Denise alors qu'une nouvelle explosion de souffrance la fit presque défaillir. Donnez-moi Nathanial tout de suite et vous pourrez la guérir à temps. Sinon, elle mourra.

Canine ricana. Spade avait cessé de résister à Bones et les regardait tous deux avec des yeux verts et flamboyants.

— Dans ce cas, je te promets que tu regretteras que je ne t'aie pas tué tout de suite.

Même si elle savait que c'était une mauvaise idée, Denise baissa les yeux sur la source de la douleur chauffée à blanc qu'elle ressentait. Web lui avait planté un couteau dans le ventre, et son sang s'écoulait sur le pont. Chaque torsion imprimée par la main du vampire renouvelait les horribles élancements qui lui déchiraient les entrailles.

La flaque écarlate à ses pieds fit tout à coup ressurgir des images dans sa tête. *Tous ces yeux brillants. Toute cette chair froide autour d'elle. Cela appelle le sang, la mort. C'est inéluctable.*

Mais cette fois-ci, au lieu de la panique paralysante que ses souvenirs entraînaient en temps normal, Denise sentit une étrange colère monter en elle et grossir à mesure que la douleur s'intensifiait.

— Sors ce couteau de mon ventre.

Denise ne reconnut pas sa propre voix dans ce son rauque et sauvage, comme jamais sa gorge n'en avait émis.

— La ferme, dit Web, apparemment surpris qu'elle ait osé parler. Ma patience arrive à son terme. Amenez-moi Nathanial, ou je verse encore son sang.

Cat émergea lentement du cockpit, précédée de Nathanial. Elle s'arrêta à deux ou trois mètres de Web.

— Dis à ton copain de venir le chercher, et vous pourrez tous partir. Mais si tu tentes d'emmener Denise, ou que tu la blesses encore, je te fais rôtir sur place, grogna-t-elle.

Ses mains bleuirent et commencèrent à émettre des étincelles orange.

— Arrête ça tout de suite ou je la tue ! ordonna Web en appuyant un objet pointu contre le cou de Denise.

Il a deux couteaux, comprit la jeune femme. *Un contre ma gorge et l'autre dans mon ventre.*

Instinctivement, elle toucha sa plaie à l'abdomen et sentit la froideur des doigts de Web crispés sur le manche de l'arme et la chaleur de son sang qui coulait entre ses doigts. Une nouvelle vague de souffrance la submergea et elle manqua s'évanouir.

Elle aperçut ensuite le visage de Spade, déchiré par un mélange de tourment et de colère. Ce fut la détresse du vampire qui brisa quelque chose en elle.

— Lâche-moi.

Mais cette phrase ne sortit pas en mots articulés. C'était un grognement dénaturé qui stupéfia Bones. La sensation de fureur sauvage enfla en Denise jusqu'à devenir plus forte que la douleur.

— Oh, mon Dieu, murmura Nathanial.

Denise ôta les mains de son ventre, saisit les bras qui tenaient les couteaux et tira violemment dessus. Au même moment, Spade se précipita d'un bond sur la jeune femme et son agresseur.

Chapitre 28

Spade renversa Web sur le pont, obnubilé par les couteaux qui pouvaient trancher la gorge de Denise ou lui ouvrir le ventre. La terreur lui donna des ailes et il arracha les armes à son adversaire avant de les jeter dans la mer.

Web recula en titubant, les énormes plaies laissées par les griffes de Denise guérissant à vue d'œil. Au moment où elle l'avait attaqué, les mains de la jeune femme s'étaient transformées en serres monstrueuses qui avaient percé ses gants, tandis que ses yeux s'étaient bridés selon un angle surnaturel.

— Chaton, mets Nathanial à l'abri, cria Bones.

Spade l'entendit, mais n'y prêta aucune attention. Animé par une soif de sang et une violence indomptable, il était tiraillé entre s'occuper de Denise et arracher les membres de Web un par un.

Il se décida en voyant le sang couler toujours à grands bouillons du ventre de Denise. Spade la souleva, assena un violent coup de pied à Web, qui l'envoya heurter la proue du bateau, et le laissa là pour emmener précipitamment Denise en bas.

Denise se débattait. Elle poussait des grognements et ses beaux yeux noisette s'emplissaient de rouge. Spade bondit dans le petit couloir menant aux cabines et se déchira un poignet avec les dents.

— Bois, ordonna-t-il en collant la plaie contre la bouche de Denise.

Celle-ci tenta de détourner la tête, mais Spade la maintint de force et elle avala les gouttes de sang avec une grimace. Le vampire rouvrit la coupure qui s'était refermée et cette fois-ci fit couler le sang directement sur le ventre ensanglanté de la jeune femme.

Mais alors que l'horrible entaille commençait à cicatriser, Denise haleta et continua à produire les mêmes bruits gutturaux à la place des mots. Spade entra dans la chambre, l'allongea sur le lit et l'observa, de plus en plus paniqué. La blessure était guérie ; pourquoi son état semblait-il empirer ?

— Denise, regarde-moi. Dis-moi ce qui ne va pas, l'exhorta-t-il.

Ses yeux étaient désormais totalement rouges, inclinés selon un angle impossible, et elle lui lacérait les poignets de ses mains griffues pour le repousser. Des sons rauques et inintelligibles sortaient de sa gorge, de plus en plus forts à mesure qu'elle lui résistait.

— Crispin ! cria Spade.

Peut-être avait-elle besoin d'un sang plus puissant que le sien. Les couteaux de Web avaient-ils été empoisonnés ?

Cat arriva en trombe dans la chambre et sursauta lorsqu'elle vit Denise. Spade ne lui accorda même pas un regard.

— Va chercher Crispin, lui ordonna-t-il.

Denise commença à se contorsionner et ses grognements bestiaux se firent plus affolés. Spade n'avait jamais rien vu de tel. Que lui arrivait-il ?

— Je te l'ai dit, je peux vous aider, dit une voix derrière Cat.

Spade se retourna vivement et fronça les sourcils en apercevant Nathanial.

— Qu'est-ce qu'elle a ?

— Elle est comme moi, murmura Nathanial. Les marques… la crise est trop grave pour être stoppée.

— Explique-toi, ou je te casse en deux, aboya Spade, pris de terreur aux mots qu'ils venaient d'entendre.

Non. Ce n'était pas possible.

— Pousse-toi, dit Nathanial.

Spade lui adressa un regard lourd de menaces au cas où il lui ferait le moindre mal, mais les convulsions de Denise l'encouragèrent à laisser leur prisonnier tenter sa chance.

— Comment s'appelle-t-elle ? Denise ? demanda Nathanial.

— Oui, répondit sèchement Spade.

— Immobilise-la, mais pas trop serré afin qu'elle puisse bouger. Surtout, empêche-la de s'échapper.

Spade obéit et se plaça derrière Denise pour la prendre doucement dans ses bras au mépris des ongles griffus qui lui ravageaient la chair.

Crispin apparut derrière Cat dans l'étroit couloir.

— Qu'est-ce qui se passe ?

— Je ne sais pas, répondit Spade d'un ton crispé. Elle… ne va pas bien.

— J'ai tué l'autre vampire, mais Web s'est enfui. Il faut que nous partions. Il lancera bientôt plus de monde à nos trousses, si ce n'est pas déjà fait, dit Crispin avec un regard sévère pour Denise.

— Vous ne pouvez pas déjà la déplacer, vous ne comprenez pas ! s'exclama Nathanial.

Crispin le foudroya du regard.

— Est-ce que je t'ai demandé ton avis ?

— Vous réglerez ça tout à l'heure, pour l'instant j'ai besoin de son aide, les interrompit Spade. Trouve une autre solution, Crispin. Fais-nous gagner du temps.

Son ami remonta en silence. Quelques secondes plus tard, Crispin remit les gaz à fond et le bateau fit une embardée.

Nathanial s'agenouilla auprès de la jeune femme.

— Denise, je sais que tu m'entends, commença-t-il d'une voix forte et claire. Tu paniques parce que tu as l'impression de te faire retourner comme un gant, mais ça va aller. Tu t'es trop énervée, et ça a entraîné la transformation. Celle-ci est trop engagée pour que tu l'arrêtes, mais tu peux la contrôler.

— Mais bon Dieu, de quoi tu parles ? demanda Spade. Si c'est une invention de ta part, je…

— Épargne-moi tes menaces, et dis-toi bien que tout ce que tu pourras me faire, je l'ai déjà subi, répondit Nathanial d'un air lugubre avant d'ajouter d'un ton plus dur :

— J'ai déjà vécu cela. Pas toi, alors tais-toi et obéis.

Cat semblait presque aussi choquée par cette déclaration intrépide que par ce qui arrivait aux mains et aux yeux de Denise, mais elle ne broncha pas. Spade décida de suivre son exemple et serra les dents. Nathanial reporta son attention sur Denise qui se tordait de douleur et poussait des gémissements d'outre-tombe.

— Écoute-moi, Denise, ordonna-t-il en se rapprochant d'elle. Si tu ne contrôles pas ta transformation, ton cerveau choisira ta plus grande peur, et si je vois juste, il s'agira d'une créature qui finira par tuer tous les occupants de ce bateau. Alors concentre-toi sur ma voix et arrête de te débattre.

Sans toutefois interrompre ses horribles gémissements, Denise cessa de résister et Spade reprit espoir. Elle comprenait ce que lui disait le gamin et parvenait même à appliquer ses conseils. Le vampire ne savait pas ce qui se passait, mais la conscience de la jeune femme n'était pas encore totalement engloutie.

— Bien. Tu vois ? Tu maîtrises suffisamment la situation pour forcer ton corps à obéir. Tu as trop alimenté l'essence du démon pour inverser la mutation, mais elle ne sera pas permanente. Tu entends, Denise ? Tu retrouveras ton aspect normal.

Une espèce de sanglot lui échappa et le cœur de Spade se brisa.

— Je veux que tu imagines quelque chose de petit et d'inoffensif, poursuivit Nathanial. Quelque chose qui ne pourrait faire de mal à personne. Concentre-toi là-dessus. Visualise-le dans ton esprit. Ne pense à rien d'autre...

Denise frémit de la tête aux pieds, puis, comme par miracle, Spade sentit les os de la jeune femme commencer à rapetisser sous ses mains. Sa peau – et tout son corps – ondulait comme de l'eau, se ridait et se contractait.

— Oh, mon Dieu, souffla Cat, aussi choquée que Spade.

— Tout va bien, dit Nathanial sur le même ton confiant, même si Spade avait l'impression que le sol se dérobait sous ses pieds. Tu te débrouilles très bien. Tu contrôles la transformation. Concentre-toi toujours sur cette petite image inoffensive. Ne la lâche pas un seul instant...

Denise continua de diminuer jusqu'à ce que ses vêtements recouvrent tout ce que Spade pouvait voir d'elle. Il était figé, incapable de bouger ou de parler, pendant que la femme qu'il aimait semblait près de s'évaporer sous ses yeux.

— C'est très bien, l'encouragea Nathanial.

S'il avait pu, Spade aurait dit au gamin qu'il perdait la tête s'il croyait que ce qui se passait était « très bien ». Mais il ne pouvait que regarder, impuissant, jusqu'au dernier frisson du tas de vêtements que Denise portait encore quelques minutes auparavant, mais qui recouvrait à présent… tout ce qui restait d'elle.

Cat reprit ses esprits la première.

— Où est-elle ? demanda-t-elle avant de retrouver complètement sa voix. Où a-t-elle disparu, bon Dieu ?

Avec un feulement, un chat au pelage acajou sortit en trombe du tas de vêtements et courut se cacher dans un coin.

— La voici, répondit Nathanial d'un ton calme.

Spade patientait devant un guichet de l'aéroport de Vienne, une boîte pour chat dans une main, et l'autre sur l'épaule de Nathanial. Crispin et Cat se tenaient juste derrière leur prisonnier. Cat semblait normale, mais Spade savait qu'elle devait mobiliser toute son énergie pour tenir debout à une heure aussi matinale.

— Enregistrez-vous votre animal avec vos bagages, ou bien voulez-vous prendre un billet de première classe pour qu'il voyage avec vous ? demanda l'employée de la compagnie aérienne.

Cat poussa un petit cri étranglé. Spade serra la mâchoire.

— Première classe, répondit-il d'une voix crispée.

Dans la cage, un feulement suivi de coups de griffe furieux attirèrent l'attention de l'hôtesse.

— J'aurai besoin d'un certificat de vaccination, dit-elle.

Spade se pencha au-dessus du comptoir jusqu'à ce que leurs visages ne soient plus qu'à trente centimètres l'un de l'autre, les yeux étincelant de vert.

— Le voilà, ton certificat, maintenant active, grogna-t-il.

Le regard de l'employée prit un aspect vitreux, mais elle pianota sur son clavier. Quelques secondes plus tard,

Spade était en possession de son billet… et des papiers nécessaires au transport de son animal. *Nathanial a intérêt que la transformation soit aussi temporaire qu'il l'affirme,* pensa Spade, réprimant l'envie de tuer quelqu'un juste pour évacuer la frustration qui bouillonnait en lui.

— Ça va aller, dit Nathanial comme s'il avait lu dans son esprit. Dès qu'elle sera plus calme, elle reprendra forme humaine.

Le chat – Denise – était pour l'instant loin d'être détendu. Il avait craché et griffé tout ce qui passait à sa portée jusqu'à ce que Spade se résolve à l'attraper par la peau du cou pour s'envoler du bateau. Mais ils devaient désormais emprunter un moyen de transport plus traditionnel pour se mettre en lieu sûr. Spade ne serait pas tranquille tant qu'ils ne seraient pas très loin de Monaco, de Web et de ses sbires.

Il attendit dix minutes, le temps que les autres achètent leurs billets, puis hypnotisa de nouveau rapidement l'hôtesse lorsqu'il lui présenta le faux passeport d'Ian pour Nathanial. Ce n'était pas si difficile que cela ; les deux hommes avaient la même taille, la même couleur de cheveux et le même âge en années humaines, mais il n'y avait aucune raison de prendre le risque d'un retard alors qu'il existait un moyen si simple de l'éviter. Le gamin s'était montré très coopératif quand Spade lui avait annoncé qu'il l'avait capturé pour aider Denise. C'était la vérité, après tout. Mais pas vraiment dans le sens où il le croyait.

Pourtant, une fois à bord de l'avion pour Bucarest, la façade glaciale de Spade commença à s'effriter. La femme de ses pensées se trouvait à ses pieds dans une cage pour chat, et seule la parole d'un bon à rien arnaqueur de démon pouvait lui laisser espérer que ce n'était pas permanent. Les mains de Denise étaient redevenues normales les deux fois précédentes, se rappela Spade, mais cela ne le consolait pas beaucoup. Une difformité des mains n'était rien à côté de cela.

— Servirez-vous un repas pendant le vol ? demanda Nathanial à l'hôtesse de l'air avant même de boucler sa ceinture.

— Ferme-la, dit Spade entre ses dents en se retenant de l'étrangler.

Sans lui, Denise n'aurait pas maigri de cinquante kilos et ne serait pas couverte de fourrure.

— Mais il faut que je mange, répondit Nathanial. Le stress, la douleur, la peur, la faim, l'excitation sexuelle… toutes ces émotions, si elles ne sont pas enrayées, entraînent la mutation. Je suis déjà très inquiet à l'idée de voir Web apparaître, et j'imagine que je ne suis pas près d'avoir droit à une fellation, alors il faut au moins que je puisse satisfaire les désirs de mon estomac.

Crispin, qui était assis derrière eux, se pencha en avant.

— Tu es en train de nous dire que Web t'offrait du sexe, de la nourriture, de la détente et de la joie de vivre tout en siphonnant ton sang ? demanda-t-il à voix basse sur un ton débordant de sarcasme. Foutaise.

Nathanial fit volte-face, et son expression juvénile se durcit.

— Non. Je n'avais pas le choix pour le sexe, il me prenait tellement de sang que j'étais dans un état de faiblesse constante, et j'étais loin d'être serein. Mais j'imagine que, vu comme *lui* se conduit, il tient suffisamment à elle pour lui épargner tout cela.

— Tu te rends compte que si tu ne nous révèles pas comment faire reprendre son aspect normal à Denise, ta vie sera aussi courte que cauchemardesque, dit Cat d'une voix calme et inflexible.

Spade était du même avis, mais au cas où Nathanial disait la vérité, il ne voulait pas trop le secouer. Le voir se transformer en Caïn sait quoi dans un avion serait une véritable catastrophe.

— Ce n'est pas le moment d'en discuter, leur dit-il à tous les deux avant de se tourner vers Nathanial. Je vais voir si je peux te trouver quelque chose à manger.

Deux heures et toutes les réserves de nourriture de l'avion plus tard, ils atterrirent à Bucarest. L'Angleterre serait le premier endroit où Web les chercherait, et les États-Unis étaient trop loin, mais le vampire qui avait créé Spade disposait d'une maison en Roumanie qui était à la fois fortifiée et isolée, et qu'il connaissait bien.

Ian les attendait à l'extérieur du terminal d'arrivée, où ils avaient récupéré leurs bagages. Il les regarda et fronça les sourcils.

— Où est Denise ? Et qu'est-ce que tu fabriques avec un chat, bon sang, Charles ? C'est une mascotte pour notre chère Faucheuse, peut-être ?

— Plus un mot, rétorqua sèchement Spade en s'engouffrant dans la voiture avant de poser la cage sur ses genoux.

— Ian, crois-moi sur parole… tais-toi, intervint Crispin avant de jeter leurs bagages dans le coffre.

Il monta ensuite à l'arrière et installa Nathanial entre eux. Cat s'assit à l'avant et pianota sur le tableau de bord.

— Allons-y, Ian, dit-elle avec impatience.

Elle était certainement encore fatiguée, même si elle avait dormi pendant la plus grande partie du vol.

— Je suppose que l'un d'entre vous finira bien par me dire ce qui se passe, fit remarquer Ian en s'installant au volant. En attendant, ce n'est pas très sympa de me traiter comme un chauffeur trop curieux, entre nous soit dit.

Spade explosa.

— Tu veux savoir où est Denise ?

Il souleva la cage pour que le félin furieux apparaisse dans le rétroviseur.

— La voilà ! Maintenant roule, Ian, ou dégage et laisse-moi la place !

Ian démarra et se tut jusqu'à la fin du trajet.

Dès que la voiture s'arrêta, Spade en jaillit en tirant Nathanial derrière lui. Alten et Fabian étaient sortis pour l'accueillir, mais il leur passa sous le nez sans un mot et se dirigea vers la chambre qui avait été la sienne quelques mois auparavant, lorsqu'il était venu dans la région pour aider Crispin. Une fois la porte fermée, il s'adressa à Nathanial.

— Bon. Comment est-ce que je la ramène ?

L'homme aux cheveux brun roux fit le tour de la pièce, se baissa pour inspecter les coins, jeta un coup d'œil sous le lit, étudia la fenêtre et même la salle de bains. Spade eut le plus grand mal du monde à se maîtriser en voyant qu'il ne répondait pas.

— Mais qu'est-ce que tu fiches, bon Dieu ?

— Je vérifie qu'elle ne pourra pas s'échapper, répondit Nathanial. Une fenêtre ouverte, un espace sous la commode… tu veux passer le reste de la nuit à chercher ta petite chatte à l'intérieur des murs ou dans le jardin ?

Spade serra les poings mais garda une voix calme.

— D'accord. Et maintenant, qu'est-ce qu'on fait ?

S'il avait été plus attentif, Nathanial aurait perçu la menace voilée derrière cette question et aurait produit des résultats immédiats, mais il se contenta de hausser les épaules.

— Va chercher du thon et un bol de lait.

Spade bondit, saisit Nathanial par le col et le plaqua contre le mur. Il se retint de le tuer uniquement parce qu'il avait besoin de lui si jamais Denise reprenait forme humaine.

— Choisis avec soin tes prochains mots, parce que s'il s'agit d'un sarcasme, tu le paieras de ton sang.

— Je suis tout à fait sérieux, répondit Nathanial en détachant chaque syllabe. Nous sommes face à une femme terrifiée, prise au piège d'un corps auquel elle n'est pas habituée, et qui vient de passer plusieurs heures enfermée dans une petite boîte. Elle a faim et soif. Si ça se trouve, elle est également claustrophobe, ce qui expliquerait pourquoi elle n'a pas arrêté de grogner et de griffer sa cage. Libère-la. Donne-lui à manger et à boire et laisse-la se poser un peu. Et ensuite, tu vas la câliner jusqu'à ce qu'elle soit vraiment détendue.

L'envie de meurtre était presque irrésistible et faisait frissonner Spade de la tête aux pieds. Ses canines appuyaient contre ses lèvres, comme pour exiger silencieusement de s'enfoncer dans la gorge de Nathanial afin de la déchirer.

— Très bien, dit Spade une fois sa colère suffisamment calmée pour qu'il puisse parler. Mais si tu me fais marcher, c'est toi qui vas te retrouver dans la boîte. Alten !

Quelques instants plus tard, la porte s'ouvrit.

— Oui ?

— Demande à la cuisine de nous faire monter du thon ou du poulet, et aussi un bol de lait. Tout de suite.

Alten cligna des yeux mais s'exécuta et revint peu après chargé d'une assiette empestant le thon et d'une soucoupe remplie à ras bord de lait. Cette fois-ci, néanmoins, il était accompagné de Cat et Crispin. Ils entrèrent sans bruit dans la chambre et refermèrent derrière eux.

Spade posa la nourriture par terre et ouvrit la porte de la boîte.

Une boule de poils se précipita hors de la cage avec un miaulement déchirant et fit le tour de la chambre en fonçant avant de se ruer sous le lit. Spade sentit un grand découragement l'envahir devant cette réaction purement féline. Ne restait-il plus rien de Denise dans l'animal tapi sous le lit ?

— Patience, dit Nathanial.

Après quelques minutes d'anxiété, ils virent une tête acajou émerger de sa cachette. Crachant face à la pièce, le chat sortit complètement, se dirigea droit vers le thon et dévora ce banquet odorant. Il lapa ensuite le lait jusqu'à ce que son petit ventre noir se mette à gonfler.

— Prends-la tout de suite, ordonna Nathanial.

Spade attrapa le chat avant qu'il ait eu le temps de filer de nouveau sous le lit. Immédiatement, de minuscules griffes commencèrent à lui lacérer les mains, mais il n'y prit pas garde et regarda le chaton avec un mélange d'espoir et d'abattement. Denise pouvait-elle vraiment revenir ? Il avait vu Raum se transformer en chien puis reprendre forme humaine sans le moindre effet secondaire, mais c'était un démon, tandis qu'elle était encore – majoritairement – humaine.

Enfin, elle l'avait été.

— Ne la lâche pas. Mets-la aussi à l'aise que possible et commence à la caresser.

Crispin murmura une phrase que Spade n'avait pas envie de déchiffrer. La mâchoire crispée, il s'installa sur le lit avec le félin qui grognait désormais. Il l'immobilisa d'une main et entreprit de le caresser.

Quatre paires d'yeux captivés observèrent ses moindres faits et gestes. Au bout d'une minute, Spade était si tendu qu'il avait envie de gronder au diapason de l'animal.

— Laissez-moi seul, dit-il.

Crispin prit Nathanial par le bras.

— Viens avec moi, mon pote. Je vais te montrer ta chambre, déclara-t-il avant de le tirer hors de la pièce.

Spade sourit presque en imaginant où Crispin l'installerait. Les autres sortirent aussi, et Cat referma la porte avec un dernier regard pensif.

Le chaton poussait toujours ses grognements sourds et ininterrompus, parfois ponctués d'un crachement ou d'un mouvement brusque pour tenter de se libérer. Spade détendit sa prise pour lui permettre de gigoter sans s'échapper, tout en continuant à lui gratouiller le crâne entre ses oreilles marron foncé.

— Denise, murmura-t-il. Si tu m'entends, j'ai vraiment besoin que tu reviennes. Ne me force pas à devenir l'un de ces vieux vampires séniles qui ne fréquentent que leurs animaux de compagnie.

Je parle à une saleté de chat, pensa-t-il.

Quelle déchéance. Autant se creuser directement une tombe et s'enterrer vivant.

Mais il n'abandonna pas, car il voulait croire que Denise comprenait ce qu'il disait, même si ce n'était pas vrai.

— Allez, ma chérie, je peux trouver des manières beaucoup plus agréables de partager un lit avec toi, reprit-il, toujours à voix basse. Tu fais une petite chatte très mignonne, mais il y a tout de même des choses que je me refuse à essayer.

L'animal arrêta de grogner, même si sa queue continua de remuer sans relâche. Spade ne savait pas si c'était un signe positif, mais il persévéra.

—Nous avons tout ce qu'il nous faut pour passer à la suite du plan, ma chérie, sauf toi. Reviens, Denise. Nous livrerons Nathanial à Raum, nous te débarrasserons de ces marques et nous reprendrons nos vies. Est-ce que tu sais ce que je ferai en premier, une fois que tu ne les auras plus ?

Le chat commença à émettre un bruit plus doux. Au bout d'une seconde, Spade se rendit compte qu'il ronronnait.

—Je t'emmènerai dans un endroit très chic, poursuivit-il. Je vois déjà la robe que tu porteras : en soie noire, avec de petites bretelles, un décolleté profond… et pas de gants. Tu te régaleras d'un dîner somptueux, et ensuite nous danserons jusqu'à ce que tu sois épuisée… mais pas trop quand même, parce qu'une fois à la maison je te ferai l'amour. J'irai lentement, je prendrai mon temps pour me repaître de chaque centimètre carré de ta peau, jusqu'à ce que ta voix se transforme en ce délicieux filet rauque qui m'affole tant. Et après, je te serrerai dans mes bras en attendant que tu t'endormes…

Un courant puissant traversa alors le corps du félin. Spade se tut et regarda, éberlué, la boule de poils enfler sous ses yeux. Le chat fut parcouru d'une succession de frissons tandis que sa silhouette semblait exploser. Des morceaux de peau s'étendaient, grossissaient et s'élargissaient en un cataclysme de membres, de chair et d'os qui apparaissaient à une vitesse hallucinante. En l'espace de quelques secondes, le corps nu d'une femme remplaça le chat blotti sur ses genoux, ses cheveux noirs retombant comme un voile sur son visage.

Spade n'osait pas bouger de peur que le moindre geste la fasse à nouveau disparaître comme par magie.

— Denise.

D'une main tremblante, elle repoussa ses cheveux, puis ses adorables yeux noisette se posèrent sur les siens.

— Spade, dit-elle d'une voix râpeuse.

Puis elle bondit du lit, tituba et courut se réfugier dans la salle de bains.

Chapitre 29

— Denise, ma belle, tu vas bien ? Laisse-moi entrer, s'il te plaît.

Denise resta par terre, pelotonnée dans le coin le plus reculé de la salle de bains, et ne répondit que parce qu'elle savait que sinon Cat enfoncerait la porte.

— Ça va, se força-t-elle à articuler. J'ai envie d'être seule un moment, c'est tout.

Elle avait dit exactement la même chose à Spade vingt minutes auparavant, après avoir cessé de trembler et de se passer les mains sur tout le corps pour vérifier qu'elle était vraiment redevenue elle-même. Elle n'avait pas de mot pour exprimer l'horrible panique qu'elle avait ressentie lorsqu'elle s'était retrouvée emprisonnée dans cette forme inconnue, incapable de communiquer autrement qu'en grognant et en crachant.

Plus tôt, sur le bateau, elle avait eu des remords à l'idée de livrer Nathanial à Raum. Désormais, si le démon se trouvait en face d'elle, elle lui jetterait son ancêtre dans les bras sans la moindre hésitation. Pas pour sauver sa famille, ni parce que Nathanial avait conclu un pacte avec Raum, ou par gratitude envers Spade pour tous ses efforts. Non, elle le ferait pour ne plus jamais avoir à revivre pareille expérience.

— Denise. (C'était la voix de Spade, riche et profonde.) Ouvre la porte.

Pas question. Il l'avait vue alors qu'elle était un animal. Son nouvel amant l'avait transportée dans une boîte pour chat, nom de nom ! Qu'était-elle donc censée lui dire après ça ?

Même à présent, le souvenir du temps passé dans cette minuscule cage lui donnait des sueurs froides. Elle avait toujours détesté les espaces confinés. Se retrouver dans une telle situation, tout en sachant qu'elle n'était plus humaine, avait failli la rendre folle.

Pourquoi avait-il fallu qu'elle regarde Cat et se transforme en l'animal dont son amie portait le nom ? Pourquoi n'avait-elle pas pensé à une autre forme petite et inoffensive ? Quelque chose d'humain ?

Le ventre de Denise se crispa et elle rota, parfumant la pièce d'une odeur de thon. Ah oui, elle avait mangé dans une assiette posée par terre lorsqu'elle était encore un chat. La bile lui monta aux lèvres avec une rapidité impitoyable. Elle fonça jusqu'à la cuvette des toilettes et arriva juste à temps avant de vomir jusqu'à ce que sa gorge la brûle.

Un fort craquement lui fit relever brusquement la tête. Spade entra dans la salle de bains, la poignée de la porte pendouillant au bout de sa tige. Denise se cacha la tête sous une serviette, encore plus honteuse qu'auparavant. Spade l'avait déjà vue manger par terre dans la peau d'un chat, et il la découvrait à présent recroquevillée nue près des toilettes en train de se vider les boyaux.

— Sors, par pitié, gémit-elle.

Il s'agenouilla près d'elle.

— Qu'est-ce qui ne va pas ? Tu es malade ?

Denise éclata d'un rire presque hystérique.

— Tu me demandes ce qui ne va pas ? C'est une blague ?

Des mains froides glissèrent le long de ses bras. Denise eut un mouvement de recul, mais le mur l'empêcha de fuir le contact de Spade.

— Arrête, dit-elle fermement.

Un regard lui avait permis de voir que Spade était aussi élégant qu'à son habitude. Il portait un pantalon repassé, une chemise pimpante et embaumait un capiteux parfum d'eau de Cologne. Denise présentait un portrait tout à fait opposé : vêtue d'une simple serviette, dégoulinante de sueur et empestant le thon régurgité.

La jeune femme tenta de résister lorsque Spade l'attira dans ses bras, mais ses efforts étaient aussi vains que ceux qu'elle avait déployés quand elle était un chat. Comment pouvait-il encore supporter de la toucher, voire de se trouver dans la même pièce qu'elle ? Si Denise avait pu s'éviter elle-même, elle n'aurait pas hésité une seconde.

— Ce n'est pas la peine d'essayer de me réconforter, d'accord ? S'il te plaît, Spade, laisse-moi tranquille, c'est tout.

— Ce n'est pas pour toi que je le fais, répondit-il en renforçant son étreinte lorsqu'elle voulut se dégager. J'en ai besoin. Je n'ai jamais tant eu besoin de quelque chose, pas même de sang.

Elle ne répondit rien, déchirée entre le désir de le croire et la peur qu'il lui mente pour la réconforter. Et en effet, elle se sentait mieux dans ses bras. Oh, tellement mieux ! Comme si l'espoir et la raison étaient réapparus pour remplacer l'inéluctable détérioration de son corps et son esprit.

— Tu m'as attrapée par la peau du cou !

Les mots sortirent tout seuls. Vu la situation, ça aurait dû être le cadet de ses soucis.

Des lèvres lui frôlèrent le crâne.

— Toutes mes excuses, ma chérie.

— Comment peux-tu m'appeler ainsi ? murmura Denise. S'il existe une bonne raison de rompre avec quelqu'un, c'est bien une transformation en un animal à quatre pattes.

— Je suis un vampire. Mes meilleurs amis sont des morts-vivants, et il y a un fantôme qui flotte devant cette chambre. J'ai croisé des démons, des adeptes de magie noire, des spectres et des zombies rien que ces deux dernières années, donc j'ai bien peur que tes capacités de métamorphe ne suffisent pas à m'effrayer.

Denise se tut pendant quelques secondes.

— Présenté ainsi… tu as l'air d'un dingue.

Spade éclata de rire.

— Ça me va très bien.

Une partie du dégoût qu'elle éprouvait pour elle-même s'envola, mais elle était toujours rongée par la honte.

— Moi, par contre, je suis lâche.

Spade, les sourcils froncés, se recula un peu pour observer le visage de la jeune femme.

— Pourquoi dis-tu ça ?

Elle voulait éviter son regard, mais une attitude fuyante n'aurait fait que confirmer ce qu'elle venait de dire. Elle répondit donc en plongeant les yeux dans les siens.

— Parce que même si je pense au fond de moi que c'est un crime, je vais livrer Nathanial à Raum. Pas seulement pour le salut de ma famille, mais pour sauver ma propre peau.

— Bien sûr que nous allons lui remettre Nathanial, répondit Spade avec un geste dédaigneux de la main. Tu ne lui donnes pas un innocent pour rembourser ta propre dette. Un tel comportement ferait de toi une personne lâche, comme l'a été Nathanial, qui a rompu son pacte avec Raum en laissant ses descendants payer pour lui. Ne me fais pas croire que ce crétin ne savait pas à quoi il les exposait. On ne manque pas impunément à la parole donnée à un démon.

Spade la retourna jusqu'à ce qu'ils soient face à face. Les yeux du vampire étaient zébrés d'éclairs verts.

— Et même si tu me suppliais, je livrerais tout de même Nathanial à Raum. Tu n'es pas lâche, Denise. La vérité, c'est que tu n'as pas le choix.

La jeune femme était trop bouleversée pour soutenir cette conversation.

— Je veux prendre une douche… et me brosser les dents. Beurk, plus jamais je n'avalerai de thon, ou de lait.

— Comme tu veux, mais tu as quand même besoin de manger quelque chose, et vite.

Le souvenir des paroles de Nathanial lui revint. *« Le stress, la douleur, la peur, la faim, l'excitation sexuelle… toutes ces émotions, si elles ne sont pas enrayées, entraînent la mutation. »* Denise repensa aux moments où ses mains s'étaient transformées. Nathanial avait raison ; elle avait alors été sous le coup de tout cela à la fois. Sur le bateau, elle avait été nerveuse, affamée, s'était fait poignarder puis avait vu la détresse de Spade. Un cocktail qui avait dû être trop puissant pour les protections offertes par les tatouages contre l'essence de Raum.

En tout cas, elle n'avait pas l'intention de revivre ce mélange de circonstances. Un frisson la parcourut et elle glissa une main sous la serviette pour sentir à nouveau la surface lisse et rassurante de son ventre. *Pas de fourrure, pas de plaie béante.* Elle allait tout faire pour que ça reste ainsi.

Spade l'aida à se relever mais ne quitta pas la salle de bains. Denise s'éclaircit la voix et rougit.

— Euh, est-ce que je pourrais avoir un peu d'intimité ? J'ai besoin d'utiliser la litière.

Spade sourit à sa petite plaisanterie, puis lui baisa la main.

— Je vais te chercher une tenue à te mettre.

— Où sont passés les vêtements qui étaient dans ma valise ?

— Au fond de la Méditerranée, avec le yacht.

Oh. Elle n'avait pas beaucoup de souvenirs de ce qui s'était passé lorsqu'ils avaient quitté le bateau, car elle était alors paralysée par la terreur de sa transformation.

Denise adressa un sourire désabusé à Spade.

— Ajoute le bateau sur ma note.

Elle était peut-être la dix millième petite amie de Spade, mais jusque-là, elle avait probablement été la plus coûteuse.

— Arrête de t'en faire pour ce genre de détail. Moi, ça m'est complètement égal, répondit Spade en embrassant son autre main. À tout de suite.

Il sortit et referma la porte. Denise regarda la poignée, pendante et hors d'usage, puis son reflet dans la glace. *Quelle que soit la situation, on est toujours plus à même de l'affronter la vessie vide et le corps propre*, se dit-elle. *Ah oui, et aussi sans une haleine empestant le thon vomi.*

Après avoir posé des vêtements sur le lit pour Denise – et jeté les restes de thon et de lait –, Spade retrouva Crispin au salon. Ce dernier sirotait un whisky et contemplait en silence le liquide ambré qu'il faisait tourner dans son verre.

— Où est Nathanial ? demanda Spade.

— Dans l'une des nouvelles cellules pour vampire au sous-sol. Il faudrait qu'il réussisse à s'évaporer pour s'en échapper, mais il n'a aucune intention de s'enfuir.

Crispin posa son verre avec un grognement sardonique.

— Il pense que tu es son héros, rien de moins.

Spade s'assit en face de son ami.

— Il l'a dit ? Ou bien tu l'as lu dans ses pensées ?

— Télépathie, répondit Crispin. Il est persuadé que tu l'as sauvé des griffes de Web pour qu'il t'aide à contrôler l'essence du démon de Denise. Il ne se doute pas du tout qu'il doit servir de monnaie d'échange contre la disparition des marques.

Spade l'écouta sans ressentir la moindre compassion. Il était prêt à bien pire que le sacrifice d'un bon à rien qui ne pouvait s'en prendre qu'à lui-même pour délivrer Denise du pouvoir destructeur de ces marques.

— Nous devons l'éloigner autant que possible de Denise. Elle commence déjà à éprouver un sentiment de culpabilité à son égard.

— D'accord. Quand comptes-tu invoquer le démon ?

Spade fit la moue.

— Je le ferais volontiers tout de suite, sauf que je ne connais aucun moyen de tuer Raum. Je n'ai pas trop envie de me fier à la parole d'un démon. Comment être sûr qu'il libérera Denise de son emprise et ne la tuera pas une fois qu'il aura récupéré Nathanial ?

Crispin lui lança un regard rusé.

— Notre ami au sous-sol pourrait peut-être nous être utile alors. S'il pense que tu veux détruire Raum, je parie qu'il sera plus que ravi de te livrer toutes les informations en sa possession.

Spade en était lui aussi certain, mais il n'avait aucune intention d'attaquer Raum, à part en dernier recours. Il voulait débarrasser Denise de ses marques, pas tuer le démon dès son apparition, ce qui la condamnerait à les porter pour l'éternité.

— Cat dort ? demanda-t-il d'un ton absent.

Crispin hocha la tête.

— Dès qu'elle a su que Denise était redevenue elle-même, elle n'a pas pu tenir plus longtemps.

Ian entra d'un pas nonchalant. Il promena son regard turquoise sur les deux vampires, puis s'installa dans un fauteuil.

— C'est quand même sacrément injuste, fit-il remarquer. De nous trois, c'est moi qui ai toujours collectionné les curiosités, et vous avez pourtant réussi à vous dégotter les femmes les plus exceptionnelles du monde. Tout d'abord toi, Crispin, avec la seule hybride vivante, qui s'est ensuite transformée en vampire encore plus étrange. Et maintenant toi, Charles, qui sors avec une métamorphe. J'ai cru que tu plaisantais quand tu m'as dit que le chat était Denise. Je suis vert de jalousie.

— Denise ne restera pas longtemps une métamorphe, répondit vivement Spade. Et une fois qu'elle n'aura plus ses marques, je n'ai pas l'intention qu'elle reste humaine non plus.

Alors que ces mots sortaient de sa bouche, Spade tressaillit. Le visage soudain fermé de Crispin ne fit que confirmer son pressentiment. Spade se retourna lentement et croisa le regard choqué de Denise.

— Bootleg et Lyceum avaient raison. Tu veux vraiment que je me transforme en vampire, dit-elle d'une voix incrédule. Qu'est-ce qui te pousse à penser que je le ferais ?

Bones et Ian quittèrent la pièce sans un mot. Denise les remarqua à peine. Toute son attention était braquée sur Spade, et elle espérait bien l'entendre dire qu'elle avait mal compris.

Mais au lieu de ça, le vampire se leva avec une expression sinistre.

— Ce qui me pousse à penser que tu le ferais ? répéta-t-il. Pourquoi ne le penserais-je pas, maintenant que nous sommes ensemble ? Tu ne croyais tout de même pas que je te laisserais rester humaine sans broncher, n'est-ce pas ?

Un sentiment de trahison enfla dans le cœur de la jeune femme. Il avait décidé qu'elle changerait d'espèce sans même la consulter ? Elle avait accepté de lutter contre ses crises de panique et de rester dans le monde des vampires pour être avec lui. Mais malgré toute la gentillesse qu'il avait pu lui témoigner, il n'avait jamais réussi à surmonter ses préjugés sur sa mortalité. Elle avait cru que Spade l'aimait comme elle était, mais tout ce temps, cela ne lui avait pas suffi.

— J'ai toujours été très claire sur le fait qu'une fois les marques disparues, je reprendrais une vie humaine normale. Je n'ai pas changé d'avis.

En un clin d'œil, Spade se retrouva devant elle, les mains agrippées presque douloureusement à ses épaules.

— Tu étais prête à sacrifier ton humanité pour me sauver la vie, mais tu refuses d'y renoncer pour notre couple ? demanda-t-il avec un rire cruel. Dire que je t'ai crue quand tu m'as dit que tu ne voulais pas d'une relation sans lendemain, alors que visiblement, c'est tout ce que je représente pour toi.

Denise le repoussa, mais sans réussir à le faire bouger d'un pouce.

— Je ne devrais pas avoir à me transformer en vampire pour être digne d'une relation avec toi.

— Tu préfères devenir une goule ? Très bien, si ça te chante, s'échauffa-t-il.

Elle le regarda bouche bée. Méprisait-il donc les humains à ce point ?

— Je ne vais pas changer d'espèce uniquement pour que tu daignes t'intéresser à moi, répondit Denise, pleine de colère et de douleur de se voir rejetée. Si je ne suis pas assez bien pour toi telle quelle, alors c'est fini entre nous.

Les yeux de Spade devinrent verts et un rictus retroussa ses lèvres, révélant ses canines.

— Très bien. Je te souhaite beaucoup de bonheur pendant ta courte vie.

Il tourna les talons et sortit à grands pas. Sa grâce et sa vitesse surnaturelles ne faisaient que souligner à quel point le gouffre qui les séparait était insurmontable. Quelques secondes plus tard, Denise entendit la porte d'entrée claquer, mais elle attendit d'être certaine que Spade avait quitté la maison pour pleurer.

Chapitre 30

— Tu as fait preuve d'une bêtise impressionnante.

Spade jura mais continua de s'enfoncer dans l'épaisse forêt qui bordait la maison sans même répondre à Ian.

Le bruit de feuilles écrasées se rapprocha.

— Si j'étais joueur, je te parierais qu'elle est en larmes, poursuivit Ian.

Spade serra les dents.

— Ça m'étonnerait beaucoup. C'est elle qui vient de me larguer, pas l'inverse.

— Hmmm, oui, c'est ce qu'il semblerait. Si tu t'es résigné à ce que tout soit terminé entre vous, je crois que je vais retourner à la maison pour voir si notre charmante petite métamorphe n'a pas besoin de réconfort…

Spade plaqua Ian contre un arbre, mais un rire entendu lui fit aussitôt lâcher prise.

— Je vois, tu n'éprouves plus rien pour elle, c'est flagrant, se moqua son ami.

Spade se força à reculer et grogna, furieux d'être tombé dans un piège aussi grossier.

— Les sentiments qu'elle m'inspire importent peu. En tant qu'humaine, elle est déjà morte à mes yeux, et il est hors de question que je revive ça.

Cette notion lui déchirait le cœur comme une lame en argent. *Adorable, courageuse, entêtée petite Denise.* Elle pourrirait sous terre d'ici à quelques furtives dizaines d'années… si elle avait de la chance. Plus tôt, dans le cas contraire. Il ne pouvait le tolérer. Ce qui était arrivé à Giselda avait déjà manqué de le détruire.

— Ton problème, c'est que tu es trop honnête, dit Ian. À ta place, je transformerais Denise sans même lui demander son avis.

Spade eut un rire froid.

— Mon pote, je sais cela mieux que personne.

Ian haussa les épaules.

— Oui, Crispin et toi êtes des experts en la matière, n'est-ce pas ?

Spade s'arrêta et observa son ami d'un air sévère. Ian soutint son regard, inflexible, sans manifester le moindre regret. C'était le même regard qu'Ian lui avait adressé deux cent vingt ans auparavant, lorsqu'il avait été responsable de sa transformation. Ian ne s'en était pas chargé lui-même, car il avait été trop faible après avoir changé Crispin, mais Spade était devenu un vampire parce qu'Ian l'avait demandé pour lui, sans son consentement.

Pendant plusieurs longues et impitoyables secondes, Spade sembla réfléchir. Après tout, il avait fini par pardonner à Ian. Tout comme Crispin. D'accord, Denise risquait de le détester pendant une centaine d'années s'il la transformait de force, mais au moins elle serait vivante. Pas en train de nourrir les vers.

Mais était-il capable d'une telle bassesse ? Faire semblant d'accepter son humanité, puis l'en priver dès que les marques auraient disparu ? S'il agissait ainsi, comment pourrait-elle lui faire de nouveau confiance ? Crispin et lui avaient peut-être oublié, mais la nature de leur relation était tout à fait différente. Trahir une amitié était une chose, mais trahir un amour…

Et si Denise ne s'en rendait pas compte ? Elle avait prouvé qu'elle était sensible au pouvoir hypnotique de son regard. Il pourrait implanter dans son cerveau l'idée qu'elle acceptait la transformation. Elle ne se souviendrait même jamais de ses appréhensions passées…

Avec un violent juron, Spade secoua la tête et recommença à marcher.

— Non. Ma relation avec Denise sera réelle ou ne sera pas.

— Imbécile, lui cria Ian.

Il serra à nouveau les dents. C'était peut-être vrai, mais cela ne changeait en rien sa décision.

Les petits coups frappés à la porte firent bondir le cœur de Denise.

— Entrez, dit-elle immédiatement.

Le bref espoir s'évanouit lorsqu'elle vit qu'il s'agissait de Bones.

— Même si je ne pouvais pas lire dans tes pensées, l'odeur de ta déception est suffocante, déclara le vampire.

Denise se laissa retomber sur le lit. Elle avait essayé en vain de dormir au cours des heures qui avaient suivi le départ de Spade. Était-il parti définitivement ? Ce n'était pas impossible. Bones et Cat étaient parfaitement capables de se charger de livrer Nathanial à Raum.

— Bien sûr que non, Charles n'est pas parti définitivement, dit Bones en s'installant dans le fauteuil près du lit. Il est légèrement sur les nerfs, mais il reviendra à l'aube au plus tard.

— Tu sais, je ne m'étais jamais aperçue combien ton don de télépathie pouvait être importun, répondit Denise d'un ton sec. Tu ne peux pas zapper sur une autre chaîne ?

— Tu ne comprends donc pas à quel point Charles tient à toi ?

Denise poussa un grognement de dérision.

— On ne tient qu'à ce qu'on respecte, et Spade méprise les humains.

— Ce n'est pas vrai. Charles les respecte. Il évite juste de s'attacher à eux, parce qu'ils sont mortels, répondit doucement Bones.

— Les vampires meurent à tour de bras eux aussi, rétorqua Denise. L'immortalité n'existe pas, quelle que soit l'espèce.

— Les vampires ne succombent pas au passage du temps, pas plus qu'aux maladies ou aux accidents. Personne ne peut se protéger contre tous les aspects de la mort, mais les humains courent bien plus de risques que les morts-vivants. Ce qui s'est passé avec Web n'a fait qu'aggraver les craintes de Spade à ce sujet, au point qu'il est parti en claquant la porte lorsque tu as rejeté la possibilité de te transformer.

— Mais je n'ai pas envie d'être un vampire, répondit Denise, frustrée. Pourquoi cette notion semble-t-elle trop déraisonnable pour que Spade la comprenne ?

— Parce que ça signifie qu'il devra un jour t'enterrer, expliqua Bones. Un jour très proche, à l'échelle des vampires. Ce n'est pas comme pour un couple classique, où il existe une chance que l'espérance de vie des deux partenaires soit équivalente. Avec un humain, c'est la mort prématurée garantie. À sa place, accepterais-tu de laisser Charles mourir si tu pouvais l'en empêcher ? Tu ne te rappelles pas ta réaction en découvrant le corps de Randy ?

Tu m'as hurlé de le ressusciter. C'était trop tard, mais sinon, tu aurais exigé que je fasse tout le nécessaire pour que Randy et toi puissiez continuer à vivre ensemble.

Les souvenirs lui déchirèrent impitoyablement la tête. *Des vampires partout, couverts de sang et de poussière. Elle glissa et s'étala dans une substance sombre et gluante. La flaque recouvrait le sol et s'élargissait à mesure qu'elle approchait de la cuisine. Le regard vert d'un vampire illumina au passage les grosses masses informes devant elle. De quoi s'agissait-il?*

Stupéfaite, elle analysa leur nature et eut un haut-le-cœur. Elle était entourée de membres humains. Le regard d'un autre vampire se refléta sur un objet brillant accroché à la petite masse de chair près de sa jambe : une main, portant à l'annulaire une alliance en or et en argent qu'elle connaissait…

— Tu as raison, admit Denise, la voix enrouée par l'émotion. J'aurais fait n'importe quoi pour ne pas le perdre.

Bones haussa un sourcil.

— Alors maintenant, tu n'as plus qu'à te demander si tu ressens la même chose pour Charles.

Spade entra dans le manoir comme il l'avait fait la veille : sans parler à personne et d'un pas décidé. Cette fois-ci, il ne se dirigea pas vers la chambre à l'étage mais descendit l'escalier, traversa le sous-sol où logeaient les cinq ou six humains qui vivaient là en permanence et arriva devant l'entrée gardée de la cave. Le vampire au garde-à-vous lui ouvrit la porte sans un mot, et Spade s'engagea dans l'étroit couloir en béton donnant accès à deux portes opposées. Les murs de ces pièces étaient si épais que Spade ne réussissait même pas à entendre un battement de cœur pour savoir où était détenu Nathanial.

L'humain se trouvait derrière la première porte que Spade ouvrit, endormi sur un petit lit de camp. La pièce ne comportait quasiment aucun agrément, car il s'agissait d'une cellule de sécurité pour les nouveaux vampires. Il leur fallait entre quelques jours et une semaine pour dominer la faim irrésistible qui les poussait à tuer tous les humains passant à leur portée. Ces pièces étaient donc idéales pour enfermer un métamorphe. Quelle que soit la forme que Nathanial prendrait, il ne parviendrait pas à détruire les murs conçus pour contenir les assauts d'un jeune vampire déchaîné.

Nathanial avait conservé son apparence humaine. Par sécurité, Spade referma néanmoins derrière lui, et les verrous automatiques s'enclenchèrent. Il devrait appeler le garde par l'interphone pour lui demander de le laisser sortir.

— Réveille-toi, dit-il en secouant le dormeur.

Nathanial bondit en un mouvement désordonné et Spade le plaqua contre le mur, les canines sorties, furieux devant cette tentative d'attaque sournoise. Mais lorsque Nathanial reconnut Spade, il cessa toute résistance.

— Oh, c'est toi, dit-il en s'affaissant. Tu m'as fait peur.

Spade repoussa Nathanial sur le lit de camp.

— Suis-je censé croire qu'il s'agit d'un accident ? demanda-t-il d'un ton sarcastique.

Son interlocuteur le regarda de ses yeux noisette qui lui rappelaient beaucoup trop ceux de Denise.

— Tu ne sais pas ce qui se passe d'habitude quand on me réveille en sursaut. J'ai appris à résister dès le réveil.

Spade imaginait aisément ce à quoi Nathanial faisait allusion. *Offres groupées*. Pourtant, il se refusait toujours à éprouver la moindre pitié pour lui. Pas après ce que son pacte avait coûté à Denise… et désormais à lui-même. Mais Spade était encore plus heureux d'avoir massacré les gardes de Web. *Personne ne mérite de vivre après ça.*

— Tu ne risques absolument rien avec moi, répondit Spade. Je suis venu t'interroger sur les manières de tuer un démon.

Nathanial sourit à ces mots, et son visage parut encore plus enfantin. Il avait dû être très jeune lorsqu'il avait invoqué Raum. Vingt ans ? Vingt et un ?

— Voilà un sujet qui me plaît, dit Nathanial avec un plaisir manifeste. Il suffit de lui enfoncer le couteau dans l'œil. C'est la mort instantanée.

— Quel couteau ? Une arme en argent ?

Le visage de Nathanial se décomposa.

— Quand tu m'as enlevé, tu n'as pas emporté le couteau ?

— Quel. Couteau, articula Spade qui se sentait déjà sur le point d'exploser.

Nathanial se redressa d'un bond en gémissant, avec des mouvements trop rapides pour un humain.

— Comment pouvais-tu ignorer l'existence du couteau ? Tu savais pour moi ! Tu savais ce que j'étais, ce qu'était la fille, et comment c'était arrivé ! Comment pouvais-tu ne pas être au courant pour ce foutu couteau ?

Spade le frappa presque nonchalamment et l'envoya s'écraser contre le lit.

— Ne perds pas ton temps à fulminer contre moi alors que tu devrais être en train de répondre à ma question.

Nathanial saignait à la lèvre, à l'endroit où Spade l'avait touché. Il porta aussitôt la main à sa plaie et essuya le sang sur une couverture tout en observant Spade, tendu comme un ressort. Puis il lâcha un petit rire désabusé.

— Tu es le premier vampire en soixante-dix ans qui ne se jette pas sur mon sang. Même les gardes, qui avaient interdiction formelle de me goûter, volaient constamment de petites gorgées. Ton manque d'intérêt me laisse perplexe.

— Oublie ça et parle-moi du couteau, répondit Spade d'un ton glacial.

— Seule une arme en os de démon peut venir à bout d'un démon incarné. C'est pour ça qu'il est quasiment impossible de se procurer ce genre d'os. Quand un démon en tue un autre, il détruit son squelette. Mais celui-ci garde toujours une arme pour se défendre contre ses semblables. J'ai volé le couteau du démon qui m'a marqué lorsque je l'ai renvoyé en enfer. Juste au cas où il reviendrait.

Spade sembla réfléchir. Ce qu'il savait des démons se limitait à quelques informations sur les démons non incarnés qui possédaient des humains, donc Nathanial disait peut-être la vérité. D'un autre côté, il était également possible qu'il raconte n'importe quoi.

Il n'existait qu'un seul moyen de s'en assurer.

Spade attrapa Nathanial et le plaqua contre le mur. L'homme résista avec une force considérable, certes, mais insuffisante pour lutter contre la poigne de Spade. Néanmoins, il ferma les yeux dès le premier mouvement du vampire.

Petit malin.

— Je ne te ferai aucun mal. Je veux juste vérifier que tu ne mens pas. Ouvre les yeux.

— Non, haleta Nathanial. Tu pourrais me forcer à faire n'importe quoi.

— Mais bon sang, tout ce qui m'intéresse chez toi, c'est ce que tu sais, répondit sèchement Spade. Sinon, pourquoi est-ce que je me fatiguerais à t'hypnotiser ? Si je voulais autre chose, je suis assez fort pour l'obtenir sans avoir à utiliser mon regard.

Le pouls de Nathanial résonnait comme une charge de bisons, et il puait la peur, mais il ouvrit lentement les yeux. Spade laissa libre cours à son pouvoir et essaya de dominer la volonté cachée derrière ces pupilles noisette.

Là aussi, le rouquin était plus coriace que ce que Spade avait imaginé. Mais après tout, Nathanial avait eu besoin d'une force mentale exceptionnelle pour endurer les tortures de Web pendant des dizaines d'années sans devenir fou. Spade repoussa cette pensée, car elle débouchait sur une admiration réticente qu'il ne pouvait pas se permettre d'éprouver.

— Ouvre-moi ton esprit, ordonna-t-il en accentuant sa puissance.

Il sentit le claquement sec de la volonté de Nathanial, comme si la cassure avait produit un son audible. Il s'enfonça ensuite dans les longues toiles d'araignées de sa conscience jusqu'à être sûr que toutes les questions qu'il lui poserait trouveraient une réponse sincère.

— Comment s'y prend-on pour tuer un démon ?

Nathanial donna la même explication que la première fois, sur le ton monocorde habituel aux hypnotisés. Il n'avait pas menti. Il devait vraiment ignorer que le fait de révéler ce genre d'information le rapprochait un peu plus de sa propre destruction.

— Pourquoi penses-tu que je t'ai capturé ? demanda Spade pour s'en assurer définitivement.

— Pour sauver ta fiancée, marmonna Nathanial. Pour que je l'aide à contrôler l'emprise des marques.

Nathanial ne se doutait absolument pas du sort qui l'attendait. Spade étouffa un remords furtif. Denise et lui n'avaient peut-être aucun avenir commun, mais cela ne signifiait pas qu'elle n'avait pas droit à un futur libre de toute menace surnaturelle. Spade ferait tout pour que la jeune femme redevienne une humaine normale, comme elle le désirait, et que sa famille n'ait plus rien à craindre. Par sa propre faute, Nathanial était le prix de cette liberté.

— Qui détient le couteau ? demanda Spade, même s'il devinait la réponse.

— Web. Il le garde toujours sur lui. Il a peur que le démon le tue pour me récupérer.

En effet, Raum n'aurait pas hésité à se débarrasser de Web pour lui reprendre Nathanial, s'il avait su où le trouver. Mais le gamin était à présent aux mains de Spade, et Web devait se douter que Nathanial lui parlerait du couteau.

Bon sang, Web s'attendrait même à ce que Spade tente de s'emparer de l'arme. Il saurait que Spade en aurait besoin, mais pas pour la même raison que lui l'avait conservée.

Spade grimaça. Visiblement, Web allait avoir droit à une autre occasion de le tuer.

— Tu n'essaieras jamais de m'échapper, dit Spade en regardant au fond des yeux de Nathanial. Dis-le.

— Je n'essaierai jamais de t'échapper, répéta Nathanial d'une voix terne.

Web avait forcément imprimé la même directive dans la cervelle de son prisonnier. Ce dernier avait d'ailleurs résisté lorsque Spade l'avait traîné hors de la maison, mais quelle importance. Spade n'utilisait pas cet ordre pour conserver Nathanial indéfiniment à ses côtés, mais seulement pour un court laps de temps. Jusqu'à ce qu'il le livre à Raum, c'est-à-dire le jour où, si tout se passait bien, il laisserait également partir Denise. Où il la rendrait à sa fatale humanité, dont la fragilité finirait par les séparer à jamais.

Cette idée montait en lui comme de la bile, mais il la repoussa avec force. *C'est ce qu'elle désire le plus au monde. Même plus que moi.*

— Très bien. Réveille-toi, dit Spade en libérant Nathanial de son emprise.

L'homme cligna les yeux et secoua la tête, comme pour s'éclaircir les idées.

— Tu as trouvé ce que tu cherchais ?

La mâchoire de Spade se crispa.

— Oui.

Mais sa résolution n'en restait pas moins ferme pour autant.

Chapitre 31

Denise était restée éveillée pour attendre le retour de Spade. Lorsqu'elle entendit la porte d'entrée claquer, elle se précipita dans le couloir dans l'espoir de l'intercepter avant qu'il disparaisse dans l'une des chambres de l'étage. Mais personne ne monta l'escalier.

Peut-être était-il retourné directement dans le bureau. Denise descendit et pénétra dans la pièce où ils s'étaient disputés, mais la trouva vide. Elle passa ensuite la tête par toutes les portes du rez-de-chaussée. Rien. Elle finit par rebrousser chemin, et son cœur bondit en apercevant un mouvement dans le hall d'entrée.

Mais sa bouffée d'optimisme retomba aussitôt lorsque la silhouette dans l'ombre tourna la tête et qu'elle reconnut Alten.

Bones s'était trompé. L'aube pointait, mais Spade n'était pas revenu.

— Oh, salut, Alten, dit-elle piteusement. J'étais…

… en train d'attendre quelqu'un qui n'allait de toute évidence pas se montrer.

— Si tu cherches Spade, il est au sous-sol, répondit le vampire. Mais il avait toujours l'air furieux. À ta place, je le laisserais tranquille.

D'un seul coup, l'humeur de Denise changea de nouveau. Il était rentré. Il était peut-être fou de rage, mais il était là. Et colère ou pas, ils allaient discuter. Ils avaient trop de choses à régler pour que Spade l'évite.

— Qu'est-ce qu'il y a au sous-sol ?

Alten haussa les épaules.

— Son petit déjeuner.

Ah oui. Comme toutes les demeures de vampire qu'elle connaissait, celle-ci disposait d'un buffet sur pattes. Spade serait peut-être plus enclin à lui parler une fois qu'il aurait mangé. Enfin, elle l'espérait.

— Montre-moi la direction, dit-elle en resserrant sa robe de chambre.

— Je ne pense pas que ce soit une bonne idée… Hé !

Denise s'était retournée et s'éloignait déjà. Elle se débrouillerait toute seule. La maison était grande, mais si elle se fiait à son expérience, le sous-sol devait être aménagé en un confortable espace de vie commune.

— Très bien, suis-moi, dit Alten d'un ton désappointé.

Elle lui adressa un charmant sourire.

— C'est très aimable de ta part.

Le regard du vampire montrait clairement que l'amabilité n'avait rien à voir là-dedans. Denise le suivit à l'arrière de la maison, puis dans l'escalier qui menait, comme elle l'avait deviné, à un sous-sol luxueusement décoré. À sa grande surprise, seuls deux humains s'alanguissaient sur un grand divan, en train de regarder la télévision. La table de billard, le coin informatique, la cuisine et la salle de gym étaient vides.

— Où sont les autres ?

À moins que ces vampires-là aient peu de propriétés, il devait manquer plusieurs humains.

Le garçon allongé sur le canapé leva les yeux.

— Il est très tôt, tout le monde dort. En général, personne ne vient manger à cette heure-ci.

Et Spade, dans ce cas ?

— Où est le vampire qui est descendu il y a quelques minutes ?

Le garçon sourit et désigna un couloir du doigt.

— Suis les bruits. Kristie est très... sonore.

Denise explosa de colère. Spade ne l'avait pas remplacée aussi vite, tout de même !

N'oublie pas ce qui s'est passé dans « Friends », la première nuit où Rachel et Ross se sont séparés, insinua sa voix intérieure.

Denise grogna et Alten fronça les sourcils. Elle repoussa sa main lorsqu'il voulut la saisir par le bras et le fusilla du regard.

— Tu es prêt à me plaquer au sol ? Parce que c'est le seul moyen que tu auras de m'empêcher d'aller voir.

— Ce n'est pas...

— Pas quoi ? l'interrompit Denise. Pas mes oignons ? Je suis assez grande pour en juger, merci !

Denise se dirigea à grands pas vers le couloir que lui avait indiqué le jeune homme, blêmissant à mesure que des gémissements caractéristiques se faisaient entendre. Spade était arrivé à peine quinze minutes auparavant ! Le salaud !

Quelque chose s'enfonça dans sa paume. Denise baissa la tête et vit sans surprise que des griffes hideuses avaient remplacé ses ongles et que ses doigts s'allongeaient démesurément. *C'est sa faute.* Elle s'efforça de replier les doigts sans se blesser de nouveau et tambourina à la porte d'où provenaient les cris, aveuglée par la fureur.

— Ouvre cette porte !

Quelques secondes plus tard, Ian apparut, totalement nu, tout à fait en érection, et plus qu'agacé.

— Bon sang, mais c'est quoi ton problème ?

Denise piqua un fard. Derrière le vampire, une jeune femme dénudée lui lança un regard exaspéré, et dans son dos, Alten fit un bruit qui ressemblait à un gloussement contenu.

— Euh… c'est rien, bafouilla Denise, rouge comme une pivoine, en tournant les talons et en cachant ses mains.

Ian claqua la porte et marmonna quelque chose à propos du sans-gêne de certaines personnes. Les couinements féminins reprirent presque aussitôt.

— J'ai essayé de t'avertir, dit Alten lorsque Denise revint dans la pièce principale.

Il ne cherchait même pas à dissimuler son sourire.

— Tu aurais pu te montrer plus persuasif, répondit Denise en tentant en vain d'effacer de sa mémoire ce qu'elle venait de voir. Je n'avais aucune envie de savoir qu'Ian portait un piercing à cet endroit-là.

Alten poussa un autre ricanement qui fut interrompu par la voix de Spade derrière eux.

— Qu'est-ce que tu fais ici ?

Spade venait à peine de sortir de la cellule de Nathanial lorsqu'il reconnut l'intonation de Denise. Pourquoi était-elle là ? Y avait-il un problème ? Raum avait-il réussi à la retrouver pendant son absence ?

Spade bondit dans l'escalier menant au sous-sol et en déboucha pour découvrir Alten en train de rire. Denise se tenait face du vampire, les joues colorées et les mains derrière elle.

— Qu'est-ce que tu fais ici ? demanda-t-il en l'attrapant par les épaules et en inspirant profondément.

Sa peau ne portait aucune odeur démoniaque. Le voile rouge qui recouvrait la vision du vampire se leva un peu.

Denise avait la bouche ouverte et les yeux écarquillés. Spade se força à la lâcher et à reculer d'un pas, mais aussi à ne pas s'appesantir sur le grognement de la jeune femme. Le simple fait de la regarder, si adorable, était au-dessus de ses forces. Les paroles d'Ian résonnèrent dans sa tête, tentatrices comme le serpent proposant la pomme à Ève. *« À ta place, je transformerais Denise sans même lui demander son avis… »*

Il abandonna subitement ces dangereuses pensées lorsqu'il vit que Denise gardait les mains derrière son dos. Ce n'était pas sa posture habituelle, et le mouvement de ses épaules montrait que ses mains étaient en action.

Spade ne la prit pas par les épaules, cette fois, mais la contourna sans lui laisser le temps de se retourner. Il poussa un juron en voyant les griffes qui sortaient de ses mains, malgré ses tentatives pour les cacher.

Elle s'était à nouveau partiellement transformée. *Pauvre crétin égoïste*, s'accusa-t-il. Il aurait dû envisager cette possibilité. Oui, il avait été furieux de constater que Denise n'avait pas l'intention de se bâtir un avenir à ses côtés, mais il n'aurait pas dû partir. Après tout, ses émotions en lambeaux n'entraîneraient aucun changement monstrueux chez lui, contrairement à elle.

— Denise. (Spade se força à prendre une voix calme tout en continuant à se fustiger.) Je m'excuse de t'avoir parlé aussi sèchement. Pourquoi es-tu descendue ?

Alten commença à s'éloigner discrètement. Denise tourna aussitôt les yeux vers lui, comme si elle hésitait à le suivre.

— Je voulais te parler, mais il vaut peut-être mieux attendre que tu aies dormi, marmonna-t-elle.

Il n'en était pas question, car le moindre délai pouvait entraîner une nouvelle métamorphose. La présence de Denise lui perçait le cœur de petites épingles en argent, mais Spade voulait à tout prix lui éviter ça.

— Parlons-en tout de suite. Qu'avais-tu à me dire ?

Les yeux de Denise se mirent à briller, et elle tressaillit.

— Tout se passe si vite, murmura-t-elle. Enfin, il y a un mois, je pleurais encore Randy, et aujourd'hui tu me fais cette proposition de me changer en vampire pour que nous puissions profiter de l'éternité tous les deux, mais je… par moments, je ne sais pas si je suis prête pour les sentiments que j'éprouve pour toi.

Elle envisageait de se transformer ? Spade ne put s'empêcher de lui caresser le visage tout en sentant son être se crisper d'anxiété. *Faites qu'il ait bien compris.* Bon sang, il lui demanderait pardon à genoux pour sa conduite de la veille, si c'était le cas.

— Prête ? répéta-t-il avec une douceur non dénuée d'ironie. La vie n'attend jamais que nous le soyons. Je n'étais pas prêt à devenir un vampire ni à perdre une personne que j'aimais voilà bien longtemps, mais je n'ai pas eu le choix. Tu n'étais pas préparée non plus à ce que ton mari se fasse tuer ou à ce qu'un démon t'inflige ses marques, mais c'est arrivé quand même. Ni toi ni moi ne sommes prêts pour une nouvelle histoire, mais cela ne fera pas disparaître ces sentiments.

Spade se pencha encore plus près et baissa la voix.

— Voilà où nous en sommes, Denise. Que nous soyons prêts ou non.

Elle soutint son regard, les yeux toujours brillants.

— Tu as raison. Je me fiche de ne pas être prête ; j'ai besoin de toi. Et je crois que j'ai trouvé un compromis qui nous satisfera tous les deux…

Spade ne put contenir le désir qui s'empara de lui en entendant Denise lui avouer qu'elle avait besoin de lui. Il l'embrassa avec fougue et sa langue s'engouffra dans la douceur sombre et entêtante de sa bouche. La langue de Denise était une flamme soyeuse et humide qui alimentait encore plus son envie. Après une brève hésitation, elle l'enroula autour de la sienne. Spade lui enserra les poignets d'une main et les lui coinça derrière le dos. Non par peur ou dégoût de ses griffes, mais parce que dans cette position ses seins s'appuyaient plus fermement contre sa poitrine.

Denise gémit lorsque le vampire referma sa main libre sur l'un de ses seins succulents. La robe de chambre et le déshabillé en soie qu'il lui avait trouvés ne gênaient en rien sa progression. Il prit son téton, déjà dressé, entre ses doigts et le pinça avec lenteur et sensualité. Denise haleta contre sa bouche.

L'odeur de la jeune femme s'intensifia avec son excitation et prit une saveur entêtante. Elle semblait s'effondrer dans ses bras tout en se frottant contre lui avec un abandon déterminé et érotique. Comment avait-il pu croire qu'il réussirait à la laisser partir ? Elle avait brisé toutes les protections dont il avait barricadé son cœur. Jamais personne ne lui avait inspiré de tels sentiments. Même s'il n'avait droit qu'à quelques dizaines d'années à ses côtés, il s'en contenterait.

Denise baissa la tête et rompit leur baiser, sa respiration pantelante venant lui caresser le cou.

— Spade… attends…

Ah oui, ils se trouvaient au sous-sol, devant deux humains qui semblaient fascinés par leurs moindres faits et gestes. Spade prit Denise dans ses bras et quitta précipitamment la pièce en l'embrassant de nouveau. Le désir donnait à la bouche de la jeune femme une saveur à la fois plus forte et plus douce qui enflammait les sens du vampire. Il ne cessait de lui caresser la hanche et le sein tout en la portant.

Denise poussait de petits cris étouffés contre ses lèvres, et elle avait l'impression que sa température avait augmenté de quelques degrés. Son odeur capiteuse s'intensifia elle aussi et le fit entrer en transe. Il venait d'atteindre le palier du rez-de-chaussée lorsque Denise décolla sa bouche de la sienne avec une force et une rapidité auxquelles il ne s'était pas attendu. Une substance chaude, humide et incroyablement riche coula le long de la langue du vampire.

— Spade, je…

Il ne put se retenir d'avaler. Le gémissement guttural qu'il poussa alors noya la fin de la phrase de Denise. Il posa ses yeux noisette sur sa bouche… et les écarquilla. Seule la mort aurait pu l'empêcher de lécher les dernières gouttes de sang qui avaient perlé lorsqu'elle s'était déchiré la lèvre sur sa canine en voulant se dégager trop vite.

Spade sentait presque ce nectar enivrant s'infiltrer dans ses veines transformant son désir bouillant en une faim aveugle et impérieuse. *Tout de suite. Je la veux tout entière, tout de suite.*

Dans un dernier effort pour respecter les convenances, il tituba jusqu'à la pièce la plus proche sans se soucier de vérifier s'il avait réussi à fermer la porte avant de s'écrouler sur le sol au-dessus d'elle.

Lorsque Denise aperçut son sang sur la lèvre de Spade, un mot lui vint aussitôt à l'esprit. *Merde.* Puis le feu qui apparut dans le regard du vampire et l'ardeur de son baiser suivant la poussèrent à se dire que l'instinct de conservation était une notion surfaite. Bien sûr, elle aurait pu appeler Bones à l'aide, car il était clair que Spade n'avait aucune intention de la laisser partir tant que les effets de son sang ne se seraient pas dissipés. Mais même s'il était évident que son sang l'affectait, Spade n'avait pas essayé de la mordre. Si Denise prévenait Bones, alors Spade devrait arrêter ses délicieuses caresses… ce dont elle n'avait aucune envie.

La langue du vampire plongeait et replongeait dans sa bouche, et ses torsions et circonvolutions prenaient une intensité si irrésistible que Denise ne tarda pas à penser que le fait de respirer était également une notion surfaite. D'une main Spade coinçait toujours les siennes derrière son dos, mais de l'autre… oh, de l'autre il parcourait son corps d'une manière aussi érotique qu'implacable en lui pinçant, caressant et malaxant la chair en ses points les plus sensibles. Il arracha le déshabillé et la robe de chambre avec impatience et colla les lèvres sur son sein sans laisser à Denise le temps de reprendre son souffle.

— Si doux, si dur et si chaud à la fois, marmonna Spade en lui léchant la poitrine.

Il suça soudain son téton avec force, et Denise se cambra, mais alors même qu'elle commençait à profiter de cette sensation, la main de Spade atterrit entre ses cuisses, la paume appuyée contre son clitoris.

Denise ne put retenir le cri qui lui sortit de la bouche. Elle regarda avec frustration la chemise de Spade, désireuse de sentir sa peau contre elle, et non du tissu. Et son pantalon... avait-elle jamais éprouvé une haine aussi tenace que celle que lui inspirait ce vêtement ?

— Lâche-moi, haleta Denise en essayant de se dégager.

Au contraire, Spade resserra sa prise.

— Non.

Il répondit par un grognement sourd contre son sein, que son refus ne rendait pas moins sensuel.

Bien sûr qu'il ne voulait pas les lâcher ! Ses mains étaient ornées d'horribles griffes et de doigts cauchemardesques. Rien d'étonnant à ce que Spade refuse qu'elles le touchent ; elles étaient non seulement hideuses, mais dangereuses.

Cette pensée fit l'effet d'une douche froide à Denise, qui recula et essaya de s'asseoir, malgré le corps de Spade à moitié affalé sur elle.

— Spade, nous ne devrions peut-être pas...

Un éclair de plaisir lui traversa le sein, si intense et si rapide qu'elle en eut le souffle coupé. Elle parvint enfin à prendre une inspiration haletante, qui se termina par un gémissement lorsqu'une chaleur soudaine et brûlante lui enflamma le téton. Sans lui laisser le temps de réfléchir à ce qui l'avait causée, le vampire s'empara de son autre téton qui prit feu de la même manière. *Qu'est-ce que Spade lui avait fait ?*

Denise baissa les yeux et poussa un nouveau cri en voyant des gouttes de sang sur sa peau à côté de deux marques distinctes de morsure. Denise en ressentait un plaisir incroyable, qui battait en elle au rythme de son pouls. Sans qu'elle sache comment, Spade parvenait à la caresser entre les jambes en respectant les intervalles de cet élancement et lui fit presque aussitôt frôler l'orgasme.

Mais un frisson de peur perça néanmoins le voile d'extase qui entourait Denise. *Il l'avait mordue*. Quelle quantité de sang Spade pouvait-il ingérer avant de sombrer dans la folie qui le pousserait à lui vider les veines, peut-être jusqu'à la mort ?

Spade frotta sa bouche ensanglantée entre ses seins, y laissant une légère trace écarlate. Il rapprocha ensuite la jeune femme de lui et caressa sa bouche avec les lèvres.

— Embrasse-moi, ordonna-t-il d'une voix pâteuse.

Denise hésita, déchirée entre le besoin de lui obéir et une aversion instinctive à l'idée de goûter son propre sang.

Spade cessa d'explorer son entrejambe pour venir lui pincer le téton. L'explosion de chaleur qui s'ensuivit la fit reculer si fort que sa tête heurta le plancher. Lorsqu'il s'attaqua à son autre téton, elle pleurait presque de plaisir.

Encore. Encore. Je m'en fiche si ça me tue, j'en veux encore !

— Embrasse-moi.

Denise posa la bouche sur celle de Spade, lui lécha les lèvres, découvrit leur goût cuivré, puis passa sa langue entre ses dents pour chercher la sienne. Il poussa un râle de désir et se pressa contre elle, écartant encore plus les cuisses de Denise avec ses hanches et lui ôtant sa culotte de sa main libre.

Le violent coup de reins fut alors si soudain et si puissant que Denise mordit la langue de Spade en un réflexe incontrôlable. Il grogna et recommença avec la même énergie, et la jeune femme frissonna.

— Si excitant… *si bon*, gronda-t-il dans son oreille.

Tremblante de désir, Denise se cambra pour accueillir l'assaut suivant… et sentit à la place la langue de Spade la lécher entre les jambes.

Elle ouvrit brusquement les yeux sous l'effet de la surprise. Spade avait glissé le long de son corps sans même qu'elle s'en aperçoive. Ses cuisses enserraient non plus ses hanches, mais sa tête, et ses cheveux noirs lui couvraient le visage alors qu'il multipliait les coups de langue, fermes et incroyablement rapides.

— Je ne sais pas ce qui me rend le plus accro, ton sang ou ton miel intime, déclara-t-il d'une voix rauque avant de la caresser de nouveau, la faisant se tordre d'extase.

La seconde suivante, un long coup de langue la fit hurler à pleins poumons. Spade la remplissait si profondément qu'elle ravala un sanglot. Un autre coup implacable, puis un autre, et ensuite…

Sa bouche revint à son entrejambe, sa langue lui ravageant la chair avec la même impétuosité douce et affamée. Avant qu'elle ait eu le temps de crier de plaisir, son membre rigide remplaça sa langue, et les coups vigoureux qui la déchirèrent de l'intérieur la firent frissonner.

Denise, qui ne savait jamais si elle s'accrochait à la tête du vampire ou à ses hanches, se rendit compte que Spade avait lâché ses mains. Il bougeait à la vitesse de l'éclair et alternait sans interruption les coups de langue et les assauts profonds et étourdissants. Denise ressentait un élancement dans les seins, et ses reins se tordaient sous l'effet des diverses sensations dont ils étaient bombardés.

Spade recula sur les genoux et la souleva dans le même mouvement, les mains se refermant sur ses hanches pour la maintenir droite tandis qu'il commençait à bouger si vite et si fort que la jeune femme en eut les larmes aux yeux.

Pourtant, Denise n'était pas rassasiée. Elle ne parvenait pas à se lasser de la frénésie sauvage de son amant, de son étreinte puissante ou de ses gémissements, de plus en plus intenses et pressants. Ses seins rebondissaient contre le torse du vampire à chacun de ses rapides et fervents coups de reins, et ses tétons s'enflammaient à cause de la friction de sa chemise sur les points de morsure. Elle était si proche de l'orgasme. Si proche...

Des canines s'enfoncèrent alors dans sa gorge. Avant qu'elle ait le temps de prendre peur, une chaleur éclata comme une bombe dans ses reins et la fit vaciller en vagues successives d'extase. Ces spasmes la dominaient et lui faisaient oublier tout le reste. Elle ne pensait plus qu'aux sensations d'élancement et de crispation qui jaillissaient en cascade du tréfonds de son être et emplissaient son corps de répercussions continues de plaisir. Elle ignorait si Spade buvait toujours son sang et s'en moquait. *Si je suis en train de mourir,* pensa-t-elle, *alors je le recommande fortement.*

Chapitre 32

N'*avale pas. N'avale pas.*

Spade psalmodiait intérieurement cette injonction chaque fois qu'il mordait Denise et stoppait son saignement en pinçant les minuscules perforations. La pression forçait le poison de ses canines à pénétrer plus profondément dans l'organisme de la jeune femme et augmentait son plaisir, au point qu'elle ne se rendit bientôt pas compte qu'il essuyait son sang sur ses lèvres au lieu de l'avaler.

Mais même ainsi, sa première ingestion, lorsqu'elle s'était coupé la lèvre, l'avait enivré, le poussant à la prendre avec plus de violence que les nuits précédentes… et la réaction de Denise n'avait fait qu'anéantir davantage son contrôle. Il n'avait jamais été autant excité par une femme et ne s'était jamais oublié comme avec Denise. Elle le privait de sa volonté et la remplaçait par un besoin impérieux. L'amant attentionné plein de maîtrise qu'il était habituellement se transformait en débutant fiévreux à peine capable de contenir sa semence. Spade atteignit l'orgasme juste après Denise et poussa un rugissement de satisfaction.

Il roula sur le dos, serrant Denise contre sa poitrine. Elle haletait, tout son adorable corps empourpré de désir, et se caressait le téton presque distraitement. En plein milieu de leurs ébats, ses mains avaient repris leur aspect normal, la peau lisse et les ongles rongés se substituant aux serres et aux griffes acérées.

— Maintenant, parle-moi de ce compromis, dit-il en sachant qu'il accepterait, quel qu'il soit.

— Accorde-moi une minute, répondit Denise, qui était encore essoufflée.

Spade partit d'un petit rire.

— Prends tout ton temps. Je ne bouge pas d'ici.

Il n'en avait en effet aucune intention, même s'il le regretterait peut-être plus tard.

Denise lui caressa la poitrine, ses mains étaient douces et chaudes.

— Qu'est-ce que tu… hé, mes mains sont redevenues normales ! Petit veinard. Sinon, je t'aurais certainement lacéré le dos.

Il prit l'une de ses mains et la porta à ses lèvres.

— Cela en aurait valu la peine.

Elle sourit, puis se rembrunit.

— Hier, quand tu es parti fâché, c'était seulement parce que nos espérances de vie seraient trop différentes une fois que je n'aurais plus ces marques ? Pas parce que nous n'étions pas de la même espèce ?

Il aurait pu répondre à cette question, mais Spade connaissait un autre moyen de dévoiler ses motivations à Denise.

— Au XIXe siècle, je suis tombé amoureux. Giselda m'aimait elle aussi, mais ne voulait pas devenir un vampire. Je pensais qu'elle changerait d'avis avec le temps. Nous étions ensemble depuis un an lorsque mon maître m'a réquisitionné et j'ai dû m'absenter pendant quelques semaines. Mais alors que le jour de mon retour approchait,

Giselda m'a envoyé un message me disant qu'elle me retrouverait chez moi. En chemin, son carrosse a eu un accident, et des déserteurs n'ont pas tardé à arriver.

Spade s'interrompit. Ce souvenir éveillait toujours en lui un chagrin et une rage vivaces. Denise lui prit la main.

— Raconte-moi la suite, Spade.

Il l'attira contre lui, rasséréné par sa proximité.

— Giselda s'est enfuie dans l'espoir de les semer dans la forêt, mais ils se sont montrés plus rapides qu'elle. Tous les cinq l'ont battue, violée et sodomisée. Malgré la sauvagerie de cette agression, Giselda n'a pas perdu la tête. Elle a fait semblant d'être morte jusqu'à leur départ. Ensuite, elle s'est forcée à se relever et a pris la direction de ma maison. Mais l'un des déserteurs est revenu chercher l'épée qu'il avait oubliée en enlevant précipitamment son pantalon. Il a suivi la trace de sang sur la neige, a rattrapé Giselda et lui a tranché si profondément la gorge qu'il lui a presque coupé la tête. Puis il s'est débarrassé de son corps dans un ravin. C'est là que je l'ai retrouvée. Elle était tellement couverte de sang que je ne l'ai pas reconnue tout de suite.

Denise inspira lentement.

— Et hier, Web m'a collé un couteau sous la gorge. Mon Dieu, les souvenirs que cela a dû te rappeler…

— Oui, répondit Spade d'une voix crispée.

Les mains de Denise agissaient comme un véritable baume de chaleur sur ses épaules.

— Tu me caches quelque chose. Giselda n'était plus là pour te raconter tous ces détails.

Spade ne détourna pas les yeux.

— Nous les avons appris, Crispin et moi, de la bouche de ces salopards, après les avoir capturés et obligés à nous décrire les sévices qu'ils lui avaient fait subir.

Giselda avait été pleinement vengée, mais le châtiment n'effaçait pas la douleur, comme Denise ne le savait que trop bien. Spade lui toucha le visage. Si c'était son occasion de lui faire comprendre, il allait tout lui dire.

— J'ai réussi à surmonter la mort de Giselda, mais je ne survivrais pas à la peine que m'infligerait la tienne.

Les yeux de Denise s'emplirent de larmes.

— Comme je te l'ai dit, je ne veux pas te perdre moi non plus. Et si… je restais humaine, mais sans vieillir et en étant plus difficile à tuer ?

Une seule chose pouvait produire un tel résultat, mais il devait s'en assurer.

— Tu accepterais de boire mon sang ?

Sa voix était calme, à l'opposé de la fureur qui l'animait. Denise hocha la tête et tendit la main pour lui caresser légèrement le cou.

— Oui.

Spade ne put contenir son émotion. Il la serra fort contre lui, et le soulagement qui l'envahit était presque tangible dans ses veines. Si Denise buvait son sang tous les jours, même en petite quantité, cela suffirait à allonger éternellement son espérance de vie. Elle resterait plus vulnérable qu'un vampire, mais grâce au sang de Spade, elle pourrait renaître en goule le cas échéant…

— Cela signifie que tu es d'accord ? parvint à souffler Denise.

Il la reposa et son soulagement se transforma en joie.

— Oui. Et je suis fou amoureux de toi.

Ces derniers mots semblèrent résonner en elle. *« Amoureux de toi, amoureux de toi, amoureux de toi. »*

Un bonheur tel qu'elle croyait ne plus jamais en connaître la submergea, et Denise sourit à travers ses larmes.

— Je t'aime, moi aussi, chuchota-t-elle.

Elle eut le souffle coupé lorsque Spade l'écrasa contre lui, puis le vampire se leva et la fit tourner au point de balancer ses jambes sans qu'elle puisse les contrôler. Denise éclata de rire malgré l'étreinte de Spade qui l'empêchait quasiment de respirer.

— Je n'aurais jamais cru sentir à nouveau cela, lui murmura-t-il à l'oreille. Oh, ma chérie, j'ai l'impression que tu m'as ramené à la vie.

Les paroles de Spade traduisaient si parfaitement ses propres sentiments qu'elle ravala un sanglot. Elle n'avait souffert de ce vide abrutissant et atroce que pendant quinze mois. Comment Spade avait-il pu le supporter pendant près de cent cinquante ans ?

La culpabilité s'insinua aussitôt en elle. N'aurait-il pas dû lui falloir plus longtemps pour aimer à nouveau ? Cela avait été le cas pour Spade. Ne devrait-elle pas avoir honte d'éprouver si tôt ce genre de sentiment ?

Spade la reposa sur ses pieds et repoussa doucement les cheveux qui étaient tombés sur son visage.

— Tu l'aimeras toujours, dit-il comme s'il avait lu dans ses pensées. Votre amour n'est pas mort avec lui, ou parce que tu m'aimes désormais. Il fait partie de qui tu es. C'est une magnifique part de toi, Denise. N'en sois pas triste, et sache que je n'en serai jamais jaloux.

Denise fondit une nouvelle fois en larmes. Spade avait raison. Randy et Giselda avaient fait d'eux ce qu'ils étaient. Ils allaient à présent laisser l'horreur de leurs morts derrière eux et avancer vers l'avenir en n'emportant que les meilleurs souvenirs…

— Je veux que tu saches que si je le pouvais, je redeviendrais humain si tu me le demandais, murmura Spade. Il n'existe rien que je ne ferais pour être avec toi, Denise. Je suis désolé de ne pouvoir t'offrir la vie normale dont tu rêvais, mais je te promets de t'adorer chaque jour de ta nouvelle existence.

— Je t'aime, balbutia Denise.

Elle sourit lorsqu'il l'embrassa avec une passion et une fougue qui la renversèrent en arrière.

Trois coups puissants, suivis par un cri, la firent d'un seul coup revenir sur terre.

— Ouvrez cette porte !

— Qu'est-ce qui se passe, bon sang ? maugréa Spade en la lâchant pour aller ouvrir violemment la porte, le visage renfrogné.

Ian se trouvait de l'autre côté.

— Qu'est-ce qui te prend de tambouriner comme ça ? demanda Spade.

Ian lança un regard malicieux à Spade, qui ne portait que sa chemise, puis un autre à Denise qui refermait en hâte sa robe de chambre.

— Une petite vengeance personnelle, répondit succinctement le vampire avant de repartir en sifflotant.

Spade regarda Denise finir son assiette et fermer les yeux alors qu'elle raclait les dernières miettes du gâteau à la banane. L'expression de béatitude qu'elle arborait était si intense que Spade décida d'en monter plusieurs grosses parts dans leur chambre quand ils y retourneraient. Pour qu'il puisse s'en enduire tout le corps.

Crispin leva les yeux de son ordinateur.

— Mencheres arrive.

Spade se redressa. Il ne percevait encore rien, mais faisait confiance à Crispin. Depuis que Mencheres avait partagé ses pouvoirs avec lui un an et demi auparavant, son ami pouvait sentir sa présence avant tout le monde.

Une ou deux minutes plus tard, Spade détecta le premier remous d'énergie, faible au départ, mais distinct, alors que le pouvoir de Mencheres s'étendait et le trouvait. Quelque chose se mit en place dans l'esprit de Spade, une forme de connexion qu'il aurait reconnue entre mille. Elle enflait à mesure que Mencheres approchait, et Spade put bientôt sentir les émotions du nouveau venu ainsi que l'aura tourbillonnante et électrique qui distinguait Mencheres comme l'un des vampires les plus puissants au monde.

Tel était le lien qui unissait Spade et Mencheres, le vampire qui l'avait créé.

Spade ouvrit lui-même la porte. Une minute plus tard, une Aston Martin apparut au bout de l'allée. Lorsqu'elle se gara devant la maison, un vampire égyptien aux cheveux noirs en sortit avec une grâce impressionnante, même pour un mort-vivant.

— Spade, dit Mencheres, un sourire naissant sur des traits qui semblaient plus jeunes que ceux de Spade, même si Mencheres avait largement plus de quatre mille ans. Je vois que tu as retrouvé le bonheur. J'en suis content pour toi.

Spade serra Mencheres dans ses bras, habitué au grésillement que générait ce contact. Son ancien maître avait toujours été un éclair ambulant.

— Je suis très heureux, répondit Spade en souhaitant qu'il en soit de même pour Mencheres.

Mais ce dernier affichait une expression de tristesse qui assombrissait ses traits d'un voile mélancolique inattendu chez une personne paraissant avoir vingt ans.

Denise se tenait en retrait dans l'embrasure de la porte. L'idée de revoir Mencheres la rendait nerveuse. La dernière fois qu'ils s'étaient croisés, c'était en cette horrible nuit du Nouvel An, mais Spade avait besoin de son géniteur s'il voulait récupérer le couteau en os de démon avec le minimum de risques.

— Salut, dit Denise.

Elle semblait tellement calme que si Mencheres n'avait pas été capable de sentir sa gêne – ou de lire dans ses pensées – il ne s'en serait jamais douté.

— C'est un plaisir de te revoir, Denise, la salua Mencheres en s'inclinant.

Crispin accueillit le Maître associé de sa lignée avec plus de froideur que Spade. Il ne lui avait toujours pas entièrement pardonné ses cachotteries par rapport à Cat l'année précédente, mais il savait également à quel point la présence de Mencheres était nécessaire. Web s'attendrait à être attaqué et s'y préparerait donc, mais rien de ce qu'il pourrait inventer ne parviendrait à annihiler les pouvoirs de Mencheres. Le méga Maître vampire était capable d'immobiliser des dizaines de vampires par télékinésie. Ainsi, Spade pourrait aller tranquillement prendre le couteau à Web sans que ce dernier puisse seulement ciller. Seul le manque de temps avait empêché Spade de faire participer son géniteur à l'expédition de récupération de Nathanial.

Mais une fois tous les saluts échangés, et que tous se furent assis à la table de la salle à manger, à part Fabian, qui flottait, Mencheres fit une déclaration qui prit tout le monde de court.

— J'ai reçu un appel de Web, commença-t-il. Il se demandait si je savais que l'un des vampires que j'avais créés ainsi que mon Maître associé venaient d'attaquer sa maison et de lui voler sa propriété. Lorsque je lui ai suggéré de s'adresser aux Gardiens des Lois, il m'a prié de te transmettre un message, Spade.

Denise pâlit, mais Spade ne laissa paraître aucune émotion.

— Et quel est-il ?

— Voici ce qu'il m'a dit : « Je sais ce qu'elle est et ce que tu veux. Je te propose un échange », répondit Mencheres en posant ses yeux noirs sur Denise avec intérêt.

Spade poussa un juron.

— Comment diable l'a-t-il découvert ? marmonna Crispin. On a coulé le bateau pour que personne ne puisse récupérer le sang de Denise.

Spade se repassa mentalement le terrible film de l'attaque du yacht. Web tenait Denise devant lui, mais celle-ci avait ses gants, et le vampire n'avait donc pas pu voir les marques du démon. Ensuite, il l'avait poignardée au ventre, mais Web n'avait pas porté sa main ensanglantée à sa bouche… à moins qu'il l'ait fait plus tard ?

— Il a dû apercevoir mes mains, dit doucement Denise. Elles étaient transformées lorsque je lui ai attrapé le bras.

— C'est vrai, souffla Spade en se rappelant que les griffes avaient percé les gants et entaillé profondément les bras de Web. Depuis le temps qu'il maintenait Nathanial prisonnier, il a dû comprendre ce qui t'arrivait.

Mencheres haussa un sourcil curieux.

— Puis-je savoir de quoi il retourne ?

— Pas ici, répondit Spade.

Il désigna d'un coup de tête éloquent le reste de la maison. Si toutes les personnes réunies autour de la table connaissaient la spécificité et les effets du sang de Denise, Spade n'avait pas envie que ces informations s'étendent davantage.

Mais Web était désormais au courant, lui aussi. Spade étouffa un autre juron. À qui en avait-il parlé ? Existait-il d'autres vampires qui attendaient la première occasion pour enlever Denise et mettre sur pied leur propre commerce sordide de Dragon Rouge ?

Spade ne pouvait qu'espérer que la cupidité de Web le pousserait à garder le silence. Après tout, celui-ci n'avait partagé avec personne le secret de Nathanial. Peut-être comptait-il s'accaparer le marché du Dragon Rouge en ne révélant pas l'autre source de la drogue.

Quoi qu'il en soit, Spade ne pouvait se permettre de lui laisser la vie sauve. Même une fois que Denise serait débarrassée de ses marques, Web risquerait encore de s'en prendre à elle dans l'espoir que son sang soit toujours toxique. Et si jamais il parvenait à s'emparer d'elle et découvrait que son sang était normal… il n'aurait aucune raison de l'épargner.

Un morceau de la table cassa d'un coup sec devant lui. Spade baissa les yeux et comprit qu'il en avait inconsciemment agrippé le rebord jusqu'à ce qu'il cède.

— Désolé, dit-il, même s'il se fichait éperdument de la table. Web t'a-t-il laissé un numéro pour que je le contacte ?

— En effet, répondit Mencheres. Tu vas l'appeler ?

— Oui. Tout de suite.

Mencheres haussa une épaule avec grâce, composa un numéro sur son portable et le tendit à Spade. À la deuxième sonnerie, la voix de Web résonna dans le combiné.

— Tu as transmis mon message à Spade ?

— Oui, c'est fait, répondit ce dernier d'une voix crispée. Quel échange proposes-tu ?

Web poussa un rire aussi aimable qu'hypocrite.

— Spade, très franchement, tu me surprends. Tuer mon associé à Las Vegas, massacrer mes gardes, voler ma propriété, et tout cela pour me prendre la source de mon commerce… alors que tu en possédais déjà une. Si j'avais su que tu étais si avide et entreprenant, sans parler de ton absence totale de scrupules, j'aurais cherché à te rencontrer beaucoup plus tôt.

— Tu oublies que je suis également impatient, déclara froidement Spade, alors dis-moi immédiatement ce que tu veux.

— Donne-moi la fille, et je te laisse le couteau. Tu disposeras toujours de la moitié du commerce de Dragon Rouge grâce à Nathanial, ce qui me paraît plus que suffisant pour toi.

Spade ravala l'accès de colère meurtrière qui lui donnait envie de décrire à Web toutes les morts atroces qu'il lui réservait. Il se força à conserver une voix glaciale et calme.

— J'aime bien la fille. Pourquoi n'échangerions-nous pas plutôt Nathanial contre le couteau ?

Web éclata de rire.

— Parce que sans le couteau, Nathanial représente un danger, comme tu dois désormais le savoir. J'ignore comment la fille a hérité de ses marques, mais le démon de Nathanial, si jamais il revenait, sera motivé par toute la vengeance de l'enfer. Et nous savons l'un comme l'autre que la fille a plus de valeur que Nathanial. Je fais preuve de générosité en te laissant ce que tu m'as volé, mais si tu ne me donnes rien en échange… eh bien, je n'aurai rien à perdre en te poursuivant jusqu'au bout du monde, n'est-ce pas ?

Spade garda le silence un long moment, les yeux rivés sur Denise. La jeune femme, même si elle n'avait entendu que les répliques de Spade, paraissait déjà malade.

— Très bien, dit le vampire en levant la main lorsqu'il vit Denise retenir son souffle. Où veux-tu qu'on se retrouve ?

— À Monaco, bien sûr, répondit aussitôt Web. Au port de Fontvieille. Je suis sûr que tu te rappelles où il se trouve.

Le port que Web avait mis sous surveillance. Spade serra les dents. Il s'avancerait tout droit dans un piège où Web aurait l'avantage du terrain. Son regard se porta sur Mencheres. *Mais j'ai un atout majeur.*

— D'accord. Demain à minuit.

— Je m'en réjouis, répondit Web avec légèreté. Ah oui, un dernier détail : si jamais j'apprends que Mencheres se trouve dans les parages, j'en déduirai que tu essaies de me doubler, et l'accord ne tiendra plus. Et la chasse sera lancée.

— Il est hors de question que je vienne sans protection, répliqua sèchement Spade. Réfléchis. Je suis un homme d'affaires, pas un pigeon.

Web poussa un soupir excédé.

— Très bien. Amène ta petite pyromane, si ça peut te rassurer… même si son talent a eu quelques ratés la dernière fois, il me semble. Les rumeurs qui courent sur son compte sont peut-être exagérées.

— Crispin ne laissera jamais sa femme venir sans lui. Tu le sais forcément, donc ta proposition n'est pas sincère, répondit Spade en durcissant le ton. Dans ce cas, j'en conclus que ton offre d'échange du couteau contre la fille ne l'est pas davantage, ce qui fait que nous n'avons rien de plus à nous dire. Traque-moi autant que tu le voudras.

— Attends, cria Web au moment où Spade s'apprêtait à raccrocher. D'accord, amène aussi le chasseur de primes, ajouta-t-il d'un ton exaspéré. Mais seulement ces deux-là et la fille, sinon je ne te ferai pas confiance.

Web devait disposer d'une véritable armée pour accepter ainsi que Cat et Crispin l'accompagnent.

— Aussi un chauffeur et Nathanial, dit Spade. Sinon, comment saurai-je si tu as apporté le bon couteau, et pas un truc que tu auras acheté dans la première boutique de chasse venue ?

Web émit un ricanement sourd.

— Ingénieux et sans pitié. Notre future collaboration promet d'être très fructueuse. Oh, pour le chauffeur, il faut qu'il soit humain. Je ne peux quand même pas te laisser amener en douce un autre vampire puissant, n'est-ce pas ?

Petit malin.

— À demain soir.

Il ferma le portable et observa en silence les visages autour de la table. À part Denise, tout le monde avait entendu l'autre moitié de la conversation. Mencheres avait l'air sinistre.

— Pourquoi as-tu accepté que je ne sois pas là, Spade ? Tu sais qu'il a l'intention de te tuer, et je ne pourrai pas venir sans qu'il s'en aperçoive. Web a truffé Monaco d'espions.

Spade regarda fixement Mencheres. Puis, lentement, il tourna les yeux vers Cat, l'ancienne hybride qui était désormais la seule vampire au monde à se nourrir de sang immortel et non de sang humain.

— Parce que tes pouvoirs, eux, seront là, Mencheres.

Chapitre 33

Le 4 × 4 pénétra dans le port de Fontvieille, entre des rangées d'immeubles de standing et de yachts luxueux. Les lampadaires du port étaient toutefois éteints, pour éviter que le parking soit visible depuis les nombreuses fenêtres donnant sur la mer. Denise, qui était sur place, ne voyait rien, l'obscurité permettrait donc de cacher à tous les curieux éventuels ce qui allait se passer au cours des quelques minutes suivantes.

Spade, assis à côté du chauffeur, se retourna pour la regarder. Il ne dit rien, mais son visage était très expressif. Denise se força à sourire. Spade ne devrait pas gaspiller d'énergie à s'inquiéter pour elle. Bones, Cat et lui devaient avant tout songer à rester en vie cette nuit.

Et une fois de plus, elle demeurerait en arrière. Denise en avait plus qu'assez de pousser ceux qu'elle aimait à se battre au lieu d'affronter elle-même le danger. Si elle avait pu prendre la place d'un des vampires, elle n'aurait pas hésité une seule seconde. Mais bien entendu, aucun d'entre eux ne l'y autoriserait.

Cela changera, se promit Denise. Elle savait dans quel monde elle avait accepté d'entrer et allait donc tout faire pour apprendre comment y évoluer. Elle allait devoir s'endurcir et s'y sentait prête. D'ailleurs, même si elle n'en avait pas parlé à Spade, elle n'excluait pas de devenir un jour un vampire. Le fait de boire quotidiennement le sang de Spade ferait office de test. Elle n'était plus la même qu'avant, d'accord pour attendre à l'écart. Ou au sous-sol.

Mais avant tout, ils devaient tous survivre à cette nuit.

Denise jeta un coup d'œil à Cat. Son amie semblait tendue, ce que Denise comprenait aisément. Tous leurs espoirs de réussite reposaient sur une capacité que Cat ne maîtrisait pas totalement. Bones et Spade ne doutaient pas que le moment venu, elle se montrerait à la hauteur. Denise, à la fois, plaignait et jalousait Cat pour cette immense responsabilité. Denise ne s'était jamais retrouvée dans une telle situation, où la survie de ses proches ne dépendait que d'elle.

— Bon, dit doucement Spade. Allons-y.

Oliver, le chauffeur humain mobilisé pour cette mission, resta au volant sans couper le moteur, mais tous les autres descendirent. Denise regarda autour d'elle sans parvenir à percevoir la présence des vampires qu'elle savait être là. Les hommes de Web. Il y en avait certainement un tapi derrière chaque ombre.

Le point sur la paume de Denise la chatouillait, même si la petite entaille s'était refermée dès que Spade l'avait frottée de son sang. La minuscule capsule émettrice cachée sous sa peau était totalement invisible de l'extérieur. Nathanial en portait également une. *« Juste au cas où nous serions séparés, pour permettre à Mencheres de te localiser »*, lui avait dit Spade.

Denise connaissait la raison réelle de la présence du transmetteur, même si Spade la lui avait tue. *Au cas où Web gagnerait et que nous soyons tous tués.* Web ne les tuerait pas, Nathanial et elle ; ils étaient trop précieux. Mais Web n'aurait aucune pitié pour les autres.

Denise eut un haut-le-cœur.

Le visage fermé, Spade prit Denise et Nathanial chacun par un bras. Son ancêtre n'avait pas ouvert la bouche, ni dans l'avion qui les avait ramenés à Monaco, ni dans la voiture qui les avait conduits au port. Denise savait que Nathanial avait été instruit du rôle qu'il devait tenir ce soir, mais son silence l'étonnait. Craignait-il de retomber entre les griffes de Web ? Ce serait le cas de Denise à sa place, même si le sort qu'elle lui réservait était encore bien pire…

Denise se rappela qu'elle n'avait pas forcé son ancêtre à conclure un pacte avec Raum, mais elle ne s'en sentit pas mieux pour autant. Elle regarda les tatouages qui lui recouvraient les avant-bras. Si seulement il existait un autre moyen de les faire disparaître.

Elle revint brutalement à la réalité en voyant Web apparaître au bout de l'embarcadère. Il devait y être depuis le début, car c'était la direction que Spade avait prise, mais elle ne remarqua sa présence qu'une fois sur le quai. Les cheveux blond roux ébouriffés de Web étaient visibles dans le noir, mais ses effrayants yeux couleur cobalt restaient encore trop dans l'ombre pour qu'elle les distingue.

— Bonsoir, dit Web comme s'il se trouvait à une soirée mondaine.

Il parla ensuite dans son téléphone.

— C'est bon, Vick ?

Denise n'entendit pas la réponse, mais Web adopta une posture encore plus nonchalante et elle devina quel avait été le sujet de sa question. Oui, leur groupe n'était bien composé que de six personnes, comme convenu, et les espions de Web venaient certainement de lui confirmer cette information.

— Tu ne me fais pas confiance ? demanda Spade ave un soupçon d'amusement dans la voix.

Denise ne savait pas comment Spade arrivait à paraître si calme. La situation la faisait presque trembler de la tête aux pieds, et elle était pourtant la personne la plus en sécurité sur le quai, avec Nathanial.

— Je prends simplement mes précautions, répondit Web d'un ton léger. Tu n'as pas été très aimable lors de notre dernière rencontre.

Spade gloussa et lâcha le bras de Denise.

— Je suis sûr que tu aurais agi de la même manière à ma place.

Denise était à présent assez proche de Web pour apercevoir ses yeux brillants.

— Très juste.

Elle s'en doutait déjà, bien entendu, mais en voyant le regard de Web passer rapidement derrière eux, elle eut la certitude qu'il leur avait tendu un piège. Web n'avait aucune intention de laisser Spade, Bones ou Cat repartir vivants. Le cœur de la jeune femme se mit à battre plus fort. *Et si le plan ne fonctionnait pas comme prévu ?*

— J'ai amené la fille, comme tu peux le constater, dit Spade sans lâcher Web des yeux. Montre-moi le couteau.

Web sortit un étui noir et fin de sa veste, semblable à un écrin. Denise s'en étonna. Le couteau était-il vraiment si petit ?

Web ouvrit le boîtier et leur présenta une lame pâle qui était de la même couleur crémeuse, de la pointe acérée au manche aux rebords plus épais.

— Fais-le glisser vers moi, ordonna Spade. Ensuite, je t'envoie la fille.

Web ne discuta pas, ce qui augmenta encore la nervosité de Denise. Une telle assurance devait signifier qu'ils étaient complètement cernés. Il ferma l'étui et le fit glisser sur le sol tout en les regardant avec un sourire étincelant.

Nathanial le ramassa, sortit le couteau et l'exposa à la lueur de la lune. Il hocha la tête.

— C'est bon.

— Et maintenant, la fille, dit Web d'une voix doucereuse.

Denise lança un dernier regard à Spade avant d'avancer doucement vers Web. Celui-ci la dévora des yeux d'une manière qui lui fit froid dans le dos. *Offres groupées. Commerce de sang.* Ce qu'il prévoyait de faire avec elle transformerait sa vie en enfer s'il sortait vainqueur de cette confrontation.

Denise était presque à portée de Web lorsque le sourire de ce dernier s'effaça. Il poussa un sifflement et ses pupilles changèrent de couleur.

— Qu'est-ce que c'est que ça ? dit-il entre ses dents.

Sa main commença à se soulever lentement, comme si elle était maintenue par un gros poids.

Derrière elle, Denise entendit Cat grogner. Elle tourna la tête et vit que son amie avait tendu les mains devant elle et que ses yeux étincelaient de vert.

— Tu as le bonjour de Mencheres, grommela-t-elle.

— Va-t'en, hurla Spade à Denise tout en tirant plusieurs couteaux de ses manches.

Des cris retentirent dans la nuit, et le port, qui semblait jusque-là désert, se mit à grouiller de mouvements. Denise saisit le bras de Nathanial et ils s'enfuirent, manquant de peu de percuter sur l'embarcadère un vampire qui semblait sorti de nulle part. Il tenta d'intercepter

Denise, mais au ralenti, comme s'il essayait de bouger sous l'eau. Avant qu'il parvienne à la toucher, Bones lui enfonça un couteau en argent dans le cœur.

— Fonce, ordonna Bones.

Plusieurs autres vampires essayèrent de les arrêter, mais ils titubaient comme si leurs gestes n'étaient pas coordonnés. Nathanial et elle réussirent à éviter leurs bras tendus et se dirigèrent vers le parking où les attendait le 4 × 4.

— Dépêchez-vous, cria Cat d'une voix fatiguée. Je ne tiendrai plus très longtemps.

Oliver courait vers eux en tailladant avec une efficacité macabre tous les vampires qu'il croisait. Entre les agresseurs se mouvant au rythme d'un humain léthargique et Oliver carburant au sang de vampire, les sbires de Web n'avaient aucune chance.

— Vite, dit Oliver.

Les trois humains filèrent jusqu'au parking, sautèrent dans le 4 × 4 et partirent en trombe sans que Denise ait eu le temps de reprendre son souffle.

Web s'efforça d'attraper un couteau en voyant Spade venir vers lui, mais il ne put approcher ses mains de sa veste à temps. *Bon Dieu, elle a réussi*, pensa Spade. Cat n'avait pas absorbé le pouvoir d'immobilisation de Mencheres, ou bien elle n'était pas arrivée à le maîtriser aussi bien que le vampire égyptien, mais grâce au sang qu'elle avait ingéré, elle parvenait tout de même à ralentir Web et ses hommes. Par chance, elle avait réussi à épargner Crispin, Nathanial, Oliver, Denise et lui-même, ce qui était leur plus grosse inquiétude. Si aucun d'entre eux n'avait pu bouger, ce pouvoir aurait été inutile. Mais seules les troupes de Web s'en trouvaient affectées, et malgré leur surnombre, la victoire leur était désormais impossible.

Il aurait presque été désolé de les tuer ainsi, sans les tortures qu'ils avaient eu l'intention d'infliger à Denise.

Spade regarda Web dans les yeux et appuya son arme contre le torse de son ennemi. Puis il sourit.

— Tu n'abuseras jamais d'elle, dit-il avant d'enfoncer le couteau dans la poitrine de Web.

Aucune couche de Kevlar n'empêcha la lame de s'enfoncer jusqu'à la garde. Web avait vraiment eu une foi inébranlable en son piège.

— Arrête, murmura-t-il.

Spade ne l'écouta pas. En deux coups secs, il tordit le couteau et déchira le cœur de Web. Lorsqu'il ressortit l'arme, son adversaire gisait sans vie sur l'embarcadère, et sa peau commençait à se flétrir, comme celle des vampires qui connaissaient la vraie mort.

Cat était à genoux, les mains tendues, et le pouvoir de Mencheres émanait d'elle en vagues successives pour recouvrir tout le port à la manière d'un filet. Son regard vert brillant croisa celui de Spade.

— Dépêche-toi. Je ne tiendrai plus très longtemps, dit-elle.

Spade regarda derrière elle et vit Oliver, Denise et Nathanial s'engouffrer dans le 4 × 4. Un grand soulagement l'envahit. Oliver les conduirait hors de la ville, où les attendaient Ian et Mencheres. Denise serait en sécurité.

Spade se plaça aux côtés de Crispin et, tel un ange de la mort, tailla en pièces les hommes de Web à coups de couteaux aussi puissants que précis. Il ne faisait preuve d'aucune pitié. Chacun de ces vampires représentait une menace pour Denise, si Web leur avait révélé ce que contenait son sang. Les mots de Nathanial résonnèrent dans sa tête. « *Tu ne sais pas ce qui se passe d'habitude quand on me réveille en sursaut... Même les gardes, qui avaient interdiction formelle de me goûter, volaient constamment de petites gorgées.* » Voilà le sort qu'ils réservaient à Denise. *Tous* méritaient donc de mourir.

Cat poussa un grand cri, et le pouvoir qu'elle maintenait sur les vampires disparut d'un seul coup. Des hurlements de rage retentirent dans le port et les derniers hommes de Web encore debout ripostèrent avec une vitesse et une force retrouvées. Spade raffermit sa prise sur ses couteaux, et son propre rugissement de colère déchira la nuit.

Peu lui importait qu'ils soient encore dépassés en nombre. Il n'avait pas l'intention de s'enfuir. Qu'ils essaient donc de le tuer. Il ne cesserait le combat que lorsqu'ils seraient tous morts.

L'allure à laquelle Oliver conduisait aurait normalement effrayé Denise, mais elle ne dit rien. Les Maîtres vampires pouvaient dépasser les cent kilomètres heure en courant. Certains pouvaient voler tout aussi vite... voire plus. Oliver avait donc de bonnes raisons d'avoir le pied au plancher.

— Je crois qu'il l'a tué, murmura Nathanial.

Le sourire qui illumina alors son visage lui donna une touchante impression de jeunesse, même si Denise savait qu'il était bien plus âgé qu'elle.

— Je crois que cet enfoiré est enfin mort !

— Je suis certaine qu'il l'a tué, répondit Denise en se rappelant la mine de Spade lorsqu'il s'était approché de son ennemi.

Denise réprima un frisson. Si jamais elle voyait à nouveau une telle expression, elle saurait qu'elle était synonyme de mort.

— Je déteste les vampires depuis plus de soixante-dix ans, mais ce soir, j'en aime quelques-uns, déclara Nathanial d'une voix vibrant de satisfaction sauvage. J'espère qu'il va tous les tuer. Tous jusqu'au dernier.

Denise se retint de dire une chose stupide du genre : « C'était vraiment si horrible lorsque tu étais prisonnier de Web ? » La réponse était évidente. Même si rien d'autre ne découlait de la soirée, au moins Nathanial se sentirait vengé.

Mais une question lui brûlait tout de même les lèvres.

— Pourquoi as-tu fait ça ? Pourquoi as-tu signé ce pacte avec Raum ?

Oliver lui adressa un regard désapprobateur dans le rétroviseur.

— Tu n'es pas censée lui parler, marmonna-t-il. Spade a dit qu'il ne le voulait pas.

Nathanial la dévisagea en pâlissant.

— Qu'est-ce que tu as dit ?

— Pourquoi as-tu signé ce pacte avec Raum ? répéta Denise sans prêter attention à l'avertissement d'Oliver.

Nathanial la regardait toujours comme une extra-terrestre. Sa bouche s'ouvrit et se referma plusieurs fois avant qu'il retrouve sa langue.

— Tu connais le nom du démon. Je ne l'avais jamais révélé à personne. Comment connais-tu son nom ?

— N'adresse pas la parole à Denise, grogna presque Oliver depuis le volant.

Denise inspira profondément et croisa le regard choqué de Nathanial. Elle vit la compréhension se former dans les yeux noisette de son ancêtre et sentit presque l'horreur naître en lui alors qu'il déduisait lui-même la réponse à sa question.

— Il t'a envoyée à mes trousses, murmura Nathanial. C'est pour ça que ton petit ami m'a enlevé à Web. Pas pour que je t'aide à contrôler la puissance de tes marques, mais pour me livrer à Raum.

Chapitre 34

Le bruit qui sortit de la gorge de Nathanial devait la hanter pour toujours. C'était une sorte de sanglot mêlé au rire le plus désespéré que Denise avait jamais entendu.

— J'aurais dû m'en douter, dit Nathanial sans cesser d'émettre cet horrible rire funeste. Ils ne me laissaient jamais te voir, ce qui était étrange, puisque j'étais censé être là pour t'aider. Ils ne m'ont pas non plus demandé quels trucs j'avais appris pour stopper la mutation et garder les besoins les plus vils sous contrôle. On peut utiliser la méditation, boire certains mélanges de tisanes… mais tout ça n'a plus d'importance, n'est-ce pas ?

Oliver ralentit suffisamment pour fusiller Nathanial du regard.

— Ne lui adresse plus la parole, ordonna-t-il.

— Arrête ! cria Denise. Laisse-le parler.

— Spade ne…

— Je sais que Spade ne veut pas que je lui parle, l'interrompit Denise. Mais même les condamnés à mort ont droit à leurs derniers mots.

Puis elle regarda Nathanial sans ciller.

— Tu n'as pas répondu à ma question. Pourquoi as-tu fait ça ? Est-ce que tu as la moindre idée de ce que ta décision m'a coûté ? Raum a décimé ma famille pour te traquer. Il a menacé de tuer les rares survivants et m'a marquée pour me forcer à te retrouver. Tu as le droit de parler, mais j'ai celui de savoir.

— Je n'ai aucune raison valable. J'étais un paysan miséreux dans les années 1860 et je suis tombé par hasard sur les sciences occultes lorsque j'ai recueilli un prêtre fiévreux chez moi. Dans son délire, il a évoqué l'existence de démons. Loin de m'effrayer, cette confidence m'a fasciné. J'avais toujours rêvé d'être plus qu'un pauvre fermier, et sans le savoir, le prêtre m'a donné les instruments pour concrétiser mes ambitions. Une fois qu'il a été rétabli, je lui ai fait croire que je voulais l'assister dans son travail, mais je cherchais en fait le moyen d'invoquer et de piéger un démon.

Nathanial s'interrompit et soupira.

— J'avais dix-neuf ans. J'étais jeune, idiot et arrogant. Après avoir invoqué Raum et obtenu de lui pouvoir et longévité, je l'ai renvoyé d'où il venait. Je ne pensais pas que quelqu'un en souffrirait. Mais ensuite, j'ai découvert que je ne pouvais pas contenir les effets de ses marques. J'avais voulu devenir puissant, pas me transformer en monstre issu de mes pires cauchemars. J'ai retrouvé le prêtre que j'avais mystifié et l'ai supplié de m'aider. Ensemble, nous avons appris à maîtriser ce qui déclenchait les transformations et à contrôler ce en quoi je me métamorphosais le cas échéant. À sa mort, il a laissé des instructions pour que d'autres prêtres me viennent en aide. L'un d'entre eux m'a révélé l'existence des morts-vivants, en particulier d'un démonologue vampire qui saurait peut-être neutraliser mes marques au cas où Raum reviendrait. Je me suis donc fait tatouer et j'ai cru… que je pourrais peut-être mener une vie presque normale. Mais le vampire qui m'a présenté les démonologues savait que mon sang était différent et m'a vendu à Web.

— Tu as signé un pacte avec un démon, dit sans pitié Oliver. Tu mérites ton sort.

— Je le sais bien ! cria Nathanial. Si tu savais combien de fois j'ai désiré pouvoir remonter le temps ! Au cours des soixante-dix ans que je viens de passer avec Web, malgré toutes les horreurs dégradantes qu'on m'a fait subir, la seule chose qui m'a permis de ne pas sombrer dans la folie, c'était de me dire que la situation pourrait être pire.

La voix de Nathanial se brisa.

— Et maintenant, c'est ce qui m'attend. Je sais que je l'ai mérité, mais je n'en suis pas moins effrayé.

Denise pensa à ses cousins et à sa tante assassinés, à ses parents, et à Raum lui hurlant qu'il tuerait le reste de sa famille si elle ne lui livrait pas l'homme assis à ses côtés. Elle se remémora ensuite le sourire courageux de Randy avant qu'il franchisse la porte du sous-sol, et sa propre lâcheté, et songea aux remords qui la rongeaient depuis.

— Si je pouvais t'accorder une faveur, que souhaiterais-tu ? demanda-t-elle doucement à Nathanial.

— C'est facile, répondit-il d'une voix rauque. Je veux vivre sans avoir peur, sans que l'on se serve de moi, sans être couvert de honte. Je veux une deuxième chance.

Denise ferma brièvement les yeux. Lorsqu'elle les rouvrit, sa décision était prise.

— Oliver, gare-toi une seconde, dit-elle.

Le chauffeur lui adressa un regard prudent.

— Je ne le laisserai pas partir, quoi que tu puisses dire.

— Je sais, répondit Denise. J'aimerais juste que tu arrêtes la voiture un instant. Je ne te demanderai pas de le libérer.

Oliver l'observa avec méfiance, mais s'exécuta. Nathanial émit un grognement épuisé.

— Ne t'en fais pas. Je ne suis pas en état de m'enfuir, même si je le voulais… et crois-moi, j'en ai très envie. Mais Spade a dû me faire promettre de rester lorsqu'il m'a hypnotisé. Je n'arrive même pas à me forcer à poser la main sur la poignée de la portière.

— Tant mieux, dit sèchement Oliver en observant les alentours avant de couper le moteur.

Il croisa ensuite le regard de Denise dans le rétroviseur.

— Il semble ne pas y avoir de danger dans l'immédiat. Qu'est-ce que tu veux ?

Denise prit une grande inspiration.

— Je suis désolée.

Elle brandit alors le pistolet que Spade avait laissé pour elle sur la banquette arrière et assena un grand coup de crosse sur le crâne du chauffeur.

Spade rôdait sur les quais à la recherche de survivants. Une odeur de mort flottait dans l'air, avivée par l'arôme âpre du sang de mort-vivant. Spade la savoura. C'était le parfum de la sécurité de Denise.

La lutte avait été brutale, mais la plupart des gardes de Web étaient désormais morts, même si quelques-uns étaient parvenus à s'enfuir. Cat et Crispin étaient en train d'empiler les cadavres dans un gros bateau. Une explosion leur offrirait une version moderne du rite funéraire viking. Spade pensait que c'était plus d'honneur qu'ils n'en méritaient, mais pas question de les laisser sur place, où des humains ne manqueraient pas de les découvrir. Les flammes consumeraient les composés surnaturels présents dans leur sang, et il ne resterait plus dans l'épave qu'un monceau de corps carbonisés d'âges variés ne présentant rien d'extraordinaire. Quant aux caméras que Web avait installées sur les quais… elles avaient toutes été localisées et détruites.

Crispin avait déjà dû hypnotiser quelques humains pour leur faire oublier le carnage auquel ils avaient assisté. En constatant que la police n'arrivait pas, Spade en déduisit que Web avait manœuvré pour la détourner du port avant leur rendez-vous. En s'installant à Monaco, il avait forcément pris la précaution d'avoir ses entrées dans la police locale.

Spade sentit une satisfaction morbide l'envahir en constatant que la fouille des immeubles environnants et des alentours n'avait révélé aucun vampire. Quant à ceux qui avaient pu filer, il les retrouverait. Ils n'avaient désormais plus de Maître de lignée pour les protéger. Il ne lui faudrait pas longtemps pour les localiser, surtout avec la prime qu'il avait l'intention d'offrir… pour qu'on les lui livre morts plutôt que morts-vivants.

— Spade !

Il tourna brusquement la tête en reconnaissant la voix d'Oliver et un frisson lui parcourut la colonne vertébrale. Le chauffeur n'était pas censé être là. Il devait conduire Denise et Nathanial auprès de Mencheres, puis rester avec eux jusqu'à ce que Spade les rejoigne.

Spade vola en direction d'Oliver et vit que ce dernier venait d'arriver au port. À pied.

— Où est Denise ? demanda-t-il en tombant du ciel pour attraper Oliver par le col. Pourquoi n'est-elle pas avec toi ?

— Elle m'a assommé, répondit le chauffeur d'une voix pâteuse. Elle venait de parler à Nathanial, et m'a frappé tout d'un coup. Je ne l'ai même pas vue soulever le pistolet, elle a été trop rapide. Lorsque j'ai repris connaissance, elle était déjà partie. Je l'ai cherchée, mais je n'ai pas retrouvé le 4 × 4. J'ignore pendant combien de temps je suis resté évanoui...

Spade rejeta la tête en arrière et poussa un rugissement de douleur. Si Denise avait agi ainsi, ce ne pouvait être que pour une seule raison.

Elle voulait affronter seule le démon.

— Je ne pense pas que ça marchera, maugréa Nathanial.

Denise lui adressa un regard glacial. Sa paume la brûlait toujours à l'endroit où elle avait arraché le transmetteur après avoir déposé le corps inconscient d'Oliver au bord de la route. Avec le sang de vampire qu'il avait absorbé, il ne tarderait pas à se remettre de son coup à la tête. Elle avait également ôté le transmetteur de Nathanial. Si Mencheres les repérait et les arrêtait, tous ses efforts seraient réduits à néant.

— Tu n'as pas oublié ce qu'était l'alternative, n'est-ce pas ? Si tu aimes ton âme et que tu as envie de la conserver encore un peu, arrête de répéter que ça ne marchera pas et commence à réfléchir à des solutions !

— Raum est un démon ancien et puissant et tu n'es qu'une humaine. Comment penses-tu pouvoir lui tenir suffisamment tête pour lui planter le couteau dans les yeux ? Appelle ton fiancé. Il aura plus de chance de le vaincre.

— Dans ce cas, je ferais aussi bien de t'abattre avec ce pistolet. Ce serait plus charitable.

— Tu peux me cribler de balles, ça ne me tuera pas, répondit Nathanial d'un ton triste. Si je pouvais mourir aussi facilement, je ne serais plus de ce monde. J'ai essayé toutes les méthodes de suicide imaginables au fil des ans. Je me suis pendu, tiré dessus, plongé un couteau dans le cœur. J'ai sauté du haut d'une falaise. Je me suis fait exploser. J'ai même persuadé quelqu'un de me couper la tête…

— Arrête ! s'exclama Denise. Tu n'as pas pu survivre à tout ça !

Nathanial lui adressa un regard fatigué et blasé.

— La nature de ces marques t'échappe encore, n'est-ce pas ? Si on m'avait laissé te parler, je t'aurais expliqué. Ce sont des extensions du pouvoir de Raum. De tout son pouvoir, y compris ses capacités régénératrices. Seul ce couteau en os peut tuer un démon, et c'est également le seul moyen de tuer une personne qui porte ses marques. Il m'a fallu pas mal de temps pour le comprendre, mais Thomas m'avait alors déjà convaincu de ne pas m'en servir contre moi-même.

— Qui est Thomas ?

— Était. Il s'agissait du prêtre que j'ai trompé, et qui m'a ensuite aidé.

Tout en conduisant, Denise lui lança un nouveau regard.

— Tu n'as tout de même pas réellement été décapité, si ?

— Tu sais que les membres d'un vampire repoussent lorsqu'ils sont coupés ?

Nathanial fit semblant de se trancher la gorge avec le pouce.

— Nouvelle tête, même visage, le tout en moins d'une heure. Le type qui m'avait donné un coup de main s'est fait dessus avant de s'évanouir.

Denise se souvint alors que, le jour où Raum l'avait marquée, il lui avait dit qu'elle était désormais au-delà de la mortalité. Elle n'avait pas saisi à quel point.

— Mais pourtant j'ai saigné lorsque Web m'a poignardée. Spade a été obligé de me soigner.

— Évidemment que tu as saigné. Mais tu n'aurais pas eu besoin de lui pour guérir. Tu te serais remise toute seule au bout d'un certain temps. Une journée, peut-être. Tu n'es pas marquée depuis très longtemps, d'après ce que tu m'as dit. Plus l'emprise du démon est ancienne, et plus tu cicatrises vite.

Tout cela était si difficile à accepter… et si effrayant. Si elle réussissait dans son entreprise, elle resterait marquée à vie… et son existence durerait peut-être plus longtemps que ce qu'elle pouvait imaginer.

Ou bien elle se terminerait avant l'aube.

— Si tu veux tuer Raum, nous avons besoin de Spade, répéta Nathanial pour la dixième fois.

La réponse de Denise fusa sans qu'elle lève les yeux de la route.

— Tu ne comprends donc pas ? Spade ne risquera pas ma vie pour sauver ton âme. Il te remettra à Raum sans hésiter. Je ne peux pas l'impliquer là-dedans.

Nathanial garda le silence un long moment.

— Pourquoi fais-tu ça pour moi ? T'attaquer à un démon alors que tu pourrais te contenter de me livrer et de reprendre ta vie ?

Denise expira longuement. Parce qu'elle ne pourrait plus se regarder en face si elle agissait ainsi en sachant le sort qui attendait son ancêtre. Parce qu'elle avait décidé qu'elle n'était plus la même personne que celle qui était restée tapie au sous-sol en cette nuit du Nouvel An. Il était temps pour elle de s'affirmer et d'affronter les monstres au lieu de laisser les autres les combattre à sa place.

— Tu as dit que tu voulais une deuxième chance ? Eh bien, Nathanial, moi aussi.

Chapitre 35

Denise se tenait sous la jetée, et les vagues léchaient le sable quelques mètres derrière elle. Le 4 × 4 venait de sombrer dans les eaux noires. Fenêtres et portières ouvertes, il avait coulé rapidement. Denise leva le pistolet et le pointa sur Nathanial. Elle n'avait jamais tiré sur personne jusque-là.

— Tu es sûr que c'est nécessaire ?

Nathanial poussa un soupir exaspéré.

— Tu es déterminée à t'en prendre seule à Raum, donc tu auras besoin de l'effet de surprise. Si tu l'invoques et que je suis assis calmement à tes côtés à attendre mon sort, il soupçonnera quelque chose. Tu perdras l'élément de surprise… et même avec cet avantage, Denise, et en te transformant en n'importe quelle créature que tu penses de taille à vaincre un démon, tes chances restent plutôt minces.

— Tu as le don de motiver les troupes, toi.

L'affrontement qui l'attendait la rendait déjà nerveuse. Entendre Nathanial lui expliquer l'aspect désespéré de son entreprise ne l'aidait pas.

Nathanial lui adressa un regard dur.

— Tu devrais appeler Spade.

— Tu tiens tant que ça à mourir ? marmonna-t-elle. Pour la dernière fois, je ne l'appellerai pas. Un point c'est tout.

Le vampire ne la laisserait jamais faire, certes, mais ce n'était pas la seule raison qui la retenait de le prévenir. Raum avait un compte à régler avec Spade après le traquenard des bombes au sel. Si le vampire était présent, Denise était certaine que le démon essaierait de le tuer. Grâce à son incroyable pouvoir régénérateur, la jeune femme avait plus de chances que lui de survivre.

Et il était hors de question qu'elle laisse une nouvelle fois l'homme qu'elle aimait se battre – et mourir – pour elle.

— Mais si Raum sait que les balles ne peuvent pas te tuer, quel est l'intérêt que je te tire dessus ?

— Parce que si je suis gravement blessé, je ne pourrai pas changer d'apparence. L'autre jour, cela n'aurait pas pu t'arriver si Spade ne t'avait pas guérie. Ce n'était pas seulement pour le vendre que Web me gardait en permanence vidé de mon sang. Il savait que sinon, j'aurais pu prendre une forme capable de le tuer. Si Raum me voit blessé et incapable de me métamorphoser, il sera moins méfiant.

Denise avait les mains moites, et la crosse de l'arme glissait entre ses doigts.

— Où, euh, veux-tu que je tire ?

— Si c'est dans l'épaule, cela ne paraîtra peut-être pas assez convaincant. Dans le cœur, ça risque de me tuer si Raum nous débarrasse des marques dès son arrivée… et il faut qu'il me libère des miennes, en passant. Ce sera ta meilleure chance d'attaque, lorsqu'il se concentrera pour se réapproprier le pouvoir qu'il avait transféré en moi. Vise le ventre. La blessure sera assez sérieuse pour que Raum ne se doute de rien, mais elle devrait être suffisamment guérie pour ne pas m'être fatale lorsque je redeviendrai humain.

— Mais si je touche un organe vital et que tu n'es pas assez remis, tu pourrais en mourir. Je préférerais te tirer dans la jambe ou le pied.

Nathanial agita la main.

— Écoute, on n'a pas beaucoup de temps. Ton fiancé doit déjà être à ta recherche, alors si tu veux le laisser en dehors de tout ça, il faut que tu m'obéisses et que tu tires tout de suite. Même si je meurs de cette blessure, cela vaudra tout de même mieux que le sort que Raum me réserve.

Denise avança d'un pas, visa Nathanial au niveau du nombril, puis appuya sur la détente.

Son ancêtre tituba en arrière en se tenant le ventre, dégoulinant de sang.

— Bordel de merde, haleta-t-il.

— Désolée, s'excusa inutilement Denise.

— Ce n'est rien, répondit Nathanial d'une voix assourdie par la douleur. Maintenant, enterre le couteau en os dans le sable, à tes pieds. Il ne te reste plus qu'à découper les tatouages de tes avant-bras. Une fois le sort de protection modifié, Raum s'en rendra compte. Il rappliquera dare-dare, fais-moi confiance.

Denise essaya de maîtriser ses nerfs, puis se souvint que l'affolement, dans cette situation précise, était un atout. Qu'est-ce qui déclenchait une transformation ? La faim, la nervosité, la douleur, le stress et l'excitation sexuelle. Elle remplirait quatre de ces cinq critères, ce qui devrait être suffisant pour enclencher une métamorphose. D'un autre côté, Nathanial pensait qu'elle ne pourrait rien imaginer d'assez puissant ou d'assez terrifiant pour terrasser le démon.

Mais son ancêtre n'avait pas été là en cette soirée du Nouvel An. Elle avait vu l'une des créatures qui avait tué des dizaines de vampires et de goules, ainsi que son mari. Celle-ci avait pénétré dans le sous-sol et s'était jetée sur la mère de Cat pour la mettre en pièces. Justina n'avait survécu que parce que le sort qui avait créé de telles abominations avait été brisé quelques secondes plus tard, et grâce à l'ingestion d'une grande quantité de sang de vampire.

Raum n'avait aucune idée des horreurs qui hantaient les cauchemars de Denise, mais elle allait les lui montrer.

— Je suis prête, dit-elle en jetant son portable au loin sur le sable avant d'enterrer le couteau à quelques centimètres de ses pieds.

Elle prit ensuite l'une des armes en argent qu'elle avait subtilisées à Oliver et découpa la peau de son avant-bras en prenant soin de ne pas toucher de tendons. Ou d'artères. La lame générait une douleur cuisante qui la trempa de sueur, mais elle se força à se retenir de gémir. *Ça y est presque. Presque…*

— Bon Dieu, ce que ça fait mal, murmura-t-elle après avoir fini.

— Fais attention, rétorqua Nathanial avec un amusement macabre. Ne parjure pas maintenant. Nous aurons besoin de toute l'aide possible.

Denise lui répondit par un vague sourire et s'attaqua à son autre bras avant de perdre le contrôle de ses nerfs. La brûlure était aussi vive que pour le premier, et l'opération plus délicate à cause du sang qui dégoulinait sur la lame et de ses doigts tremblants. Une fois arrivée au dernier dessin près de son poignet, elle haletait, et ses doigts se transformaient déjà en ces hideuses griffes qui étaient, elle s'en rendait compte à présent, celles du monstre de ses cauchemars. La créature en laquelle elle espérait se changer d'ici peu.

Le couteau lui tomba des doigts et Denise replia les bras contre sa poitrine pour contenir les saignements.

Lorsqu'elle releva les yeux pour regarder Nathanial, quelqu'un se trouvait dans son champ de vision.

— Tiens, tiens, bonjour, Denise, ronronna Raum.

Spade survolait le territoire de Monaco en se concentrant sur tous les véhicules ressemblant même de loin à un 4 × 4. Il avait déjà fait deux fois le tour de cette fichue principauté, mais ne l'avait toujours pas localisé.

Et si Denise avait abandonné le 4 × 4 et pris une autre voiture ? Après tout, elle était armée ; elle pouvait facilement forcer un conducteur à lui céder son véhicule. Et si chercher le 4 × 4 n'était qu'une perte de temps qui risquait de coûter la vie à Denise ?

Crispin sillonnait lui aussi le ciel. Cat cherchait au sol avec Oliver, car ni l'un ni l'autre ne pouvaient voler. Près d'une demi-heure s'était écoulée, et toujours aucun signe de Denise ou de Nathanial.

Avait-elle pu quitter Monaco en un temps aussi court ? Quelle direction aurait-elle empruntée ? Bon sang, pourquoi avait-elle fait ça ? Ce petit grugeur de démon n'en valait pas la peine !

— Mencheres, dit subitement Spade à haute voix.

Il se dirigea vers le toit le plus proche tout en composant un numéro sur son portable.

— Tu l'as trouvée ? dit sans préambule son ancien maître.

— Non, répondit Spade d'un ton sec. Mais tu ne pourrais pas la repérer autrement ? Il y a quelques mois, tu as perdu tes visions de l'avenir, mais est-ce qu'elles te sont revenues ? Tu peux peut-être utiliser tes autres pouvoirs pour déterminer où se trouve Denise ?

Mencheres sembla soupirer.

— Mes visions ne sont pas revenues. Je ne vois plus rien... pas plus que je ne peux localiser Denise grâce à mes pouvoirs. Eux aussi ont disparu.

— Mais pourquoi tu n'as pas réussi à arranger ça ! cria presque Spade dans le combiné, la peur le rendant irrationnel. Jamais je ne t'ai demandé quoi que ce soit. Pour une fois que j'ai vraiment besoin de toi, pourquoi est-ce que tu ne me sers à rien ?

Il raccrocha sans laisser à Mencheres le temps de répondre, car il voulait libérer la ligne au cas où Denise appellerait. Elle avait toujours le portable qu'il lui avait donné. Il l'avait laissé sur la banquette arrière, à côté du pistolet. Spade redécolla en tentant de calmer la panique qui montait en lui. *Le destin ne pouvait pas être assez cruel pour lui faire subir cela une deuxième fois, tout de même ?*

Mais peut-être que si, après tout. Le destin l'avait peut-être poussé à retomber amoureux d'une humaine avant de laisser la mort la lui ôter une nouvelle fois.

Raum faisait face à Denise, ses yeux noirs illuminés de braises rougeoyantes et ses cheveux châtain clair flottant sous l'effet de la brise marine. Il portait un jean et un tee-shirt décoré de l'inscription « Vous avez du feu ? ». Si elle n'avait pas su ce qu'il était, Denise n'aurait même pas remarqué Raum et son allure bizarrement normale.

Mais elle connaissait sa véritable nature, et l'odeur du soufre l'enveloppait comme une caresse non désirée.

— Tu as le culot de m'invoquer ici, aussi près de l'eau salée ? Tu penses peut-être que cela te met en sécurité ? Tu me déçois vraiment beaucoup, dit sèchement Raum en avançant d'un pas. Tu as profité de ma gentillesse, tu as rompu notre accord...

— Raum, l'interrompit Denise. Regarde derrière toi.

Le démon se retourna lentement, puis éclata de rire. Il sauta sur Nathanial et le serra joyeusement dans ses bras avant de le faire tournoyer avec la même exubérance désinhibée dont Spade avait fait preuve avec elle la nuit précédente.

— Nathanial, mon protégé disparu depuis si longtemps, tu ne peux pas savoir comme je suis content de te retrouver ! s'exclama Raum.

Il lui colla même un baiser sonore sur les lèvres.

— Ah, tu es d'une douceur désespérante. Je vais tellement m'amuser avec toi, tu vas voir.

Le démon fit alors quelque chose et Nathanial hurla. Raum bouchait la vue de Denise, qui ne vit rien, mais elle devina que cela avait été très douloureux.

— Tu penses que ça fait mal ? siffla Raum.

Sa voix avait perdu sa jovialité retentissante et était à présent si basse que Denise l'entendait à peine.

— Tu n'as pas la moindre idée de ce qu'est la souffrance, sale petit traître, mais tu vas comprendre. Pour l'éternité.

Quoi qu'il advienne, Denise était heureuse de la décision qu'elle avait prise. Elle n'aurait pas pu vivre avec la responsabilité d'avoir livré qui que ce soit aux tourments que Raum prévoyait pour Nathanial. Oui, ce dernier avait signé un pacte avec le démon, mais enfin, il l'avait déjà suffisamment payé au cours des années qu'il avait passées entre les griffes de Web. Il n'avait été qu'un gamin stupide qui avait commis une énorme erreur, ce n'était pas une raison pour qu'il subisse une punition éternelle.

Et si elle survivait à la suite des événements, elle arrêterait de se punir elle-même. Pour la mort de Randy, pour la fausse couche… pour tout. *Il est temps pour lui comme pour moi de trouver le pardon*, comprit Denise. *Plus que temps.*

— Raum, dit-elle en élevant la voix. Je veux partir d'ici, mais tout d'abord, prouve-moi que tu peux assurer ta part du contrat.

Le démon se retourna en serrant toujours Nathanial contre lui plus fort qu'un amoureux.

— Ah oui ? rétorqua-t-il. Et comment penses-tu me forcer à te le prouver ?

Cinq semaines auparavant, le ton de défi dangereux dans la voix de Raum aurait fait reculer Denise en tremblant, mais pas ce soir. Elle soutint son regard teinté de rouge sans ciller.

— Tu m'as promis que si je te livrais Nathanial, tu laisserais à jamais ma famille en paix. Et que tu effacerais mes marques et ton essence pour que je redevienne une humaine comme les autres. Tu te doutes bien que je me méfie un peu de toi après tout ce que j'ai vécu, alors commence par me montrer que je survivrai à la disparition des marques. Sinon, je fonce rejoindre les vampires, et tu pourras toujours essayer de me rattraper avec Nathanial dans les bras.

Un sourire se dessina sur les lèvres de Raum.

— Tu as pris une sacrée assurance, dis-moi. J'aime bien cette facette de ta personnalité, Denise. Je la trouve très séduisante.

La manière dont il prononça ce dernier mot donna la chair de poule à la jeune femme, qui devinait l'intention du démon. Raum voulait l'effrayer, mais si elle se laissait déstabiliser, même une seule fois, elle n'aurait plus le courage de continuer.

— Efface les marques de Nathanial pour que je voie s'il redevient normal. Ensuite, tu t'occuperas des miennes, et nous pourrons partir chacun de notre côté, moi seule et toi avec lui. Comme tu l'avais accepté.

— Ne fais pas ça, par pitié, supplia Nathanial.

Des larmes coulaient de ses yeux, et le désespoir se lisait clairement sur son visage.

— C'est trop tôt. Tu ne préférerais pas que je puisse me régénérer éternellement quand tu me tortureras ? Est-ce que ça ne fait pas très longtemps que tu rêves de me faire hurler, Raum ? Tu ne pourras pas si je suis humain !

Très malin, pensa Denise. L'expression du démon avait été dubitative en écoutant la jeune femme, mais après avoir entendu Nathanial, il sourit avec une telle malveillance qu'elle eut envie de s'enfuir à toutes jambes. *Tu n'as pas intérêt*, s'ordonna-t-elle. *Tu peux le battre. Il ne s'attendra jamais à ce que tu ripostes.*

— Eh bien, Nathanial, tu as gagné en intelligence ces dernières décennies, à ce que je vois. Tu sais que quoi que je te fasse, cela vaudra mieux que ce qui t'arrivera une fois que tu seras redevenu mortel et que je pourrai te tuer. J'avais l'intention de jouer avec toi en prenant mon temps, mais…

— Oui, oui, joue avec moi ! hurla Nathanial dans une nouvelle effusion de larmes. Je le mérite, tu y as droit…

— Mais ce sera encore plus drôle ! conclut Raum, dont la voix se transforma en rugissement sauvage.

Le démon attrapa alors les avant-bras de Nathanial et recouvrit de ses mains les tatouages complexes avant de plonger les doigts sous la peau de sa victime.

Nathanial poussa un long cri perçant. L'odeur de soufre s'intensifia et un vague bourdonnement commença à couvrir le bruit des vagues.

— Tu sens ce que je te fais ? grogna Raum. C'est la fin de ton immortalité, mon grand !

Maintenant, pensa Denise.

Elle enfonça ses griffes dans ses jambes pour générer une nouvelle explosion de douleur et se concentra sur l'image d'un des monstres de ce Nouvel An fatidique. Des créatures si maléfiques et si puissantes qu'elles ne pouvaient être invoquées que par la plus infâme des magies noires.

La sensation de chaos aveugle se répandit dans son corps, comme lorsqu'elle s'était métamorphosée sur le bateau. Mais cette fois-ci, Denise n'essaya pas de résister. Elle nourrit sa frénésie et l'alimenta des souvenirs de cette nuit horrible. Elle tenta de visualiser tous les détails qu'elle n'avait pu oublier malgré des mois d'antidépresseurs, de thérapie et d'éloignement du monde des morts-vivants.

Sa peau lui donna l'impression d'exploser. Des vagues de douleur et d'énergie lui secouaient tout le corps en implosions qui se succédaient à la vitesse de l'éclair. Elle ne se rendit que très vaguement compte que Raum se retournait pour lui lancer un regard presque narquois.

— Par l'enfer, marmonna-t-il.

Un hurlement sortit de la gorge de Denise, aussi hideux et assourdissant que les bruits qui hantaient ses cauchemars. Elle se baissa ensuite et sortit le couteau du sable.

« *Par l'enfer* », il ne croyait pas si bien dire.

Avec un nouveau rugissement sinistre, Denise se jeta sur le démon.

CHAPITRE 36

Spade sentit la vibration dans sa poche malgré le vent qui froissait ses vêtements. Il sortit rapidement son portable et l'espoir l'envahit lorsqu'il vit qui l'appelait.

— Denise ! cria-t-il en décrochant. Où es-tu ?

Un horrible hurlement résonna au loin avant que Spade entende la voix affaiblie de Nathanial.

— Vite ! Je ne peux pas l'aider. Je ne sais même pas lequel des deux elle est…

— Où est-elle ? tonna Spade.

Il tuerait ce salopard s'il arrivait malheur à Denise. Il l'écorcherait vif…

— Sous l'avant-dernier quai au nord du Vieux Port de Marseille. Dépêche-toi.

Spade raccrocha en jurant. Marseille était à plus d'une heure et demie de vol, au minimum. Denise réussirait-elle à contenir le démon aussi longtemps ?

Le vampire se tourna vers le nord et fonça comme une fusée tout en appelant Crispin. Ce dernier décrocha à la première sonnerie.

— Elle est au Vieux Port de Marseille. Le démon s'y trouve aussi. Où es-tu ?

— Je suis toujours à la Condamine, à deux heures de là, répondit Crispin, visiblement frustré.

Quant à Mencheres, il se trouvait à Gênes, encore plus loin.

— Rejoins-moi aussi vite que possible, dit Spade avant de raccrocher.

Il canalisa toute son énergie non pas dans son corps, mais dans un point au nord-ouest, loin de là. C'était là-bas qu'il devait être. Pas ici, là-bas. Maintenant. Denise avait besoin de lui. *Plus vite.*

Des images du corps de Giselda lui apparurent. Recroquevillée au fond du ravin, les cheveux rougis par le sang, le visage figé par la douleur, le corps encore un peu plus chaud que la neige qui l'entourait. Elle n'était morte que depuis quelques heures lorsqu'il l'avait découverte ce jour-là. Le peu de temps qui s'était écoulé entre la mort de son aimée et son arrivée l'avait hanté pendant plus d'un siècle, mais allait-il aujourd'hui perdre Denise pour une question de minutes ?

Il n'échouerait pas. Il ne le pouvait pas. *Plus. Vite.*

Le paysage en dessous de lui devint complètement flou. Plus rien ne comptait que la mer qui s'étendait jusqu'à l'horizon et semblait lui murmurer : « Elle est là. » En se concentrant suffisamment, il avait presque l'impression de percevoir Denise, de sentir sa lutte contre le démon, comme de l'acide sur sa langue.

Plus. Vite.

Le temps passa. L'eau noire au loin se transforma en une tache sombre bas dans le ciel. Les bâtiments qui bordaient le rivage se cristallisèrent en de nouvelles formes obscures et indistinctes. Au bout de quelques minutes, il repéra la basilique Notre-Dame-de-la-Garde, avec sa statue dorée de la Vierge Marie veillant sur Marseille. Il modifia légèrement sa trajectoire pour se diriger droit vers le Vieux Port. *Ce ne sera plus très long. Allez, Denise. Tiens bon.*

Quelques minutes plus tard, les silhouettes des jetées apparurent au loin. Spade adopta une position encore plus aérodynamique pour tenter de réduire au maximum sa résistance à l'air en augmentant encore sa puissance. Mais il ne voyait toujours pas ce qui se trouvait sous les quais. Il était encore trop haut…

Spade plongea aussi bas qu'il le pouvait sans risquer de percuter les structures qui le séparaient encore de son but. Malgré les rugissements du vent, son ouïe acérée perçut les premiers hurlements. On aurait cru les aboiements d'un damné. Étaient-ils poussés par Denise qui se battait encore contre le démon, ou par Raum qui célébrait sa victoire ?

Plus. VITE.

Au cours des secondes suivantes, il scruta les dessous des jetées, qui semblaient s'étendre à l'infini comme une courbure de l'espace-temps. Les sons provenaient de la plus proche de lui. Spade se concentra et aperçut un homme, certainement Nathanial, couché sur le sable. Mais devant lui, dans l'eau jusqu'aux genoux, deux formes s'affrontaient en un combat violent.

Deux formes ! Spade sentit son cœur exploser de joie. Denise était encore en vie.

Mais il savait que ses propres forces s'épuisaient. La perte de sang causée par le combat, ajoutée à ce vol à toute puissance pour atteindre Denise, le mettait dans un état de faiblesse tel que la tête lui tourna. Il était arrivé à temps pour combattre le démon, mais n'avait presque plus d'énergie.

Je n'ai qu'à le contenir en attendant Crispin, se dit-il avec résolution. Il lui suffisait de protéger la vie de Denise jusque-là. Il en était capable. Après tout, le démon n'avait peut-être pas d'arme en argent.

Les silhouettes, enlacées dans une lutte à mort, devenaient plus claires à chaque seconde. Spade n'avait jamais vu le démon, mais même à cette distance, il était évident qu'aucun des deux combattants n'avait forme humaine. Deux monstres aussi horribles l'un que l'autre s'affrontaient dans les vagues.

Petite maligne, pensa-t-il furtivement. Denise avait dû attirer le démon dans l'eau salée, car elle savait que cela l'affaiblirait. Quelques secondes plus tard, Spade vit que l'une des créatures tenait un couteau pâle et osseux. Spade n'arrivait pas à discerner laquelle des deux était Denise. Le premier monstre arborait des muscles saillants, une énorme tête difforme et un corps puissant sous une peau qui semblait recouverte d'ampoules. Le second était tout aussi grand, et son apparence semblait inspirée d'une version incroyablement grotesque d'un cadavre...

Spade fonça droit sur eux et tendit les bras pour lancer ses poings en ligne droite. À cause de l'intensité de leur lutte, aucun des deux monstres ne se rendit compte de sa présence. Leurs grognements et leurs cris de fureur résonnaient dans ses oreilles, et l'une des deux voix lui était désormais extrêmement familière.

Il plongea à toute vitesse sur l'énorme créature à la peau boursouflée, qui se détacha de son adversaire sous le choc. Spade et le démon s'enfoncèrent dans le sable, sous l'eau salée, le vampire coinçant Raum sous son propre corps. L'énorme impact étourdit également Spade, mais il se força à pivoter pour maintenir la créature en dessous de lui. Il attrapa la silhouette remuante et tenta de maintenir sa tête en place. Le monstre ruait et se débattait avec une telle hargne que Spade savait que s'il ne lâchait pas rapidement prise, ses bras ne tarderaient pas à être arrachés.

— Denise, maintenant ! essaya-t-il de crier.

De l'eau et du sable lui envahirent la bouche. Sa tête était entièrement immergée. Denise ne pouvait pas l'entendre, ou peut-être n'était-elle plus mentalement en mesure de le comprendre.

Les griffes de la créature s'enfoncèrent dans le bras que Spade avait passé autour de son cou et commencèrent à le déchirer et à tirer dessus. La douleur et la pression s'intensifièrent dans le corps de Spade, mais il s'accrocha. Il faudrait que cette horreur le mette en pièces pour qu'il la laisse s'en prendre de nouveau à Denise.

Un cri aigu perça les oreilles de Spade et lui vrilla les tympans malgré la protection de l'eau et du sable. La créature déchaînée contre laquelle il luttait se mit alors à frissonner. Ses griffes cessèrent de lui ravager la chair et ressortirent de sa peau. La mer bouillonna et l'écume brouilla son faible champ de vision jusqu'à ce qu'il n'aperçoive plus qu'une mousse blanche. Ensuite, l'énorme créature qui l'écrasait commença à se flétrir… avant d'être écartée par d'autres griffes tout aussi acérées.

Le vampire laissa la créature le soulever sans chercher à repousser les mains monstrueuses qui l'agrippaient. Il cligna des yeux pour en évacuer le sable et distingua à ses pieds le cadavre qui se décomposait rapidement. Ses orbites n'étaient plus que des trous noircis, le couteau en os planté dans l'un d'entre eux. Spade se retourna ensuite vers la masse imposante de l'énorme zombie vorace qui penchait la tête vers lui.

— Recule, tu ne sais pas si c'est elle ! cria Nathanial.

— Si, je le sais, répondit Spade en posant doucement les mains sur les bras déformés, sans prêter attention aux griffes toujours plantées dans sa chair. Tout va bien, ma chérie. Tu peux arrêter. Regarde-le. Tu as réussi. Il est mort.

En effet, elle l'avait vaincu, aussi incroyable que cela puisse paraître. Adorable, courageuse, douce Denise. La tueuse de démons.

Les griffes le lâchèrent et la tête hideuse retomba, comme frappée de honte. Spade n'hésita pas. Il la prit dans ses bras et remarqua non sans ironie qu'avec l'apparence qu'elle avait choisie, directement inspirée de cette horrible nuit du Nouvel An, ils avaient la même taille.

— Tout va bien, ma chérie, répéta-t-il en la caressant. C'est fini. Tu peux me revenir désormais, Denise, reviens…

Au cours des quelques minutes qu'il fallut à Nathanial, qui empestait le sang, pour ramper jusqu'à eux, le corps de Raum s'était transformé en squelette dans l'écume et Denise avait repris forme humaine. Tout en gardant un pied sur le cadavre du démon, Spade retira sa chemise et en couvrit la jeune femme, car la plupart de ses vêtements avaient été arrachés au-delà de toute décence pendant le combat, ou s'étaient déchirés lorsqu'elle avait adopté la forme gigantesque du zombie.

— Spade, murmura-t-elle enfin, les yeux brillants de larmes. Tu m'as reconnue. Même ainsi, tu savais que c'était moi.

— Bien sûr, répondit-il en la serrant contre lui.

Il se sentait écrasé par le soulagement et la joie à mesure que la panique accumulée ces dernières heures relâchait son emprise. Denise était saine et sauve. Jamais il ne demanderait rien de plus à la vie.

— Je ne pouvais pas, dit-elle d'une voix douce. Je suis vraiment désolée de t'avoir fait peur et d'avoir assommé Oliver, mais je ne pouvais pas lui livrer Nathanial. Cela aurait détruit en moi une chose que je ne veux pas perdre, et pas question non plus de prendre le risque que Raum se venge de toi à cause des bombes au sel.

— Je ne veux pas en parler pour l'instant.

Oui, il était toujours fâché de l'imprudence avec laquelle elle avait risqué sa vie, mais ce n'était pas le moment de l'accabler de reproches. Il était trop heureux qu'elle soit vivante.

Denise prit une inspiration profonde et saccadée.

— Spade… je porterai ces marques pour toujours. Seul Raum avait le pouvoir de les faire disparaître, et il est mort. Je ne peux pas mourir dans cet état, à moins que tu me perces les yeux avec ce couteau. Je resterai ainsi. Si tu ne supportes pas de vivre avec une… métamorphe, je comprendrai…

— Petite nouille, l'interrompit-il en reculant pour la regarder droit dans les yeux. D'après ce que tu viens de dire, tu es désormais plus en sécurité que tu le serais jamais, même en tant que vampire. Je me moque complètement que tu changes de forme de temps à autre. Tu peux te transformer en zombie, en loup-garou ou en chat. Tout ce qui te passe par la tête. Je serai toujours là et toujours fou amoureux de toi.

Elle le serra sauvagement dans ses bras.

— Je t'aime tant, sanglota-t-elle.

Spade lui rendit son étreinte avec la même ardeur. Son sentiment de joie et de soulagement s'intensifia encore. Il était sincère. Si Denise était un vampire, eh bien, une arme en argent était facile à se procurer, mais un couteau de démon ? Le seul qu'il connaissait se trouvait toujours dans l'orbite décharné du cadavre de Raum, et Spade comptait bien réduire son squelette en poussière pour que personne ne puisse l'utiliser pour en fabriquer un autre.

Toujours agrippée à Spade, Denise se mit à rire.

— Nathanial pourra me montrer comment mieux contrôler les métamorphoses, mais même ainsi, je ne suis pas près de me retransformer en chat. Tu ne le savais pas ? J'y suis allergique.

Épilogue

Denise posa les fleurs sur la tombe. Elle y avait mêlé des pommes de pin. Elle savait qu'il les apprécierait plus que le lilas, les tulipes et les roses qui composaient son bouquet.

Elle regarda le cimetière autour d'elle. Le printemps était définitivement arrivé, et les branches nues des arbres retrouvaient leurs manteaux de feuilles. Sous ses pieds, la terre était douce, réchauffée par le soleil. Pas dure et froide, comme le jour de l'enterrement.

— Salut, dit doucement Denise en essuyant une larme et en touchant la pierre tombale où l'on lisait « Randolph MacGregor. Fils et époux regretté ». Je voulais te dire que je suis avec quelqu'un. Tu le connais. Il s'appelle Spade. Oui, je sais, c'est un vampire. Nous ne sommes pas ensemble depuis très longtemps, mais il y a des fois… où on est sûr de soi. C'était le cas avec toi. Je t'ai dit que je t'aimerai toujours, et c'est vrai.

Denise s'interrompit pour essuyer une autre larme.

— Je l'aime, lui aussi, et je sais que je ne me trompe pas. C'est peut-être tôt, mais je le sens. Et je sais que tu aurais détesté ce que je me suis infligé depuis ta mort, donc je voulais te dire que je me suis libérée du remords et de la peur. Quand je penserai à toi, Randy, ce sera en souriant, pas en pleurant. Tu fais partie de moi. Tu es parmi ce qu'il y a de plus beau en moi. J'avais envie que tu le saches.

Elle se releva et caressa une nouvelle fois la pierre tombale.

— Et si jamais tu rencontres quelqu'un du nom de Giselda, murmura-t-elle, dis-lui qu'elle fait partie de Spade, elle aussi. Qu'elle est une belle part de lui.

Denise porta les doigts à ses lèvres, les embrassa et les replaça sur le nom gravé.

— Au revoir.

Ses yeux avaient séché lorsqu'elle revint à l'endroit où Spade l'attendait à côté de la voiture. Ses larmes n'avaient pas été causées par le chagrin, mais par la chaleur de ses souvenirs, et lorsqu'elle se blottit dans les bras de Spade, un sourire illuminait son visage.

— Tu es prête à partir, ma chérie ? demanda le vampire en l'embrassant sur le sommet du crâne.

Elle n'eut pas besoin de se retourner pour répondre.

— Oui, je le suis.

Nathanial baissa la vitre arrière de la voiture.

— Maintenant je vais pouvoir rencontrer ma famille ?

Son ton était si plein d'espoir que le sourire de Denise s'élargit. Après cet arrêt au cimetière, ils se rendraient chez les parents de Denise, où la jeune femme présenterait Nathanial à ce qui restait de sa famille, malgré les générations qui les séparaient.

Elle en profiterait pour présenter de nouveau Spade à ses parents, cette fois-ci en qualité de gendre. Ils s'étaient mariés deux fois au cours des quinze derniers jours. Une fois à l'humaine, et une autre à la mode vampire, en s'entaillant la paume pour sceller leur union par le sang en présence de Cat, Bones, Alten, Ian, Mencheres et d'un fantôme que Denise ne pouvait toujours pas voir. Leur mariage n'était peut-être pas reconnu par le monde des vampires, car Denise ne pourrait jamais en devenir un, mais l'acte comptait aux yeux de Spade, et c'était tout ce qui importait.

— Oui, tu vas rencontrer notre famille.

Chers lecteurs,

J'espère que *La Première Goutte de sang* vous a plu ! Le prochain tome de la série spin-off « Le Monde de la chasseuse de la nuit » portera sur l'un des vampires les plus puissants au monde – Mencheres – et une nouvelle héroïne affligée elle aussi d'un lourd passé.

Kira rêve d'entrer dans la police, mais comme elle a témoigné contre son ancien époux, un policier tué en prison, les forces de l'ordre la rejettent. À cause d'un premier mariage désastreux et du nombre incalculable d'adultères qu'elle a dévoilés au cours de sa carrière de détective privé, Kira se méfie désormais des hommes.

Alors qu'elle rentre chez elle après une nuit de filature, elle surprend ce qu'elle pense être l'agression d'une bande sur un beau jeune homme. Mais avant de se faire assommer, Kira est témoin de choses impossibles : des canines qui s'allongent, une vitesse surhumaine, et elle voit la « victime » tuer ses agresseurs sans même les toucher. Lorsqu'elle reprend connaissance, elle découvre que celui qu'elle a voulu sauver n'est pas humain… pas plus que ne l'étaient ses adversaires. Pire encore, le beau vampire refuse de la laisser partir, car elle sait à présent ce qui hante la nuit.

Mencheres est un Maître vampire vieux de quatre mille ans qui a récemment perdu son don de voyance, ce qui le fait douter de sa capacité à diriger sa lignée. Pour ne rien arranger, un ennemi immémorial l'accuse d'avoir violé les lois vampires, et Mencheres sait que ce vieux Maître vampire veut sa mort. Mencheres n'a donc vraiment pas besoin de s'encombrer d'une humaine, mais il ne peut se résoudre à laisser Kira mourir après l'aide qu'elle a voulu lui apporter. Il compte la soigner, puis effacer de sa mémoire la scène à laquelle elle a assisté, mais ce plan tombe à l'eau, car la jeune femme se révèle insensible au pouvoir hypnotique des vampires.

Kira pose donc un gros problème à Mencheres : il ne peut pas lui faire oublier de force ce qu'elle sait désormais des morts-vivants, mais s'il la libère et qu'elle en parle autour d'elle, le Gardien des Lois qui le poursuit aura la preuve dont il a besoin pour l'anéantir. Plus Mencheres passe de temps avec Kira pour tenter de la convaincre de garder le secret et plus il reconnaît en elle une âme sœur. Le vampire se retrouve face à un dilemme de taille : soit il la garde prisonnière contre son gré et il gâche sa seule chance d'avoir une relation avec la première femme qui éveille des sentiments en lui depuis des millénaires ; soit il la relâche, et Kira risque de devenir l'instrument de sa perte.

Un grand merci, chers lecteurs, de me donner l'occasion d'agrandir le monde de la Chasseuse de la nuit avec des histoires centrées sur des personnages secondaires que j'en suis venue à aimer autant que Cat et Bones. Vos messages, vos commentaires et votre soutien indéfectible ont été plus qu'incroyables. J'espère que vous prendrez plaisir à poursuivre votre périple dans le monde des vampires, des goules, des fantômes et des démons, saupoudré de quelques pincées de magie noire. En tout cas, sachez que j'adore partager mes histoires avec vous.

Jeaniene Frost

EN AVANT-PREMIÈRE

Découvrez un extrait
de *L'Étreinte des ténèbres*,
tome 2 du **Monde de la chasseuse de la nuit**
(version non corrigée)

Traduit de l'anglais (États-Unis) par Frédéric Grut

Chapitre premier

Mencheres perçut l'odeur du sang avant même de repérer le parfum de terre des goules regroupées au rez-de-chaussée de l'entrepôt abandonné. Lorsqu'il entra, elles ne manifestèrent aucune inquiétude. Une nouvelle inspiration lui révéla que deux des créatures étaient couvertes de sang de vampire. Les quatre autres ne portaient pas cet arôme cuivré, mais les regards prédateurs qu'elles posèrent sur Mencheres indiquaient qu'elles comptaient bien arranger cela.

— Un jeune vampire a récemment été porté disparu dans ce quartier, déclara Mencheres en guise de salutation sans prêter attention à la manière dont les goules commençaient à l'encercler.

Elles semblaient être à l'orée de la vingtaine, et l'énergie de leur aura indiquait que c'était également leur âge de morts-vivants.

— Cheveux blonds coupés court, tatouages tribaux sur les biceps, un piercing en argent sur le sourcil. On l'appelle Trick, poursuivit-il. L'avez-vous vu ?

— Ce n'est pas prudent de sortir aussi près de l'aube, vampire, dit la goule qui empestait le plus le sang, sans répondre à la question de Mencheres.

La créature sourit alors, et le vampire vit qu'elle s'était taillé les dents en pointe.

Plutôt que de lui inspirer de la peur, ce spectacle agaça Mencheres. Ces goules pensaient avoir l'avantage à cause de l'approche de l'aube, mais le lever du soleil n'affectait que les jeunes vampires. Même s'il leur camouflait sa vraie puissance, les goules, avaient-elles eu la moindre once de sagacité, auraient dû s'interroger sur l'insouciance avec laquelle Mencheres s'était adressé à elles.

Mais d'un autre côté, si elles avaient été plus malignes, elles n'auraient pas tué Trick près de l'endroit où elles habitaient. Il n'avait fallu qu'une petite heure à Mencheres pour retrouver leur trace. La stupidité dont elles faisaient preuve était plus que du mépris manifeste pour les lois des vampires et des goules ; elle mettait également en danger le secret qui entourait l'existence des deux espèces. En d'autres circonstances, Mencheres aurait tué la goule aux dents de requin sur le champ avant de faire les cinq autres prisonnières pour leur faire subir un châtiment public. Après tout, Mencheres n'avait pas besoin de leur confession pour savoir qu'elles avaient tué Trick. L'odeur de sang de vampire qu'elles exhalaient lui fournissait toutes les preuves nécessaires.

Mais c'était leur jour de chance, car Mencheres ne cherchait pas à venger la mort de Trick. *Peut-être la perte de mes visions est-elle une bonne chose*, pensa le vampire. S'il avait pu prédire comment il mettrait un terme à la vendetta ancestrale qui l'opposait à Radjedef, le Gardien des Lois corrompu, il aurait mis sa propre santé mentale en doute.

Cela dit, s'il n'avait pas perdu ses dons de voyance, rien de tout cela n'aurait été nécessaire. La colère s'empara de lui. Après quatre mille ans passés à voir des fragments de l'avenir, la perte soudaine de ses visions s'avérait aussi handicapante qu'inattendue. Il s'était souvent plaint que certaines personnes ne prêtent aucune attention à ses prédictions ; mais à présent qu'elles avaient disparu, malgré tous ses autres pouvoirs, il ne pouvait plus protéger ses proches. Les paroles accusatrices qu'un ami lui avait récemment lancées au visage lui revinrent en mémoire : *« Pour une fois que j'ai vraiment besoin de toi, pourquoi est-ce que tu ne me sers à rien ? »*

Radjedef avait beau haïr Mencheres depuis des millénaires, il était trop malin pour s'en prendre à un adversaire capable de contrer la plupart des actions entreprises contre lui avant même qu'elles arrivent. Mais la disparition du don de Mencheres fournissait à son ennemi une occasion en or. Ils savaient tous deux que Radjedef n'hésiterait pas à utiliser l'immense pouvoir que lui donnait son statut de Gardien des Lois pour inventer des preuves contre Mencheres et l'accuser de méfaits que celui-ci n'avait pas commis. Radjedef avait l'habitude de plier la loi à ses propres désirs. Il était déjà coutumier du fait avant de devenir membre du puissant conseil dirigeant des vampires.

Son vieil ennemi se faisait peut-être une joie de la confrontation qui s'annonçait et des dégâts collatéraux qu'elle engendrerait forcément avant que la victoire se dessine pour l'un ou pour l'autre, mais Mencheres ferait le nécessaire pour que tout cela n'arrive pas. Il se réjouissait de la frustration que Radjedef ressentirait lorsqu'il le priverait de l'occasion de mettre ses plans diaboliques à exécution.

Lorsque les six goules tirèrent leurs couteaux en argent avec un sourire à la fois impatient et cruel, Mencheres ne bougea donc pas. Il allait y avoir du sang, mais il y était habitué. Tout comme à la douleur. Il les côtoyait depuis un nombre d'années que ces goules ne pouvaient pas même commencer à imaginer.

Il jeta un œil au ciel qui annonçait déjà l'aube et se demanda brièvement si le soleil brillait aussi pour les morts. Soit lui, soit les goules n'allaient pas tarder à le savoir.

Kira descendait l'avenue Ashland, l'avant-dernière rue avant la sienne. Un coup de vent fit voler ses cheveux dans ses yeux. Chicago méritait décidément son surnom de « ville venteuse ». La jeune femme cala les mèches derrière ses oreilles et changea son lourd sac à dos d'épaule. Depuis le temps qu'elle le transportait sur le trajet qui séparait son domicile de son travail, Kira aurait pu croire qu'il finirait par lui sembler moins lourd. Mais elle avait tout de même de la chance que son patron l'autorise à utiliser la voiture de la société pendant ses filatures. De plus, la plupart des gens qui habitaient ce quartier de Chicago n'avaient pas de véhicule. D'un autre côté, contrairement à elle, ils n'avaient pas à transporter toute une collection d'appareils photo, de caméscopes ou de jumelles.

Au moins, sa nuit avait été productive. La surveillance de l'épouse adultère de son client avait enfin porté ses fruits, sous la forme de plusieurs photos compromettantes que Kira avait déposées au bureau avant de prendre le métro pour rentrer chez elle. Elle avait gagné le droit de dormir aussi tard qu'elle le voulait, et même son patron, pourtant très exigeant, ne pourrait pas le lui reprocher.

Un détective privé était toujours à l'affût. C'était une qualité naturelle chez Kira, mais sa concentration s'accentua encore lorsqu'elle tourna au coin de la rue. Traverser cette zone en plein jour ne lui posait aucun problème, mais à cette heure avancée de la nuit, elle se sentait mal à l'aise.

Elle était heureuse que le soleil commence à pointer le bout de son nez. La rangée d'entrepôts délabrés aurait dû être détruite depuis longtemps, mais la récession avait laissé le programme de reconstruction au point mort. La présence de ces bâtiments disgracieux dans son voisinage diminuait son loyer, qui serait beaucoup plus élevé lorsque de beaux immeubles flambant neufs remplaceraient ces ruines recouvertes de graffiti, mais elle devait faire preuve de prudence. Les agressions étaient monnaies courantes dans ce quartier.

Elle avait presque dépassé le dernier entrepôt lorsqu'un rire bruyant lui fit tourner la tête en sursaut. Il provenait de l'un des bâtiments et semblait empli de méchanceté. *Ne t'arrête pas*, se dit Kira en tapotant la poche de son sac à dos dans laquelle elle cachait un pistolet. *Tu es presque arrivée.*

Le rire cru résonna à nouveau, suivant cette fois-ci ce qui ressemblait à un cri de douleur. Kira s'arrêta et tendit l'oreille. Si l'heure avait été plus avancée, le vacarme de la circulation et des passants aurait étouffé les bruits en provenance des entrepôts ; mais la plupart des gens dormaient encore, ce qui lui permit d'entendre ensuite une sorte de gémissement. La personne qui l'avait poussé souffrait, et lorsque l'horrible rire arriva ensuite à ses oreilles, Kira comprit que les deux étaient liés.

Elle ôta son sac à dos et en tira son portable tout en accélérant l'allure pour arriver plus vite à la sécurité que lui offrirait son immeuble.

— Police, j'écoute, répondit une voix après que Kira eut composé le numéro.

— J'ai un code 37 à déclarer, annonça Kira.

— Pardon ?

— Coups et blessures, reprit Kira, surprise que l'opérateur n'ait pas reconnu le code utilisé par la police, avant de donner l'adresse de l'entrepôt. J'ai l'impression que c'est au rez-de-chaussée, ajouta-t-elle.

— Ne quittez pas, je vous passe le commissariat du quartier, répondit l'opérateur.

Quelques secondes plus tard, une autre voix lui demanda la raison de son appel.

— Je voudrais rapporter une agression, répondit Kira sans se fatiguer avec les codes.

Elle répéta l'adresse et les informations en serrant les dents, énervée de tout devoir raconter une deuxième fois.

— Donc vous n'avez pas proprement parlé assisté à l'agression ? demanda l'opérateur.

— Non, je ne suis pas entrée, dit avec raideur Kira.

Elle s'était arrêtée de marcher, car elle était proche de chez elle.

— D'accord, répondit la voix d'un ton blasé. Comment vous appelez-vous ?

— Je préfère conserver l'anonymat, dit Kira au bout de quelques secondes.

Ses précédentes expériences avec la police n'avaient pas toutes été plaisantes.

— Nous allons envoyer une patrouille, répondit l'opérateur.

— Merci, marmonna-t-elle avant de raccrocher.

Elle avait fait tout son possible. Avec un peu de chance, cela suffirait à sauver l'inconnu qui avait poussé cet horrible cri.

Mais alors qu'elle reprenait sa progression vers la porte de son immeuble, elle hésita. Son instinct lui disait de faire demi-tour et de retourner à l'entrepôt. La police mettrait entre cinq et dix minutes à arriver. Et si jamais le blessé ne tenait pas jusque-là ?

« Ne joue pas les héros, ma petite. Laisse ça aux boucliers. »

Le sermon de son patron résonna dans les oreilles de Kira. Elle n'en ressentit néanmoins pas du soulagement, mais de la colère. Sans son ex-mari, elle serait l'un de ces « boucliers ». Elle était sortie de l'école de police avec les honneurs, avait obtenu toutes les habilitations requises, et elle n'était qu'à deux pâtés de maison de ce hurlement, pas à plusieurs minutes comme la patrouille qui devait arriver.

La voix de Mack, profonde et rauque, résonna ensuite dans sa tête : *« sauve une vie »*. Cela avait été le credo de son mentor. Si Mack avait ressemblé davantage à son patron, Kira serait peut-être morte à l'heure qu'il était. Pas figée sur un trottoir à se demander si elle devait se porter ou pas à la rescousse d'une personne en détresse.

Insigne ou pas, Mack n'aurait pas hésité. À qui avait-elle envie de ressembler, à son vieil ami Mack ou à Frank, son patron blasé ?

Kira fit demi-tour et se dirigea vers les entrepôts d'où provenaient les cris.

Mencheres poussa un long gémissement lorsque le couteau en argent s'enfonça dans son sternum. Lorsque les goules avaient commencé à le taillader, il n'avait pas émis le moindre son, alors elles avaient fait passer leurs lames encore plus lentement sur sa peau, prenant son silence pour un défi. Il s'était donc mis à grogner, à gémir et même à crier. Cela fonctionnait ; ses agresseurs s'excitaient et l'entaillaient plus profondément.

Il allait bientôt devoir mobiliser son énergie pour cacher le fait qu'il était un Maître vampire, ou utiliser sa puissance pour atténuer la douleur. Il avait perdu trop de sang pour continuer à faire les deux. Mais si ses tortionnaires avaient la moindre once de jugeote, il y avait une chance qu'ils s'enfuient s'il leur révélait l'étendue de ses pouvoirs. Non, il ne pouvait pas prendre ce risque. Bon, en avant pour la douleur, dans ce cas.

Mencheres abaissa la barrière mentale qu'il avait dressée entre lui et ces couteaux impitoyables. Il sentit immédiatement son corps prendre feu. L'argent qui lui déchirait la chair déclenchait une réaction aussi intense qu'insupportable.

Abaisser cette défense soulevait un autre problème. Chaque nouvelle blessure aiguillonnait l'énergie qui tourbillonnait en lui et qui ne demandait qu'à sortir. Mencheres la contenait et se concentrait pour masquer son aura et se retenir de tuer les goules.

— Stakes, dit Mencheres en interpellant la goule par le nom que ses comparses lui avaient donné. Tu manques d'expérience ou c'est vraiment tout ce dont tu es capable ?

La goule grogna face à l'insulte et répondit en lui entaillant profondément la cuisse. Une autre goule saisit les longs cheveux noirs du vampire et en coupa une masse à hauteur d'épaule.

La colère de Mencheres enfla à nouveau, noire et mortelle, cherchant à se mêler à sa puissance pour prendre forme. Il repoussa le sentiment, car il savait que s'il relâchait son contrôle, ne serait-ce qu'un instant, toutes les goules mourraient avant d'avoir pu servir son objectif.

— Posez vos couteaux et éloignez-vous de lui, dit une voix haletante.

Mencheres tourna le regard vers l'origine de ce bruit, aussi étonné que les goules. S'était-il donc laissé à ce point distraire par ses propres pensées – et ses agresseurs par leurs tortures – pour qu'une *humaine* soit parvenue à les surprendre ?

La jeune femme se tenait de l'autre côté de la pièce, figée dans une posture de tir, l'arme pointée sur les goules amassées autour de lui. Elle avait les yeux écarquillés et son visage était pâle, mais sa main ne tremblait pas.

C'était une complication dont il se serait franchement passé.

— Partez immédiatement, ordonna Mencheres.

Si la nouvelle venue ne s'enfuyait pas sur le champ, les goules anthropophages ne parviendraient pas à résister à l'attrait de son corps chaud et mortel.

— Tiens, tiens, déclara Stakes en laissant son couteau planté dans la cuisse de Mencheres. Regardez ce qui nous arrive, les gars. Le dessert.

Un déclic résonna alors, indiquant que la jeune femme avait armé son pistolet.

— Je vais tirer, prévint-elle. Posez tous vos couteaux et éloignez-vous de lui. La police arrive…

Sa voix se brisa lorsque Stakes fit un pas en arrière. Les supplices qu'ils avaient infligés à leur victime avaient été jusque-là en grande partie cachés derrière la goule, mais lorsque la jeune femme découvrit l'étendue de ses blessures, elle resta bouche bée.

Les goules attaquèrent au même moment.

Mencheres savait que la meilleure solution était de ne rien faire. Qu'il devait rester attaché au pilier du bâtiment, faire semblant d'être hors d'état de nuire, et laisser les goules la tuer. Après tout, il était venu là dans un but bien précis, et sauver la vie d'une humaine intrépide n'entrait pas dans ses plans.

Mais dans la petite seconde qu'il fallut aux goules pour bondir sur la jeune femme, une autre pensée s'empara de Mencheres et prit le pas sur sa logique. Elle avait tenté de le sauver. Il ne pouvait tout de même pas la laisser mourir.

Sa puissance se libéra et percuta les goules de plein fouet. Les cordes ensanglantées qui le retenaient au pilier commencèrent à se délier et à fouetter l'air comme des serpents alors que Mencheres déchaînait encore plus sa puissance sur les six goules. Les coups étaient plus faibles qu'à son habitude à cause du sang qu'il avait perdu, mais les cris perçants poussés par les mangeurs de chair humaine cessèrent aussi brutalement qu'avait commencé son attaque. Une fois les cordes complètement détachées, Mencheres se dirigea à grands pas vers la jeune femme. Aucune des goules n'était capable de bouger.

Le vampire écarta Stakes de son chemin d'un coup de pied pour dégager la jeune femme sur laquelle il était couché. Elle haletait, un mince filet de sang coulait de sa bouche, et une plaie béante lui entaillait le ventre. Les hésitations de Mencheres lui avaient coûté cher. La goule était parvenue à lui infliger une blessure mortelle avant qu'il ait eu le temps d'intervenir. La jeune femme se viderait de son sang en quelques minutes.

Elle leva les yeux vers lui avec une expression d'angoisse dans le regard, rapidement suivie par une compréhension horrifiée lorsqu'elle vit son ventre.

— Tina, murmura-t-elle.

Ses yeux vert pâle se révulsèrent et elle perdit connaissance.

Cette fois-ci, Mencheres ne perdit pas de temps ; il s'entailla le poignet avec ses canines et le colla à la bouche de la jeune femme. Sans résultat. Bien entendu... les goules l'avaient vidé de son sang. Il prit alors la jeune femme dans ses bras et la porta jusqu'aux cordes qui avaient servi à l'immobiliser. Mencheres plongea ensuite la main dans la flaque de sang qui entourait le pilier et l'enfonça de force dans sa bouche. Le pouls de l'inconnue était désormais très irrégulier et elle ne respirait presque plus, mais il n'y prêta aucune attention et continua à la forcer à avaler.

Des bruits de sirènes se firent entendre. La police n'allait plus tarder, comme la malheureuse l'avait annoncé. Mencheres plongea à nouveau la main dans le sang et la frotta sur la plaie. Le sang chaud de l'inconnue se mêla au sien, mais seulement l'espace d'un instant. Puis l'hémorragie s'arrêta et la plaie commença à se refermer à mesure que la puissance régénératrice du sang de vampire faisait effet.

Deux portières claquèrent. Mencheres posa la blessée sur le sol maculé de rouge et s'approcha des goules. Seuls leurs yeux bougeaient encore.

— Si vous m'aviez tué dès le début, vous auriez pu vivre encore quelques jours, dit froidement le vampire.

Il concentra alors sa puissance pour générer une petite explosion contrôlée. Avec un bruit de bouchon de champagne, les six têtes des goules se détachèrent instantanément de leurs corps.

Des bruits de pas se firent entendre près de l'entrepôt. Mencheres se figea et tourna la tête vers la jeune femme. Elle avait repris conscience et le regardait de ses yeux pâles, où la surprise le disputait à l'horreur.

Elle avait aperçu ses canines. Elle l'avait vu tuer les goules. Elle en savait trop pour qu'il la laisse là.

— Police ! cria une voix. Quelqu'un est blessé... ?

Mencheres attrapa en hâte l'inconnue et sortit en volant par une fenêtre cassée avant que les agents aient le temps de découvrir le carnage qu'il laissait derrière lui.